春光咬月亮

柠芝 —— 著

【下 册】

青岛出版集团 | 青岛出版社

第十章
太喜欢了

江崇听完周雨薇报告橙粒超话非但没有被清理、打击，反而热度持续高涨，整个人脸色阴沉得仿佛能滴出水来。

当初他没有在李玥生日当天去直播间，导致程牧昀去了，这个所谓的"橙粒粉群"从而产生，现在简直不断地给他添堵！

他现在已经不会再去超话里看那些粉丝的帖子了，那里面的每一句话仿佛都在抽他的嘴巴，明明白白地告诉他：是你自己放弃了这个机会！

他一定要搞垮这个超话，重新赢得李玥。

他拿出一个首饰盒子，给周雨薇看了一下："你说，我把这个送给李玥，她会不会开心？"

周雨薇看了一眼，犹豫地问："这是玥姐喜欢的首饰品牌吧？"

"嗯。"

上一次，他打算将首饰寄给李玥，可偏偏被周雨薇弄错了，李玥一直喜欢的那条项链戴在了冯盈盈的脖子上。

他现在重新买了一条其他款式的项链补偿李玥，以表达自己的决心与悔悟！

他知道李玥是面冷心软的人，她看到这个一定会明白他的心意！

他们一定有机会重修旧好的！

对面的周雨薇怎么会看不出江崇的意思呢？经过这么多事，她已经不再是从前的职场新人。只是她心里认为李玥不一定会喜欢，甚至可能会反感。

她知道这话不该对老板如实说，可涉及李玥，内心的愧疚感让她勇敢了一把："我觉得玥姐不会高兴。"

江崇闻言一愣："为什么？这是她最喜欢的啊！"

问题不在于首饰，而是送首饰的人。

周雨薇小声地说："如果我的前男友送我以前我最喜欢的东西，我并不会觉得高兴，因为明明知道我喜欢，在一起时却没有任何表示，现在分手了再送，已经太晚了。"

李玥缺的不是这个首饰，而是从前的感情与在乎，可一旦分手了，她连感情都不要了，再多的后悔与补偿也已经不再重要了。

"不会的，"江崇紧抿着唇，忽略了此刻心中的不安与心虚，笃定地说，"李玥不是那样的人。"

周雨薇没有接话，她觉得江崇并不真的了解李玥。

就像周雨薇当初信誓旦旦地删了李玥的联系方式，总以为李玥会回到江崇身边，然后再求着自己加回联系方式。

结果是过了这么久，在认识到错误后，周雨薇想要再把李玥加回来道歉，可发出去的消息却石沉大海。

她不会再奢望得到李玥的谅解，也许不打扰是最好的道歉。

可显然江崇还没能明白，他始终认为李玥是因为他过去的疏忽与过错在惩罚他。

他们在一起那么久，不可能就这么简简单单地分手。

江崇不相信李玥会这么快放下他。

江崇带着那条项链回了家，一路上心里沉甸甸的。

虽然他没有完全相信周雨薇的说辞，但是她那番话多少影响到了他。

他现在开始不确定，李玥看到这条项链会不会真的如他预想中的那么高兴。

当车子开到家门口的时候，他看到了一位不速之客。

冯盈盈蹲在他家门口。她比之前消瘦了很多，青白的脸色显示出她最近过得很不好。

江崇知道，上次网络爆出视频事件之后，冯盈盈一直饱受媒体记者的围堵，网上对她更是一片差评。微博封了她的账号，各大平台纷纷抵制封杀她，她这辈子都别想出道了。

无论是网络上还是生活中，她早已成为圈子里的笑话。

最近江崇知道的消息是冯盈盈的父母被起诉，法院查封了房产，她四处找以前的朋友帮忙，却求助无门。所以她又找上他了吗？她还妄想他能够像从前一样无条件地帮助她？

"崇哥！"冯盈盈脸上浮起喜色，立刻迎了上来。

江崇冷着脸直接无视她。

冯盈盈从未被他这样冷漠地对待过，双眼发红地低唤："崇哥，你别再生我的气了，是我的错，我以后再不敢做那些事了。"

她想上前去抱江崇的手臂，却被他猛地一挥躲开。

他想到网上的那些事情，想到李玥对他冷漠的态度，罪魁祸首还不是冯盈盈？

他脸上的表情瞬间变得厌恶极了，他压低着嗓音："冯盈盈，你最好别再出现在我面前！"

冯盈盈愣在当场。她从没见过这么凶的江崇，嘴唇不由得颤抖："崇哥，之前那件事我真的不是故意的，我当时不知道怎么就被情绪冲昏了头……"

"是吗？"江崇冷笑一声。

冯盈盈不知怎么的，心底发虚地惧怕起来，眼看着江崇拿出手机翻到一张照片，他把手机抵到她眼前。

"那这张照片你怎么说？"

照片正是当初跟江崇一起出去谈合同那天晚上冯盈盈偷拍的那张，她故意发到了朋友圈，还设置了仅李玥一个人可见，隔天就删掉了，就是为了加深他们的矛盾！

她慌乱起来："我……我只是随便拍的。"

江崇冷着脸看她："随便？那为什么别人看不到，只有李玥能看到呢？这种事你不是第一次做了吧？！"

"崇哥，我这么做全是因为喜欢你啊！"

这么多年冯盈盈一直在后面追逐江崇，她以为只要没了李玥，他们就能幸福、开心地在一起。可为什么现在一切全变了？

"喜欢？你的喜欢就是伤害我爱的人吗？"江崇恨恨地盯着冯盈盈。对于这个从小认识的妹妹，他觉得陌生至极，更厌恶至极！

"冯盈盈，这么多年我自认为对你没有亏欠。如果我早知道你在背后做这些事情，我一定离你远远的！"

冯盈盈面色惨白，江崇说出的每一句话都像一把利剑狠狠地扎到她心上。

她可以欺骗很多人，陷害很多人，可她把唯一的真心和爱全部给了江崇。

江崇一直对她那么好，她以为她和江崇是有机会的！

冯盈盈忍不住哭了起来："那你为什么要对我那么好？"

江崇厌烦地说："如果不是你小时候救了我妈，你以为我会理你吗？我做的只不过是还你的情而已，这些年也足够了。"

所以，从一开始，他只是在报恩，一丁点儿都不喜欢她吗？

冯盈盈心神一颤，整个人如坠冰窟，浑身颤抖着退后一步。她不敢相信，更无法接受!

"你不要再来找我了。"江崇悔恨至极地说,"我真是后悔,如果我早发现你做的这些事,起码我还有补救的机会,现在我就连买的那条项链都不知道怎么送给李玥……"

项链?是之前她来他家看到的那条宝石项链吗?

原来那不是给她的生日礼物,而是他给李玥准备的。

冯盈盈心脏抽疼,仿佛被人狠狠地抽了一鞭子。

种种幻想被打破,她终于明白自己在江崇心里的位置。无论是从前还是现在,原来江崇从来都没喜欢过她。

"你离我远一点儿。"他决绝地转身,在她面前关上了门。

冯盈盈眼泪落下,难过地哭了出来。她从未想到过有一天真的会被江崇抛下。

他真的不理她了。

赶走冯盈盈后,江崇的一颗心依旧忐忑不安地提着,他说不出哪里不对劲儿。

直到一通电话打来,任加云提起余深。

"崇哥,你知道余深出国了吗?"

"他最近没和我联系。"

最近公司的事情让江崇分身乏术,他乍然得知这个消息很是震惊。

接着,从任加云口中,江崇得知余深是被家里人送出国的。

没声没响的,谁也没通知,余深竟然就这样走了?

这里面当然另有隐情。

据余深家里人说,明面上他是出国深造,实际是家里把他派到非洲去了。这哪里是学习?对于从小娇生惯养的余深来说,惩罚的意味更多一些。

"他是不是犯什么事了?"江崇诧异地问。

任加云:"深哥好像买了块什么和田玉,花了快一个亿。"

别说江崇吃惊了,任谁听说都得觉得余深是疯了。

江崇惊愕地说:"他是脑子锈了还是被谁给骗了?"

"不是,好像在店里起了争执,"任加云斟酌着词语小心地说,"主要是他得罪了程牧昀。"

听到程牧昀的名字,江崇心头狠狠地一刺。怎么又是他?

他语气不善地问:"关程牧昀什么事?"

任加云说:"在店里跟深哥起冲突的是李玥。"

心里"咯噔"一下,江崇不由得生出不好的预感。

"是余深亲口跟你说的?"他问。

任加云回道:"我听人说,深哥出事后本来是想走的,但是被人拦住了。最后他爸亲自来了,听说他爸在付了款之后,手里提着一根棒球棍,直接就在店门口把余深给打了。余深好像都断了一条腿,要不是有人拦着,指不定闹得有多难堪。"

余深因为乱花钱被老爸在店门口打断一条腿的事,现在圈子里都传遍了,他的脸算是丢尽了。

"这还不止,余深伤还没治好,就被他家里直接送非洲去了,看这架势估计没个十年八年是不可能回来了。他家里这意思,是打算放弃他了。"

余家又不只余深一个孩子,家族内部本就竞争激烈,不过他一直没参与竞争,觉得自己当个闲散公子哥儿,以后继承几个小公司就挺好。

可现在他直接被外派到非洲去,名义上说是做项目,锻炼培养,实际上就是被流放了。以后别说是继承个小公司,他恐怕连财产都分不着一点儿。据说余深是一路哭着去机场的,他哭爹喊娘的,可什么用都没有。

他一直自诩是上等人,可现在被家里放弃,没学历、没能力,哪里比得上他一直瞧不起的认真学习努力的人?

等到了非洲,余深得从底层干起,以前瞧不起的那些人竟然要成为他的上司,不好好工作他就会被扣工资。这手段不可谓不狠。

"你一定是听错了,"江崇干笑着,"那怎么可能……"

程牧昀竟然出手这么重来整治余深。他是为了李玥出头?可凭什么?

任加云叹了口气:"崇哥,我听店里的人说,当时程牧昀是牵着李玥的手走的。"

他就差明晃晃地告诉江崇,李玥和程牧昀在一起了。

江崇的脑袋"嗡嗡"响,他轻轻地低喃:"不会的……"

度过了春天,夏季带着蒸腾的高温火热地到来,啤酒和小龙虾是最佳搭配。

丁野最近忙完了公司的事情,车开到程牧昀公司楼下时正巧碰到他。炫酷的跑车停到程牧昀面前,丁野将头探出车窗,痞帅地一抬眉:"走,下班跟哥们儿一起喝酒去。"

程牧昀瞥了他一眼:"晚上我有约了。"

丁野还想说哪个客户能比他重要,就听到程牧昀继续说:"要陪我女朋友。"

丁野顿感酸意。

程牧昀你礼貌吗?在单身人士面前如此秀恩爱虐狗,没公德心!

"什么时候给我介绍一下?"丁野问。

这次程牧昀没再敷衍:"下次吧!下次我喊你。"

丁野挑了挑眉,知道是有戏了。

程牧昀开车接李玥去泰式餐厅，车上一起的还有夏蔓。

和之前不一样，这次夏蔓和程牧昀再见面，程牧昀已经是李玥的男朋友了。

到了餐厅，三个人刚一下车，竟然就在店门口撞见了江崇。

江崇身边还有任加云等几个熟悉的朋友，都是李玥认得的，更是程牧昀认识的。

场面一时寂静。

江崇死死地盯着李玥他们。

其实他早就看到了李玥。

在他们走出店门口的时候，江崇看到门口停下一辆十分眼熟的黑色汽车。

从副驾驶座走下来一个人，她长发披肩，眉浓英气，穿了一身淡蓝色的碎花裙，双腿在夜里显得白皙修长。

这正是李玥。

最重要的是驾驶座的人下来走到她身边直接揽住了她的肩。

他们注意到江崇一群人。

李玥与江崇的视线对上了。

气氛瞬间变得凝重，喧闹的街上，他们一言不发。

江崇的眼睛死死地盯着程牧昀揽住李玥肩膀的手。他知道李玥是很有分寸感的人，如果是普通朋友，她是不会让人这样亲近的。

那么就只剩下一种解释，他一直认为荒谬的、不可能的、不断回避的那件事成真了。

江崇的脑袋"嗡嗡"作响，脸色难看到了极点，他不敢相信李玥真的和程牧昀在一起了！

而在看到江崇之后，李玥侧过脸，淡淡地说："我们换一家吃。"

程牧昀："好。"

比起李玥和程牧昀在一起的事实，更令江崇接受不了的是李玥现在对他如此冷淡的态度。

从前的她温柔，会主动示好，现在的她看向江崇时好像在看一个陌生人。

这种待遇落差让江崇仿佛直接从云端跌到了地下。

"等等！"江崇上前一步，胸口起伏得厉害，"李玥，你就打算这么走了吗？"

他们那么多年的感情，她就这么放弃了吗？她真的不要他了吗？

他不信她会这么狠心！

李玥冷淡地说："江先生，我不觉得我们有打招呼的必要。"

有的人分手后依旧能做朋友，但这种情况在李玥身上不存在。

江……江先生？江崇再一次被这个疏离的称呼刺到。

他愤愤不平地大吼:"你为什么要和程牧昀在一起?"

江崇这时才注意到程牧昀手腕上有一条编绳手链,他霎时想到了什么,难以置信地质问:"你还给程牧昀做了手链?你怎么能给他做这个?"

江崇明白这条手链的意义,现在手链竟然被程牧昀戴在手上,这样崭新漂亮,和他的那条完全不一样,好像江崇自己也被取代了一样。

面对他歇斯底里的愤怒,李玥是明白的,编绳手链是具有特殊含义的。

但,江崇凭什么对她用这种质问的口气呢?

"你不是也送了冯盈盈J.C设计的项链吗?又特地为了恶心我,送我一个裂口的手镯。"

至今李玥还记得,当时看到冯盈盈戴着她喜欢的那条项链的心情,简直是恶心至极!

江崇的那些举动早就明晃晃地告诉她,两个人分手后已是破镜不能重圆,连她最喜欢的首饰都能送给她最讨厌的人,现在他又何必做出这副模样?

江崇立刻解释说:"那条项链是我给你买的,当初是不小心寄错了!"

"无所谓了,我们已经分手了。"李玥语气冷淡地说。

夏蔓在一旁奚落:"可不是?可别说你现在后悔了。"

任加云一行人尴尬局促,拉了一下江崇的胳膊,想让他离开算了。

李玥明显已有新欢,对方还是程牧昀啊!

可谁知江崇不肯离开,甚至直接承认了:"是,我后悔了!我承认我后悔跟你分手了!"

如果再给他一次机会,他绝对不会再像当初一样答应和她分手!

他不会喊孙志强来,更不会再偏向冯盈盈,他会好好对她的!只要她再给他一次机会!

他低声说:"玥玥,求你,回来好不好?"

他的话音一落,任加云一行人全惊了。

他们何时见过江崇这样卑微,尤其是在李玥面前。从前可全是李玥主动来找江崇示好,如今彻底分手,苦苦哀求复合的人竟成了江崇。

江崇上前对李玥伸出手,他多么希望李玥能把手放到自己的手心里,就像从前一样……

"啪"的一声响,程牧昀直接拍开了江崇的手:"不要骚扰我的女朋友。"

"女朋友"这个词深深地刺激到了江崇的神经。

李玥本该是他的女朋友,是程牧昀设计抢走了她!

江崇怒火上涌,冲向大脑。

程牧昀凭什么?他抢走了李玥,戴着她做的手链,现在当面又说李玥是他的女朋友!

江崇依然笃定地认为,李玥属于自己!

江崇气势汹汹地上前,可程牧昀出手更快,一只手狠狠地攥住他的衣领,一瞬间把他提了起来。

在众人的惊呼声中,程牧昀迅速地拉近两个人的距离,用只有他们能听见的声音,语气凶狠又霸道地说:"她是我的了,你给我滚远点儿!"接着他狠狠地一推。

江崇不由得连连后退,好在被任加云他们扶住。脖子被勒紧使他的脸色变得通红,他又咳又喘。望着李玥一行人离去的背影,江崇感觉心底又酸又恨,怒吼一声:"李玥,我知道你跟程牧昀在一起就是想故意报复我,对不对?你成功了,我后悔了!"

程牧昀脚步一顿。

李玥皱着眉头。

夏蔓回身啐了他一口:"神经病!"

她拉着李玥:"玥玥我们走,别理他!"

李玥点头:"嗯。"

她再没回头。

江崇整个人仿佛被推入深渊,绝望、痛苦蔓延到心口。

李玥男朋友这个位置,是他亲手放弃掉的。

不顾任加云他们担忧的眼神,江崇直接开车回到了别墅。

他翻出当初李玥寄给他的行李。

几个箱子里面有很多东西,代表着他和李玥曾经的爱情。

他不停翻,一样样找,可就是没有找到属于自己的那条编绳手链!

那是他们刚交往不久,在他生日时李玥亲手编给他的。他害怕弄丢弄坏,一直放在箱子里。

不会的,怎么会不见了呢?李玥把他的东西都寄给他了,不会落下这个的!

他开始打李玥的电话,可他的号码被她拉黑了,只能换一个手机打。

电话顺利接通,李玥那边"喂"了一声。

悦耳的声音通过听筒传来,江崇一时哽咽,像被堵住了喉咙,竟说不出话。

李玥带着有些疑惑的语气又说了遍:"喂?"

"是我。"江崇磕磕巴巴地说,"你先别挂,我只想问你一件事,我的那条编绳手链呢?"

隔了几秒钟,她用冷淡的语气对他说:"扔了。"

她竟然扔了?

"在我生日的那天晚上。"

在他抛下李玥选择冯盈盈的那天，在李玥向他提出分手的那天。

江崇不知道电话是什么时候挂断的，只知道他反应过来的时候手机屏幕已经黑了。

他待在偌大的安静的别墅里，孤零零的一个人，一颗心仿佛被掏空了。

他人生第一次深切地品尝到了"失去"的滋味。

他爱的人，他珍惜的感情，代表他们过去的手链，他全部失去了。

他再也找不回那条属于他的手链，就像他们曾经的过去一样。

她早就不要他了。

程牧昀的车上，三人的饭吃不成了。

夏蔓临时被领导叫走，她要回去加班。

程牧昀开车送她去公司，半路上李玥让他在一个便利店门口停下："我去买点儿东西。"

车上只剩下夏蔓和程牧昀。

说实话，气氛有点儿尴尬。

夏蔓忍不住了，主动找话题："程男神，刚才江崇那样，你没多想吧？玥玥跟他没关系了。"

"我知道。"程牧昀顿了一下，"叫我名字就好。"

夏蔓这回是真尴尬了，她赶紧专注吐槽："反正你知道是江崇自己一厢情愿就好了！"

她挺瞧不起江崇这种分手后悔再深情的人。早干什么去了？

夏蔓继续说："他要是再来跟你说什么乱七八糟的，你别搭理他就是了。这些年，玥玥可不欠他的，无论是感情还是东西。他们分手后，玥玥把这些年江崇给她的东西全部还回去了，什么首饰啊包包啊，连他的行李都是我帮着一起打包的，当时他马上就签收了！现在来装什么装？"

夏蔓估计前阵子李玥找她问首饰店就是因为这个，原来的那些东西都还给江崇了，李玥要是出席什么活动身上没几件像样的首饰确实不行。

程牧昀的手指蜷了一下，他意味深长地问："她全部还回去了？"

"嗯。东西差不多全是新的。你也知道，玥玥是运动员，基本没什么时间用那些贵重的东西，她都是放在箱子里的。"

程牧昀心底微沉了一下。

"是吗？"他淡淡地回应。

车门打开，是李玥回来了。

她拎着两个袋子，把其中一个递给夏蔓："里面有便当和咖啡，打工人辛苦了。"

"啊啊啊！我玥啊，你太好了，我好爱你！"夏蔓从车后座扑过来抱住李玥的脸"啪叽"地亲了一下,"你给我当女朋友好了,别便宜臭男人了。"

李玥推开她:"你就算不要你的男朋友,我可舍不得我的。"

程牧昀轻轻地笑了。

夏蔓板着脸:"宝贝,我发现你有重色轻友的倾向了。说,你爱谁?"

李玥:"我永远爱你。"

"是吗?"一道又沉又冷的声音响在她的耳边,程牧昀问她,"那我呢?"

夏蔓盯着她,程牧昀看着她。

双重压力袭来,简直比她刚才遇见江崇还要修罗场。

李玥:"我困了。"

她眼睛一闭,倒在真皮车座上,成年人才不做选择。

夏蔓吐槽道:"哇,李玥你现在挺会啊!"

李玥沉默。

一旁的程牧昀拍拍她的脑袋。

李玥继续闭眼大法。

夏蔓这还没吃饭呢,就被秀了一脸,简直不忍直视!不过看这样子她多少是放心了。程牧昀应该不会因为江崇闹脾气……的吧?

送走了夏蔓,车里剩下他们两个人。

程牧昀问她:"去餐厅吗?"

李玥摇摇头,没多少心情了,直接说:"回家吧。"

程牧昀眼眸微沉了些,提议说:"要去我家吗?"

李玥有点儿意外,但还是拒绝了:"我想回家洗澡换身衣服。"

"我可以帮你买新的。"

不知道为什么,今晚他似乎尤为坚持。

李玥侧头看了他一眼,微微吞咽了一下口水,小声地说:"我今天身体不方便。"

程牧昀侧过脸,薄唇抿成一线:"我不是那个意思。"

啊?他不是吗?

李玥的脸颊微微发热。

车内太过静谧,旁边有一辆辆车子开过,声音由远而近,又由近而远。

李玥知道自己应该主动开口,她心里有很多话想说。

因为她,程牧昀和江崇彻底决裂了,现在还要让程牧昀面临这种尴尬的场景。

她没想到分手这么久,江崇竟然还没想要放手,竟然还妄想和她重归于好。

如果以后江崇还来纠缠,程牧昀会觉得麻烦吗?

她知道今晚意外碰到江崇是第一次,但绝不会是最后一次。

而且对于她和江崇的过去，包括他们交往的过程，程牧昀是清楚的。

那么程牧昀会不会……介意？

这些问题她早应该在和他交往前就想好的，可遇上了他，情难自抑。

她斟酌了一下语气，轻声说："刚才……"

"我会做得比他好。"程牧昀突然打断她。

手心一热，她的手被他紧紧地扣住。

她抬眸看到他的眼睛。

他目光炽热，重复着说："我会做得比江崇好。"

所以，请她选择他吧！

李玥的眼眶突然热了一下，心口被说不出的复杂情绪狠狠一撞，眼角泛了红。

"玥玥。"他无措地喊了她一声。

她抽了一下鼻子，忍住了泪意。

"你别和他比。"她咬了咬嘴唇说。

江崇怎么能和程牧昀比？

她没想过，在碰到江崇之后，程牧昀会是这个反应。

程牧昀真的是太好了，让她觉得自己反而很坏很坏。

"我想抱抱你。"她红着脸小声地说。

程牧昀抿了抿唇角，捏了捏她的手，问她："那去后面？"

"嗯。"

两个人坐到了车后座，车灯关闭，黑暗中，他们只能隐约看清对方的轮廓，听到轻微的呼吸声。

程牧昀闻到淡淡的栀子花的清香气息，是从李玥身上传来的。远处的路灯从车后面的玻璃上朦胧地透进一些碎光，让她白皙柔美的侧脸变得甜美。

她纤长的睫毛微微一颤，眼瞳微微潮湿，红唇呼出的气息温热。

他喉咙动了动，心中有些不合时宜的意动。

他抬手摸了摸她微红的眼尾，低哑地叫了声："玥玥。"

她突然倾身上前，他张开手臂抱住她。

他搂着她单薄的背，湿热的气息在靠近，她的唇轻轻地亲了过来。

程牧昀猝不及防，愣住一秒，浑身跟着一震。

他回过神后握住她纤细的腰肢，另一只手抚住她的脸颊。

不同于刚才话语中的卑微，他的动作霸道强势，他身体迅速向前，将她压在一侧的车窗上，一只手护着她的后脑，可直到她呼吸乱到不行，他依旧不肯放过。

他顺着她的脖颈一点点向下吻着，在锁骨处流连，炙热的气息喷在她的皮肤上，烫得人心跳加快。

最后的理智让他稍稍停了下来，他记得李玥说她身体不方便。

他的脑袋靠在她的肩膀上。李玥能感觉到他硬硬的鼻梁硌着锁骨。

他低哑的嗓音响起："本来，不想这样的。"

李玥抱住他，声音带着喘息："嗯。我知道。"是她招惹的他。

他慢慢起身。借着隐约的光线，李玥看到他翻涌着情绪的漆黑眼眸，执着地盯在她身上。

李玥向前，用额头抵住他。

他微微愣住。

红润的唇轻轻地一动，她温柔地说："我们都不和从前的人比，好不好？"

江崇是江崇，程牧昀是程牧昀。

现在在她身边的人，是程牧昀。

程牧昀顿了几秒，轻轻地点了点头。

李玥微笑："不过好像有点儿不公平。"

程牧昀不解地问："什么？"

"你都知道我的，我却不知道你的。"

李玥见过程牧昀的前女友一次，那女生很漂亮，气质很仙，和自己完全是不同的类型，所以当初程牧昀对她表示好感，她还觉得不可能。

她的手腕被他抓住，他掌心的温度很烫："你要问吗？我可以说。"

"不要了！"她笑了笑，有点儿调皮，"那些是过去的事了，现在我才是你的女朋友。"

明明知道这是她的糖衣炮弹，可他还是心甘情愿地吞了下去。

他哑着嗓子："嗯。我现在是你的了。"她一样是他的。

"程总。"

"嗯？"

"你好会。"

她湿热的气息吹落在他的唇上。

他微微偏了一下头，在李玥觉得吻会再次落下的时候，他紧紧地把她抱到怀里。

她没有给过承诺，也没有给他回应。

他心中的情绪不断地翻涌着，抽疼又难捱，可他怀里的柔软是真实又温暖的，心情复杂又难受，他只能紧紧地抱住她，紧一点儿，再紧一点儿。

当晚程牧昀开车把李玥送回了家。

第二天一早他就来了。

经过昨晚的亲密接触，两个人相处的气氛好像不太一样了，具体就是程牧昀会很自然地靠过来，亲亲她，抱抱她，不再像从前都要征询她同意似的提前问一下。

他有点儿黏人，不过李玥喜欢。

他一来就帮她收拾家务，李玥都不好意思了，扯着他的手臂不让他做了。

她开玩笑地说："要是别人知道封达集团的总裁在我家给我擦地、洗碗、做家务，估计都得抨击我欺负你呢。"

程牧昀反问："你没欺负我吗？"

她有点儿心虚地眨眨眼，注意到他手腕上没有戴手链。

"手链呢？"

他从兜里拿出来给她看："刚才刷碗要沾水，怕坏了。"

李玥亲自给他戴好，黑色的编绳衬得他皮肤很白，中间的红豆是亮眼的点缀，她觉得比任何玛瑙宝玉还要衬他。

她冲他一笑："坏了我再给你做就好了。"

程牧昀挑眉："真的？"

"没问题，包在我身上。"

"那以后只给我做？"

嗯……李玥犹豫了一下，万一以后夏蔓看到想要的话，或者是她妈妈想要，当然这个可能性很小，不过万一呢？算了，不管了。

在李玥开口答应之前，程牧昀轻轻地笑了，说："我开玩笑的。"

李玥："哦。"

他眉眼柔和，看起来和平时没什么两样，李玥便没放在心上。

两个人待在家里。

中间程牧昀接到一个工作电话，他拿了电脑过来，直接在李玥家开始处理事务。

他忙的时候，李玥闲来无聊，就给夏蔓打了个电话。

两个人聊了一会儿，夏蔓提起："程男神有没有跟你闹啊？他吃醋了吗？"

李玥："没有。"

夏蔓松了一口气："那就好，程男神就是大度！一点儿都不像我男朋友，总因为我的初恋跟我作，我解释半天都说不好。"

是吗？程牧昀这算好吗？

李玥胸口积着一团奇怪的情绪，她觉得闷闷的。

她不得不承认，和程牧昀在一起后，他一直很好。可就是他太好了，让她仿佛处于云端，飘飘然忘乎所以，这种感觉反而让她觉得有些不太好。

开始交往时他答应保持低调，遇见江崇后从不吃醋，他对她的包容与爱护让她渐渐陷落。

可她总觉得有些不对劲儿，又说不好是哪里不对。

夏蔓说:"下次我们再一起吃饭吧!"

李玥:"好啊!"

总有机会的,他们三个人。

接着李玥接到了另一通电话,她的主治医师要她明天去复查腿伤,如果这次复查结果好的话,她很快就能归队训练了!

李玥的心情顿时明朗了,兴奋的笑洋溢在脸上,她禁不住在床上滚了几圈,不知怎的把自己缠到被子里出不来了。

"程牧昀?程牧昀?"她红着脸低声唤他。

过了一会儿,程牧昀戴着耳机走进房间,看到李玥把自己困到被子里出不来的样子,忍不住"扑哧"一声笑了出来。

耳机那边的对话停顿了一下。

程牧昀用英语回复:"It's OK, you go on, please.(没事,请你继续。)"

他忍着笑把李玥从被子里解救出来。

李玥脸憋得通红,又气又窘。

偏偏程牧昀笑得肆意张扬,好看得让人心痒。

他还在用耳机和对方交流。

李玥突然倾身,用手掌按住他的胸膛,仰头亲了亲他的喉结,小声地说:"我今天没事了。"

他听出了她的暗示,眼眸微微一沉,心跳一瞬间加快。

她能清晰地感受到他的心脏在她的掌心下不断地跳动。

李玥冲他一笑:"你忙吧!"

这下不淡定的人变成了程牧昀。

她招惹了他,又不负责,她飞快地跑开,唇边带着得意的笑。

可下一秒手臂被紧紧地攥住,她跌入他的怀里。

程牧昀一边搂住她,又一边和对方谈话。

李玥的身体软了下来,眼底渐渐沁出柔色。

她用手紧紧地攥住他的衣服,呼吸完全乱了。

"我错了……"她低声求饶。

可这完全没能阻挡住他,漆黑的眼眸涌出一些说不出的情绪,他单手摘掉耳机扔了出去。

他欺身吻了上去,将她压在床上。

李玥被亲得喘不上气,眼底泛着水光,细小的呜咽声泄出,又被他悉数吞了下去。

"程牧昀,"她低声喊他一声,却发觉掐住自己腰肢的力道又深了些,她连连求饶,"程总、程哥……牧昀。"

最后一个称呼总算有点儿作用,他微微起身,悬在她上空。

他捏了一下她的下巴,声音喑哑:"要说什么?"

李玥推了他一把,却被他扣住了手指。

她赶紧告饶:"我错了行吗?"

"错哪儿了?"他不饶她。

她声音小小地说:"不该打扰你,瞎撩你。"

"你没错。"他低头亲了她嘴唇一下,"啵"的带着水声。

李玥的脸红得不行。

"还有别的要说吗?"

程牧昀的嗓音带着笑意,他顺着她的下巴往下亲,脸埋在她的脖颈处。

李玥身上很快起了一层热汗,被他的手碰到的地方仿佛变得火烫。

她微喘着:"还有,不该说假话,我今天身体还是不行。"

她刚才就是故意逗逗他,谁知道一下子撩大发了!她真不是故意的。

她感觉到程牧昀动作一顿,隔了几秒钟他才默默起身不再压着她。他坐了起来,后背对着她,宽厚的肩背跟着呼吸一起一伏。

李玥坐起来,小声问他:"生气了?"

"没有。"他声音沙哑,勾人地好听。

李玥靠过去,身体完全贴在他的后背上,把下巴搁在他的肩膀上。

她闻到他身上淡淡的苦橙香气,她偷偷盯着他的半边脸颊。不同于平时的白皙清冷,他的肤色带了一层明显的潮红,纤长的睫毛微颤,侧颜好看到让人心跳加速。

她第一次看到程牧昀这副模样。

原来,他情动的样子这么好看。

她自后伸出手环抱住他的脖子,笑了一声:"那你怎么不看我?"

程牧昀侧过脸看了她一眼,低沉带着警告的话语从嗓子里缓缓挤了出来:"别招我了。"

李玥有点儿想笑,又不敢笑。

她眼角弯了一下。

她知道程牧昀一向自控力很好,工作按时完成,听说他从前在学校每天早起晨跑,从不间歇偷懒。

通过这段时间的亲密接触,她更是了解到他是做事严谨的人,每天该做的事,下达的任务全部很有条理。今天要做完的事情他哪怕熬夜也要做完,第二天照样早起上班。

显然,他是个很有自制力的人,因为这些优点他才能够年纪轻轻就做了封达集团的总裁。

只是她感觉,在她这里,程牧昀一直引以为傲的自制力好像偶尔会失效。

她有点儿开心,也有点儿得意。

当天晚上程牧昀跟以往一样没有留宿,只是在离开的时候对她说:"明天我休息,要不要来我家?"

明天李玥要去医生那里复查,便婉拒了:"改天吧。"

程牧昀眼眸黯了一瞬,接着抚了一下她耳边的头发,淡淡地说:"好。"

第二天一早,李玥去医院挂号拍片。

她折腾了将近一上午,复查结果要下午才能出来。

医院距离夏蔓的公司不远,她发个微信约夏蔓出来吃午饭,夏蔓立刻回复,十几分钟后两个人在餐厅会面。

两个人各要了一碗牛肉面,李玥特意说:"不加香菜。"

夏蔓要了一瓶冰可乐,李玥没要。

夏蔓边倒可乐边说:"那什么,我最近得到点儿江崇的消息,你不爱听我就不说了。"

李玥知道她不会无缘无故地提起这个,直接道:"你说吧。"

"江崇的公司好像快倒了。"

这个李玥倒是有几分惊讶。这几年江崇没少为公司耗费心神,培养出不少艺人,怎么说倒就倒了?

夏蔓直接给李玥解答了:"人心不在了呗,主要是江崇根本不像之前那么上心了。老板心思不在公司,底下人还得活啊,可不就赶紧找下家了吗?"

她叹着气:"听说江崇连着快一周没去公司,下面的人都联系不上他。后来还是他爸在一家酒吧找到的他,再晚一点儿发现没准儿就出事了,送医院的路上他嘴里还念叨着什么手链。"

李玥沉默。

她知道江崇念着的手链是什么,是那条她已经扔掉的编绳手链。

夏蔓皱着眉头,说:"我看他那架势,估计是还没放下你。"

李玥垂下眼帘,说:"他不是没放下我,只是不习惯失去。"

江崇自小家境优渥,什么东西都太容易得到,他从没有品尝过失去的滋味。

"他可能之前一直觉得我还没有放下他,以为我们还有可能吧。"

不知道江崇哪里来的自信,以为李玥还会回到他身边。在他亲眼看到她和程牧昀在一起之后,他该明白她的态度了。

夏蔓担忧地说:"我就怕他搞事。"

那天江崇说李玥跟程牧昀在一起就是为了报复他。别说程牧昀当时听到之后脸

· 300 ·

色难看，连夏蔓在一旁听了都觉得不舒服。不过据李玥说，程牧昀没有因为这件事心里不舒服。

夏蔓说："反正吧，我觉得江崇不会这么容易消停的。"

李玥皱了皱眉，说："我会注意的。"

两个人吃过饭，夏蔓回去上班，李玥去医院取报告。

检查结果很好，估计很快她就能重新回到滑冰场了！这个消息让李玥振奋不已！

她开车回家，路上还去了趟中午去过的餐厅打包了一份牛肉面。

这家牛肉面做的味道很好，她觉得程牧昀会喜欢的。

她给他发了微信："在哪儿？"

程牧昀隔了几分钟才回复："你家，你屋子好乱。"

李玥知道程牧昀一定是又在帮她收拾家里了，她手指点点："等我回去跟你一起收拾。"

李玥带着笑回到家里。

她一打开门就闻到一股浓重的烟草味。

她看到程牧昀坐在客厅里，眼前烟灰缸里的烟蒂堆积一团，他手指间还夹着一根烟。看到她回来，他眉眼微微一抬。

他嗓子发哑："回来了。"

不知道为什么，李玥觉得屋子里的气氛和以前不太一样。

她被烟味熏得呛了一下，一边皱眉一边说："你怎么抽这么多？"

她的话音戛然而止，因为她发现了他身边的大盒子，那里面是程牧昀曾经送她的名牌衣服、鞋子，还有价格昂贵的钻石手链，以及J.C设计的那条宝石项链。而且不止于此，那两条白色的丝绸手帕也在下面。

她一瞬间心跳加速，有股被看到秘密的窘迫感，声音禁不住微微压低："你把这个拿出来干什么？"

他不答反问："你今天去哪儿了？"

"我去医院做了身体检查。"

"结果怎么样？"

"挺……挺好，"李玥嗓子发干，清了清嗓子又说，"医生说再过一段时间我的腿就完全恢复了。"

"你要回队了是吗？"他将烟蒂按灭在烟灰缸中，用漆黑的眼眸锁着她，"如果我不问，你打算什么时候告诉我？"

她第一次发觉程牧昀的威慑力如此强，给人的压力感如有实质，后背不知不觉地微微沁汗。李玥紧张地吞咽了一下口水，解释说："我没有想隐瞒你。"

"是，你只是没想到通知我。你可以一个人去检查，一个人安排计划。有时候我会想，你真的需要我这个男朋友吗？"

他的表情冷得骇人，嘴唇抿成一条线，手臂上的青筋鼓起，显然，他的情绪隐忍到了极致。

不必她开口问，她已经知道他在生气。

她的心脏不安地加速，每一次呼吸都变得发沉，她看到了他冰冷的眼神。

他将身边盒子的盖子掀开，里面全是他送给她的东西。

他冷冷地问她："你为什么要把我给你的东西全部放在盒子里？为什么从来不用？"

李玥喉咙发干，想说他送的这些东西太贵重，一直没有合适的机会用。

可他的下一句话顿时让她哑口无言。

他直接走到她面前，高大的身躯笼罩着她，居高临下地盯着她的眼睛质问："你从来不用我给你的这些东西，不肯去我家，是不是准备随时抽身？打算分手后再把这些东西全部还给我，干干净净地跟我划清界限？"

她心头狠狠一颤，想要解释，却突然无法开口。

她真的没有这么打算过吗？

如果两个人有一天分手，她是一定会把这些全部还给他的。因为她早已习惯了不亏欠别人，更不想麻烦他。

她的沉默已经说明了一切。

程牧昀眼底渐渐浮现出淡淡的红血丝，他极力地克制自己，不去上前触碰她。

明明知道不应该再问下去了，否则只会回不了头，可他迫切地想知道，这么久以来，哪怕是一点儿，自己有没有触及她的真心。

他漆黑的眼眸里带着压抑的盛怒，喉咙干涩得生疼。

他一字一顿地问她："李玥，我从不在你的人生计划之内，是吗？"

李玥白着脸，沉默半晌，艰难地开口："我不知道。"

他自嘲地"呵"了一声："不知道？"

她紧紧地抿住唇。她确实没想过那么远的事。

他声音低且冷："我明白了。"

最后，他只想知道一件事。

"你爸爸出现的那天，如果不是我，换成是其他人帮了你，你也会和对方在一起吗？"

李玥心底冒出一股火，她抬起头与他对视："你觉得我是那么随便的人？"

她心里带着气。他难道是这么想她的吗？

程牧昀见她不正面回答，还有什么不清楚的？当初他乘虚而入，现在自然无话可说。

他明明知道自己不该再奢求太多，只要能待在她身边已然足够。

当初他不是早就听到有人跟她提议说，跟他在一起的话就能够成功报复江崇吗？

这些程牧昀都可以不在乎，可如果她是为了报答他，而这个交往是一段有时效的报恩，他无法接受！他还没低贱到这种程度。

两个人无声地对视，室内的气氛仿佛降到了冰点。

良久，室内响起程牧昀冷淡的声音，他脸色苍白地说："李玥，你到底是因为什么和我在一起的？"

这次程牧昀没有等她的回答，他径直越过了她，碰到了她的肩膀。

李玥歪了一下，手上的袋子"啪"的一声掉在了地上。

伴着门被关上的声响，袋子里的牛肉汤已经完全洒到了地上，汁水溅到脚上，热的，但她的心里却冰凉一片。

李玥缓缓地蹲了下来，双臂抱住膝盖。

她眼眶泛热，眼前突然模糊起来，眼泪砸到了脚背上。只是这一次，身边没有把她抱到怀里的那个人了。

他们吵架了。

李玥心里很烦躁，一晚上辗转反侧，第二天起床，她眼下多出两个大大的黑眼圈，变得无精打采。就是因为这样，她才特别讨厌吵架。

李玥心情烦闷，给夏蔓打了个电话，想要和她见面。

夏蔓挺诧异的，大周末的李玥不陪男朋友怎么找上她了？

不过她很欢迎地说："来吧！宝贝！"

李玥带着小龙虾去了夏蔓家里。

夏蔓超激动地说："哇，蒜香的、麻辣的、咸蛋黄的……我好喜欢啊！"

李玥有点儿提不起劲儿，不过还是笑了笑，说："喜欢就好。"

两个人坐下来剥虾，夏蔓很快发现李玥剥虾的速度慢了很多，她说："宝贝，你剥虾技术下降了，以前可比我快多了呢！你看看我，都一堆了。"

果然，夏蔓都吃完一大盘了，李玥却只剥了一小堆。

李玥微微垂眸，是有阵子没有剥虾了，之前吃的时候是程牧昀主动给她剥的，他先是把香菜挑出去，再一只只地给她剥好，完全不让她动手，他把自己都给惯懒了。

有时候她有点儿害怕，一直独立的自己，以后会变得离不开他。

夏蔓边剥虾边问她："你今天在我家睡还是程牧昀来接你？"

"他不会来接我了。"

接着，李玥把昨天的事跟夏蔓说了。

夏蔓听完一拍桌子，笃定地说："我就说程男神不可能不吃醋的！"

她压低音量，问李玥："那你们现在是分手了？"

李玥突然有点儿后悔跟夏蔓说这些了,以前她都是习惯自己解决问题,只是这次实在是心乱如麻,才忍不住征求夏蔓的意见。

她咬了下嘴唇,小声地说:"我不知道。"

他们应该……不算分手吧!可她真的不知道程牧昀现在是怎么想的。

昨天他冷漠的样子,陌生得让她心颤,她第一次见到那个样子的他。他生气的样子真的很吓人。可换位思考一下,他怎么可能不气呢?

程牧昀有自己的骄傲,怎么能忍受李玥以这种态度对他?

也许他是想放弃她的。

事后她冷静下来仔细想,觉得自己确实挺浑蛋的,想到程牧昀离开时异常苍白的脸,她的心头酸酸的,有一种说不出的难受。

"我当时有点儿害怕,也有点儿生气,现在冷静下来一想,是我不对。"

李玥无法否认他当时的话,她的确没有想过他们两个人的未来。

他说她做什么事都靠自己,有时候他觉得自己作为男朋友,却完全没有任何存在的意义。

可李玥自小就独立惯了,哪怕是在跟江崇的交往过程中,她也一样是习惯自己做事情。

最重要的是,李玥从未想过真正地去依赖一个人。她觉得完全依附一个人而活是一件很恐怖的事。

这时候电话响起,是个陌生号码,李玥接听起来,对方的语气十分急躁。

"李玥,你快来医院一趟。江崇因为你都酒精中毒了,现在又不好好配合治疗,你来劝劝他!"

李玥听出来这是江崇母亲的声音。

她心里泛起一股焦躁,不耐烦地说:"我再说一次,我们已经分手了!"

李玥直接挂断电话,把号码拖入黑名单。

那边江母发现自己的电话被挂断,气怒得差点儿昏了过去,偏偏她拿李玥毫无办法。

她急得直转圈:"电话打不通了。小崇一直说要什么李玥的手链,她不来可怎么办?"

江父皱着眉头,问江母:"你知不知道是什么手链?能不能给他买一条?就说是李玥送过来的,好歹先稳住他的情绪,让他配合治疗。"

江母以前见过的,那编绳手链简单、粗糙,江崇偏当个宝贝似的放在盒子里不让她碰。

"我记得那条手链的款式,我现在就让人去买一条。"

旁边的周雨薇听到,小心地说了句:"这样骗江总是不是不太好?"

江母急道:"现在哪儿有时间管这些?"

那编绳手链造型是简单,可现在做这个的不多了,好不容易才叫人买到一条类似的,江母塞到半昏迷的江崇手里,说:"小崇,你看,这是李玥刚才送来给你的,她让你好好照顾自己。"

江崇眼眸一亮,紧紧地抓住那条编绳手链。

"李玥来了?"

"是啊!"

"那她怎么不进来看我?"

江母敷衍地说:"你现在这样让她见了多不好。等你恢复了她再来。"

江崇看到此刻狼狈的自己,心想也是,他惊喜地攥着那条崭新的编绳手链,仿佛握住了希望。他就知道,李玥对他是有心的!

十分钟后,江崇发了一条朋友圈。

照片里,他手里攥着一条黑色的编绳手链,照片配上的文字是:这一次我会好好珍惜。

他这条朋友圈下面全是一片加油声和一些赞美之词,甚至任加云在下面直接问:"复合了?"

程牧昀在看了几分钟后,退出了页面,黑掉的手机屏幕倒映出他冷峻的面庞。

旁边的丁野见他脸色难看,问道:"股价跌了?"

程牧昀声音发冷:"不是。"

"那怎么这副表情?"丁野支着下巴问他,"上次不是说要给我介绍你女朋友吗?又想放我鸽子?"

程牧昀薄唇抿紧,过了几秒他才回道:"你见不到了。"

丁野诧异地挑眉,问道:"吵架了啊?"

程牧昀不知道他们现在算什么状态,吵架还是冷战?或者说李玥也许借此机会直接就跟他分手了,一了百了。

"是我不识相了。"程牧昀低声地自嘲。

丁野看他这样,拍拍他肩膀,安慰道:"你看你,第一次谈恋爱就是憨,女孩子是要宠的,你回去好好哄她。"

程牧昀别过头,说:"不是你想的那样。"

他忍不住再一次打开手机,置顶的微信没有消息提醒,李玥没再发过来一条消息。

看到李玥脸上展露出平时没有的冷意,又毫不客气地挂了电话,夏蔓有点儿好奇地问:"谁啊?"

李玥:"江崇妈,说他进医院了,要我去看他。"

"嚯，还道德绑架上了，他进医院关你什么事？"夏蔓为她愤愤不平，"现在想起你了，他怎么不找冯盈盈啊？就算你们以前在一起那么久，还差点儿订婚，那现在也分了，更何况……"

夏蔓想加一句李玥身边已经有程牧昀了，想到两个人现在的状况，她立刻住了口。

"江崇可能觉得我总是念旧情的，"李玥嘲讽地扯了扯嘴角，"至于订婚，我想他曾经真的想要跟我结婚。"

关于结婚，江崇早在几年前就跟李玥提过。那时她刚20岁，冬奥会失败后，心情非常沮丧，江崇过来安慰她："没关系的，大不了你不要滑冰了，等我俩年纪到了，我们结婚，以后我养你。"

夏蔓第一次听李玥说起这个，有点儿意外地说："没想到江崇以前还这么有担当。"

李玥静默了片刻。

也许对于父母双亲已不在、渴望家庭的夏蔓而言，男人的这句"我养你"是一句非常有担当的承诺。

可对于自小父母离异的李玥，这句话仿佛是一朵罂粟花，艳丽华美的外表下，实际上是危险的诱惑，让人一步一步地走下台阶，久而久之，就再也爬不上来了。

李玥说："当时他这句话没有给我带来任何安慰，对我而言，他像是在说我已经失败得走投无路了，只有他这条路才能走。我不是选择跟他结婚，我是逃避才进入婚姻。如果我和江崇结婚，以他的家境，还有他的父母，是不会再让我继续做运动员的。我此后的生活，只能待在家里做他的贤妻良母。如果有一天，他把这条路也封死了，我能去哪儿呢？"

她唯一仰仗的不过是他的爱，那有一天他不再爱她了，她该怎么办？

她是亲眼见过父母离婚之后，净身出户、与社会脱节的妈妈是怎么苦熬过来的。

李三金曾经为了她的学费去各个亲戚家借钱，那些人却不肯借一分。在开学的前一天，李三金大半夜抱着她在街上崩溃地大哭。

为了开店赚钱，李三金在工地干苦力，手破了，腰弯了，病了不敢吃药，发烧不肯请假。

那些年，李三金没买过一件新衣服，头发长了就自己剪短。

谁能想到，在以前，李三金也曾是当地有名的美人。

李玥深深地记得，当李三金的好友朱姨在街上遇到她们时，心疼得落下泪来，朱姨抱着她妈妈哭："你怎么会变成这样，你为什么不去找我啊？"

朱姨是第一个为她妈妈心疼而流泪的人，在那之前，她们遇到熟人时，总是有人冷嘲热讽地说她妈妈老了、丑了。

在李玥的认知里，她妈妈本不该吃这样的苦。

李三金是老师，以前在学校里教书育人，是孙志强非要她回家照顾孩子，还承诺照顾她一辈子。

可两个人感情破裂后，李三金净身出户，累出一身病，被生活折磨成了另外一个人，她才终于得以重生。

李玥说："我不敢赌。"

她没办法全身心地依赖一个人。

夏蔓轻轻地叹了一口气。

她终于明白了李玥一直以来坚持的路有多么艰难，网友的抨击、亲人的失望、爱人的拖累，这么多枷锁统统都套在李玥的身上。

夏蔓更清楚李玥为什么会对程牧昀的感情有所保留。

李玥她不想放弃自己的事业。

然而程牧昀的家世注定他不是普通人，就算程牧昀再好，可两个人的差距实在是太大，他们的矛盾隐患处处可见。

如果有一天程牧昀成为挡在李玥面前的人，那时候再让李玥抉择，宛如是在她心口挖肉。

李玥刚经历了一场情伤，终于放下了江崇，如果再重新走一遍老路，她该会多么痛？

良久，夏蔓开口说："作为朋友，我理解你。"

之前，李玥在和江崇的那段感情中受过情伤，再恋爱时，她的内心自然会有所保留。

尤其这个对象是程牧昀，他实在是太完美，家世好，长得好，人也好。

这样一个"男神"般完美的人突然对李玥表达爱意，她仿佛获得了绝世珍宝，喜欢又烫手，就算抱在怀里，也总有一种怀璧不配的感觉。

也许总有一天，他会离开。

李玥和这样的人在一起，是最幸运的事，更是一场豪赌。

夏蔓明白，但还是说："可如果我作为旁观者，你确实不对。"

她斟酌了一下词语，委婉地说："你这样很伤人。"

程牧昀在这场感情中是投入的。

夏蔓完全看得出来，程牧昀是喜欢李玥的，他的目光始终停留在李玥身上，温柔自然地沁出，旁边的人看着都不由得微笑起来。

只是夏蔓想要确定一点，所以她提出了同样的问题："你到底是因为什么和程牧昀在一起的？"

李玥是想感激程牧昀或者是报复江崇，还是发自内心地想要和程牧昀在一起？

"程牧昀也许只是想要一个明确的答案。"

这个周末李玥是在夏蔓家度过的，夏蔓陪她待在家里看剧、刷综艺、打游戏。两个人难得度过了一整个消遣的周末，像极了从前年少的日子。

偶尔沉溺于玩乐时，李玥会忘记忧愁烦恼，只是连夏蔓都不知道的是，她已经连续失眠了两天，眼下的黑眼圈更加严重。

周一，夏蔓要上班，李玥准备回家了。

又经历了一个失眠夜，李玥站在夏蔓家的小区门口。

上一次在这里，是程牧昀过来接她，那时还是春日，阳光正好，他们在树下牵手。

在微冷的寒风中，他把她的手放进他的大衣兜里。

她心里那股泛酸的感觉再次涌现，延绵不断地扯着。

李玥用手按住胸口，她有些不可思议，也许连她自己都没有意识到，程牧昀对她的影响会如此巨大。

这才几天不见，她竟如此思念他。不过是他们一起来过一次的地方，都会令她触景生情。

她突然不敢回家。

陌生又强烈的情绪突如其来地淹没了她。可她打开手机微信，他没有一条消息发过来。

他可能是真的不想理她了。

眼眶不知道为什么微微泛酸，她轻轻地呼出一口气，以此来缓解胸口的胀痛，却毫无作用。

"李玥？"

她闻声下意识地抬起头，发现不远处停着一辆黑色轿车。车窗缓缓降下，露出一张痞帅野性的脸。

男人脸上露出笑来，再次确认："你是李玥对吧？"

李玥认得眼前这个人，是程牧昀的朋友，之前他还在医院撞到过她给程牧昀脱衣服检查身体，想起那次，她的脸微微地热了。

丁野向她招手："快来，这边不让停车！"

李玥不知道自己怎么了，稀里糊涂地就上了他的车。

"我叫丁野，之前见过的，"他眨眨眼，开始介绍自己，"我是程牧昀的好朋友，以前我们在国外是一个大学的。"

李玥矜持地回道："你好，我叫李玥。"

"我知道，你很出名的，我去看过你比赛呢。"丁野掏出手机，"能跟你合张影吗？"

"当然可以。"

丁野跟李玥在车里"咔嚓"一声完成了一张合影，接着他发到了朋友圈。

哼，程牧昀不是不介绍吗？这回让他傻眼！

丁野语气兴奋地说："李玥，我请你吃饭吧！"

不等李玥拒绝，丁野便吩咐司机把他们拉到一家粤菜馆，他行事雷厉风行，完全不容人拒绝。

一路上丁野的手机一直在响。

两个人坐在餐厅里时，李玥忍不住问他："你不接吗？"

丁野把手机甩到一旁，说："没事，让他也急一急。"

他以为打电话来的人是程牧昀，没想到搞电话轰炸的人竟然是梁小西，虽然不知道梁小西为什么转了性主动联系他，可谁叫这小丫头总是放他鸽子呢？

电话振动停下，对方似乎终于意识到他不会接，索性放弃了。

周围安静下来，李玥刚想问程牧昀最近好不好，可丁野先开口了。

"李玥，我早就知道你了，不过不是在新闻上，而是从程牧昀那里。"丁野笑吟吟地说，像在追忆似的，"那时候我们还在念大学，你应该能猜到，在学校里程牧昀有多受欢迎。"

是的，李玥可以想象，以程牧昀的优秀能力与英俊外貌，能够让多少人对他着迷。

丁野接着说："当时有一个女孩追他追得很凶，那女孩漂亮又热情，在学校里是女神级人物，可程牧昀对她完全不上心。当时有不少人开玩笑劝他从了，可他每一次都认真地解释，不给任何人误会的机会。整个大学期间，全校女生憧憬的程牧昀没有交过一个女朋友，我曾经差点儿以为他是无性恋者。

"后来有一次我们连天考试，第一天考本就累得不行，晚上又下了暴雨，可程牧昀那天竟然冒着雨出去了。第二天一早他才回来，手里抱着一个完全没有被淋湿的盒子，里面是一双崭新的滑冰鞋。

"他浑身湿透地跑去将滑冰鞋邮寄到国内，收件人写的是李玥，那是我第一次知道你的名字。"

当时丁野就记住了李玥这个名字，能让程牧昀在大雨夜寻遍整个城市买滑冰鞋，这个人对他来说一定意义非凡。

李玥完全愣住了。

"滑冰鞋？"她想起很久前的一件事，突然问道，"是不是红色的，周围有两条黄色的线条的一双滑冰鞋？"

丁野点头："没错。"

竟然是程牧昀！

几年前，在一场队内选拔比赛的前几天，李玥发现自己的滑冰鞋被弄坏了。

那时她光芒太盛，好机会全部落在她身上，不免太惹人眼。

她的那双滑冰鞋是在国外买的小众品牌，国内很难买到，就算是在国外，想买到同样的一双也很不容易，而且那时候拜托人买再寄到国内，也赶不上选拔比赛的日期了。

诚然，她可以再换一双滑冰鞋，只是这个品牌的滑冰鞋她穿得最舒服、最习惯，其他的鞋子穿起来不知是心理作用或是什么，多多少少让她无法淋漓尽致地发挥。

而且，一直伴随她比赛的小熊玩偶又被江崇要走送给了冯盈盈。

她后来跟江崇说了这件事，希望能把小熊要回来。

可在比赛的前一天，江崇竟然带给她一双崭新的滑冰鞋，就是她穿得最舒服的那个品牌的！

她惊喜得不行，问道："你怎么买到的？"

江崇当时得意扬扬地说："我当然有我的办法。"

江崇只字未提程牧昀。

李玥心脏最柔软的地方被戳中，说不出的酸意泛滥成团，她完全说不出话来。

那双鞋，原来是程牧昀买的！

"后来，程牧昀发烧了整整一周，第二天考试都没能参加，那是他大学期间唯一一次挂科。"丁野说。

李玥的喉头微微发涩，一种无法形容的情绪填满了她的心房。

这些事，程牧昀从没对她说过。

"我一直对你很好奇，只是你再没出现过，直到今年年初我再一次听到了你的名字。"

李玥意识到丁野说的那次。

"好像你打算在直播时公开订婚的消息，那时候我们还在国外谈合约，程牧昀临时改了行程回国。当时他还在发烧，一下飞机得知你的男朋友不知道为什么迟迟没能出现在直播现场，他立刻就开车去找你了。"

那天，程牧昀盛装而来，带着洁白的栀子花。

他是为她而来。

丁野继续说："还有安娜苏，你知道请安娜苏出山有多难吗？"

李玥豁然抬头，神情中带着猝不及防的震惊，问道："安娜苏，是程牧昀邀请的吗？"

"你不知道？"丁野意外地问，又感叹程牧昀到底是个多闷骚的性格，明明做了这么多，他竟然能隐瞒着本人只字未提。

丁野对李玥说："当然，程牧昀拜托了不少人去请安娜苏，欠了很多人情。安娜苏一家在国外所有的费用全部是他支付的，除此之外还有天价的培训费。"

所以，根本不是程牧昀要去出差，恰巧认识安娜苏，他"顺势"带李玥去培训。

怪不得当时李玥一见到安娜苏，对方直接和她去了滑冰场。

李玥竟然还以为程牧昀是有业务要在国外处理，只是顺手帮她的忙而已。

所谓的等她获得冬奥会金牌，第一个代言签约给他的约定，只是他希望她能够心安理得地接受他对她的帮助。

在得知这些之后，李玥不知道为什么脑子里冒出一个想法，也许这世上所有的人都会对她产生怀疑，劝她放弃花滑，不要再去追求虚无缥缈、无法实现的梦，可唯独有一个人会支持她，那就是程牧昀。

李玥不记得自己是怎么告别丁野回到家里的。

在听完丁野说的那些话之后，她急切地需要一个人静一静，巨大的信息量与情绪一同袭来，让她躲都没处躲。

就像程牧昀一样，他突然出现在她的生活里，以一种无法忽视的存在感迅速地占据了她的生活与情感。

眼前突然黑了一下，她的脑袋有些发晕。

她一整天没吃东西。准确地说，这几天她都没好好吃什么东西。

她去储物柜找了一下有什么能垫一口的，在打开柜门时，里面飘出一张洁白的字条。

她蹲下捡起来，字条上是漂亮的草书字体：

要好好吃饭，听话。

——监督你的男朋友程。

李玥眼眶一热。

他知道她偶尔饮食不规律，不知道什么时候在柜子上贴了字条提醒她。她的心被一股暖流包裹着，脑海里突然浮现出那天他离开时异常苍白的脸，他的脸上是她从未见过的表情，那是深深的难过。

写下这张字条的时候，程牧昀是什么心情？问出她为什么要跟他在一起的时候，他又是什么心情？这些问题，他到底在心里积攒了多久才开口问她的？

她突然发现就算离家几天，屋子依旧干净整洁，是因为那天程牧昀帮她彻底清洁过。

李玥心头一痛。

她不知道程牧昀是什么时候发现那个盒子的，是在最后清理时发现，还是在发现后依旧帮她打扫完了所有的房间？

她难以想象他当时的心情。

最后走的时候，他只留给她一个清爽干净的家，可他是带着糟糕的心情和满身的烟味离开的。

他总是这样好，沉默却贴心，像柔柔的春光洒在身上，暖洋洋地包裹住她。

和他在一起后，她有时候是怕的。她怕两个人闹矛盾，经历吵架、冷战，不知

· 311 ·

道自己还应不应该用以前主动求和的方式去处理。她害怕重蹈覆辙，更害怕情深之后，又要在他和事业之间做抉择。

她总是有所保留，贪图现在的美好，不去想以后的事。

可在过去的无数次里，是程牧昀主动走向她，为什么她要惧怕向他走去的那一步呢？

李玥捏着薄薄的纸片，眼睛微微发亮，就像这张藏在暗格里的字条一样，他早已经住进了她的心里。

程牧昀值得她付出。

她想见程牧昀，就现在！

第十一章
我的未来里有你

在收到李玥的手链之后,江崇每一秒都过得百爪挠心,整个人止不住地兴奋起来。

他就知道李玥总是对他心软的!

他急切地想联系李玥,偏偏手机被妈妈没收了。

过了几天,身体稍微恢复后,他趁着看管他的人不注意,偷偷地从医院里溜了出来。他迫不及待地想见到李玥!

他只要好好地认错,一定还可以和李玥重新在一起!

终于到了李玥家的楼下,在地下停车场里,他看到在不远处停下的一辆黑色的汽车里走出来一个让他咬牙切齿的男人。

江崇推开车门,大喊了一声:"程牧昀!"

前方英俊的男人闻声回过头来,在看到他之后脸色微微地变阴了。

不同于上一次,现在江崇的表情里带着说不出的得意。他故意露出手腕上的编绳手链,优哉游哉地走到程牧昀的面前。

"你别以为自己上位成功了。"他满含恶意地开口说,"李玥不过是看你长得好,你俩根本就不可能在一起!"

谁知程牧昀淡淡地一笑,以自信从容的姿态说:"就算玥玥是为了我的脸,我也只觉得荣幸。"

江崇的脸色转青。

江崇气得嘴唇发抖,心里有一种一拳打到棉花上的无力感。

他看着程牧昀，眼前的男人俊美得不行，还身家不菲，无论是皮相还是能力都远超他。

他一直认为程牧昀不会喜欢李玥，而李玥更对程牧昀这样的人毫无兴趣。

可现在，他们两个人在一起。

和这样的一个人竞争，江崇突然失去了信心，唯一能够支撑他的就是他和李玥这些年的感情。

"李玥就是想利用你来气我罢了。"他举起手，给程牧昀看手腕上的编绳手链，"看到了吗？李玥给我的。"

程牧昀的眉心一抽，薄唇渐渐地抿了起来。

江崇注意到程牧昀的神情变化，突然有了快慰感，一直以来在程牧昀面前的自卑与压抑在这一瞬间得到释放。

他抬着下巴睥睨着程牧昀："李玥是我的女人！"

程牧昀说："李玥不属于你，也不属于我。她只是选择和谁在一起。"

她过去选江崇，现在选程牧昀。可他们谁都没有真正地拥有她，她属于她自己。

这句话不知怎么突然触发了江崇的回忆。

过去他和李玥曾数次争吵，有一次争吵给他留下的印象极其深刻。

那次争吵的起因依旧是冯盈盈。

江崇当时心里委屈无奈。明明盈盈单纯可爱，为什么李玥总是要针对她、因为她跟他吵架？

他只是去盈盈的家里送了一次药。虽然他是在深夜去的那里，可当时盈盈烧得迷糊，又不肯去医院，他能怎么办？

因为这件事情，李玥跟他闹。

他觉得李玥很不懂事，指责她："你不信任我。"

当时李玥的面色很冷，脸上隐隐地透着疲惫感。她说："这不一样。"

"怎么不一样？我和盈盈之间明明什么都没有，你如果爱我就应该相信我！"

李玥当时异常郑重其事地说："江崇，爱和信任是两回事，我不会因为爱你就对一切妥协。"

"所以你才反复地推迟订婚的日期，还一定要在比赛之后举行仪式？！"江崇实在不懂，有些怨恨地对她说，"为什么别人可以为了男友妥协，偏偏你不行？"

李玥的脸色白了一下，反问他："那你爱我吗？"

"当然！"

"那你会为了我放弃你的事业、支持我的梦想吗？"

"你能别说这种气话吗？"

他去开公司，还不是希望事业成功后能站稳脚跟？这样家人才能认同她，他们

· 314 ·

才能顺利地结婚哪!

可听到他的回答之后,李玥露出一种"果然如此"的表情,说:"看,你说别人可以,轮到自己去做这件事时就不行了。但你还要求我按照你的想法去做事,否则我就是不爱你。"

"江崇,在爱你之前,我先是我自己。"她明明白白地告诉他,甚至好像已经不怕他会生气并跟她冷战了。

当时不知怎么,江崇的脑海里突然冒出一个念头:李玥现在好像已经不太喜欢他了。

明明他们订婚在即,她却并不期待、并不欢喜,甚至还对他说出这种狠话。

后来,他不知道怎么鬼迷心窍了,在遇到孙志强之后把孙志强请来,希望能够借这个父女和解的机会,让孙志强多劝劝她。

这样她就能多相信他一点儿,多把心思放在他的身上一点儿,多爱他一点儿。

然而程牧昀的这句话仿佛一个巴掌,把他扇醒了。

和李玥在一起这么久了,他也许没有那么了解李玥,甚至还不如程牧昀了解她!

江崇无法接受这个想法,低吼着:"你以为你很懂李玥吗?"

程牧昀目光清明,仿佛看清了江崇的虚伪,说:"至少我不会像你一样试图去改变她,让她委屈难受。"

脑袋里突然"嗡"的一声,江崇竟然无法反驳对方。

不知道为什么,在这一刻他清楚地明白了自己和程牧昀的区别。

他过去总是希望李玥为了他去改变自己,这不免让她难过。

可程牧昀似乎并不要求她做出任何改变。她只要是她就可以,做李玥就好。

所以李玥才会和程牧昀在一起吗?李玥真的喜欢上程牧昀了吗?

那种失控的感觉再次袭来,仿佛无时无刻不在提醒江崇,两个人复合的事不过是他的痴心妄想。

他稳住心神,不想再落了下风,说:"我和李玥在一起四年,最了解她了,她早晚会重新回到我的身边。"

程牧昀十分冷静,说:"是吗?你们在一起四年,真正相处的时间加起来满一年吗?你真有那么懂她吗?那你当时找孙志强逼她是在做什么蠢事?何况,如果事实真是你说的那样,为什么现在她一提起你就觉得厌烦呢?要我告诉你李玥的家里已经没有你的东西了吗?"

没错,现在就算江崇不承认,程牧昀也早已取代他了。

程牧昀的脸上如实地写着这句话。

江崇气得差点儿当场跳脚!

程牧昀再补上一刀,说:"对了,我已经帮她把之前你所有的照片都删掉了,她连看都懒得看一眼。"

　　什么？江崇瞪大了眼睛。李玥把他们以前的照片都删掉了？

　　江崇知道，李玥如果连这一步都做了，那么就已经下定决心不会回头了。可手腕上的手链提醒他，也许他还有一线希望！

　　他用分外刻薄的语气说："反正李玥不会喜欢你！"

　　"江崇！"

　　一声怒喝从远处传来，一身华服的李玥踩着高跟鞋"嗒嗒嗒"地走过来。她的眉宇间带着一股英气，脸上满含怒意，她看起来极具威慑力，又那样光彩夺目。

　　两个男人的目光瞬间被吸引住，他们定定地看着她走近。

　　一瞬间谁都不确定她到底会站在哪边。

　　她像一阵风一样刮过来，空气中飘来淡淡的栀子花香，接着程牧昀的手腕一热，被她牢牢地抓住。

　　她火气很大地冲江崇喊："你在跟我的男朋友说什么鬼话？"

　　江崇的脸色骤然变黑了。

　　仿佛没看到江崇难看的脸色，李玥继续道："我有没有跟你说过，你这样三番五次地来打扰我很烦？！"

　　她觉得他很烦？

　　他来找她，她不是应该感到解气、感到高兴吗？而且，李玥竟然在护着程牧昀！

　　心里又怒又妒，江崇好不容易压下心头的酸楚，低头央求："玥玥，我知道你对我很生气、你讨厌我，以前是我不对，我都改正错误……"

　　"你改不改正错误跟我早就没有任何关系了。"李玥深深地皱着眉，"我和你已经分手了。无论过去如何，我早就放下这段感情了。江崇，你能不能认清现实？我不是在跟你置气，更不会跟你复合！"

　　她的这些话仿佛千百把刀子在往他的心口上戳，心脏好像要裂开了。他浑身发抖，声音发颤地质问她："那你为什么还要送给我新的手链？"她为什么还要给他希望？

　　李玥疑惑地问："手链？什么手链？"

　　"这个！"他在她的面前晃了晃手上的新手链，"你如果不是心里还有我，为什么还要给我做手链？"

　　李玥看了一眼，面无表情地说："这不是我做的手链。"

　　什么？

　　这句话对江崇而言无疑是晴天霹雳，他的整个世界仿佛轰然坍塌了。

　　如果这条手链不是李玥给他的，那他一直都是在自作多情吗？

　　江崇不信，说："你只是不想承认罢了！"

李玥脸色沉沉地看着江崇。

她永远无法叫醒一个装睡的人。

"好，你看着。"李玥侧过头，去看身边的程牧昀。

程牧昀自始至终都安安静静地站在她的身边，迎上她的目光，温柔地与她对视。

李玥的心口被什么东西一撞。

她有点儿忐忑地抿了一下唇，说："你低一下头。"

程牧昀的目光变得深沉。

地下车库里的灯光打在他的脸上，他的表情很深沉，令人无法揣测此刻他内心的想法。可听到她的话之后，他依旧缓缓地俯下身来。

心波一荡，李玥伸手揽住他的脖颈，吻上他的唇。

江崇蒙了，然后瞬间崩溃！

他从未想过有一天会看到李玥在他的面前跟别的男人亲吻！

内心仿佛有什么东西轰然崩塌，他再也无法逃避。

这一刻，江崇感觉自己像一个小丑，卑微地把心脏送到李玥的面前，她却不屑一顾地把它扔到了地上，还在他的面前清清楚楚地表明她已经有了其他心爱的人！

她切切实实地告诉他——她不爱他了。

"够了！够了！"江崇大喊。

李玥的唇与程牧昀的唇分开了，她的脸上不可抑制地带上了微微的红晕。注意到程牧昀的嘴上沾上了她的口红时，她用指腹轻轻地帮他擦去了口红。

这样熟稔又亲密的动作再一次刺痛了江崇的眼睛。

"你还要说那些连你自己都不信的鬼话吗？"李玥转过头看他，表情是那样冷漠。

江崇愤怒、委屈、难过、失望，他的心被复杂的情绪冲击着，皱成一团，整个人仿佛被推到了深渊里。可嗓子好像被堵住了，他一句话也说不出来。

李玥第一次看到江崇这样难看又脆弱的表情，他仿佛被人一碰就会当场哭出来一样。

他终于明白了。

李玥别过脸，轻声对程牧昀说："我们走吧。"

程牧昀垂眸，牵着她的手离开。

江崇呆呆地看着他们的背影，痛苦不断地蚕食着他的心脏。

他突然想起，从前似乎也有过这样的时候——他牵着冯盈盈的手，把李玥扔在原地。

曾经他给自己找过很多理由，可现在看来，那些理由原来是如此不堪一击。

和李玥在一起的那些年里，他以为自己对李玥足够好，并且认为她会永远和他在一起。

· 317 ·

原来他曾经无数次带给李玥的是这种心如刀绞的感受。

他亲自品尝了这种滋味，才知道这种滋味是多么苦涩难咽。

过去，李玥不是没有给过他机会，是自大的他一次次地没将机会放在心上。终于有一天，他被李玥抛下了。

他没有什么时候比现在更明白李玥不会再回头了。他已经彻底失去了李玥。

他的这份迟来的道歉与爱恋，她不要了！

看着程牧昀的车子发动，江崇独自跪在冰冷的地上："是我错了……"

此时，李玥坐在程牧昀的车上，车子在道路上稳稳地行驶着。

空气如此安静，令她的心躁动得发慌。

在家里时她就已经想好了见到他后要说的话，可突如其来的状况让她一时不知该如何开口。

她清了一下嗓子。

程牧昀却先开了口，用好听的声音说："你要去哪儿，夏蔓的家吗？"

她低着头，看着手腕上闪着璀璨的光的钻石手链，动了一下嘴唇："我穿成这样，估计下了车就会被人抢劫吧。"

程牧昀看了她一眼。

盛装的李玥今天很漂亮。

她化了精致的妆，眉黑唇红，肌肤白皙水润，一头披肩的长发。

她穿着修身的黑色金丝长裙，露出雪白纤细的脖颈与手臂。长裙的下摆上缀着珍珠，如星月坠入了夜空中。

她纤长的脖颈上戴着蓝宝石项链，耳畔同色的钻石耳环在黑色的发丝间摇晃。她整个人明艳不可方物，光彩照人。

似乎是注意到了他的目光，李玥有一丝羞涩。

她抬手捋了一下耳畔的发丝，露出手腕上的钻石手链。

她的这一身衣服全是他送给她的，饰品同样是她放在盒子里不肯用的东西。

她这样打扮，似乎是想要讨好他。

这个念头让他的心情不可抑制地变得愉悦起来，他突然轻轻地笑了一声。

李玥一直忐忑的心情因为他愉悦的笑容变得有点儿轻松，她又感到了一点儿说不清的羞恼。

"去你家。"她声音很轻地说，不像在开玩笑。

表情变了，程牧昀沉着嗓子问她："去我家？"

李玥抿了一下红唇："嗯。"

程牧昀握着方向盘的手收紧了一下，他突然提了速，把车子朝他家的方向开去。

李玥从没去过程牧昀的家，还以为他这样的人会住在半山腰的别墅或深宅大院里。当车子停在一个小区内时，她有点儿意外地问："你住在这里？"

"嗯。"

程牧昀解开安全带，补充说："我平时习惯自己住在这儿，我爸妈家离这里挺远的。"

李玥跟着他下了车，这时天色已经很晚，他们一路都没碰上什么人。

可他们等电梯的时候，正巧有一个大爷从电梯里走出来。大爷看到一身盛装、穿得珠光宝气的李玥时直接惊得"嚯"了一声，这倒不是出于恶意，纯粹只是因为他觉得惊讶。

脸上火辣辣的，李玥跟在程牧昀的身后走进电梯，接着缩在角落里，低着头，感觉自己都没法儿见人了。这还不是最尴尬的事情。电梯在上升的时候开过一次门，一个女孩看到李玥，立刻把即将踏进电梯的脚又收回去了，讪讪地解释一句："呵呵，我坐下一趟电梯吧。"

电梯的门缓缓地关上时，李玥隐约听到了几句对话。

女孩旁边的男孩问她："姐，干吗等下一趟电梯？"

"里面好像有一个奇怪的人……"

"啊，是那个穿得金闪闪的人吗？她的脖子好亮啊。"

"那旁边的那个男的跟她什么关系？"

"那个男的长得那么好看！"

电梯的门合上了。

李玥尴尬得脚趾抠地。就是因为这种情况，她才一直不戴这些东西呀。

她抬头偷看了程牧昀一眼，一时心生佩服。

他为什么还能这么镇定自若呀？

电梯到了二十二楼，门打开了。程牧昀走了出去，李玥紧随其后。

他输入密码开门，两个人走进屋里，李玥一直悬着的心这才放了下来。她今天丢够脸了。

"你想喝什么东西吗？"程牧昀脱下西装的外套，问。

她有些紧张地吞了一下口水："都行。"

他去厨房里打开冰箱，李玥这才有时间仔细地打量程牧昀的家。

她本以为依程牧昀给人的感觉，屋子估计是那种欧式风格的，被装修得很严谨又有十足的线条感。可不同于她之前的想象，实际上程牧昀的家很有生活气息，被装修得简洁、温暖又明亮，窗明几净，旁边有造型独特的花瓶和艺术品，桌子上有序地摆放着文件。

很奇怪，明明是第一次来这里，李玥却莫名其妙地有一种熟悉感，这可能是因为他也给她收拾过家。

她紧绷的神经迅速地放松下来,肩膀也变得松弛了。

这时程牧昀走了回来:"冰箱里只有酒和矿泉水,我点些东西吧,你想喝什么?"

"不用了。"

她又不是来吃吃喝喝的。

两个人面对面地站着,也不说话,显得有点儿傻傻的。李玥深吸一口气。她不是那种拉不下脸面的人,何况本就是她有错。

"对不起。"先道歉的人竟是程牧昀,他说,"那天是我说得太过分了,我们忘记那天的事好不好?"

报答也好,利用也好,她终归还是把他当男朋友的。见过她跟江崇分手时的决绝态度后,他感到庆幸,又感到后怕。还好他仍来得及补救一切。

现在他还没有得到她的心,没关系。只要能待在她的身边,总有一天,他可以做到这件事。

"我们和好吧。"他伸手碰了碰她的脸颊。

李玥怔怔地看着他。

在过往的恋爱中,李玥总是低头的那个人,从不知道看着心爱的人低头示好是什么感觉。

在程牧昀向她低头示好后,一股温热的酸楚感狠狠地撞到她的心上,她的眼眶瞬间就红了。

"你干吗要道歉哪?"错的人是她呀!该道歉的人绝对不应该是他!真是的,他这么惯着她,早晚会把她惯坏的。

程牧昀的目光温柔又自责,他说:"我有错呀。那天我吓到你了吧?你的黑眼圈都出来了。"

李玥抽了抽鼻子:"这种遮瑕膏不好用,我以后不买它了。"

"我给你买新的遮瑕膏。"他说,声音柔和低沉。

她拽住他的袖子,抬头定定地注视着他,认真地问:"你真的不在乎我的错也不生气了吗?"

程牧昀想说"是",可望着她清亮的眼睛,一时又没能马上把话说出口。

他到底还是意难平,没能修炼到家。

他的眼睫慢慢地垂了下去,神色复杂难辨。

这时李玥轻柔的声音在耳边响起:"那天你问我,我是因为什么和你在一起的。"

程牧昀的心紧了一下。答案是什么已经不重要了,只要她还在他的身边。

"因为我喜欢你。"她说话的声音轻轻的,像一根轻柔的鹅毛扫过他的耳畔,化作一股热流,一瞬间撞破了他的心防。

程牧昀只觉得心脏猛然跳动,欣喜若狂的同时又难以置信,问:"你喜欢我?"

"对呀。"

她说的话有这么不可信吗?

李玥咬了一下嘴唇,语气里带了点儿嗔怪:"除了喜欢你,我怎么可能因为其他的选择和你在一起?"

她不是在利用他,不是在报答他,是在喜欢他。

程牧昀的呼吸渐渐地变得急促,突然降临的惊喜让他感觉一瞬间喘不上来气。他就那样定定地看着她,只能听到心脏剧烈地跳动的声音。

他的目光太灼热,她的耳尖都变热了。

她说这种话,怎么像是在表白一样?其实这也算是表白,是她人生中第一次表白呢。

她的脸好似变得更烫了些,可男主角偏偏一直不说话,让她紧张得心脏快炸了。

温热的气息落在她的头上,他微微地俯下身来。

"这是你第一次说喜欢我。"

啊?

她抬头看着他的眼睛,下意识地说道:"我以前没说过吗?"

他突然提高音量,有点儿气恼又有点儿委屈地说:"没有!一次都没有!"

"我错了,对不起。"这一次,她好好地对他说这些话。

她用双手捧住他的脸,仰头亲了亲他的眉心:"我喜欢你在我生日那天带给我的蛋糕。"

她又亲了亲他的眼睛:"我喜欢你送给我的项链。"

她再亲他的鼻子:"你在雪地里找丢掉的手链时,我就喜欢上你了。还有,谢谢你给我的那把伞,它一直为我遮风挡雨。"

她吻上他的唇:我喜欢你,程牧昀。我早已为你心动千万次。

亲吻渐渐变得湿热,李玥靠近他,用手轻轻地拂过他的喉结,摸到他衬衫的第一颗纽扣。他总是把扣子系得严严实实。

她去解他的衣服,手一下子被他抓住了。两个人分开,身体的温度在升高。

她走近一步,微仰起头,一排浓黑的睫毛下,眼瞳湿漉漉的。

程牧昀觉得浑身都烧了起来,紧紧地攥着她的手,嘴上却说:"现在不要。"

她听懂了他的意思,有点儿闷闷地问:"为什么,你还生气吗?"

"没有,"程牧昀微敛眉,声音又缓又低地说,"这是我们的第一次,我不想这样。"

程牧昀不想让她这样带着补偿般的心情开始他们的第一次。否则以后回忆起来,他都会想到他们吵架的事情。

李玥迅速地心领神会，心头蓦地一软。

这个人有时候热情得让人招架不住，有时候又纯情得让人怜爱。

李玥微微地弯了一下嘴角："好，那我抱抱你。"她抱住他，整个人完全靠在他的怀里。

程牧昀愣了一瞬间，差点儿以为她是在故意逗弄他，可很快想起了什么事。

他把手臂放到她的腰肢和背上，低头凑到她的耳边问："你是在哄我吗？"

"嗯，我在哄你。"

他说过，她哄他的时候要抱他。

他轻轻地笑出声，她身前的胸口轻颤着。

她亲昵地蹭了他一下，小声问："你不生气了？"

"不生气了。"

她又亲又抱地投喂他各种糖衣炮弹，他还怎么生气？他的所有委屈、难过的情绪全都被哄好了。

"你怎么这么好哄啊？"她才不甘心这么轻易地放过对方，说，"今天你是要来找我的吧？"

如果不是她也去找他，又正巧在停车场里撞见他，是不是这次最后也是他主动地来跟她和好？

程牧昀说："你也是想来找我的，不是吗？"看到她穿的那身衣服、戴的那些配饰，他就明白了。

没有谁去找谁，他们是共同走向彼此的。

心头软得不行，李玥用双臂紧紧地抱住他的腰："你该多拿拿乔，刁难一下我，这样的机会可不多。"

"我舍不得。"他说。

啊，他怎么这么好哇？

李玥把头埋在他的怀里，脸克制不住地烧起来。

那种踩在云端上的飘然感再次袭来，不过她已经不会再害怕了。

程牧昀值得她喜欢和付出。甚至她觉得，他可能比自己想象中的还要多喜欢她一点儿。

她以前会觉得不可思议，程牧昀明明如此优秀、俊美，却偏偏喜欢上了她。但现在他让她觉得，她很重要，也一样值得被珍爱。

两个人抱了好一会儿，过快的心跳慢慢地平复下来。

程牧昀闻到她的头上有淡淡的栀子花香："你换洗发水了？"

"这是我新买的洗发水。"

他才离开几天，她的身上就发生了他不知道的变化，不过以后不会出现这种情况了。

他紧了紧抱住她的手臂。

这时她的肚子非常不合时宜地叫了一声,响声在安静的室内非常明显。李玥的脸猛然红了。

程牧昀的声音里带着笑意,他问:"你饿了呀?"

这是自家的男朋友,她不害羞!

"我这几天都没吃什么东西。"他难受,她也不好受。

这下程牧昀变得严肃起来,板着脸问她:"怎么不好好地吃饭?"

她撇嘴:"谁叫我的身边没有监督我的人了呀?"

这倒成了他的错了。

程牧昀无奈的表情中带着说不出的宠溺,他柔声问她:"我现在点餐,你要吃什么?"

她笑笑:"我想吃你做的饭,吃什么都行。"

程牧昀看她笑得温柔,她像小女孩一样撒着娇。他几时见过她的这副模样?他又怜又爱地亲亲她的额头,恨不得什么事都答应她。

"好。"

他翻了翻冰箱,里面有早上他做的米饭,还有火腿、鸡蛋之类的东西。

他递给她一部平板电脑:"你在家里等我一下,无聊了可以玩平板电脑,密码是9835。"随即他出了门。

李玥拿着平板电脑,心里敲起了小鼓。说实话,她很好奇。自己上次一时疏忽,忘记了平板电脑里还存着以前的照片,那程牧昀有没有忘记这件事呢?

李玥觉得自己可能真的已经被程牧昀惯坏了,以前可不想查江崇的手机和平板电脑,现在却想知道有关程牧昀的事。

她不吃醋、不忌妒,肯定不跟他闹,就是好奇一下。

李玥输入密码,打开平板电脑,总觉得这串密码似乎有点儿熟悉。

不过她更急于去看里面的内容,打开平板电脑后,顿时大失所望。

这一看就是程牧昀工作时用的平板电脑,屏幕上全是工作软件,好多软件她都不认识,桌面上甚至有一整页名字是英文的软件。

相册就更别说了,里面连一张私人的照片都没有,只有各种与工作相关的报表、数据、合同的截图。

也许在业内人士的眼里,这些全是比黄金更昂贵的封达的内部数据,可李玥看得头都大了。

没办法,她是学渣。要不是学了花样滑冰,她都不知道自己以后能干什么事。

她翻完了相册,觉得非常无聊,微信里突然弹出来一条消息。

· 323 ·

嗯，她看一看他的微信也没关系吧？反正平板电脑是他给她的，这肯定没什么大不了的！

李玥大着胆子点开微信。刚才发消息的人是程牧昀的一个下属，在问他工作上的事，她没回复消息。

接着，她看到自己的微信被置顶了。

她的心底一暖，说她不开心肯定是假的。除了她妈妈，没人把她的微信置顶。

李玥拿出她的手机，立马把程牧昀的微信也置顶了。

她再去看平板电脑，发现某个微信群里一直有人在发消息。她有点儿好奇地点开群聊的对话框，看了一眼。

这是春风小区的业主群。

物业："各位业主请小心，经部分业主反映，一个穿着奇装异服的女子进入了本小区，身份不明，请各家注意安全，物业人员正在巡查。"

"是的是的，我亲眼看到了，有一个陌生的女人穿得好奇怪呀，脖子上和耳朵上戴的东西全是金光闪闪的。她一直低着头，一副鬼鬼祟祟的样子，行为举止太奇怪了！"

"人贩子？"

"上面的人别瞎说，她好像是跟着2201的业主进来的。"

"不会吧？2201的业主挺好的呀，总是穿西装，看起来一表人才，肯定是在某个大企业里正经地上班的。他怎么会认识这种女的？"

"我刚刚坐电梯，好像看到你们说的那个人了，说实话没看到脸，但姐姐的身材超好。"

"那是他的女朋友？"

"一切都有了合理的解释。"

"啊啊啊，不可能，我的'橙粒'绝不可能辜负我。"

"乱入了什么怪东西？"

"你们是不是忘了2201的业主也在群里？"

"……"

李玥仿佛看到许多人在屏幕前石化了一秒。

然后——

"1902"撤回了一条消息。

"1108"撤回了一条消息。

"1504"撤回了一条消息。

业主们在不断地撤回消息，来不及撤回消息的业主就不断地刷各种表情包，企图掩盖刚才的行为。

李玥想：我拿小本本记下来了，超记仇！

程牧昀拎着塑料袋回来的时候，李玥做贼心虚地关掉了他的微信页面，表情相当复杂。

程牧昀过去捏了一下她的脸："干吗气鼓鼓的？我回来得太晚了，你太饿了？"

"嗯。"

她该怎么解释自己被造谣成了穿着奇装异服的疯女人，他也成了为事业献身的小白脸？但是她一说这件事，不就暴露自己偷看他的微信的事了吗？

李玥觉得一阵胸闷，好憋屈呀。最后她只能说："是，我太饿了。"

他摸了摸她的头，眼尾一弯："我现在给你做饭。"

程牧昀拿出自己买的东西。李玥捞过来一把椅子，坐在旁边看他。

程牧昀对她说："我过一会儿才能做好饭，你先去玩吧。"

"不要，我陪你。"

他又笑了，这次似乎格外开心。李玥看着他笑，心情变得明朗了不少。

她默默地看着他洗好黄瓜、煎好鸡蛋、把火腿切成一条条的，目光忍不住落在他修长漂亮的手上。

她不禁有点儿甜蜜地想：啊呀，她男朋友的手真好看。

李玥低头看了一下自己的手，好吧，还是只有粗粗的手指。不过没关系，她男友的手好看哪，比她见过的所有的手都要漂亮。

她看着他用香油和芝麻拌好米饭。淡淡的香味飘来，一下子就把她的食欲勾起来了。

她拖着长音说："程牧昀，多久才能做好饭哪？"

他侧眸看了她一眼，意味深长地说："也许你换一个称呼，我就会快点儿做饭。"

"程总？程哥？"她打趣起来，"程男神？"

看来他想再听她亲昵地喊一声"牧昀"要用点儿心思了。他耐心地回答她："很快了。"

李玥已经瞧出来他要做紫菜包饭了，他把各种材料备齐之后再做饭就简单了。

他把米饭平铺在刚买来的海苔上面，再放上黄瓜、火腿、鸡蛋，一卷，把饭卷轻压成型之后，用刀切开它。漂亮美味的紫菜包饭就做好了！

李玥不等他装盘，在他切好第一个紫菜包饭时就迫不及待地把它拿起来放到嘴里。

"好吃，真好吃。"她饿的时候觉得什么东西都好吃。不不，是程牧昀做的饭好吃！

然后，他切好一个紫菜包饭她吃一个，他切的速度完全比不上她吃的速度快。

程牧昀笑她："你好贪吃呀。"

李玥发现两个人心意相通之后，程牧昀好像有点儿能放开自己了。这种变化让她欣喜，她也不再小心翼翼。

她轻轻地一笑，对他说："我其实贪很多东西的。"

谁也不是完美的情人，他们都有缺点，只是在爱人的眼里，那些缺点都成了可爱的小癖好。

他接话："例如呢？"

她开着玩笑："我贪财、贪色，刚好这些东西你都有。"

程牧昀扬了扬眉，微微地笑了，看起来还挺高兴的。

李玥有点儿意外，一般人听到女朋友这样说不是会不高兴吗？

她如实地问了，不过，提前给了他一颗甜味十足的糖："当然你还是有很多优点的，不是只有这两样东西吸引我。"

对于李玥的疑惑，程牧昀不觉得有什么，说："这全是我的优势，不是吗？"

他的家世、他的能力、他英俊的外貌，这些方面加起来才组成了全世界独一无二的程牧昀，也组成了属于李玥的程牧昀。

李玥愣愣地看着他，一时被如此自信从容的他迷住了。她一直是有些畏缩不前的，可拥有了他之后，似乎变得越来越勇敢了。

和这个人在一起，真的是太好了，她微微地笑了。

程牧昀不知道她为什么突然变得很开心了，不过这不妨碍他此刻愉悦的心情。他亲手喂了她一口紫菜包饭。

"你可以再多发现发现我身上的优点。"他慢条斯理地说，语气宠溺极了，"我全部让你贪。"

李玥的心里甜滋滋的。和这样的人在一起，她如何能够不心动？

两个人把做好的紫菜包饭一个不落地全吃光了。

李玥都觉得自己的小肚子胀起来了。尤其是她还穿着长款的修身礼服，是有点儿不舒服的。

按理说，这么晚了，往常的这种时候程牧昀该送她回家了。毕竟他从没在她的家里留宿过，她正想着，程牧昀走了过来。

他看着李玥的脸。她黑色的长发柔顺地垂了下来，有几缕头发贴在白皙的颊边。她直直地看着他，目光羞涩又柔软。

她的这副毫无防备的模样让他的心口泛热。

眸光闪了闪，他开口说："你穿成这样，再出去的话是不是有些不方便？"

李玥想：嗯？不对吧，我来的时候你可不是这么说的。

程牧昀冲她微微地一笑，格外好看的脸上带着点儿狡黠。他说："不如你今晚住下来吧，我明天给你买新衣服，你换了新衣服再走。"

李玥："……"程总，你还有多少小花招儿是我不知道的？

于是，李玥在程牧昀的家里留宿了。

真奇妙，李玥一直以为会是程牧昀先在她的家里留宿，没想到事实是相反的。

"那我晚上穿什么衣服？"她问。

程牧昀拿来一套全新的睡衣和睡裤，嗯，衣服都是男式的。

"我明天给你买新的衣服，买带独角兽图案的。"他说。

他怎么知道她喜欢独角兽？

她想到自己的家里就有一件印着紫色独角兽头的睡衣，可见程牧昀很细心。

"好。"她想先把耳环摘了。

程牧昀走近她，温热的气息落在她的耳边，里面带着苦橙清新的香味。他说："我帮你。"

他的手指落在她的耳垂上。李玥的呼吸一紧。耳朵上的触感如此真实，她近距离地看到他的脸，心脏又不争气地开始"怦怦"乱跳。

"好了。"他摘下一个耳环，宝蓝色的耳环落在他的掌心中，闪闪发光。

"另一边。"他示意。

李玥侧过头，悄悄地睨他。

程牧昀的表情沉静又认真，他英俊又真实，此时就站在她的身边，触手可及。

李玥也不知道自己怎么昏了头，在他摘下另一个耳环的时候突然凑近他，亲了亲他端正的下巴。

程牧昀愣了，李玥也愣了。

看到他意味深长地眯起眼睛时，李玥立刻低头。现在她要是说自己不是故意亲他的，还能说清吗？她就是觉得之前他们分开了好几天，差点儿以为他真的生气了、不再理她了，现在他又这么亲昵地给她摘耳环，她有点儿……情不自禁。

程牧昀笑吟吟地问："李老师是在奖赏我吗？"

"啊？嗯……你……你可以这么理解。"

"那请让我再帮你摘项链。"

她的声音变小了，她说："嗯，行。"

程牧昀走近一步，男人的气息瞬间袭来，李玥感到背上渐渐地生出一点儿热汗，呼吸小心翼翼的。

双手穿过她的黑发，他细细地抚摸着她脖颈上的皮肤，引起她的战栗。

李玥感到他的气息落在耳边，气息热热的、湿湿的。

"不过，李老师，只把这种奖赏给我一个人就好。"他凑近她，亲了一下她的耳朵，那里红得十分可爱。

李玥的心脏"扑通、扑通"地跳。

她感到脖颈上微微地一松，项链被他摘下并握在手心里。同时，她觉得自己的心也被他握住了。

他一点点地把送给她的首饰摘下，明明什么越界的事情都没做，可气氛莫名其妙地变得暧昧，让人脸红心跳。

她红着脸抓起睡衣："我去换衣服。"

程牧昀低头看着她，眼神火热得让人招架不住。

她不行了，才几天没见他，这个男人就更会撩拨人了。

李玥去卫生间里换好衣服，又做完清洁，出来的时候因为衣服太过宽松，走起路来有点儿不习惯。

程牧昀也已经换好了衣服。

李玥问他："我住哪个房间？"

程牧昀领她去主卧："这里。"

李玥犹豫了一下，霸占他的卧室让他去住客房是不是不太好？

但是，她不管了！她觉得之前就是因为自己想得太多，才让程牧昀误以为他是不被需要的。他不是要她多依赖他嘛，那她就放肆一点儿！

"行！"

李玥直接躺在床上了，感觉就是两个字——舒服！

可接下来的事让她意识到刚才内心的挣扎全白费了，因为程牧昀也躺上来了。她蒙了。

"你为什么要躺上来？"

以他的绅士品格，他不是应该去客房里睡觉吗？

程牧昀理直气壮地说："这是我的床。"

她把半张脸藏在被子里，闷闷地说："可是，你不是说今天不做那件事吗？"

"这和我们睡在一张床上有什么冲突吗？"程牧昀贴了过来，身体热热的，紧绷的肌肉十分有力，"还是你舍得让我一个人孤零零地去另一个房间？如果把我换成你，我舍不得。"

"……"

他可不是舍不得她，不就是想和她一起睡觉嘛！

李玥觉得自己以前确实把他想得太好了。果然，男人哪！

"好吧，睡觉。"

她和男朋友第一次躺在同一张床上，纯洁地盖被子睡觉，这也挺有意思的。

李玥闭上眼，不到三秒钟就睡着了。

程牧昀也没料到李玥会睡得这么快，在看到她的黑眼圈时，心疼地摸了摸她的脸。

"晚安，我的月亮。"他轻轻地搂住她。

李玥之前连续几天失眠，现在终于安心了，睡了一个好觉，直接睡到了第二天的下午。

　　她起来的时候一瞬间发蒙了，差点儿以为自己跟前天看的小说里的主人公一样穿越进书里了。

　　这里是哪儿？

　　直到看见程牧昀的照片，李玥才反应过来，自己昨天在他的家里留宿了。这是程牧昀的家、程牧昀的床，她此时穿的是程牧昀的衣服。

　　脸上有点儿热，她喊了一声："程牧昀。"

　　屋子里空空的，没人回应她。

　　李玥抓起手机。现在已经是下午两点了，对于作息习惯良好的她而言，这是罕见的睡懒觉的体验了。

　　她起来去浴室里冲了澡，没再穿那件男式的睡衣，他的睡裤太大太长，总是拖在地上，她走路时觉得怪费力的。

　　她打开他的衣柜，换上了一件白衬衫。程牧昀的衣柜里西装很多，便服很少，而且白色的便服居多，还有一件眼熟的卫衣在最里面。

　　这不是他之前在她的家里洗澡的时候她给他的那件卫衣吗？程牧昀竟然还留着那件卫衣。

　　她有心地记下了尺码，打算有机会给他买几件好看的衣服穿，他只穿白色的衣服太浪费颜值了。

　　李玥光着两条白净纤细的长腿，在程牧昀的家里走着。她翻了翻微信，置顶的对话框上有未读提醒。

　　8:30 am

　　程牧昀："我去公司了，冰箱里有吃的东西，你把它们放在微波炉里热两分钟就可以吃。"

　　12:27 am

　　程牧昀："醒了吗，有没有吃饭？这是我的午饭。"照片中是简单的盒饭。

　　14:01 pm

　　程牧昀："小懒猫。"

　　李玥先去打开了冰箱，里面有现成的饭菜——青椒炒肉、盐焗虾和红豆粥，她都不知道他是早上几点起来做的饭。比起他的盒饭，她的午餐很丰盛了。

　　李玥把饭菜都热好，给它们拍了照，把照片发给了程牧昀。

　　李玥："我起来了，饭很好吃！"

　　没过一分钟，程牧昀回复了她："你睡了好久。"

　　李玥甜滋滋地撩拨他一句："因为梦里有你呀。"然后，程牧昀没再回复她。

此时，部门大会上的各个领导正看着程牧昀低头盯着手机，他的嘴角竟然露出了愉悦甜蜜的笑容……他就像正在谈恋爱的男大学生似的。

天哪！这还是他们高冷淡漠、雷厉风行的程总吗？

"嗯哼！"程牧昀身边的助理小杜非常刻意地清了清嗓子。

程牧昀突然回过神，放下手机，恢复了平日里的冷淡表情，问："说到哪儿了？继续。"

小杜提醒他："程总，该您了。"

"哦。"程牧昀正了一下领带，"这个方案不错，可以实行，接下来……"

最近几天全公司的人集体加班了，从经理到普通员工，被老板带着一起工作的打工人翘首等待程牧昀的下一个指示。

"下班吧。"

众人心想：什么？！

程牧昀站起来："最近大家加班辛苦了，我提前给大家放一天假。这几天的加班费翻倍，大家回家好好地休息，多陪陪父母、妻子。"他心情很好地挑眉，"我也下班了。"

当程牧昀迈着轻快的步伐离开办公室的时候，所有的员工都一起在心里呐喊：老板一定是谈恋爱了！多谈谈恋爱吧，多旷工吧，多下班吧！别再拽着我们加班干活儿了，给我们翻倍的加班费很好，给我们连着放三天的假更香啊！

在程牧昀家里的李玥刚刚找人给她取了一下快递。

她把屋子都逛了一遍了。她现在对程牧昀产生了非常大的兴趣，觉得自己应该多了解一下他，了解他的喜好、他的口味、他的过去。

她对之前丁野告诉她的那些事情完全不知情，偏偏程牧昀在这种事上像一个锯嘴葫芦似的。

不过她现在去了解他并不晚。

李玥决定帮他打扫一下房间。她总算有机会投桃报李了。

造型独特的彩绘花瓶上落了一点儿灰尘，李玥擦花瓶之前突发奇想地给它拍了照，上网搜图。

这个花瓶是唐朝的藏品，拍卖价是六百万元。天哪！她不擦它了，不敢擦了。

她又好奇地给桌子上的茶壶拍照。

这是宋朝的珍品，有市无价。

李玥："……"

家具总不会是藏品了吧？

茶几——当代艺术家××的作品，最低售价是五十万元。

"抢钱哪，这么丑的一个茶几要卖五十万！"李玥深深地觉得她不懂有钱人的世界。

她走到书房里，这里应该是程牧昀办公的房间，电脑等设施很齐全，还有超大屏的电视。旁边的书柜里竟然全是程牧昀的奖状和奖杯。

李玥沉默了一瞬。程牧昀得的奖杯竟然比她得的还多。

男朋友太优秀怎么办？不管，现在他是我的了！

李玥看到柜子的中间不是奖杯，凑近一看，心里猛地一震。

这是一张照片，是她和程牧昀在海洋馆门口拍的合影。

她的耳边突然响起他曾经安慰自己的话："柜子的中间就算不能放奖牌和奖杯，也可以放我们的照片。"他已经把照片放在柜子的中央了。她和他的荣耀一样重要。

"咔嗒"一声，开门声响起。

程牧昀回来得比她预想中的要快多了。

"你回来啦！"李玥推开书房的门去迎接他。

程牧昀看到她，一瞬间整个人都愣住了。

李玥的黑发柔柔地落在肩上，白嫩的小脸儿上带着明媚的笑意。她竟然穿着他的白衬衣！单薄的衬衣松松垮垮地挂在她的身上，下面露出两条细长白嫩的腿。

她赤着脚走过来，抱了他一下："欢迎回家。"

程牧昀的身体是僵硬的。

"有没有发现家里有变化？我帮你收拾了一下房间，拖了地，刷了碗。不过我没擦那些花瓶和艺术品。"李玥炫耀似的说。

可松开他之后，她发现他的脸色难看得很。

"怎么了？"

他突然拽住她的手，过了好一会儿才说："你是不是……有什么话想对我说？"

"你怎么知道的？"她笑吟吟地问。

他的脸色变得更差了，他说："你突然对我这么好……"

一定是发生了什么事，她才会穿着这样诱惑他的衣服，帮他收拾家里的东西。

难道她马上就要回队里了？她要走了？

李玥盯了他几秒，没说什么，直接拉着程牧昀在沙发上坐了下来。

程牧昀的身体一直紧绷着。

李玥坐在他的对面，轻轻地叹了一口气："我觉得我之前不算是一个很好的女朋友。"

程牧昀刚要说话，李玥立刻抬手止住他的话。

"也许你觉得我做得很好了，但显然我做得还不够好。"所以他才会这样患得

· 331 ·

患失，只要她对他好一点儿，他就如此受宠若惊。可这点儿"好"比起他对她的好算什么呢？

"我确实有话对你说。"她把快递的盒子拿过来，从里面拿出两个带锁的小盒子。

"这个是时间胶囊的盒子，我已经在里面放了一件东西，"她有点儿羞涩地咬唇，"它是一个和你有关的秘密。"

时间胶囊的盒子里就是那两条白色的丝绸手帕。她早就遇见过他，并把这个埋在心里的秘密放在了盒子里。接着，她把另一个盒子推到程牧昀的面前。

"你也可以在里面放一个和我有关的东西。"

她知道他一定有秘密！除了丁野说的那些事之外，一定还有她不知道的事。现在，她想用这种方式让程牧昀把那些事告诉她。

"我们交换钥匙，把盒子保存好，一年后再打开盒子。"

李玥望向程牧昀的目光很温柔，她的那双眼睛比任何宝石都要漂亮。

她郑重其事地说："程牧昀，我的未来里有你在。"

程牧昀怔住，不知该说什么话。

这么多年里，他从未有过这样的想象，原来被心爱的人放在心上是这样的感觉。

李玥看见他眼里的惊讶很明显，就像是有人把他一直渴望的东西给了他。

心一时疼得发软，她起身坐到了他的腿上，亲密地依偎在他的怀里，调笑说："这些算什么？以后我会对你更好的。"

话音刚落，她发现程牧昀白皙的脸颊上渐渐地浮起了明显的红晕，他的耳尖也变得通红，身体热得发烫。

谁能想到，喝醉了都不脸红的男人会因为她简单的一句话而脸红？

她不可思议地眨眨眼："程总，你是害羞了吗？"

他不承认，说："我没有。"

"那你脸红什么？"

他不跟她争辩，不由分说地直接吻了过来。

身体仿佛瞬间被点燃，她闭上眼睛承受着他热烈的吻，呼吸逐渐变得错乱。

他的手从她的小腿上拂过，自下而上地抚摸过她的腿根，最后落在了她胸口处的扣子上。

他低沉嘶哑的嗓音在耳畔响起："可以吗？"

心脏跳得剧烈，李玥与他对视，心头盈满了柔情。她轻轻地说："嗯。"

他再一次低下头，湿热的吻如雨点儿落下。两个人的身上很快渗出热热的细汗，她的身体有些紧张地颤抖着。他亲了亲她，用额头抵住她的额头。李玥在他的眼睛里看到了自己。

身体缓缓地放松下来，她听到他低声问她："还可以继续吗？"

她害羞得不行，说："你又不是做什么事都要得到允许……"

他笑出声来，声音低沉得让人浑身酥麻。他说："我明白了。"

她仰头看着眼前的程牧昀，他的上身穿戴完整，每一颗扣子都被系得严严实实，脸上的表情却有一种蛊惑人心的魅力。

她感到他俯下身靠近她，他亲了亲她的耳垂。

"玥玥，我爱你。"

第二天的清晨，李玥最先醒来，想起昨天疯狂的事情，害羞地轻咬下唇。

她转过头看向旁边的程牧昀。年轻俊美的男人睡得很安稳，鼻梁高挺，眉黑睫浓，他的身上有一种她平时看不到的乖顺可爱的感觉。

李玥忍不住摸出手机，偷偷地拍了一张照片。

"咔嚓"，拍摄声惊醒了他。他缓缓地睁开眼后，正好看到她在偷拍他。

李玥僵了一下，赶紧说："我马上删掉照片。"

程牧昀微微地扬眉，声音里带着一点儿刚醒来时的低沉沙哑："你可以不删，只要……"

她眨眼："只要？"

"不准把我送给你的那些东西还给我了。"这次他学会了在事后提要求。

李玥愣了一下，笑意浮上唇畔。她说："好，那些东西全是我的了，我一样东西都不还给你！"

"我也是你的。"他说。

程牧昀的眼眸很亮，清晨的微光照着他的脸庞，使他的脸越发显得棱角分明。他伸展手臂搂住她，温热的气息笼罩着她。

李玥突然想起了什么，忍不住轻笑一声："我现在是坐实了身份。"

"什么？"

她到底还是没忍住冲动，把昨天在业主微信群里看到的那些话跟他说了。

她微微地叹息着说："我原本还觉得尴尬，现在嘛——"她已经把人睡了。

程牧昀看了她一眼，眼神很热情："李老师，不准退货的。"

"还有这种霸王条款？"李玥无辜地看着他，黑色的眼睛湿漉漉的，让她显得很媚，"那我得验验货。"

程牧昀沉默地看着她，接着令她猝不及防地亲了过来。

比起昨晚的急躁和生疏，这一次他表现得好了许多。望着他热切的眼神，李玥节节败退，完全沉溺于他的热情之中。

程牧昀的体能……也不差。

他的手从后面绕过来，与她的手相扣。李玥把玩着他的手。程牧昀的手长得真漂亮，皮肤白皙，指节分明，凸出的青筋显得很性感，有一种别样的吸引力。

湿热的气息落在她的耳侧，程牧昀的声音中带着笑意。

"这么喜欢我的手吗？"

李玥害羞地抿抿唇，这次大方地承认道："我是'手控'啊，你不知道吧。"

程牧昀无声地笑了一下。他当然知道她是手控，所以才会有意地在她的面前动手做事。从前她每一次不由自主地看过来时，他就兴奋得快要燃烧起来，希望她再多看看他。

李玥钩着他的手指，感叹着："真是一双少爷的手呀！"

她忍不住把自己的手举起来跟他的手对比了一下。啧，画面惨不忍睹。

程牧昀突然扣住她的手，和她掌心贴着掌心。

"你的手也很好看的。"他说。

李玥明明知道这是哄人的话，可心里还是美滋滋的。

她却在嘴上说着："骗人。"

"真的，我就喜欢你这样的手。"

李玥忍不住"扑哧"笑了一声。好吧，情人的眼里有滤镜。

李玥看见自己的手指圆滚滚的，竟莫名其妙地觉得画面和谐可爱。

这种感觉可真好，她不用成为最好的那一个，是他心目中的第一已然足够。

她突然想起一件事，转过头问他："你是什么时候买的'小雨伞'？"

她昨晚还有点儿害羞，看到他从抽屉里拿出那些东西的时候就瞬间蒙了，后面的事再也由不得她掌控。现在她总算能抽出空来问他。

程牧昀顿了一下，说："前天晚上我去便利店的时候。"

李玥："……"

她知道程牧昀一向有行动力，可他的行动力还是让她惊讶了。

好家伙，他这是从第一天让她留宿起就有所预谋了吧？

李玥回头看他："我总算知道为什么你的公司这么能赚钱了。"

她简直对他的深谋远虑佩服得五体投地。

程牧昀冲她笑了一下，像一头偷了蜂蜜的小熊，笑得甜甜的，又可爱，让人生气不起来。

"我饿了。"她说。她一晚上没吃东西，又消耗了大量体力，怎么能不饿？

程牧昀说："你再躺一会儿，我做好了饭叫你。"

李玥问："你做饭？"她以为程牧昀会叫餐，没想到他要亲自下厨。

"嗯。"他坐了起来，大片过分白皙的肌肤瞬间露出来。

李玥支着脑袋，刚才没看仔细，现在看了个够。

他的背脊很宽阔，肌肉恰到好处，极具美感又富有力量，他是标准的衣架子。

他弯腰时背后的腰窝微微地凹陷，李玥看得呼吸微紧。

"咔嗒"的声音响起，程牧昀扣上腰带，赤着上身回头露出一个笑容，笑得格外好看："你好好地歇着。"

李玥其实不累，但有人宠着，谁不愿意呢？

他出去后，李玥一个人躺在床上，心里暖暖的。

她从前做梦都没想到有一天会和程牧昀如此亲密。可事情真正发生的时候，她的心里竟然如此开心。

这时微信的消息提示音响起，李玥拿过手机一看，是邹姐发来的消息。

邹姐："李玥，最近有几个不错的品牌找你代言产品，你真的都不签约吗？"

李玥回复："暂时都不签。"她希望大众再次看到她的名字是在她比赛的时候。

邹姐收到回复时早有预料，可仍旧觉得可惜。

李玥最近把热度保持得不错，尤其是今天又冲上了热搜的前排。这一次热搜上不仅有她的名字，还有她的恋情粉——橙粒。

起因是一个业内的知名微博发布了一条微博。

柠宝吃瓜香呱呱："1. 某个年纪轻轻就成为国际知名天王的男歌手，实际上已经英年早婚，谈的是姐弟恋，他不上综艺节目、不拍戏的原因单纯是想在家里陪老婆；2. 热度很高的美女化妆师以前是知名的coser（动漫角色扮演者），没有进圈的打算，大家也别叫她老婆了，人家的孩子都好几岁了；3. 网上恶评如潮、陷害人的女网红不会再出来了，她的父母已经被查了，就是因为欠钱，她现在已经自身难保了；4. 今年热度很高的民选运动员和商界大佬是不可能在一起的，女方已经有恋爱的对象了，之前去海洋馆约会被人偶遇过，男方最近带了一个超美艳的小姐姐回家，两个人已经各有恋爱的对象了。"

这条微博一被发出来，橙粒超话瞬间沸腾了！

"大家看到@柠宝吃瓜香呱呱这个博主发的最新微博了吗？第四条说的是不是我们橙粒？"

"信息都对得上，还有哪个运动员和商界大佬的恋情的热度比我们橙粒的高？啊啊啊，好不想承认。"

"不要哇、不要哇，不要辜负我！"

"这个博主说的事情都挺真的……"

"不会吧，上次程总不是还回应我们发手链的微博了吗？"

"可是玥玥一直挺冷淡的，微博好久没动静了。呜呜，我已经对着手机屏幕哭出来了。"

"我不信……我不信。"

在粉丝们的一片哀号声中，"西西爱嗑糖"上线了，她发了微博。

西西爱嗑糖：“我得到了一些消息，事情暂时不好说，大家一定要稳住心态，总会有不期而遇的惊喜的！”

粉丝们对大粉的信任度很高，大家很快反应过来。

"信西西，心态稳了！"

"反正他们就是真的！都能嗑纸片人，真人更没有什么不可能的了！"

"朋友变成爱人的概率是很高的，兜兜转转，最后还是你。"

"对对对！咱们的格局就是要大！"

李玥跟邹姐沟通好之后，去浴室里洗了一个澡。因为没有换洗的衣服，她只能又找了一件程牧昀的衬衫穿上。

她赤着脚走出卧室后，立刻闻到一股好闻的饭香味。

她上前几步，走到餐厅里，桌子上已经摆好了食物，有麻辣小龙虾、红烧肉、八珍鸡，还有一份翡翠丸子汤，饭菜全部是她爱吃的。

李玥惊讶了，没想到短时间内程牧昀的厨艺进步得如此迅速。两个人刚开始交往的时候，谁都不会做饭，吃东西只能叫外卖呢。

这才过了多久呀，他就变得这么厉害了。

看着满桌的菜，李玥不禁感叹：学霸就是学霸。

最引人注目的是，配菜的胡萝卜都被切成了精致的爱心形状，还怪浪漫的。

恋爱中的男人呀。

李玥一勾嘴角，蹑手蹑脚地走到程牧昀的身边，从他的背后抱住他的腰，把头靠在他的背上说："程大厨，你辛苦了。"

程牧昀扭头看了她一眼，声音里带着笑意："你等急了？"

"有点儿。"

"着急的话，你要不要也试着做一下饭？"

"不要，你做饭。"她在厨艺上毫无天赋，最多给自己下方便面，"你不是想让我多依赖依赖你吗？我给你机会！"她笑得狡黠。

程牧昀拍了拍她环在自己腰间的手："好，我说到做到。"

于是她站到一边看他做菜。

她以前怎么没发现欺负他这么有意思呢？

她站在一旁，程牧昀这才注意到她光着两条细细的长腿，脚趾白嫩可爱。

他向上一瞥，黑色金条纹的衬衫被她松松垮垮地穿在身上，越发衬得她皮肤白皙，尤其是她的领口处还露出若隐若现的淡红色吻痕，更是让他的心口一烫。

李玥注意到他的目光，挑眉问他："你给我买的衣服呢？"

他保证："明天我一定买。"

李玥缓慢地对他眨了眨眼："你是故意的对不对？"他就想看她这么穿衣服。

众所周知，她身上的这件衣服有一个别名——男友衬衫。

事实上，程牧昀当然喜欢她这样穿衣服，却露出一个无辜的表情，否认说："我不是那样的人。"

她以前信这种话，可见识到他的小花招儿之后……呵，男人！

程牧昀很快做好了全部的饭菜。

两个人坐下来吃饭。

不得不说，程牧昀做饭的手艺绝了！

李玥边吃饭边问："你报的哪家厨艺班？"

他的厨艺提升得可太快了。

看来前天的紫菜包饭不过是开胃的小菜，她当时觉得它好吃不是因为饿，是因为程牧昀真的把紫菜包饭做得很好吃！

程牧昀夹给她一块红烧肉："我家的阿姨教我的。"

和她在一起之后，他总是会在下班后抽空回家学做菜。

他学着做的大部分是她喜欢的菜品，菜品虽然不多，可已然足够讨她的欢心。

他看她吃得餍足，鼓鼓的脸颊很可爱，他的眼角也弯了一弯。

李玥吃完饭后，肚子撑得溜圆，她摸着小腹感叹着："不行，我真的不能再这么吃了，要变胖的。"

程牧昀看着李玥清秀的脸："你不胖。"

李玥忍不住笑："我觉得可能有一天我真的胖成猪了，你也会对我说'不胖'。"

程牧昀沉默了一下，继而轻轻地笑了。

这的确是他可能会做的事，不过他真的没觉得她胖。

两个人吃完了饭，程牧昀带着她去卧室。

李玥笑得意味深长："你干吗拐我去你的房间？"

程牧昀无奈地回头说："事情不是你想的那样。"

李玥故意逗他："哦，我想的是哪样？你说说看。"

她好像突然发现了新大陆，致力于让他害羞，想再看看他脸红耳热的模样。

程牧昀抿了抿唇，稍稍用力地握了一下她的手："不要闹。"

看到他的这副局促为难的模样，李玥有些得意。

回到房间后，李玥又坐上那张柔软有弹性的大床，看着程牧昀从柜子的下面拿出一个小方盒。他的表情稍微有些紧张，让她不禁跟着好奇起来。

"给你。"他把盒子送到她的面前。

"这是什么？"

她打开盒子后看到里面的东西，微微地一愣。

那是一条黑色的编绳手链，中间穿着一块雕琢得精巧的弯月白玉，白玉晶莹剔透，散发着柔光。

她摸了摸手链的编绳，抬头问他："这是你编的？"

"嗯。"

她几乎是下意识地说："你自己会编手链，还要我给你编？"

"这不一样。"

李玥一时没反应过来哪里不一样。

他用漆黑的眼眸望着她，深情而缱绻地说："我要的是你给我做的手链。"

她的心尖瞬间一颤，整个胸腔因为快速的心跳灼烧起来。

这个人……真的总会在不经意间让她不知所措又如此心动。

她的脸渐渐地涨红了。

程牧昀看了她一眼，轻轻地笑了："你喜欢吗？"

她按捺不住此时的心动，告诉他："喜欢。"她很喜欢这条手链。

他把手链拿出来给她戴上。这条编绳和他的手腕上同色的编绳略有不同，两条编绳中间的点缀一红一白、一艳一润。

"你赢了。"她小声说。

能让她这个不服输的人心甘情愿地败下阵来的，也只有他了。

程牧昀吻了吻她的手心："傻瓜，在你的面前，我永远是俯首称臣的那个人。"

李玥静静地看着他，唇畔带着温软的笑容。

他倾身向前拥住他的小月亮，轻轻地含住她的唇。她不再像从前那样遥不可及。

第十二章
他的秘密

这个周末,他们两个人过得非常舒服肆意。

周一的清晨,李玥是被手机的振动声吵醒的。昨晚程牧昀搂着她不放,折腾了一晚上,她虽然体力好,此时也有点儿疲乏。

她迷迷瞪瞪地摸到手机,接起电话。没等她开口,电话那边就传来一道低沉柔和的女声,女声好听到像是广播电台里播出来的声音。

"程程,你温叔叔拿了大闸蟹过来,你晚上有时间回家吃饭吧。"

程程?

不对!李玥倏然惊醒,看了一眼手机,这才意识到自己接错了电话。手忙脚乱之际,她不小心"啪"的一下把电话挂了。

完了。

过了一会儿,手机屏幕又亮起,上面闪烁着的名字是"妈妈"。

她再挂电话就不太好了吧?

李玥瞥了一眼旁边睡得很熟的程牧昀,沉了沉气,接通了电话。

对面的程母疑惑地喊了一声:"程程?"

李玥"喂"了一声。

她听到自己的声音很沙哑,心瞬间猛跳了一下,她赶紧捂住话筒,清了清嗓子。

那边程母的声音明显比之前变冷了一些,程母问:"你是……?"

李玥紧张得心"怦怦"地跳,说:"呃,程总他现在不方便接电话,我……我让他一会儿给您回电话。"

"请问你怎么称呼？"

"啊？我姓李。"

程母的语气变得柔和，她说："好的，小李，那你记得一定要让他今晚来家里拿大闸蟹。"

"嗯。"

程母挂了电话，脸上洋溢着说不出的喜色。

程父注意到她的神情，过来问她："你听到了什么事，这么开心？"

程母柔柔地一笑，对他说："你去跟老温说一声，让他晚上不要带他的侄女来了。"

"怎么啦？老温可跟我提了好几次他的侄女中意程程。老婆，跟你说，我也是见过那个小姑娘的。小姑娘有高学历，长得也好，温温柔柔的，一看就知书达理。我也不强迫他们交往，就让他们见一次面、交交朋友嘛。"

程父这么多年里看儿子样样顺眼，唯独一件事让他放不下心，就是程牧昀的个人感情问题。

以前程牧昀因为年纪小，一直专心地学习，在男女的关系上规矩得很，从不像其他家的坏小子一样叛逆、早恋，别提多让程父省心了。

可儿子眼看着都20多岁了，竟然一个女朋友都不交。

这不，老朋友传了话，说他的侄女最近出差到这边看他，程父立刻就开始安排双方见面的事。

这好歹是一个机会呀！

可程母白了程父一眼，提醒他："你想想，这么多年来儿子让你操过心吗？"

程父说："那当然是没有了。"

程母拢了一下耳边的头发，给了他一个明确的眼神："所以你还不明白？"

程父愣了一秒，接着猛地一拍大腿！

"这小子！"

儿子有女朋友了，竟然还瞒着家里人！

程父满脸红光，激动地站起身后又接连地摆手："不对不对，他上次说要追什么运动员来着。"

他了解他的儿子，儿子哪里会这么快就变心？

"这不是巧了吗？"程母温柔地一笑，"那个人就姓李呢。"

程父瞬间乐开了花。

哎哟，这简直比公司的股票大涨还要让他兴奋。

"老婆，给他打电话，要他晚上回家立刻把事情交代清楚！"

我的老天爷！这小子终于开窍了呀！

程父必须让程牧昀老老实实地从头到尾把事情交代了。

"还用你吩咐？我早就把事办好了。"

程母傲娇地一抬头，下巴尖尖的，很漂亮。

程父赶紧围着程母夸："哎哟，还是我老婆明察秋毫、料事如神、深谋远虑、眼光长远……"

程母被夸得"扑哧"笑了出来，都摆不住架子了，拍了他的肩膀一下，娇嗔着："你会不会用成语？乱说什么？"

"我老婆说我会，我就会，老婆说我不会，那我就是天下第一的大笨蛋，总之老婆说的话都对！"

"外面的人要是知道程董事在家里是这副样子……"

"怎么了？爱老婆是美德，在外面我也是这样的。"

谁不知道他老程爱妻？他爱妻，很光荣！

程母被自家的老公逗得直笑，什么儿子呀、小李呀、大闸蟹呀，都被抛到了一边。

李玥接完程牧昀妈妈的电话后就彻底睡不着了。

这里没有程牧昀父母的照片，她不知道他的爸妈长什么样，不过他妈妈的声音听起来特别好听，又柔又清亮，会让人的神经不禁放松下来。

她想：能生出程牧昀这么好看的孩子，他的父母也一定有绝美的神颜吧！

她的目光落在程牧昀的脸上。仿佛感应到了她的目光，他翻了一个身，接着轻轻地睁开了眼睛。

李玥注意到他有几根头发翘了起来。

这种画面可真新奇。

对外，程牧昀永远清冷俊美，严谨到一丝不苟。她如果跟他不是如此亲密的关系，恐怕一辈子都见不到这种场景。

她禁不住微微地笑了。

程牧昀睁开眼就看到李玥支着头对他笑。

见他醒了，李玥声音柔和地对他说："程程，你醒啦。"

程牧昀的反应略微有些迟钝，他只低低地应了一声。

他的这副模样真是可爱极了。

她忍不住揉了一下他的脑袋，顺手抚了抚他头上竖起的呆毛，由衷地说："你真可爱。"

程牧昀把她捞过去抱在怀里，低头胡乱地亲她一下，亲到了额头上。

李玥只是笑。

过了好一会儿，睿智的程总终于上线了。

他紧了紧抱她的手臂，语气沉沉的，听起来有点儿危险，他问："你刚才叫我什么？"

"程程啊。"李玥在他的怀里仰起头，带着笑意说，"这是你的小名对不对？真可爱。"

程程，橙橙，怪不得他喜欢吃橙子。

程牧昀问："你是怎么知道的？"

李玥立刻交代了："我刚才不小心接了你的电话，电话是你妈妈打来的，她叫你晚上回去吃饭。"

原来是这样。

"我妈问你什么问题了吗？"

"没有。"

李玥还喊了"程总"呢，应该把事情瞒过去了。

她想起一件事，略微忐忑地问他："你爸妈知道我吗？"

程牧昀很认真地看她："你想让我说吗？"

她老实地说："我不知道。"

李玥没想过这个问题，可似乎对此也不是很排斥。

程牧昀笑着刮了一下她挺翘的鼻子："反正丑媳妇早晚要见公婆的。"

嗯？丑？谁丑了？！

她气呼呼地一瞪眼："你说谁？！"

看她炸起毛来，程牧昀调笑说："这么凶啊？反正我也丑，咱俩正好是一对。"

他丑？谁信这种鬼话？

李玥"哼"了一声，推开了他，结束这段幼稚的对话。

"你起来，不能再赖床了，去帮我下楼取一个快递，我新买的衣服到了。今天你回你家，我也有事要出门的。"

她能指望他给自己买衣服？哼，他肯定憋着坏主意，又想让她在家里陪他一整天呢。

程牧昀皱着眉头，活像传说里的凡间男子——男子偷了仙女的衣服，好不容易让对方留在自己的身边，结果眼看着仙女找到了天衣要飞回天宫去。

虽然程牧昀绝不会偷人的衣服，但此刻他内心的挣扎却显而易见。

李玥伸手抚平他眉心的褶皱，笑着说："我又不会跑了再也不回来。"

程牧昀定了定神，"嗯"了一声。

他知道的。

程牧昀穿好衣服，帮她取了快递。李玥买的是短袖和修身的牛仔裤，她还特意买了高领的衣服，能够用领子遮住脖子上的红印。

穿好衣服走出来，李玥有点儿埋怨地瞪了程牧昀一眼。

他还没有自觉，贴过来问她："你要去见谁？"

李玥抬头看他，从这个角度看过去，他的皮肤很白净，睫毛根根分明，一双眼睛里荡漾着水墨般的光泽，像有光一样，把人的注意力瞬间吸引过去。

她的男朋友真好看，她忍不住咬了他好几口。好啦，不气他了。

"夏蔓。"

夏蔓刚得知他们两个人和好了，非常八卦地想知道过程。虽然李玥是不会说事情的过程的，但她是必须和好朋友约饭的。

程牧昀将车停在李玥和夏蔓约好的商场门口。

"晚上不要等我了，程程——"李玥故意喊他的小名。

程牧昀将头低了下来。两个人离得很近，目光缠绕，呼吸声清晰可闻。他压着嗓子，带着点儿危险的意味说："你再叫一次。"

她有点儿不服输地挑衅："程程——"

李玥的眼里含着笑意，雪白的小脸儿上，一双黑润的眸子亮晶晶的。

他眯了一下眼睛，突然靠近她。他的嘴唇即将落到她唇上的时候，她使了巧劲，从他的怀里挣脱了。

她戴上墨镜，故意做了一个酷酷的表情："拜拜，今天晚上你跟大闸蟹去约会吧，顺便见识见识什么才叫凶。"

虽然不明白她的这句话是什么意思，但程牧昀还是深深地被她的可爱迷倒了。

他忍不住摸了摸她的头："你才是真的可爱。"

在商场门口的夏蔓看见程牧昀的这一记摸头杀，瞬间感觉被喂了一嘴的"狗粮"。

没天理呀，她明明也是有男朋友的人，为什么还会被虐呀？！

接着夏蔓看到李玥向她走了过来，墨镜也遮不住李玥泛红的脸蛋儿。

夏蔓做了一个非常夸张的表情，调戏道："哟，看某人这春风得意的样子。"

李玥边笑边否认："我哪儿有？"

"你没有，那边的人有。"

夏蔓一指身后，程牧昀还站在车旁看着她们，或者只是看着李玥。

这个男人穿着一件有黑金色条纹的衬衫，气宇轩昂，光是站在那里便能让人驻足侧目。

他简直帅得没天理，这是夏蔓对他非常直白的评价。

不知道为啥，李玥感觉他比原来更帅了！

"可能是程男神的这件衬衫更配他吧。"夏蔓说。

· 343 ·

他今天出门时故意穿了她之前穿过的那件衬衫，李玥一想到这里，脸就烫得不可思议。

"赶紧走吧。"

李玥回头匆匆地跟程牧昀摆了一下手，挽着夏蔓的胳膊进了商场。商场里人来人往，两个人逛了几圈，夏蔓早就忘记打趣一事了。

夏蔓看着李玥在男装店里给程牧昀挑衣服，突然说了一句："玥玥，我觉得你现在好像挺开心的。"

李玥回头说："是呀。"

她眉眼舒展、恣意洒脱，这种自信张扬的姿态是夏蔓很久没见过的。

夏蔓想起很久以前她刚认识李玥的时候，李玥才18岁，光彩无限，众星捧月。她曾经是那么耀眼。可20岁时在冬奥会上的失败，让李玥遭受到几乎灭顶的打击。再加上江棠……

夏蔓最近知道了一些江棠的事，他的公司已经倒闭了，他过得挺不好，不过夏蔓已经不打算跟李玥提起他了。

终于，李玥给自己买了一身衣服、一条纱巾，还买了一件男式T恤。

夏蔓则买了裙子和护肤品。

两个人各自完成了购物，拎着大包小包，特别有满足感。

快到饭点儿了，夏蔓挽着李玥，语气兴奋地说："我发现了一家泰式菜馆，听说那种味道又酸又辣，咱们去吃吃！"

这家馆子的生意很好，两个人排号等了快一个小时才有座位。

餐馆的环境不错，就是包间有点儿小，而且隔断只有一层薄薄的墙壁，上方还是连通的，说话声稍微大一点儿，旁边的人就能听得一清二楚，隐秘性有点儿差。

李玥说："反正咱们是来吃饭的。"

夏蔓说："嗯，玥玥你点菜，你点的菜好吃！"

明明两个人都是第一次来这里，可夏蔓就是对李玥有一种莫名其妙的信任感。

李玥点好了菜，没过多久，菜品一一地上齐了，味道果真不错。

夏蔓夸着："我就知道宝贝你能选到好吃的菜。"

李玥含笑地轻摇头，夏蔓好像忘记了这家馆子是她发现的。

李玥给夏蔓夹了一只虾："你吃吧。"

"嗯。"

两个人边吃边聊，说得非常开心。

知道李玥过不了多久就要回队里的时候，夏蔓非常不舍地问："那以后我们这样出来玩的机会是不是很少了？"

"嗯，应该很难有机会了。"李玥会全身心地投入训练，几乎没有假期。

夏蔓哭丧着脸，接着又打起精神来了。她的脸色变化得飞快，川剧的变脸演员来了都得甘拜下风。

夏蔓说："想想程男神的心里一定比我还苦，我突然就不是那么难过了呢！"

李玥沉默了一瞬间，又说："你说这种话时可别让他听见。"

"怎么？！"夏蔓瞪眼，"他敢记我的仇？"

他别忘了他能上位也有她的功劳，吃水不忘挖井人哪！

"有我在，他不敢。"李玥给她打包票。

夏蔓拍拍李玥的肩膀，颇有一种"同志我看好你"的架势，说："这一看，家庭地位分明，姐妹，我与有荣焉。"

谁能想到有一天她的地位能超过程男神的地位呀？

她真想回到学生时代大笑三声！哈！哈！哈！

"……"

李玥想：怎么总觉得重点好像错了？

这时候隔壁的包间里传来了一点儿声音。她知道那边有一群男人，他们有点儿吵。

有人扯着嗓子说话，声音透过薄薄的隔层传来："崇哥，我知道你的心里难受，可咱来吃饭嘛，你别一直喝酒。"

李玥迅速地听出来那是任加云的声音。

夏蔓奇怪地看着李玥有点儿僵住的表情："玥玥，怎么了？"

"嘘。"李玥不想让江崇那群人看到自己。

那边继续传来任加云的声音，他在劝江崇："崇哥，公司倒闭了你就重建，谁没遇到过一点儿糟心的事呢？人得往前看哪。"

江崇一言不发。

对某些事，他偏偏就是过不去这道坎儿。

这世上有什么比得到她又失去更痛苦的事？尤其是他明明深爱对方，对方却对他的爱意不屑一顾。

舌尖泛苦，江崇只有在被酒精麻痹以后才能够在梦中回到从前的时光。只是他每一次醒来，身边都没有给他煮醒酒汤的那个人了。

公司的倒闭仿佛是压死骆驼的最后一根稻草，彻底压垮了他所有的坚持。

他知道他再也追不回李玥了。

任加云不是不知道，江崇最难受的不是公司倒闭，而是和李玥分手。

谁能想到从前总是找江崇低头道歉的李玥竟然会主动地提出分手？而念念不忘、无法割舍的人都成了江崇。

可李玥已经和程牧昀在一起了。

他们这个圈里的人知道程牧昀的手段有多么狠，从他这次故意搞垮江崇的新公司就可以看出他是多么护食的人。

再想想余深的下场，他们这群人现在哪里敢招惹李玥？江崇更是不会再有机会和李玥复合。

任加云只能委婉地劝着江崇。

一阵高跟鞋敲击地面的声音传来，包间的门被人推开，一个戴着帽子和口罩的女孩走了进来。

众人一下子就认出她来了，惊愕地喊："盈盈？！"

冯盈盈摘下口罩，一张瓜子脸瘦得有些脱相，她泪潸潸地喊了一声："崇哥。"

江崇几乎在看到她的一瞬间就阴了脸。

他怒斥一声："走开！"

他的态度很恶劣，别说冯盈盈被吓得一颤，旁边的任加云等人都蒙了。他们何时见过江崇这样对待冯盈盈？虽然他们早就听说过两个人交恶，但两个人的关系竟然已经恶劣到了这种地步？

冯盈盈的脸色铁青。可她没有走，哪怕所有人的目光像针一样落在她身上。反正在这些熟悉的朋友面前，她如今是什么脸面都没有了。

从前这群人会看李玥的笑话，可对象换成了自己时，她才知道这有多么令人难堪。

脸上火辣辣的，冯盈盈紧了紧拳头："崇哥，我知道你现在讨厌我，可你也不用这么赶尽杀绝。我的父母都多大岁数了？你去找人举报他们，还让那些要钱的人去我的老家找他们，现在我妈都进医院了。他们以前也是你的长辈，你这样做不觉得自己太过分了吗？"

任加云他们当然知道冯盈盈家里的事，她的父母欠了钱，她又陷害过李玥，连当初李玥跟江崇分手都有她的原因。

可毕竟冯家的父母以前是他们熟悉的长辈，这么大年纪了遇到这种事，还进了医院，江崇怎么都有点儿过分了。

任加云有点儿责怪地对江崇说："崇哥，你过分了。"

旁边的人纷纷地附和："是呀，冯伯母年纪不小了，万一出点儿什么事，你不得自责一辈子？"

见众人谴责江崇，冯盈盈忽然有了一些底气，又说："我家所有的资产都已经被银行查封了，包括我的那套房子，现在我都没有地方住，一个人孤零零的，你就这么狠心吗？"

任加云看着她，不禁心生怜悯。

冯盈盈就是一个小姑娘啊。

"江崇，你不至于吧？"

"大男人别太小气。"

所有人都这么跟江崇说。

江崇愣在当场。他突然觉得这个场景很熟悉,似乎在过去,他们也这么说过李玥。

"李玥作为女朋友不应该这么小气。"

"李玥怎么这么容易生气?太较真儿了!"

"江崇不就是没给她过生日,她至于这么生气吗?"

这些话仿佛一支支利箭射穿了他的心脏。只是这一次他不再是旁观者,而是众矢之的。

江崇看着任加云他们,质问道:"冯盈盈的父母欠了那么多人的钱,一分钱没还就跑回老家躲债,我告诉那群人有什么错?"

他们欠债还钱,天经地义。

任加云说:"你又没有损失,管那些事干什么?那群人为了钱什么事干不出来?这不就伤到了冯伯母吗?"

明明欠债的是冯盈盈的父母,受害者是想上门讨债,可任加云的语气是不赞同的。

旁边的人更是纷纷地附和:"是呀,是呀。"

江崇突然想起从前李玥不愿意去参加他朋友的聚会,自己反复地追问原因时,李玥对他说了几句话。

当时李玥对他说:"你的那群朋友不喜欢我。"

江崇很诧异,问:"怎么会呢?"

当时她的表情很微妙,她移开目光:"大概我跟他们不是一路人吧。"

他当时不懂,可现在终于明白了李玥话里的意思。

余深和任加云这群人,从一开始就没有接纳李玥。

但是在他们的心里,冯家哪怕落魄了,也总比被冯盈盈的父母所骗的那群普通人要强,反正冯盈盈的父母损害的又不是他们的利益。

他到底交了一群什么样的朋友?

江崇冷着脸站了起来,完全无视了冯盈盈的眼泪,目光直逼她:"你现在可以选择立刻回你的老家,也可以不听我的话,继续留在这儿。"

她当然要选择留下来!而在她刚刚露出喜悦的表情时,江崇又狠狠地给了她一记重击。

"但我会把你之前在我的公司里偷偷地挪用资金的证据全部提交给法院。"

这次公司倒闭,查账的时候他才发现原来冯盈盈一直在用他的名义提取钱款。由于两个人走得很近,加上她拿的钱不多,于是她便欺上瞒下地掩盖了这件事。

但金额加起来也有上百万了,足够让冯盈盈被刑事起诉了。

"离开或者坐牢,你自己选。"江崇冷冷地道。

冯盈盈脸色煞白,做梦也想不到有一天江崇会对她做得这么绝!

她还想确认一点："你是因为李玥才这样对我的吗？"

江崇被这句话刺得心里一痛，没好气地反问："难道我不应该这样做吗？如果不是因为你，我和玥玥怎么会走到这一步？"

所有的爱意在一瞬间化成恨意，冯盈盈的眼底积满怨气，她嘲讽地笑了一声："你全部怪在我的身上？你凭什么？"

她又怨又恨地瞪着江崇："你是不是觉得一切全是我的错、自己很无辜？我告诉你，江崇，如果我有错，那你跟我也是同罪！"

江崇从未见过这样的冯盈盈，她看起来疯狂又充满恶意。可听到她的话后，他立刻反击："你在说什么胡话？"

"没错，我是陷害了李玥，可我做这一切只是希望能和你在一起！我一直以为你对我是不一样的！在从前的那么多次经历中，只要我有事，在我和李玥之间，你一定会选择我！是你给了我这样的，让我觉得有机可乘！我是用心不纯，可她跟你分手难道只是因为我吗？不，江崇，这是你自己选的！是你自己做的那些事让她不要你的！"

她的一句句话像尖锐的刺不断地往他的心里钻，刺得他的心口绞痛起来。

是，李玥是慢慢地对他变得冷漠的，因为他朋友的轻视、冯盈盈的挑拨、父母的压力，而他自己对她的忽视，才是造成今天这种局面的罪魁祸首。

一切都是因为他自己。

冯盈盈看到脸色变得痛苦的江崇，心里终于有了一丝快意。

凭什么他要把全部的罪过加在她一个人的身上？就算她以后不好过，江崇也要跟着她一起痛苦才好！

过了许久，江崇哑声开口："我给你三天的时间。"

冯盈盈咬了咬舌尖，故意装傻，问："你什么意思？"

"三天之内你离开本市，回老家，或者去外地也好，随便，反正这辈子都别让我看见你。三天一到，如果你还在这里的话，我会立刻提起诉讼。"

冯盈盈私自挪取的钱款数额足够她坐十年八年的牢了。

冯盈盈的脸色瞬间变得煞白。

接着，江崇看向还想说情的任加云："你们如果觉得她可怜，就替她把钱还了。"

冯盈盈带着期盼的目光看向任加云："云哥。"

可这下任加云他们一句话也不说了。

江崇的嘴角处露出一个嘲讽的笑容。

看，多现实。他怎么没早点儿认清这群人呢？

他冷冷地说："你们以后不要再找我了。"

他决定跟他们彻底断交。

任加云惊得站了起来："崇哥，你……"

"我们不是一路人。"江崇说，语气冷漠而决绝。

江崇摔门离开之后，包间里瞬间静了下来。

任加云他们完全不知道江崇突然发什么疯，唯一可以确定的是，江崇打算跟他们绝交了。

冯盈盈怯怯地问："云哥，我现在怎么办？"

任加云叹了一口气："崇哥像是来真的了，盈盈，你最好还是离开这里吧。"

冯盈盈很不甘心，低声求着："云哥，你能不能帮帮我？我只拿了一点儿钱，如果能还上债的话，江崇就不会拿我怎么样了。"

"可你留在这里又有什么用？"任加云说，语气听起来云淡风轻，又带着一股高高在上的冷漠，"你还是回去吧，照顾你妈妈比较重要。"

"云哥……"

"我有事，就先走了。"

接着不少脚步声响起，室内跟着静下来，随后传来女人的啜泣声，是冯盈盈在哭。

真可笑，原先冯盈盈在这群人当中宛如小公主，所有人都喜欢她、捧着她、庇护她，可一旦她失去了靠山，其他人马上就厌弃她。

从此，冯盈盈将要面对的是负债累累的艰苦生活。

哭声持续了十多分钟。因为服务员的到来，冯盈盈才被迫跌跌撞撞地离开。

这场意外的闹剧终于落幕。

隔壁的夏蔓长长地吐出一口气。

现实版的修罗场，让人听得既兴奋又不免胆战心惊。

她不由得感叹一句："没想到有一天冯盈盈会和江崇闹成这样。"

是呢，谁能想到这种事？

比起夏蔓和任加云他们，最难以置信的莫过于李玥。

曾经有多少次，冯盈盈在江崇的面前狠狠地压她一头，抢走她的玩偶小熊，打碎她的奖杯……只要发生了事，她男友的第一选择永远不是她，而是冯盈盈。

可现在……

"我倾向于相信江崇没喜欢过冯盈盈了。"

可那又怎样呢？在他一次次地选择冯盈盈、让她失望的时候，她早已死了心。

原本她和江崇的矛盾并没有这么大，他们也曾有过甜蜜的时刻。江崇之前追了她很久，她才答应和他在一起，可只要有冯盈盈在，一切就全变了。

她觉得自己醒悟得还是太晚了，回忆过去，心里满是伤痕。

李玥突然开口低语着："我觉得我之前好像谈了一场很糟糕的恋爱。"

直到她和程牧昀在一起了，他们在相处间碰撞出了那么多新奇的感受，有心动和愉悦，有快乐和甜蜜，她才越发明白，原来这才是真的恋爱。

那她和江崇的那一段感情经历到底算什么呢？

很久以后，李玥和梁小西成了朋友。在一次交谈中，她意外地从梁小西的嘴里听到一个词——PUA，即通过情感操控和打压来控制伴侣，让对方变得盲目、失去自我。比如，利用一件小事让对方产生愧疚感和负罪感，以此胁迫对方答应无理的条件，进一步打压对方的自信，让对方断绝朋友圈的人际关系，方便自己进行情感控制。

李玥听到这个词的时候，脑子瞬间"嗡"了一声。

这和当初江崇对自己的态度何其相似。

她在冬奥会上失利，最难过、最崩溃的时候，他说——

"大不了你不要滑冰了，嫁给我就行了。"

"可能你不适合滑冰吧。"

"你再坚持有什么用？反正你也滑不出什么成绩了。"

被骂声淹没的时候，听到这样的话，她有一瞬间真的开始怀疑自己。

还好她最后没有放弃滑冰。

她喜欢花滑。哪怕在全世界的面前摔倒了，她依然想要滑冰！

在此后的一年多里，她把大部分的时间放在训练上，两个人一年也见不了几次面。江崇总是和她争吵，但她因为不喜欢冷战和愧疚的感觉，总会选择去主动地求和。

她一步步地退让。

还好当时的自己大多数时候不在江崇的身边，他对她的影响并不深。

她想：也许江崇并不是真的怀揣着巨大的恶意，想用情感控制她。但她还是惊出了一身的冷汗。

也许连江崇自己都没意识到他在试图用这种方式打压她。他想要让她听话，想按照他的计划把握他们人生的方向。

但真正的爱难道不应该是支持吗？

李玥不明白，也不想明白。她想要跟那段恐怕连恋爱都算不上的经历彻底告别。

随后，李玥跟夏蔓离开了餐馆，各自回家。

在回去的路上，李玥发了一条微博。

李玥："过去从未放弃，才能迎来朝阳。"

后面附加的照片是她今天早上在程牧昀家的露台上拍的初升的朝阳。

太阳从云层里透出金色的光，照亮了大地，温暖了人心。

新的一天总是充满了希望。

还好，即使受过挫折、有过质疑、有过无数个辗转难眠的夜晚，可她从未放弃过自己。

耳畔突然响起程牧昀对她说的那句话："我赌你能赢。"
我相信你能赢，李玥。
她看着川流不息的车辆和被路灯照亮的行人。大家都要回家，包括她自己。

李玥不知道的是，她的那条久违的微博瞬间点燃了网络。
她的微博下面都是粉丝的留言。
"玥神，你终于记起微博的密码了吗？"
"难得看见玥神发微博感叹，好像回到几年前的时候了。玥玥现在在干什么呢？"
"支持玥神！支持玥神，期待你在冬奥会上的表现！"
李玥的微博下大多是花滑粉丝的祝福与评论，橙粒粉不好多打扰他们，发了祝福和表示支持的评论之后，立刻回到超话里互动了起来。
"报！姐妹们，联动了，手链联动了，看玥玥最新微博的左下角，她露了手腕。不得不说玥玥的手腕又瘦又美，最重要的是手腕上戴着黑色的编绳手链，这跟程总的那条手链一定是一对！"
"这不是绝美的爱情是什么？"
"玥玥的老粉说，玥玥在最近的几年里很少发这种抒发心情的微博，都是发宣传的微博和广告，这次竟然发了这种动态，这代表什么？谈过恋爱的人都懂。"
"每一个陷入爱河里的人都是诗人！"
"我承认自己之前被影响了，一想到他们俩各自有对象就心痛得不行，还偷偷地在被窝里哭了几次，好丢人，好在我的偶像从不辜负我的期待！"
于是，橙粒超话的热度飙升，吸引了更多路人的注意，他们纷纷加入队伍中来。

回到程牧昀的家里时，李玥以为他还在父母的家里，可一进屋子就发现灯亮着。
"程牧昀？"
她脱了鞋子，拎着购物袋走进去，发现程牧昀在书房里，他戴着一副无框的眼镜，正坐在电脑前。
看到她之后，他立刻站了起来。
李玥赶紧说："你忙你的。"
"我没什么事，就是要回复几封邮件。"他走到她的面前，说，"你这么快就回来了？"
"我怕你一个人独守空房啊。"她语气轻松地说。
他眼里的神情很温柔，他问："你晚上吃什么饭了？"
"泰国菜。"

"好吃吗？"

"咖喱超好吃的，下次我们再一起去吃。"她几乎是下意识地说出这句话。

程牧昀微微地抿了一下唇角，明显有些开心。

这是她随心自然的允诺，她计划着他们的未来。

如今他终于有了脚踏实地的感觉。因为她的未来里，有他在。

李玥举了一下手里的袋子，炫耀似的说："我给你买了礼物。"

她拉着他坐到客厅里的沙发上，把买好的T恤拿出来："你看看。"

程牧昀先是感到喜悦，接着神情微微地一顿。

这个牌子是江崇喜欢的，但程牧昀决定不动声色。

"挺好看的。"

李玥拿出衣服在他的身上比了一下。程牧昀的相貌端正俊美，眉浓鼻挺，黑色的T恤衬得他气质凌厉，他像冬日里的树枝上结的晶莹冰霜。

尤其是现在他的鼻梁上架着一副眼镜，使他另有一股冷峻的气质。

"我看你的衣柜里有好多衣服是白色的，但你穿黑色的衣服也好看。你喜欢这个牌子吧？"

"什么？"

李玥看了他一眼，抿唇露出一个笑容："我在衣柜里看到那件你从我的家里穿走的卫衣了。"他还特意用透明的防尘罩单独把它隔了起来。

程牧昀晃了一下神，突然明白她为什么要买这个牌子的衣服了，她以为他喜欢这个牌子。

紧接着，他一皱眉头，为自己刚才卑劣的猜测感到惭愧和自责。

他注意到衣服的尺码，目光落在那里。

李玥有点儿得意地说："我看了你衣柜里的衣服的尺码。"

她是专门为他买的衣服。这个事实让他的心口发热。

他沉默地脱下身上的衬衣，立刻套上了她买的黑色T恤。

李玥还来不及欣赏，突然整个人被他抱在了怀里。

他们的身体紧紧地相贴，她能清晰地感受到他急促的心跳，一下又一下的心跳激烈又热切，像他当初的表白，有着让她无法避开的炽热的温度，也带给她从未有过的悸动。

他把下巴轻轻地搁在她单薄的肩上，呼出的热气喷在她的脖颈处，她感到热热的、痒痒的，接着有点儿含糊的声音低低地传来："对不起。"

他说什么"对不起"？

她纠正他："你难道不是该说'谢谢'吗？"

"谢谢。"

哎呀，他这么乖。

李玥抱住他，拍了拍他肌肉紧实的后背。

他真像一只撒娇的大狗，很强壮，很可靠，有点儿喜欢缠着人，而且她只要养了他就得负责到底。

李玥轻轻地笑了。

她一直不敢说，这样的程牧昀，真的很可爱。

人们都说喜欢一个人是从觉得他可爱开始的。她可能在意识到自己喜欢他之前，就喜欢上了他。

"我以后再也不会这样了。"他下定决心，保证不会再把现在跟从前的任何人和事做对比。

李玥有点儿蒙，不知道他在说些什么。她搂住他的背，问："你今天回家了吗？"

程牧昀说："嗯，我拿了大闸蟹回来。"

回到家里的时候，他才知道她说的让自己见识见识大闸蟹的凶是什么意思。

他想到这里，唇畔自然地带了笑意。

"你要吃吗？"他可以现在给她煮大闸蟹。

"不要了，我今天吃得太饱了。"

"叮"的一声，李玥微信的消息提示音响起。

她整个人被他抱住，没办法拿手机，说："可能是夏蔓发来消息问我有没有安全地到家。"

"我帮你拿手机。"他用修长的手从她的包里抽出手机。

"你帮我解锁屏幕。"

说完这句话之后，她明显地感觉到他的呼吸一紧。

她允许他看自己的手机，这是她对他很亲密的表现。

程牧昀怔了一会儿，缓慢地解锁屏幕，微信果然是夏蔓发来的，令他意外的是，微信对话框的置顶位置，那里是他的名字——程牧昀。

他缓缓地松开她，把手机送到她的面前，神情中带有种说不出的触动意味。

李玥注意到他的目光，缓缓地笑了一下："你发现啦。"

她也把他的对话框置顶了。

"其实我是先看到你把我的微信置顶了，才这样设置的。"

程牧昀静静地看她。李玥和他离得很近，浓黑的英眉微扬，瞳仁里带光，嫣红的嘴唇一张一合，勾起小巧的弧度，每厘米的弧度都烙在他的心口上。

睫毛轻颤了一下，她有点儿羞涩地说："呃，我发现我好像蛮不会谈恋爱的，以后多向你学习，你要多教教我呀，程老师。"

所有理智的崩塌只在一瞬间。

程牧昀低下头堵住了她的唇。

这是一个带着强势的占有欲的吻。可在最初激烈的动作之后，他的动作渐渐地转柔，他吻得细致温柔，待她如同珍宝。

她从未被人这样温柔地对待过。

她整个人倒在他的怀中，与他十指相扣的时候，心尖在不断地颤抖。

她能从他的动作中感受到此刻他心里的激动。她伸手搂住他的脖颈，轻轻地回应着。

程牧昀感到自己的心脏跳得飞快，已经顾不得她会不会发觉他的心跳了。

一直以来，他只能躲在暗处看着她。

明明他才是最先遇到她的人，可始终找不到她。他再遇见她时，她的身边已经有了另一个人。

她是那样光芒四射，站在领奖台上接受所有人的掌声，即使他再努力地靠近她，她的目光也从未落在他的身上过。

他夜夜辗转反侧，每一夜的梦里全是她。

对江崇，他忌妒得发狂，却要隐忍地佯装与江崇是朋友，不敢被她发现自己的一点儿心意。因为她只要知道了他喜欢她，就一定会彻底地远离他。

他清醒地看着自己一步步地沉沦，远远地、绝望地看着她在闪耀，明知道等不到结果，却依旧无法自控。

直到看到曙光，他才在长久的等待中得到了意外的惊喜！

他立刻靠近她，可在得到她之后，又惶恐地害怕这是一场美梦，梦醒之后，终究还是会失去她。

然而这一刻，摇摇欲坠的心完全安定下来，他以后不会再有任何忌妒与不安，有的只是甜蜜的满足与庆幸。

还好，他没有放弃；还好，他的爱意得到了回应。

他低头看着她，声音又缓又低地说："我会好好地教你谈恋爱。"

李玥微微地喘息着，看着他英俊的眉眼。他的目光落在她的脸上，里面含着浓浓的执着。

她伸手碰了碰他的脸颊，用过分嫣红的嘴唇轻轻地吐出两个字："终于。"

终于，她又看到他脸红的样子了。

她凑近他，亲了亲他的脸，小声说："我喜欢你。"

这是她从程老师那里学到的第一课。

喜欢，是要表达出来的。

他们再次相遇时他送给她的生日蛋糕、他每一次细心的呵护与帮助，还有他给她弹的那首原创的歌，无一不是在说他喜欢她。

现在她可以大方地告诉他：程牧昀，我不讨厌你。我喜欢你。

这一晚两个人什么都没做，只是亲密地抱在一起，睡了一个安稳的觉。

李玥这天晚上睡得很沉，一夜无梦。清晨她听到清脆的鸟叫声，慢慢地睁开了眼，发现自己正侧躺着，把头埋在了程牧昀的怀里，清冽的苦橙香味萦绕在鼻端，闻起来特别舒服。

她稍微动了动，放在她身上的手臂立刻把她搂了一下。

他悦耳低沉的嗓音在头顶响起："再躺一会儿。"

原来他已经醒了。

李玥乖乖地没动弹，闭上了眼睛。

此刻室内安安静静的，只有轻轻的呼吸声，窗外有鸟儿振翅的声响，金色的光线透过白纱的窗帘射了进来。

一切都是如此美好。

李玥已经很久没有这样放松过，她的心情安定又很惬意。

原来赖床是一件这么幸福的事。

她像小动物一样用脸颊轻轻地蹭了他一下，说了一句："真好。"

赖床虽美，不可贪心。

闹钟的提示音打破了此时的宁静。程牧昀哪怕身为总裁，也是要上班的。

李玥也打算回家了。毕竟大部分换洗的衣服还在家里，而且她这么久没回家，也要打扫一下卫生。

她临走的时候，程牧昀说有东西给她。

他拿给她一箱大闸蟹。

"晚上我去你家，给你煮大闸蟹。"他说。

李玥拎着大闸蟹，突然调侃了一句："我以为你还要送给我滑冰鞋呢。"

程牧昀先是一愣，接着脸色迅速一变："你是说……"

"丁野都跟我说了。你当时为什么没告诉我那是你买的？"

她一直以为那双滑冰鞋是江崇帮她买到的。

"江崇那时候跟我说你急需那双滑冰鞋，想让我帮忙找找它，但当时我只有他的地址。"

李玥明白了，江崇拿了滑冰鞋，却在过程中隐瞒了程牧昀的存在，而她当时和程牧昀接触得很少，完全不知道这件事。

"谢谢你的那双鞋。"她道谢，"不过鉴于你现在的身份，我就心安理得地接受了。"

程牧昀温柔地笑了一下。

"你还有什么小秘密,一起交代了吧。"李玥问。

程牧昀顿了一下,眼里有光。他说:"过一段时间我再告诉你。"

哼,他好小气。

他又问她:"丁野还对你说什么事了?"

"你去问他吧。"

谁叫他都不肯把小秘密说给她听!

李玥露出狡黠可爱的表情,拎着程牧昀给她的大闸蟹和装着他的东西的时间胶囊盒子,离开了他的家。

回家之后,李玥发现家具上和地上果然已经落了一层薄薄的灰。

可见房子里还是得住人的。

她花了一天的时间做清洁,把屋子从里到外地擦了好几遍,通风,晒被,洗衣服。

她做完家务已经是下午了。

她好累,做家务简直比训练还累。

之前程牧昀在她的家里做家务多辛苦哇。

李玥忍不住拍了一张照片发给他,照片上是家里刚被打扫干净的样子,她还发了一个小熊猫趴地的表情包。

程牧昀:"有没有好好地吃饭?"

李玥:"还没吃。"

程牧昀:"你不乖。"

李玥:"我等你晚上一起吃好啦。"

程牧昀:"我现在给你点餐,你想吃什么?"

李玥:"程大厨做的红烧肉、小龙虾、酸辣虾、丸子汤……"

程牧昀看着手机,唇角的笑意自然而然地流露出来。

她怎么能这么可爱?

"哎哟,笑得真荡漾,啧啧啧。"丁野在一旁眯着眼睛,毫不掩饰地鄙夷道。

谈恋爱的人怎么都是一副傻瓜的模样?

问题是,不谈恋爱的人也是这副模样。这到底是怎么回事?

丁野想起了梁小西在他见完李玥后直接过来见他的事。在她的逼问下,他只能告诉她程牧昀和李玥在秘密地交往,当时的梁小西直接尖叫了好几分钟,然后抱着手机,笑得那叫一个甜。

"啊,我的橙粒,我就知道他们一定会在一起!呜呜,我的这辈子值了。"

可他再约她出去的时候,梁小西却马上改变了态度,和刚才完全不同了。

"丁先生,那天晚上的事是一个意外,我暂时没有恋爱的打算。"

丁野又气又想笑，就没见过这种姑娘。

"我的人生里没有意外，你，老子追定了。"

当时梁小西意外地怔住的表情让他觉得挺解气的，他事后又有点儿后悔。

结果他今天跟程牧昀见面，又被程牧昀的这副模样深深地恶心到了。

这时程牧昀打了一个电话，声音很柔地说："我一会儿就回去，你先吃一点儿东西……嗯，我知道。"

挂了电话，他对丁野说："女朋友在等我，我得先走了。"

丁野没好气地道："走开！"

程牧昀刚起身，又想起一件事："你是不是已经跟李玥见过面了？"

这都是八百年前的事了，他现在才想起来问，丁野都没心思炫耀了，不过那条朋友圈没钓到李玥，好歹钓到了梁小西。

丁野懒洋洋地抬眼："干吗？你不给我介绍她，还不准我自己去见她了？"

"你跟她说过什么？"程牧昀有点儿严肃地问。

丁野突然笑了起来，起身整了整西装，站到程牧昀的面前，一字一顿地说："老子不告诉你。"

哼！让你秀恩爱！你知不知道单身狗的心灵有多脆弱？我偏不说！

程牧昀："……"

于是，李玥和丁野两个人在毫无沟通的情况下达成了一致，不说那件事，就是不说，程牧昀也没有办法。

程牧昀买了新鲜的食材，来到了李玥的家里，不仅做了一桌饭菜，还蒸了螃蟹。

他带了专业的工具，螃蟹全是由他剥壳取肉的，李玥完全不用动手。

李玥坐在一边，一边觉得自己会被惯坏，一边又忍不住享受着他的服务。

程牧昀用白皙修长的手指捏着工具轻松地挖出蟹肉的模样，简直是视觉盛宴。

不知怎的，她突然冒出一个念头——如果她当初是和程牧昀在一起，现在的人生会变成什么样呢？

她无意识地说了一句："我要是早点儿遇见你就好了。"

她把这句话说出口，下一秒就后悔了，好在声音很低。

她看程牧昀剥螃蟹的动作没停下，他似乎没听见她的话，李玥才稍稍放心。

她没留意到程牧昀一瞬间露出的复杂神色。

两个人平时各自有要忙的事，程牧昀的公司业务繁忙，李玥也在锻炼，快该回到队里了。

这天是周末，程牧昀本打算去找李玥，刚把车子开到半路，就接到了一个电话。

几分钟后，程牧昀给李玥打去电话："今天我可能没办法去你家了。"

李玥顺口问他："你要加班？"

那她可以像之前一样给他一个小惊喜，去他公司的楼下等他。

"不是，"话语顿了一下，他说，"我要去接一个刚回国的亲戚。"

哦，这样。

"那你去吧。"

程牧昀不放心她，说："你一个人要好好地吃饭。"

"我会的。我保证！"李玥说，声音里带着笑意。

程牧昀这才安心。

李玥自己不会做饭，又不想吃外卖，干脆出门去餐馆里吃饭。

李玥独立惯了，不觉得自己一个人去吃饭有什么不好意思的。

她选了一家西餐厅。之前她请程牧昀在这家餐厅里吃过饭，虽然饭菜有点儿贵，但她只是偶尔奢侈地吃一顿饭，就当这是在犒劳自己啦。

李玥坐在角落里。菜刚上完，她便打算给程牧昀晒图，证明自己好好地吃饭了。就在这时，周围突然响起异常的议论声。

"好帅呀。"

"旁边的女孩也好美。"

"他们是一对吧。"

"可能是艺人呢，但艺人不会就两个人一起出来吧？"

她顺着声音抬起头，看到了一张熟悉的脸。

男人穿着黑色的T恤，英俊出众，身姿挺拔。他正在为身旁的人拉开椅子。

他旁边的女人冲他一笑，坐在了椅子上。

李玥终于看清了对方的长相。那女人乌黑的长发及腰，皮肤是冷白色，光滑细腻得仿若带着一层柔光，眼瞳水润润的，气质出尘。

虽然李玥只和对方见过一次面，又过了这么多年，但她依旧迅速认出了对方。

那是程牧昀的初恋女友。

李玥此刻的心情复杂得完全无法形容。

她的眼角莫名其妙地疼，胸口酸胀发闷，她想哭。

她有多久没哭了？连当初和江崇吵架、分手时，她都没哭过一次。

可如今她哪怕是在这种公共场合里，泪意还在不断地上涌。

最让她生气的是，自己竟然怯懦得不敢上前质问。

这一刻她终于明白了为什么当初程牧昀看到自己上了江崇的车时没有上前。他选择了沉默，是因为不敢面对事实、害怕失去她。

她是相信他的，正如他信任自己，可耳边的那些羡慕的话语刺得她耳朵疼。她点开微信，手指落在程牧昀的对话框上，她发现自己的手指在抖。

她好不争气呀。

她轻轻地呼了一口气，发出微信："你在哪儿？"

这一刻她多么庆幸世上诞生了电子产品，简单的文字不会泄露她的情绪，她还可以伪装镇定。

没过多久，她看到背对她而坐的程牧昀掏出手机，他低头回复消息。

手机上显示了他的消息："我在餐厅里吃饭，你吃什么了？"

他现在的关心让她的心里越发酸涩。

李玥："你和你的那个亲戚吃饭？"

程牧昀："嗯。"

她有一瞬间感觉呼吸不畅，看着程牧昀的背影，目光移向他对面的那个漂亮的女孩，那种窒息感渐渐地淹没了她。

"喂。"姜妍有点儿不高兴，用手指敲敲桌子，提醒程牧昀，"我这么久才回国一趟，这是你的待客之道吗？你又不是只有十几岁，还只顾着玩手机。"

程牧昀见李玥没再回复消息，这才抬头看了姜妍一眼。

"是要紧的事。"他说。

"骗人。"姜妍笑得漂亮，眼尾轻轻地一压，清纯的脸蛋儿上带着一丝妩媚。

她问："是你的女朋友吧？"

她可是回国之前就听说他有了一个女朋友呢。

程牧昀默认了。

姜妍忍不住调侃一句："你记不记得你小时候说过长大了要娶我？你这就食言了呀？"

"我不会说这种话的。"程牧昀仿佛看穿了她，用淡淡的语气说，"你把这种话留着骗别人吧。"

姜妍被戳破了心思，非常不雅观地对他翻了一个白眼，吐槽道："你真没劲。"

程牧昀不置可否。

姜妍却没有轻易地放过他，问："你什么时候让我也见见你的女朋友？我听说你都没让你的爸妈见她呢，你干吗不让我们见你的女朋友？"

"你想干什么？"

姜妍笑了一下："我好奇嘛，下次吃饭时你带她一起来吧，我也把我的男朋友带过来。"

程牧昀有点儿不悦地眯眼："她不是你身边的那类人。"

姜妍长得清纯漂亮，可在感情上非常随性，一年不知道要换多少个男朋友。她的男朋友的有效期有的是一星期，有的是一个月，超过三个月的都屈指可数。

程牧昀怎么可能让姜妍带着那种男人和李玥见面？

姜妍见他不高兴，知道他是认真了，安抚了一句："好啦，不见就不见。你是一点儿都不像从前了。对了，你现在的女朋友知道你有一个暗恋六七年的对象吗？"

程牧昀没接话，问："你要吃什么？"

"等等。"姜妍突然抬头。

她的心思很敏锐，她迅速意识到一件事，说："你现在的这个女朋友该不会就是以前的那个……"

她还没说完话，目光就不经意地和不远处的一个女孩的目光相遇。她愣了一秒，随即看向程牧昀："喂，你最近是不是惹了什么桃花债？"

程牧昀皱眉："你在说什么？"

"不然为什么你身后的那个女孩子看你的样子像是快哭了？"

脸色一变，程牧昀倏然回头，目光一瞬间准确地锁定了坐在角落里的李玥。两个人的目光在半空中相触了几秒。

接着他站起身，匆匆地对姜妍扔下一句："我有事先走了。"

他走过旁边的餐桌，过去握住了那个女孩的胳膊，女孩没拒绝。

姜妍倒不在意，就是觉得奇怪，程牧昀的表情怎么会一瞬间变得如此惶恐，如临大敌一般？

程牧昀和李玥离开后，姜妍一边吃着黑松露，一边给喜欢的"小狼狗"晒腹肌的朋友圈点了一个赞。突然，她想到了原因，那个女孩不会还不知道程牧昀的事吧？哇，有意思耶。

车上，程牧昀和李玥坐着，谁也没有先说话。

李玥的情绪已经变得好了许多，她被程牧昀抓到车上的时候，内心是感到庆幸的。

程牧昀没有逃避，也并不心虚，只是有点儿意外。他的表情十分沉重，看起来倒是比她还要不安。

李玥喉咙发紧，主动地开口问他："你为什么要撒谎？你去见前女友，是怕我知道这件事会生气吗？"

她明明不是那种会无理取闹的人。

"我没有说谎。"他说。

李玥一下子生气了，说："我又不会乱吃醋，你干吗死不承认？"

程牧昀侧头看她，声音冷硬地反问她："我去见前女友，你完全不吃醋也不生气吗？"

他的眼中有明显的情绪在涌动，李玥的心头跟着猛地一颤，随即那种酸涩的委屈感再次涌上来。

他明明才是理亏的那个人，怎么反而比她还生气？

"程牧昀，我以前见过她的。之前我们一起去游乐园，你是带着她去的，对吗？"

"对。"

好，他承认了！

"她是你的前女友，对吧？"

"不是。"

他竟然否认！他竟然敢否认？！

李玥瞪着眼睛，又气又恨地看着他，难道他真觉得她这么好骗？

程牧昀却在这时咬牙切齿地问她："是谁告诉她是我的女朋友的？"

"当时江崇跟我说的。"

程牧昀的脸阴了下来，他静默地与她对视了片刻："所以，你一直以为我有一个前女友，还觉得餐厅里的那个人就是我的前女友？"

她开始犹豫了，问："难道事情不是这样的？"

"不是。"

他明确地告诉她——不是。

李玥一瞬间有点儿庆幸，又有点儿开心，紧接着皱起眉头："那你去游乐园时为什么要带着她？"

她依稀记得那天他们去游乐园的场景，有不少熟人一起去，全是情侣，而程牧昀和他身边的女伴最耀眼。两个人对彼此绝不陌生，吃饭全都是程牧昀付的钱，他们相互间说话的模样显得十分熟稔。

所以江崇说那是程牧昀的女朋友时，李玥没有一丝怀疑。

可现在程牧昀说那不是他的女朋友？

程牧昀把薄唇抿得很紧："那是因为江崇说你觉得我们三个人一起出去玩很奇怪，他不想让我跟着去。至于那个人，她只是我的表姐，多带一个人，我才能有理由跟你们一起出去玩。"

李玥眨了眨眼，下意识地问："为什么？"为什么他一定要跟他们一起出去玩？

程牧昀紧紧地盯着她，眼神滚烫压抑。

李玥从未见过他的这种目光，吓得心头一颤。

接着，他突然用双手压住她的肩膀，一字一顿地说："因为我喜欢。"

"李玥，我喜欢你不是一个月，不是一年，是七年。"

"从你当时和江崇在一起开始，我就喜欢你了！"

"我一直在暗恋你。"

李玥的大脑一片空白，心"怦怦怦"地跳得飞快，耳边继续响着程牧昀压抑的声音。

"我从没有过什么前女友，你是我的第一个女朋友！"

他把所有的第一次，都给了她。

他把第一次的喜欢、第一次的吻、第一次的身心交付全都给了她，李玥。

车里响着他微重的呼吸声。他说这些话的时候，仿佛用尽了全身的力气。

这一刻，李玥整个人都愣住了，脑袋里乱得不行，心里本来又气又怨，现在更是混乱不堪。她仿佛被巨额的彩票砸中，第一反应不是喜悦，而是震惊、心慌与无措。

程牧昀暗恋她七年了？

"不对，我们没有认识这么久。"她小声说。

程牧昀眼睫微颤，低沉嘶哑地说："你记不记得你以前在白沙街的深巷里帮过一个人？他当时看不见东西，是你牵着他把他带出来的。"

李玥非常努力地回忆，可完全想不起来这件事。

程牧昀看着她的脸，顿时明白了，有些泄气地松开了抓住她手臂的手。

李玥咬了咬嘴唇，忍不住问他："可……可你为什么一直没有说？"

"我想说，但一直没有找到合适的机会。更何况如果我一开始就告诉你这些事的话，你会和我在一起吗？"

李玥默然几秒。

她顿时感觉心思被看穿了，有一种无所遁形的局促感，也许程牧昀要比她想象中的更了解她自己。

的确，她如果一开始就知道他暗恋她的话，以她的性格，恐怕更是无法回应他的爱。

面对他深重的情感，怯懦的她一定会犹豫的。

李玥变得沉默。

他搞砸了。

望着她的侧脸，程牧昀觉得这种局面非常糟糕，说："原本我不想以这样的方式把这件事告诉你的。"他的语气既颓丧又难过。

心里一紧，李玥有点儿想道歉，又觉得道歉不合适。

气氛僵住了，两个人都不知道该说什么好。

这时她的电话突然响起，教练熊耀要她去体育局一趟。

"我送你过去。"接着程牧昀发动了车。

一路上，两个人都没再开口说话。

李玥下车离开，走了几步，又忍不住回头看了一眼程牧昀。他的双眸沉静若海，也在看着她。

她咬了咬下唇，冲他挥了一下手，挥手的意思是：我还会回来，到时候，我们再好好地说这件事，好吗？

程牧昀的瞳孔缩了一下，薄唇抿成一条线，接着他发动车子迅速驶离这里。

李玥在原地站了几秒。

"李玥！"

身后有人喊她，是大腹便便的熊耀。他在对她招手。

"快进来。"

她应了一声，抬脚走进体育局里。

第十三章
七年的暗恋

李玥从体育局出来时，天色已经擦黑，她怀着复杂的心情走在街上，没有回自己的家，而是去找了夏蔓。

夏蔓刚顶着两个大大的黑眼圈下了班，跟李玥吐槽着："我可能再做几个月的工作就辞职了。"

虽然夏蔓嘴上这么说，但还是不会辞掉工作的，是天生的劳碌命，李玥唯有一声叹息呀。

听李玥讲今天的事情时，夏蔓连连地倒抽冷气。

啥啥啥？程牧昀去见初恋的女友了？

等等，程总、程牧昀、程男神暗恋了李玥七年？

李玥马上要归队训练，两个人要长期谈异地恋了。

一向热衷于八卦的夏蔓这回可完全兴奋不起来了，信息量实在是太大了。

听完这些事的夏蔓略显虚弱地说："宝贝，你确定是来跟我分享事情的，不是来给我投炸弹的吗？"

李玥无言地看她一眼。别说夏蔓吃惊，她自己都吓得不行，现在的心情不比夏蔓的好到哪里去，这一天跟坐过山车一般跌宕起伏。

夏蔓皱着眉头："七年哪，这么久，程男神把心思藏得太好了吧，你真的一点儿都没发现他暗恋你？"

李玥摇了摇头。

"但后来你和江崇在一起了,程牧昀就在旁边看着,竟然忍得住?!"夏蔓忍不住惊叹。

李玥抿了一下唇角。

从前她除了知道他有很好的家世、长得很好,还一直留着那两条手帕之外,就和他没其他交集了。

她只记得有一次自己和江崇闹别扭,江崇把身上的衣服给冯盈盈披着,她冻得不行,却倔强地不吭声,当时程牧昀突然把他的外套递给她,吓了她一跳。

虽然她当时没要他的外套,但她现在仔细地回忆起来,他的眼里似乎流露出了一丝失望。

那时候她还觉得程牧昀是因为被拒绝了有些不高兴,现在想想,事情大概不是那样的。

可他始终没有越过雷池一步。

在理智和情感、克制与放纵的选择中,他都选择了前者。

喜欢一个人和希望他幸福并不冲突,有人选择占有,有人选择守护。

"程牧昀就是……特别好。"她顿了顿,又补充道,"有点儿太好了。"

这样的天之骄子竟然暗恋了自己七年,李玥简直难以置信,又有一种说不出的轻飘飘的感觉。

这时夏蔓注意到手机屏幕上弹出一个消息,立刻点开消息,接着把手机递给李玥:"哎,玥玥,你看微博。"

夏蔓点开一个热搜的页面,那是关于程牧昀的采访视频。

画面中的程牧昀穿着蓝色条纹的西装,将头发梳在脑后,露出一张英俊出众的脸,眉浓鼻挺,帅气逼人。

这是关于封达集团的业务问题的采访,程牧昀一一地回答问题,用词严谨,只是最后不免还是被问了一下私人的感情状态。微博的热搜上截取的就是这一段采访。

记者问:"程总可以跟大家分享一下您现在的感情状态吗?"

程牧昀微微地挑眉:"你确定这是在采访稿里的问题吗?"

记者说:"好吧,我承认我是替广大网友问的这个问题。现在您在网络上颇受欢迎,大家都说您是总裁级的男神呢。"

程牧昀做谦逊状,说:"不敢,谢谢大家的厚爱。"

"那您能分享一下您的感情经历吗?起码跟我们说说初恋吧。"

程牧昀沉吟了几秒,英俊的脸上浮起淡淡的笑意。他说:"我曾经开始了一场暗恋,默默地喜欢她,可连为她写的歌都没能送出去。"

主持人有些惊讶地问:"原来程总还会写歌?可以让我们欣赏一下吗?"

程牧昀拒绝了,说:"这是属于她的歌。"

主持人有些动容，问："那现在您还知道这个女孩的动向吗？"

"嗯，知道的。"程牧昀微微地笑着，"有一天我会鼓起勇气把这首歌送给她，希望她会喜欢它。"

这暗示着，他还在喜欢着他的初恋。

李玥整个人愣愣的。

她点开了这条视频下面的评论区，评论区里果然是一片赞誉。

"他好深情。这都过去七八年了吧，他还一直没忘记初恋？我肯定做不到。"

"嗑到了，今天是橙粒又甜度满满的一天……"

李玥被这条评论吸引了目光，点进这个账号的主页。接着，她发现了一个超话——橙粒超话。

超话里看起来非常热闹。

"今天大家有没有看程总的采访？啊啊啊，他在采访里说的初恋一定是我们玥玥对不对？！"

"少年时期的暗恋，至今还在喜欢。程牧昀和李玥是多年的好朋友，加上之前大家都说李玥有过一个交往多年的男友，所以程总才一直作为朋友没能上位，但现在玥玥单身了，他开始行动了，信息完全对得上！一定是！"

"之前西西大神不是说有意想不到的好消息吗？是不是两个人已经在一起了？"

"不敢想小情侣真的在一起后会甜成什么样，我要流鼻血了。"

"我知道了，程总这是给我们预热呢,下次两个人再合体的时候一定是公开恋情！"

"姐妹，格局大一点儿，为什么不能是直接公布婚讯？众所周知，大新闻之前往往风平浪静。"

…………

李玥叹为观止。

李玥在这个超话里看了很久，这个超话带给她的冲击感就像那个很有名的表情包所表达的——我整个人大受震撼。

她默默地关掉了手机屏幕。

程牧昀是什么时候在微博上关注她的？

他在微博上很少关注别人，但是似乎在很早之前就关注了她。他在微博上晒了两次她给他的编绳手链。

还有，他是什么时候来看她比赛的？

她参加过那么多场比赛，看照片，比赛有四年前的，也有一年前的。她参加比赛的时候，他竟然就在台下观赛。

对此她完全不知道，程牧昀更没提过这件事。

她的心情复杂极了，她一想起超话里的那些话，心跳就莫名其妙地加快。

366

而一直以来困扰她的问题全都迎刃而解，比如为什么他那么了解自己，比如他一直藏着的小秘密是什么。

还有他当初弹的那首歌，是他给她写的，对吗？

对于这些问题，李玥迫切地想要知道答案。

她告别了夏蔓，起身去找程牧昀，可打了几次他的电话，电话都没人接，她最后只好给程牧昀的助理小杜打电话。

小杜告诉她程牧昀在参加一场应酬，估计程牧昀是把手机调成静音模式了。

李玥从小杜的口中知道了程牧昀所在的位置后，立刻打车过去。

刚到酒店的门口，李玥便被人叫住。

"李玥小姐？"

她应声回头，看到了一个陌生的中年男子。对方一副笑模样，看起来就很亲善，不过李玥不认识他。

男子走到李玥的面前，态度热情地说："李玥小姐，又见面了，我是嘉悦公司的钱经理，几个月前我们在街上碰到过一次，那时候我还想跟您合作呢。"

李玥突然想起来了，他说的好像是之前她在街上遇到江崇和冯盈盈的那次，江崇还想利用她带着冯盈盈一起签广告。

她对他说："您好。"

钱总笑眯眯地问："您是一个人？没吃饭吧，要不要一起吃？"

李玥刚想拒绝，就听见钱总说："程总也在的。"

程牧昀？

李玥跟着他走到酒店的包间里。屋子里有不少人，男男女女皆是商务打扮，不过有些人已经喝得有些醉意，脸涨得发红。

其中最抓人眼球的还是坐在中间的程牧昀。

看到她之后，他愣了几秒。

钱总给大家介绍："这位是李玥，很出名的花滑运动员，还是程总的朋友呢，正巧我在楼下看到她，就请她上来了。"

李玥矜持地笑了一下。

屋子里的人很热情，安排她坐到程牧昀的身边。

她侧头看了一眼程牧昀，他敛眉淡容，不知道在想什么。

她突然有点儿紧张。

她刚想说什么，钱总就朝她举杯："李玥小姐，之前您给云步做的代言真的是太好了，以后有机会咱们一定要再合作一次！"

李玥笑着说"好"，接下来又有几个人来应酬，希望跟她合作，也有要求合影签名的。

不仅是她，程牧昀也一样被其他人缠着说话。

两个人坐在一起，可完全没有任何机会说话。

这时有一个长相娇俏的女人端着酒杯过来，巧笑嫣然地坐到了程牧昀的身边，跟他说话。

席间实在是太吵，又不断地有人来问李玥事情，李玥听不清那两个人在说什么，偶尔瞥到那女人笑意盈盈地靠近程牧昀的样子，心里就有点儿发闷。

她知道是自己跟他约定暂时不对外公开他们的关系的。但直到这一刻她才清楚，原来在旁边看着别人靠近喜欢的人是这么难受。

这时那女人绕到了李玥的身边。她注意到了李玥的手链，不住地夸着："李小姐的手链真漂亮。这是在哪儿买的？"

李玥说："别人送的。"

"是男朋友送的吧？"

李玥淡淡地笑了一下，没有否认。

"哎呀，我刚才注意到程总的手上也有一条手链呢，"女人捂住嘴，"咯咯"地一笑，"不知道的人还以为你俩的手链是一对的呢。"

李玥抿了一下唇，没有回话。

"李小姐跟我喝一杯酒吧。"女人说。

李玥知道自己的酒量不行，婉拒道："我的体质不太适合喝酒。"

女人不肯放过她，说："就喝一小杯，交个朋友嘛。"

她把酒杯递到李玥的唇边。

算了，就喝一杯吧。李玥刚要接过酒杯，旁边有一只手伸了过来。

"我替她喝。"

程牧昀接过了酒杯，仰头一饮而尽。

女人先是愣了，又笑："程总是要替李小姐交下我这个朋友啦。"

程牧昀侧眸看了一眼李玥，回了一句："你问她愿意吗？我归她管。"

女人看向李玥，眼神里带着些不服输的意味。

李玥沉默了两秒，望向她的眼睛，露出一个浅笑："我们俩的手链是一对的。"

女人蒙了。

李玥笑了。

她施施然地站起来："我有事先走了。"

她又低头看程牧昀一眼："一起吗？"

"当然。"他微笑道。

趁着包间里的人还未反应过来，两个人一起离开。

夜已深了，两个人没坐车，一前一后地在街上走着，李玥在前，程牧昀在后。

李玥气势汹汹地快步走向前，感到压抑不住的烦躁。她走到一棵枝条低垂的柳树下时，手腕突然被一只热得发烫的手抓住。

程牧昀拉住了她。

夜色浓郁，四周寂静，只有车辆偶尔从身边呼啸而过。

路灯的光像一层滤镜。

空气中有淡淡的酒味，还有清冽的苦橙香味。他靠了过来。

"你生气什么？"他声音低沉沙哑地说。

李玥别过头否认："我没有生气呀。"

他带着气音低笑了一声。

李玥的脸上有点儿发热。心里还生着气，她什么也不管了，像生气的小孩似的，踩了他一下。

他也不躲，反而笑得更肆意了。

她推了他一把："有什么好笑的？"

他抓住她的手，低头亲了过来。她先是挣扎了一下，又被他抱到了怀里。

唇齿被他强硬地撬开，很快她尝到淡淡的酒味，跟着有了醉意。

微风轻轻地吹过，吹不散身上的热意。

他紧紧地搂住她，过了许久才终于放开她。

两个人轻轻地喘着气，眼睛里都带了几分潮湿的情意。

"你吃醋了。"他说。

她红着脸移开目光。

他又低下头来，用额头抵着她的额头，轻轻地蹭了蹭她。

"李玥，你是不是吃醋了？"

她的心脏跳得飞快，情绪很复杂，又有一股莫名其妙的委屈和难过，她干脆一口气承认了："是，我是吃醋了，我根本没有我说的那么大方。不只是刚才，白天你和你的姐吃饭的时候，我都气哭了。我以前从没在那种场合掉过眼泪的，你还欺负我……"

"对不起。"他不住地亲她的眼角和脸颊。

她躲了一下，又避不开，最后下巴被捏住。她仰起头，承受他的亲吻。

她被他抱到怀里，过了好一会儿，汹涌的情绪才稍微平复下来。她靠在他的胸膛上，听着他的心跳声，脸上热热的。

她的舌尖上还残存着一点儿酒味，她忍不住嘟囔一句："我说了不喝酒的，都怪你。"

"嗯，怪我。"

"你还不接我的电话。"

她再踩他一脚。

"以后我会注意。"

"我不是跟你说了,等我回来,咱们好好地谈谈?"

程牧昀问:"什么时候?"

"在体育局的门口哇。"她仰起头,瞪着他,"我不是对你招手了吗?"

程牧昀反应了几秒,说:"原来你是这个意思。"

"那我能是什么意思?"

"我以为你是让我赶紧走。"

"啊?才不是。"

"那是我理解错了。"

"嗯,你笨!"

她又踩了他一脚。

程牧昀低低地笑,嘶哑的声音从喉咙里传出来,富有磁性,十分勾人。他用下巴蹭了蹭她的头,一声一声地念她的名字:"玥玥,玥玥。"

李玥觉得自己的魂都要被他勾走了。这个男人,让人爱到无法自拔。

她抱住他的腰背,小声地回应:"你是我的。"

他带着笑意的声音在她耳畔响起:"嗯,我是你的。"

他低头亲她的耳垂。

李玥觉得心都快化了。

"你现在不怕被发现了吗?"程牧昀指的是刚才在酒席上发生的事,"或许他们会上网爆料。"

话锋一转,他说:"不过你又不上网。"

"谁说我不上网的?"李玥用手指抵住他的胸膛,眼神有点儿媚,带着一点儿狡黠的得意,"我可是发现你的小秘密了。"

程牧昀握住了她的食指:"什么小秘密?"

李玥眨了眨眼:"我看到你的采访视频了。你之前说我过几天就会知道,指的就是这件事吗?"

说完,她有些怅然。如果她在网上看到采访的视频后再去问程牧昀,事情会不会变得完全不一样?

事情一定会变得不一样的,她不会因为误会他说谎而难过,他更不会在被她误解的情况下说出一直埋藏于心中的秘密。

就像他白天说的,他原本不想这样把秘密告诉她的,而是会在一个合适的时间郑重地说出这个叫人难忘的秘密,可生活总是无法如计划中的那样进行。

李玥在这一刻能明白程牧昀的遗憾。

程牧昀感受着掌心中的温度,心里仿佛也有些发热。他说:"那只是一部分,剩下的,我早就交给你了。"

什么？李玥愣了好几秒，突然想起来之前从他的家里拿走的时间胶囊。

她小声问："在盒子里？"

"嗯。"

"我能看吗？"

"我们不是说好了一年后看吗？"

李玥抱住他："可我现在就想看。"

她迫不及待地想要知道有关他的一切，再也等不及了。

她甚至红着脸，踮起脚，主动地亲了他一下，有点儿不习惯地撒娇："好不好？"

程牧昀的心在快速地跳动，目光紧紧地锁住她："那你不准后悔。"

他的声音有点儿低沉嘶哑，她得凭格外敏感的心思才能察觉到他的话里带着一点点危险的意味。

可李玥现在全身心都扑在打开盒子这件事上，哪里注意得到这一点？

"我保证。"

还有什么秘密比"他暗恋了她七年"这个秘密更让她震撼呢？

"好，我们回家。"他说。

程牧昀打电话叫小杜开车过来接他们。面对唇色异常嫣红的李玥，小杜做到了淡然以对，只当自己是一个尽职尽责的好司机。

车子停在了李玥家的楼下。

两个人上楼开门。李玥赶紧把时间胶囊的盒子拿了出来，她的心脏一直在"怦怦"地跳。

程牧昀拿出盒子的钥匙，把它递给李玥。

她突然有点儿怕，说："要不你来开盒子？"

程牧昀说："是你要看的。"

"好吧。"

她吞咽了一下口水，用钥匙开锁，捏住盒盖轻轻地掀开——

盒子里躺着一些"奇怪"的东西：一个白色的瓶盖、一张被撕下的糖纸、一支黑色的圆珠笔。

这些就是程牧昀的秘密？

她抬头看向他，目光里透着不解。

程牧昀微抿了一下唇角："你不认识这些东西了？"

"嗯？"

"这些是你的东西，"他缓缓地开口，"是你送给我的东西。"

他拾起黑色的圆珠笔："这是你以前在街上给别人签名时买的，你没地方放它们，笔就被我要了过来。"

他又拨动白色的瓶盖:"以前我生病的时候你来探望我,帮我打开了一瓶水,这是瓶盖。"

最后,他捏住塑料的糖纸,糖纸上印着一个小小的橙子:"这是你送给我的糖。"

这是程牧昀在过去的七年里仅有的和李玥相关的记忆碎片。

这是他最大的秘密,更是他最珍惜的宝物。

他喜欢了她七年,爱了她七年。

李玥望着这些东西,眼眶微微地发酸,一股异样的情绪在胸口处翻涌。

她从来不知道,会有一个人这样珍惜她。

更让她难过的是,她完全不记得程牧昀说的这些事。

李玥静默了片刻,突然起身,从卧室里拿出一个盒子。程牧昀对这个盒子并不陌生,盒子里装着他送给李玥的衣服和首饰。

之前因为他发现了这个盒子,两个人还闹过别扭。这次他再看到它,心情已不像之前那样忐忑不安。

这一次,是李玥主动地把它拿了出来。盖子被掀开的时候,里面已经不只有程牧昀送的东西了,还有很多其他贵重的物品。

她从最下面拿出一个纸袋,把它递给了程牧昀,脸上带着一丝羞涩。她说:"这是我的秘密,你看。"

程牧昀缓慢地把它接了过来。他打开纸袋之后,表情变得茫然。

那是一条白色的丝绸手帕,下面印着一个花体的英文"C"。这是他家特制的手帕。

这种手帕通常都是他家的人自用的,被他送出去的手帕并不多。

程牧昀目光灼灼地抬头看她:"这是我的。"

脸有些发热,李玥说:"嗯,除了这条手帕,你家里的时间胶囊里还有一条手帕。"

"还有一条?"他有些疑惑,说,"我记得我只给过你一条手帕。"

那时她已经是江崇的女友,两个人的关系并不近。当初送给她这条手帕的时候,程牧昀还害怕她不肯要它,可她竟然接受了,并且把它保留至今!

可接下来李玥的话完全出乎他的意料。

"我16岁的时候就见过你了。那天雨下得很大,我一个人在房檐下躲雨,是你把手里的伞给了我,还送给我这条手帕。"

只是当时他们匆匆地相遇,她来不及问他的名字,唯一留下的,只有这条白色的丝绸手帕。

直到两年后,李玥再次见到同样的手帕,才知道当初送给她伞的人是程牧昀。

李玥说完这些话之后,程牧昀的脸色一瞬间变得难看至极。

他的呼吸发紧,胸口不断地起伏,眼睛里渐渐地有了红色的血丝。他说:"原来,我们在更早的时候就遇见过了吗?"

她把他从黑暗的深巷里带出来之前,他们就遇见过!

比起江崇,他和她要早认识两年多,足足两年多!

他一直因为自己没能找到她而抱憾。可原来在更早的时候,他就见过她了!

程牧昀只恨自己为什么会错失这么多年的时间。

如果他能早点儿认识她,如果他在那个雨天里不是只给了她一把伞,而是送她回家的话……

他没能往下想了,因为一只温热的手轻轻地贴上了他冰冷的脸颊。

程牧昀回过神来。

李玥倾身靠过来,表情里带着明显的担忧。她说:"你的表情好吓人。"

"我……我只是太意外,不知道原来在那么早的时候我们就遇见过。"他的眼睫不断地抖动,声音里带着明显的沙哑,"你之前说如果你早点儿遇见我就好了,可我们明明很早就遇见对方了!"

原来,他听到那句话了。

"如果我能早点儿知道你的名字,如果是我最先认识你的话……"

李玥轻轻地吸了一口气。

是呀,如果她和程牧昀早点儿相遇,一切都会不一样。

他深深地望向她,目光里有挣扎、难过和心疼。

他对她说:"如果是我早点儿遇见你,你就不会受到那么多的伤害和委屈。"

李玥只觉得心口仿佛被狠狠地烫了一下,所有的心防被彻底撼动,无数情绪化作一股股激流冲击着心脏。

她瞬间眼酸鼻涨,心里有一种感受到被疼爱的感动。

她怎么也没想到,程牧昀得知他们相遇得更早后,不是在遗憾自己没能早点儿和她在一起,而是在难过没能更好地保护她。

她望着他漆黑漂亮的眼睛,那里面充满了炽热的深情,他毫不吝啬自己的情感。

她深深地看了他很久。

"程牧昀,"她轻轻地喊他的名字,"人生没有第二次,人也不能活在过去里,但还好,我们没有错过彼此。"

过去她偶尔会想,如果当初她和程牧昀先认识,现在的光景一定会完全不同。

可如果事情是那样,她就不会是现在的李玥,程牧昀也不是现在的他了。

据说两个陌生人相遇的概率只有0.487%。

他们之前两次相遇,都错过了彼此。

可他们在第三次相遇的时候终于相识。

兜兜转转,他们还是在一起了。

两个人相爱,本就是千载难逢的巧合。

他们在最好的时候相遇相爱，是命运的另一种馈赠。

她以后不会再遗憾。

"你过去七年的暗恋，我不知道，更无法完全回应。但相信我，我是一个不服输的人。"她露出浅浅的微笑，笑容明媚漂亮，如灿阳一般照亮了程牧昀的心。他只听她用清亮悦耳的声音在他的耳畔低语："请再多等等我，我以后会更加喜欢你，我的喜欢绝不会比你的喜欢少。"

念念不忘，终有回响。程牧昀，你的深情并不孤单。

他的心跳明显变快，他低头吻了下来，扯开了她的衬衫，动作有些粗暴，扣子掉在地上。

呼吸沉重，他压向她的时候用笃定的语气喊她："玥玥。"

她直接仰头吻他的唇，回应他。

现在没有什么比肢体纠缠更能表达他们内心的激动与爱意。

得到了她的许可，他开始放肆起来，低头去亲吻她柔软的嘴唇。

她近在咫尺，柔软的皮肤、淡淡的香气都在告诉他，这一切不是梦。

她喜欢他，愿意亲近他，不停地回应着他的爱意。

哪怕他们错过了这么多年，她终于还是选择了他。

她是属于他的小月亮。

原本的遗憾和怅然早已被她细细地抚平，他紧紧地抱住她。

这一晚，两个人都有些放肆地沉溺在甜蜜里。

李玥最后的记忆是，程牧昀温柔地亲了亲她的眼角，把她抱回了床上。

她模糊地意识到有"噼里啪啦"的声音响起，好似豆大的雨点儿打在玻璃窗上，令人有些不安。

她不知道为什么突然梦到了那个雨天。

孙志强满是遗憾地看着她："为什么死的偏偏是你哥？"

身上微凉一片，她打了一个寒战，好似又回到了那个可怕的雨天。

一只手臂伸了过来，她被拥入一个滚烫的怀抱中。

他轻轻地拍了拍她的肩背："玥玥，不怕，有我在。"

他说有他在。

她的嘴角轻轻地牵起，耳畔的雨声渐消。她闻到了清冽的苦橙香气，做了一个香甜的美梦。

梦里的她正穿过一条长长的黑暗甬道。

这天似乎是节日，人全去了大街上，甬道里安安静静的，没有一丝声响。

借着隐约的光亮，她朝着大街的方向走去。

耳边突然响起一阵"窸窸窣窣"的脚步声，她的汗毛竖了起来，她应声回头，看到了一个长得很好看的少年。

他很狼狈，白色的校服上已经脏污一片，手上有血，眼神里还带了几分茫然。

他似乎看不见东西。

她动了恻隐之心，便上前搭话，发现他果真看不到东西。可即便这样，他还是很有礼貌，拜托她把自己带出去。

于是她牵着他的手，把他带到了有光亮的大路上，又从兜里掏出一颗橘子糖送给了他，挥了挥手跟他告别。

她再睁开眼时，萦绕在鼻端的是淡淡的橙子香气，清新的香气流淌到心田里。

李玥终于知道为什么程牧昀喜欢吃橘子糖了。

她侧头看向还在沉睡的他，没忍住，戳了他的脸颊一下，触感光滑又有弹性，柔软细腻。

他睡得沉，没有反应。

她笑了笑，小声说："原来是你呀。"

怪不得他到了黑暗的地方会有几分紧张。

她的目光流连在他的脸上。

他有英挺的眉骨、浓黑的睫毛、挺直的鼻梁、过分白皙细腻的皮肤，还有形状好看的嘴唇。

程牧昀真的好好看。

这么好看的男人，暗恋她，喜欢她，甚至迷恋她，整整七年。

她有这么好吗？她竟然能让他喜欢这么久。

她想到这里，心里甜滋滋的。

被这样的男人深深地爱着，谁会不得意呢？

她昨晚已深切地体会到那种蓬勃的爱意，他的热情难以抑制。

李玥安静地看了他好一会儿，独自起身洗漱，又去厨房里做了早餐。

她自从进了队就很少下厨，会做的东西仅有那么几样，好在储备丰富，有牛奶、煎蛋、面包切片，她又做了一份清淡的紫菜蛋花汤。

她刚刚做好饭，程牧昀就从卧室里出来了。

"看我做的饭。"李玥招呼他过来，炫耀着桌子上丰盛的早餐，"这回换我给你做饭吃。"

她也不能总让他辛苦。

程牧昀意外地看了她一眼，眼睛微微地弯了一下，然而他又收起笑意，轻轻地皱了一下眉头。

"玥玥，你是想补偿我吗？"

李玥顿了一下。

好吧，她也不是第一天知道他有多么了解自己。

她承认自己有补偿他的意思，当然也是想对他好一点儿。

她抬眼："你不喜欢吗？"

"不是的，我很喜欢你给我做早餐。"他顿了一下，说，"我一直没有跟你说我暗恋你的事，是怕你会被吓到，也怕你会像现在这样补偿我。"

他朝她走近一步，目光温柔清亮。他说："玥玥，喜欢你是我心甘情愿的，看你和别人在一起，我会难过、忌妒，但你从来都不亏欠我什么，明白吗？"

李玥不由自主地咬住嘴唇，眼底微微地发热。

她试着轻轻地呼吸一下，可胸口的情绪还是被揉成了一团，撞击着整个心房。

"我想抱你一会儿。"她小声说。

程牧昀笑了一下，伸出手直接搂住她的腰肢，另一只手插入她的腿弯下，把她整个人抱了起来。

李玥惊呼一声，下意识地揽住他的脖颈，把整个人贴到他的身上。

他们来到沙发上，李玥坐在程牧昀的大腿上，身体完全依偎在他的怀里，心口温温热热的。

她后知后觉，有点儿害羞地不敢看他，可此刻又很感动，忍不住把头靠在他的胸膛上，低声说："你怎么这么好？"

他沉默了一下，说："我没有你想的那么好。"

没等她否认，他告诉她："我以前偷偷地祈祷过你能和江崇分手。"

啊？程牧昀还干过这种事？

李玥这回是真意外了。

她诧异地抬头看他："什么时候？"

程牧昀别开脸，耳尖有点儿发热："曾经，后来，我在大学里也想过。"

他总是忍不住想，如果有一天他们分手了，他是不是可以靠近她？

可没有缘由，他们为什么会分手呢？

比起自己，程牧昀更不想让李玥受伤。

而且家庭与学校的良好教导，让他深切地明白自己的这种想法有多么阴暗卑劣。

既然无法得到她，更做不到衷心地祝福他们，他只能逐渐远离他们，选择在远远的地方守护她，尽可能地帮助她。

所以察觉到江崇有意地疏远他的时候，他选择了出国念书。

从那之后，他很少再见到李玥，可那些日子更加难熬。

她不禁好奇起来，问："如果我没有跟江崇分手，你会怎么办？"

程牧昀沉默了一下。

"我会一直保持单身，只喜欢你，但不会去打扰你的幸福。"

李玥听得都难过起来了。

"你怎么这么傻呀？"李玥有点儿心疼地揉了一下他的耳朵，"你就没想过用手段吗？"

"可你不会喜欢那样的我。"他垂眸注视着她。

心潮微微地起伏，李玥忍不住上前亲了他一下，有些自得地说："所以说，我们现在在一起是最好的时候了。"

他耳后的热度明显升高了，他缓缓地低下头来，问她："怎么说？"

"你看，我如果早点儿跟你在一起，一定会被你惯坏的。我那时候成绩好，又年轻，性格多半会变得又作又娇，没过两年，你就不喜欢我了，那我们就彻底错过了。"

程牧昀知道她是在安慰自己。他心头微动，又告诉她："我不会不喜欢你的。"

她开玩笑说："那就是我心高气傲，我烦你了。"

"你会吗？"他低头啄吻了一下她的眉心，"李老师，你这么快就要烦我了吗？"

"别，大早上……"

他又亲她的脸颊。

"干吗呀？"

他吻她的鼻头，就是不吻她的唇。

李玥又忍不住抚住他的脸颊，主动地亲上他的唇。两个人心潮澎湃，吻得肆意又热烈。

李玥躺在他的怀里，有点儿嗔怪地说他："你是故意的……"

"嗯，"他笑得漂亮惑人，"为了圣宠不衰。"

那她还真是昏君了。

李玥想了一下，嗯，也不错，毕竟她有这么美的"宠妃"。

他们的亲昵因李玥"咕咕"叫的肚子结束了。

两个人一起享用了李玥一大早起来做的爱心早餐，她自卖自夸，觉得味道好极了。

吃过饭之后，李玥比较郑重地告诉程牧昀，自己要归队训练了。

"这次是封闭训练，我们可能几个月都没办法见面，我肯定不能及时地回复微信消息。"

这次她是要备战冬奥会，纪律非常严格，所以两个人要准备长期异地恋了。

"还有就是，无论这次比赛的结果如何，短时间内我不会退役。"

她只要还能滑冰，就不会放弃。

程牧昀点点头："我明白的。"

望着她有些内疚的神情，他拨弄她鬓间的细发，轻轻地把头发钩到她雪白的耳后。

"玥玥，不要因为不能陪我就感到抱歉。如果我需要出差，不能陪你，也不能及时地回你的微信，你会生我的气吗？"

377

李玥怔了一秒，立刻回答："当然不会了。"

"所以我也不会的。"程牧昀摸摸她的脸颊，仿佛在抚平她的心里还未愈合的伤痕，"你有你的梦想和事业，我一样有我要做的事，就算我们暂时分开，也并不是你亏欠我什么，懂吗？"

李玥以前从来没听过这些话，所接收到的全是江崇对她的埋怨。

因为她要封闭训练，他们一连几个月不能联系和见面，一年中真正相处的时间太少太少。是她亏欠他，所以，在受到委屈的时候，在江崇偏心冯盈盈的时候，她总会觉得是自己"理亏"，从而选择了隐忍。

可就算她休息了，江崇也时常加班、出差，他们见不到面是常事。

她并没有亏欠谁。

"我知道了。"

李玥忍不住用脸蹭了一下程牧昀暖热的掌心，乖顺得像一只小猫。

可能连她自己都没发现，在程牧昀的面前，她变得越来越像一个小女孩。那些幼稚的话语和动作、她偶尔撒娇时发的小脾气、闹别扭时的神情，都带有十足的少女气。

她变得和从前判若两人了，这完全是被程牧昀宠出来的。

程牧昀眯了一下眼，有点儿享受李玥自然的亲近。

"那你的家人呢？"李玥有点儿不自然地问，"你的家人知道我了吗？"

"你想让我跟他们说吗？"

嗯？他是什么意思？

"你没告诉他们吗？"

程牧昀微抿了一下薄唇："你不是说要保密吗？"

他之前可是死扛住了家人的拷问。

李玥笑了一下："我只是不想让这件事造成太大的影响，也不是要让你瞒着家人嘛。"

说实话，上次接完程牧昀妈妈的电话后，她思考了很久，感觉自己的身份可能已经暴露了，因为有人特意在程牧昀带回来的大闸蟹的箱子上画了一颗小爱心。

她怎么看都觉得不太对劲儿。

"我只是怕他们会不赞同我们谈恋爱。"李玥不由得想到了江父和江母。

程牧昀立刻明白了，把她圈到胸前，向她保证："我爸妈不会那样的。"

花了那么长的时间都搞不定家人，是江崇无能。

"我不会让你受委屈。"程牧昀承诺道。

李玥的心里有点儿甜。

在过去的日子里，她总是受委屈的那一方。后来她逐渐变得独立，逐渐封闭了自己。

所有人都在质疑她、放弃她的时候,是程牧昀拉了她一把,带着她一步步地向前走,让她不再动摇,变得自信勇敢。

现在,她要去更广阔的世界了。

"你要等我。"她说。

他笑了笑,对她说:"等你是这世上最简单的事了。"

是吗?李玥微微地睁大眼,第一次有人这么对她说。

他轻轻地拥住她。毕竟,他已经等了七年,等了无数个日日夜夜,终于,他的小月亮坠落到了他的怀中。

他在她的耳边轻声说:"你应该被更多的人看见。"

月亮,本就是要高挂于天空中的。

他的小月亮,应该被全世界的人仰望。

"那你呢?"李玥抬头问他,"我要去实现我的梦想了,你的梦想呢?"

程牧昀握住她的手,他的目光如一泓秋水,盈满了她的心头。

"我已经得到我的梦了。"

李玥的脸红得不行,问:"在喜欢我之前,你还有梦想吧?我第一次见你的时候,你的身上背着乐器,还有,你说要送给我的那首歌呢?"

程牧昀微微地一愣。

他早已放弃音乐的梦想了。因为要继承家业,他永远不可能站在舞台上。

他垂下眸:"那首歌,我还没有写完。"

"那我等你写完。"她捧住他的脸,与他对视,直直地看进他的心里,"程牧昀,我想听你写给我的歌。我不着急的,但你不要放弃呀。"

人生那么长,能做的事情有很多很多,绝对不要放弃自己热爱的事情。哪怕只做给自己看,若能享受其中的乐趣,便已不负人生一场。

李玥对他说:"我会是你的第一个听众,也会是你永远的粉丝。"

程牧昀的心头一震。

这么多年,他早就忘记了从前的梦想,不再碰吉他,不去听过去的歌,连他最喜欢的歌手的演唱会都没去过。

可现在,他哪怕无法再做歌手,也能拥有这世上最好的粉丝。

他紧紧地拥住她:"李玥,李玥。"他一次次地念着她的名字。

他愿意再试一次,为了她。

"我会让你听到那首歌的。"他向她承诺。

李玥轻轻地笑了,紧紧地拥抱他,仿佛在拥抱一片温暖的春光。

在回队里进行封闭训练之前,李玥约了夏蔓一起吃饭。

因为这可能是她们今年最后一次约饭了。

听到这个消息后，还没吃饭呢，夏蔓差点儿先抱着李玥大哭一场。

她虽然已经知道李玥要走了，可没想到李玥这么快就要走。

李玥有些哭笑不得，她的正牌男友都没这样表现，想不到夏蔓竟然是情绪最激烈的那个人。

他们吃饭时，夏蔓一直拉着李玥表达浓浓的不舍，在一旁的程牧昀倒显得多余了。

不过他的性格本就成熟安静，他全程默默地在一旁陪着两个人，还不时地给李玥剥虾，别提有多贴心了。

吃得差不多的时候，夏蔓逐渐接受了这个事实。

看到好朋友重回赛场，她其实也很高兴。

趁着两个人一起去洗手间，夏蔓附耳过去："你和程牧昀现在关系挺好的了？"

李玥微抿唇角，眼睛里漾出柔媚的润光："嗯，挺好的。"

夏蔓观察着李玥的神情，突然说："其实一开始我觉得你俩应该谈不了太久的恋爱，毕竟……你懂的。"

李玥明白，不仅仅是夏蔓这么想，连自己也这么想。

她和程牧昀的差距太大，以前他们之间还有那么多的隔阂。他最初向自己表达好感的时候，她因为这些顾虑不断地后退，直到退无可退，也舍不得放开他伸向自己的手。

可自从她跟程牧昀在一起了，那些她原本担心的问题似乎从没影响到两个人。

夏蔓微微地一笑："他把你保护得很好，你现在和以前不太一样了。"

她看得出李玥的变化。李玥越来越喜欢笑，神情放松惬意，这一切都在昭示程牧昀带给李玥的变化。

夏蔓似乎又见到了18岁时阳光明媚、自信可爱的李玥。

李玥本就是这样的人。

李玥微挑英眉："我现在是什么样子？"

她现在是什么样子？一副陷入爱河的样子呗。

夏蔓接到一个电话，电话似乎是她的男友打来的，她走出去接电话，李玥在一旁等她。

"李玥？"

身后传来一个男人的轻唤声，李玥回过头，微微地蹙起眉。

带着一个女伴儿的任加云神色不悦地盯着她："你知道崇哥的公司因为程牧昀的攻击倒闭了吗？"

她冷淡地回应了一句："这跟我有关系吗？"她对和江崇有关的一切都毫不在乎。

李玥转身要走，身后又传来任加云带着恶意的话语。

"你如果真觉得离开江崇之后能和程牧昀一辈子在一起,就蠢到极致了。"

李玥看了他一眼:"和谁在一起是我的自由,我从没有高攀谁,倒是你总是狗拿耗子多管闲事,江崇领你的情吗?"

任加云的脸上露出被刺痛的表情。

她怎么知道江崇和他们绝交了?

可李玥根本不给他询问的机会,更不会被他的话语影响。

和程牧昀在一起之后,她才尝到恋爱的甜味。他让她变得自信,让她觉得温暖,让她有了无限的安全感。

夏蔓接完电话就先走了。

李玥回到包间里,没有提遇见任加云的事。她不是想隐瞒这件事,而是完全没有把它放在心上。那群人不配影响她的心情。

两个人从餐厅里出来的时候,李玥注意到有两个女孩一直盯着他们。

她回头看了一眼,歪了歪脑袋。

两个女孩仿佛受到了鼓舞,互相推搡着跑到李玥的面前:"李玥姐姐,我们是你的粉丝,可不可以跟你合影啊?"

"好哇。"

她对粉丝一向温柔。

两个女孩跟她合完影,其中一个女孩鼓足勇气问她:"李玥姐姐,你……你是不是和程总在一起了呀?"

李玥笑了笑,没承认,也没否认。

这个笑容已经暗示了一切。

两个女孩激动得不行,说:"你们好般配的,我们超级支持你们。我们会为你们保密的,绝对不往外说。"

李玥的心里暖暖的,有人支持她,这种感觉真好。

她轻声说:"谢谢。"

两个小女生就差原地尖叫了。

李玥挥了挥手,坐到程牧昀的车上。

他侧过头,眼神里带着说不出的意外:"你不怕咱们的事被人曝光到网上吗?"

"反正我马上要封闭训练了,无所谓。难道你害怕自己拿不出手吗?我可是对你很有信心的。"她冲他眨眨眼。

程牧昀看着她,轻轻地笑了一声,只要她觉得好就可以了。

两个人开车回到李玥家的楼下,下了车后她没动弹。

程牧昀问:"怎么了?"

"新鞋磨得脚疼。"

她穿的可不是新鞋呢。

程牧昀没拆穿她的小把戏，挑眉问她一句："我背你？"

李玥笑得像一只偷吃了蜂蜜的小熊，眉眼间的窃喜藏都藏不住，她直接对他抬高了手臂。

程牧昀摇了摇头，语气宠溺地说："你呀。"

她明知故问："我怎么了？"

"不怎么。"

他能拿自家的女朋友怎么办？宠着呗。

他走到她的面前，背对着她蹲了下来，李玥整个人趴到他宽阔的背上。他今天穿的是她给他买的黑色潮牌T恤，隔着一层薄薄的衣物，彼此的体温与心跳都清晰明了。

她的身上那芬芳的栀子花香沁入心脾。

她凑到他的耳边，调戏他："程程，你的心脏跳得好快。"

他的嘴角抿紧了些。

李玥忍不住去亲他微微发红的耳尖。

脚差点儿一软，程牧昀无奈地侧头警告她："别闹啊。"

"我偏要闹。"

"我把你摔了怎么办？"

"你会吗？"

"不会的。"

李玥笑出了声。她就知道！

趴在程牧昀的背上，感受他一步一步走路的节奏，她微微地闭上了眼睛，要记住现在的每一分、每一秒。

她要记住这种被人珍惜、被人宠爱的感觉。

"好舍不得你。"她小声说。

程牧昀低低地应了一声。

他同样舍不得她。

可他们都知道她要去做很重要的事，即使不舍，依旧前行。

两个人上了电梯。

谁也不知道有一个人一直在角落里看着他们。

江崇收到任加云的消息后，忍不住又来到了李玥的住处。

他自己都不明白过来能做些什么。

然而，他看到李玥的一瞬间，目光和脚步都死死地被钉住了。

他看到她后，心中的思念如浪潮一样瞬间淹没了他。

他多想靠近她，像从前一样站在她的身侧。那明明是他的位置，现在却已经不属于他了。

然而接下来发生的事让他的心仿佛经历了一场凌迟。

他听到李玥软软地说脚疼,她撒着娇,要程牧昀背她。

程牧昀背着她向前走的时候,她漆黑的长发有一缕落在洁白的脸颊上,那里透出淡淡的红,她的眼里流露出甜蜜的神色。

那是江崇从未在李玥的脸上见过的表情。

在今天之前,如果有人问他李玥是什么样的人,他会说出很多她的特点。

李玥皮肤很白,身材修长,滑冰很强,性格独立。她冷静自持,从不让人操心,总是会一个人默默地做好一切事情。她是坚韧的、强大的,有着不符合年纪的成熟稳重。

可在今天,他看到了一个完全不一样的李玥。

她笑得阳光、漂亮,眼睛亮晶晶的。她会撒娇,声音软得不成样子。

那完全不是他熟悉的李玥,即使他认识她四年多了。

痛楚不断地往心口里钻,江崇用手捂住胸口,缓缓地蹲了下来,感受着心的绞痛。

那里不断抽搐的疼痛在提醒他此刻的真实。

他没有任何时候比现在更明白,他和李玥是彻底地分手了,再没有任何复合的可能。

江崇急促地喘息着,大颗大颗的水珠在往下滴,很快,地上有了一颗颗深色的圆点。

这不是汗水,是他的眼里止不住的泪,是带着悔恨和痛苦的泪。

他恨自己没有好好地珍惜她,直到失去她才知道他亲手弄丢了多么珍贵的感情。

此刻心中所有的痛苦全都是他咎由自取!

他今天亲眼看见那幅画面才知道,原来李玥是会撒娇的。她就算再坚强独立,也会难过、会受伤,一样需要被疼爱、被照顾。不是所有的事她都能一个人扛。而这一切,是他从前没能做到更没能给她的。

现在的她,完全陶醉在甜蜜的爱情之中。

那是和从前完全不一样的她,或者说,是他最初认识的李玥。

他都忘记了,最初认识的李玥是那样光彩照人。

是程牧昀让她变得像从前一样快乐又闪耀。

他清楚,李玥不会再回头了。

他不值得她回头。他不配。

第十四章
咬住了他的小月亮

三天后,李玥回到了国家队,开始了紧锣密鼓的集训。

她再一次回到熟悉的地方,将全部的身心投入到训练当中,自然不常接收外界的消息。对于一些消息,她是在很久以后才陆陆续续地从别人那里听到的。

例如江崇再也没有谈恋爱,而是把所有的时间和重心都放在了事业上。

他对于江父江母给他安排的婚姻坚决不从,因此还和父母大闹了一场,江母使尽各种办法都没能让他改变心意。

他不再接受来自家里人的人脉和扶持,靠自己重新开了一家鲜花公司。他有经商的头脑,又有经验,鲜花公司很快发展壮大,成了全国连锁的企业。

他的公司品牌的Logo(标志)以及店内最有名、最漂亮的花,都是素白芬芳的栀子花。

在每年的花滑比赛上,他都会义务宣传并提供鲜花服务。

至于冯盈盈,李玥已经听不到她的消息了,上一次听到的有关她的消息是她的父母因欠债被查封了全部财产,财产被赔偿给了债主。冯盈盈一家人从此穷困潦倒,再不复从前的风光。

冯盈盈似乎不死心,还想要进娱乐圈。她去面试过模特一职,但不仅从来没应聘成功过,还受到了群嘲,那些比她年轻的人故意当面喊她"姐",不断地奚落、嘲讽她,她只能认命地放弃。

此后她一直过着眼高手低、被人嘲笑的日子,后来好像嫁给了一个假富商,对方出轨还卷走了她的钱，李玥从此就再不知道她怎么样了，想来她是很不好过的。

任加云的事最戏剧化。在极短的时间内，他的婚约被解除了，前未婚妻说他不行。他在圈内丢人现眼，待不下去，最后灰溜溜地出了国。

他的未婚妻倒是出面解释说："我是说他的人品不行。我本以为他受过高等教育，人挺绅士善良的，没想到他竟然莫名其妙地充满恶意地攻击一个女孩子。他的这一面让我感觉挺恐怖的，也许很多人会不理解，但我很不喜欢这种表面正义、实际上内心充斥着恶意的人，尤其是他一直隐藏得那么好，就更让人害怕了。"

大家不太相信这个理由，可她还是决定跟他解除婚约。

传话的人可不管，反正任加云不行就是不行啦，不然人家姑娘干吗非要闹着解除婚约？女方的人品和名声可是一直都非常不错的。

总之，任加云算是一个笑话了，更不会有好门第的姑娘肯跟他在一起。

李玥都是很久以后才知道这些事的，现在她把所有的精力都放在了滑冰上。

李玥回到队里的第一件事，便是制订了系统的训练计划，减脂增肌，让身体记忆恢复，她要尽快地适应训练。

这段时间她可是吃了大苦头，连着吃了半个多月的沙拉。

她除了要减重，还要增强体能。花滑对手臂和大腿的肌肉要求很高，所以她也要用各种运动器械锻炼。这个过程是痛苦的，可效果是显著的。

过了一个月，李玥的体重增加了，但整个人看起来更加纤瘦。

现在的她腰肢纤细，小腹上有明显的马甲线，手臂的线条很漂亮，状态几乎达到巅峰。

虽说李玥曾对外承诺要得到冬奥会的金牌，可比赛不是她想参加就能参加的，她要通过层层的选拔才能够获得参赛的名额。

尽管李玥的积分排名在国内是第一，但她一样要参与队内的选拔。

过了这么久的时间，其他人都在不间断地练习，休养回来的李玥要付出更多的努力才能够得到想要的名额。

这天李玥和袁婕刚刚从宿舍里出来，就在拐角处听到有人提起李玥的名字。

"晓罗，你别总想着李玥了，凭什么她一回来就肯定是她出赛了？不一定的。熊教练那么重视你，这次一定会给你机会！"

那边没有动静。

另一个女孩继续说："再说李玥都23岁了，又休息了那么久，能滑出什么好成绩呢？肯定比不过你的！"

旁边的袁婕听到这些话，脸上一怒，气势汹汹地想冲出去打抱不平，可李玥抓住了她的手腕，轻轻地摇了摇头。

意气用事的吵架没有任何意义，用实力让人闭嘴才是最好的办法。

只是没想到，一直沉默的韩晓罗突然开口说："李玥她很强。"

另一个女孩说："就算她很强，那也是过去的事了，三年前她那么厉害都没得到金牌，现在更不可能了。"

韩晓罗说："如果没有信心的话，她怎么敢对外做出那种承诺？"

李玥有点儿心虚，当时确实是发生了意外的情况。

"可是……"

"吕琦，一直在意李玥的人是你，你不要再散布她的传言了，这没意义。"

"你？！不识好歹！"

韩晓罗没有理会。

很快有脚步声渐渐地远去，大概是韩晓罗离开了。

接着一阵风刮来，沉重的脚步声响起，拐角处突然出现一个人的身影，那正是满脸怒气的吕琦。

撞见了李玥，她顿时停下脚步，先是愣了几秒，接着脸上浮起无法遮掩的尴尬与怒气。

李玥只淡淡地看了她一眼，完全不在乎，拉着袁婕："走了。"

吕琦把嘴唇抿得紧紧的，什么也没说，只是加快了脚步，走进了宿舍。

第二日，队内公开考核。

所有的队员一一上场，李玥是最后一名。

作为队内年纪最大、经验最丰富、实力也是首屈一指的一姐，李玥刚踏上冰场，一刹那，整个人的气场就变得完全不一样了。

她的眉眼间充满英气，四肢修长舒展，她轻松地游走在冰上，仿佛乘风而来，强大的存在感让所有人的目光都落在她的身上。

这是李玥独有的强大魅力。

随着她轻松地一跃，一个完美的三周跳已经完成！

所有人为之一惊。

太久没看到李玥滑冰，他们以为她会退步，没想到她不仅没有退步，技术反而更加精湛！

她落地的角度很完美，一切动作都是那样优美闲适，力与美的结合在她的身上体现得淋漓尽致。

可这还不是全部。

随着她再一次高高地起跳，所有人默默地在心中数着：一圈、两圈、三圈……四圈？！

天！

随着李玥角度完美地落地，一声震破天的"好"惊醒了所有人！

熊耀教练拍着手,脸上有遮不住的红光。他眼睛发亮地高声喊着:"好样的,李玥!"

所有人望着李玥,仿佛在看一个打不败的传奇。

四周跳,李玥竟然完成了四周跳!

国内可没有几个女单选手敢挑战四周跳,李玥竟然能够这样轻松地完成动作,可见一定进行了非常严苛的训练!

原来在他们努力的时候,李玥也不曾停下脚步。

虽然谁也没提那件事,可明年出赛的人选已经不言而喻。

李玥是当之无愧的王者!

下场后,李玥完全没有留意到一旁眼眶发红的吕琦。

她接受着队内所有人的瞩目与夸赞,包括目光闪闪地看着她的韩晓罗。

韩晓罗真心地称赞道:"玥姐,你真的很厉害!"

"想学吗?"

韩晓罗惊喜地点头。

"我教你。"

"真的吗?"

"没什么不可以的呀。"

他们一样是为了国家而战,是队友,是一个集体。

韩晓罗激动地要抱她,袁婕蹭过来了:"不行不行,玥姐说了要先教我的!"

"得了,你俩都以后再学!"熊耀过来了,对李玥招手,"来我的办公室一趟。"

李玥神色淡然。对于熊耀这个只注重成绩的教练,她没有什么意见,但也说不上有多少感情。

进了办公室,熊耀直接问:"你今天做的这些动作是安娜苏教的吧?"

"嗯。"

他叹了一口气:"果然哪,她还是这么厉害。"

李玥静静地不语。

熊耀揉了一把脸,过了一会儿才说:"以前我要你让出机会,那是我做得不对。现在想想,就算我让她们去了,她们也未必能学得比你好。在这里谁不努力?可天资这种东西是求不来的。"

李玥微微地一愣。

熊耀是在向她……道歉?

"你好好地练,我相信你一定会兑现承诺的。"熊耀对她说。

"好。"

李玥走出办公室的时候,心跳得很快。她知道,一向以成绩为尊的熊耀认可了她的实力。

即使两个人过去有龃龉，可这一刻，她终于为自己正名了。

她迫不及待地想把这个好消息分享给程牧昀。

她拨通电话，听到他的声音的一刹那，心中的情绪瞬间上涌，胸口胀得发涩，她突然哽咽得说不出话来。

"玥玥？"他低沉地唤她一声。

李玥突然意识到，自己好像很久没有听到程牧昀的声音了。

程牧昀问："玥玥，你是哭了吗？"

她深吸一口气，用明显哑了的声音说："我才没有。"

程牧昀顿了几秒，问她："想我了？"

"嗯，"她已经可以很自然地诉说自己的想念，"想你。"

"咕噜"一声，那边的程牧昀似乎吞咽了一下口水，估计是被她直白的回答撩到了。

"想见我吗？"

"当然，可我们哪里能说见就见？"她快两个月没假期了。

"你出来吧。"

什么？

"我就在门口。"

李玥的心"怦怦"地跳。

跟熊耀临时请了三个小时的假后，她套上衣服，立刻往外跑。

夜色四合，微风瑟瑟，她浓密的长发被吹散了。

李玥一眼就看到了站在车边穿着黑色风衣的男人，他玉树临风、气宇轩昂，自带威慑力。

然而他看到她时，眼眸里似乎有一汪清泉浅浅地荡开一层涟漪，仿佛能把人吸进去。

他向她伸出手。她想都不想，直接奔向他，扑到他的怀里。

程牧昀稳稳地接住了她。

李玥抱着他宽阔的肩膀，闻到熟悉的苦橙香气，那种安心快乐的感觉席卷了身心。

她感觉到一只手插入她浓密的发中，温热的气息在她的耳边吹拂。

"我也想你了，宝贝。"

李玥感觉心瞬间都变得酥麻了。

程牧昀打量着她："你瘦了。"

"没有，我胖了。"李玥从他的身上下来，让他好好地看看自己，"我比原来都重了。"

程牧昀却盯着她腿上的一处明显的瘀青，皱眉："这是你摔出来的？"

388

李玥侧了一下身子,刚才太着急出来,忘记换长裤了,只能老实地交代:"嗯,我不小心弄的。"

要训练嘛,谁会不受伤呢?

"这都是小伤啦。"

他眼里带着心疼,拽着她的手腕问:"怎么不告诉我?"

她尽量轻松地说:"这点儿伤没什么的,过几天就好了。"

可他听她这么说,语气反而转沉。他问:"你还受过更严重的伤?"

那说起来可就没完没了了,李玥岔开话题,问:"你怎么突然过来了?"

程牧昀不是不知道她的心思,最后还是决定顺着她的话回答:"我来谈冠名合作的事。"

她故意捧他:"程总的生意是做得越来越大了。"

他提醒她:"你别忘了,得金牌后,要把第一个代言签给封达。"

他有这样自然从容的态度,是因为完全相信她可以做到。

其实一直以来,她从不敢对人说起,她的内心是有些自卑的。因为孙志强曾对她说,如果当年死的不是她哥就好了。

李玥也曾经这么想过。

如果当年是她哥活着,也许她的爸妈就不会离婚,她妈就不会吃那么多的苦。

因为三年前她在赛场上的失误,大批的粉丝对她失望了。再加上接连几年没有取得很好的成绩,还遭受了来自江崇的打压,她一度非常迷茫。

是程牧昀当时告诉她,她有资格代言云步。

也是他信誓旦旦地站在她的面前,对她说:"我赌你能赢。"

他自信从容的样子像一束光,帮她照亮前路。

她得有多么幸运才能与他相遇?

她能喜欢上这个人,真的是太好了。

她的脸上绽开微笑。

程牧昀摸了摸她的脸颊,有些认真地说:"以后你受伤了不准瞒着我。"

李玥没答应,只上前搂住他的脖子,让他低下头来,主动地亲了亲他的唇。

他的唇和从前一样柔软,还有一股柑橘味。

"你吃橘子糖了?"她问。

"嗯。"

"我也要吃!等等,不行,不行,我现在不能吃糖。"

"那再亲亲?"

李玥的脸涨得通红。

然后,他们又亲了好一会儿。

两个人一番亲亲抱抱,她总算把程牧昀哄好了。

程牧昀看着她,月色下的她温柔又漂亮。

李玥看着他,忍不住笑了。

他问她:"笑什么?"

她直接说:"我看到你开心哪。"

程牧昀侧过脸,小声说:"你现在很会哄人了。"

他变得通红的耳尖没能逃过李玥的眼睛。

嗯,她家的程总超级好哄的。

八月,天气热得离谱儿。

李玥难得有了一天的假期,特意买了饭菜,去程牧昀的公司找他。

她戴了帽子和口罩,让小杜偷偷地把她带进公司里,打算给程牧昀一个惊喜。

这是她第一次来到程牧昀的公司,心情不由得有些紧张。这一整栋楼全是封达的,程牧昀的办公室位于很高的楼层,她坐上独立的电梯,电梯到了第二十三层才停下。

小杜笑眯眯地把她带到一间办公室的门前:"程总在里面。"

"我们一起进去。"李玥起了调皮的心思,想吓唬吓唬程牧昀。

小杜的大脑在短短的几秒钟内进行了激烈的天人交战,他最后觉得比起得罪程总更不能得罪李玥,于是道:"好。"

李玥跟在小杜的身后,看着他敲门进去,他毕恭毕敬地喊了一声"程总"。

程牧昀正在看电脑屏幕,冷淡地说:"什么事?"

李玥偷偷地观察,程牧昀工作时习惯戴一副平光的无框眼镜,有一股冷淡的禁欲气质。

她抿唇一笑,走上前去。

程牧昀用眼角的余光留意到有人过来,目光不再凌厉。认出来人后,他立刻睁大了眼。

他的胸口明显地起伏了一下,他摘下了眼镜,直接起身绕过宽大的办公桌,走到了她的面前,主动地牵住了她的手,声音里带了笑意:"你捂得这么严实,不热吗?"

李玥歪了歪头。

真奇怪,她全副武装,遮住了外貌,又因为最近长时间的训练,形体都有了很大的变化,可程牧昀偏偏能够一眼认出她。

她摘下脸上的口罩,半开玩笑地说:"你不怕认错人了?"

"我绝不会认错你。"

李玥忍不住笑了一下。

程牧昀问:"你放假了?"

"就一天。"她提了一下手上的餐盒,"来给你送爱心饭,我好不好?"

程牧昀的眼睛里明显流露出喜悦,稍稍克制地说:"一起吃。"

李玥摇摇头:"你吃。"

程牧昀带着她去了旁边的休息室。

李玥把饭菜拿出来,顺口招呼小杜:"我买了很多饭菜,一起来吃吧。"

一旁的小杜还没说话,程牧昀面带微笑地问他一句:"小杜,来吃吗?"

小杜:"……"

看见了,他看见了老板的那个只对商业竞争对手露出的恐怖微笑。

小杜说:"不敢……不不,我不饿。"

作为一名优秀的助理、封达培养的优秀员工,他知道此刻的自己很多余,于是立刻说:"李小姐,你们吃饭,我这边还有工作要忙,有事您随时喊我。"他必须立刻亮出来他的忠心、敬业和高情商!

李玥有点儿疑惑地看了看程牧昀:"你干什么了?"

"没有哇。"他露出一个无辜又好看的笑,让人的心痒痒的。

接着,李玥陪程牧昀吃饭。他吃饭的样子斯文安静,李玥坐在他的旁边,忍不住看他一眼,又看他一眼。

她好久没看到他了呢,他和视频里的他完全不一样,还是真人更好看。

他抬头,两个人的目光相撞,李玥突然红了脸,赶紧拿出手机装作很忙的样子,可耳边传来一声轻笑,声音低沉沙哑,撩得人耳根发热。

她打开了微博,发现程牧昀刚刚发了一条微博。

他只晒了一张照片。

桌子上放着丰盛的美食,有菜有肉,旁边还有一杯橙汁。

李玥看了一眼旁边同样的餐盒,满心疑惑。

等等,他是什么时候拍的照片?她全程和他待在一起,竟然完全没注意到。

李玥感叹着程牧昀的手速。

她的胸口微热,原来,他表面上很淡定,内心其实蛮开心的嘛。

她点开这条微博下面的评论区。

最引人注目的是高赞第一名的评论。在短短的几分钟里,这条评论竟然有足足几千的点赞量。

"全是橙!"

这条评论的下面有不少人纷纷地回复"甜到了""令人猝不及防的糖""我懂了、我懂了""哇,程总是在秀恩爱"!

李玥看了一眼桌子,餐盒上有一个橘子的小贴纸,旁边有橙汁,再加上角落里有一颗橘子糖。

嗯,是挺多"橙"的。

接着,她的注意力又被第二条评论吸引过去。

"呜呜,我也正喝果粒橙呢,能收获一个甜甜的玥玥老婆吗?"

这条评论的下面有人回复:"程牧昀,有本事你上大号说话。"

李玥看得忍不住笑了一下。

原来,谈恋爱被人支持的感觉这么好。

她一直不太喜欢公布恋情这种隐私,但现在想想,如果是跟程牧昀公开恋情的话,她似乎并没有那么抗拒。

程牧昀吃完了李玥送的爱心饭,带她去了楼上的一个房间。

李玥眨眨眼:"程总,你要把我带到哪个小黑屋里呀?"

他回头看她一眼,意味深长地说:"到了你就知道了。"

她当真有些紧张起来。

可没想到,她推开门,看到的是一间专业的音乐室。这里有厚厚的隔音墙、各种专业的电子设备和调音的装置,旁边的房间里放着各种乐器,其中最显眼的是一架乳白色的钢琴。

阳光透过窗户射在钢琴的上面,琴身上精致的纹路清晰可见,漂亮得令人心颤。

她停住了脚步,看着程牧昀坐到钢琴前,他的手指落在黑白的琴键上,一首优美动听的曲子响起,和之前她在国外的别墅里听过的曲子很像,可又有些不一样。

充满情感的音符扯动她的胸腔,揪住她的心脏,让她想要落泪。

一曲终了,他回头看向她,侧颜精致英俊。他像梦里的人一样闪耀着。

他向她伸出手:"玥玥,过来。"

她吞咽了一下口水,却久久地没能抬起脚。

程牧昀起身站到她的面前,柔声问道:"怎么了?"

"太好了。"

他弹琴时的样子和工作时的样子完全不一样,放松又投入,李玥知道他重新拾起了自己的梦想,禁不住张开手臂抱住他:"真的是太好了。"

程牧昀的身形微微地一震,他抬手摸着她柔顺的长发:"这是我给你写的歌,喜欢吗?"

"喜欢,超喜欢的。"

程牧昀牵着她到钢琴前坐下:"我们一起弹。"

李玥有些局促地说:"可我不会。"

"你只要弹这几个键就可以了。"

他耐心细致地教她,反复地弹着钢琴。

渐渐地，她开始投入。

这是他第一次弹钢琴，手指禁不住紧张得微抖，不熟悉的旋律响起，是从她的指下诞生的。紧接着，流畅的旋律在一旁响起，那是程牧昀在配合着她弹奏钢琴。曲调变得悦耳动听，那让人心潮澎湃的曲子再一次在耳边响起。

李玥望着他修长白皙的手，心跳得飞快。

程牧昀，真的好厉害。

她不小心弹错了音，好在及时地纠正了。过了好一会儿，音乐停下时，李玥缓缓地吐出一口气。

"这首歌叫什么？"她问。

"《坠落月光》。"他握住她的手指，"这是属于你的歌。"

"我好喜欢。"

她喜欢他用修长的手指弹出的动人旋律，喜欢他重新拾起梦想的勇气，喜欢他为她写的这首歌。

她低头轻轻地亲了一下他的手指，对他许诺："我会让全世界的人都听到这首歌。"

手指一颤，程牧昀感到浑身的血液都沸腾起来了。他用手指捏住她的下巴，低头亲了过去。

安静的琴房内，他们静静地亲吻。

不知是谁的手掌无措地划过一片琴键，房间里响起了一阵杂乱的声音，其中夹杂着彼此交错的呼吸声，瞬间扰乱了他们所有的理智。

时间如掌心里的一条小鱼，你以为自己已经抓住了它，可它早已在不知不觉间快速地从你的手心里游走了。

第二年的1月很快便到了，此时距离冬奥会只有一个月的时间了。

这次冬奥会的主办方正是他们的国家，全国上下对此非常重视。

李玥已经确定自己具有出赛的资格。针对她的训练更加密集，她已经很长时间没有和程牧昀见过面了。

可这一天，李玥突然接到了朱姨的电话，朱姨是在一直找不到李玥的情况下想办法联系到了熊耀，这才成功地打通了电话，可见情况有多么紧急。

李玥接电话的时候，紧张得心都提了起来。她知道朱姨不会无缘无故这么着急地找她。

她开口："喂，朱姨，是我。"

那边的朱姨重重地叹了一口气："我总算联系上你了，玥玥，阿姨知道你现在在备战比赛，你妈也不让我跟你说这件事，可你是你妈唯一的亲人了。"

李玥捏紧手机，指甲微微地泛白，她努力地让声音保持平静，问："朱姨，我妈是出什么事了吗？"

"你爸，就是孙志强那个浑蛋，他的老婆前几天来你妈的店里闹事，说你爸投资失败，欠了足足有三千多万，对方说了，要是他不还钱，对方可不能轻饶了他。他也真是浑蛋，自己躲起来了，让他现在的老婆来找你妈要钱。你妈的脾气你也知道，她直接拿起扫帚就赶人，结果和他们打了起来。你妈一下子摔了一跤，磕到了脑袋，当时就昏过去了⋯⋯"

李玥猛地站了起来，全身的血往头上涌，声音已经开始不由自主地发抖："我妈怎么样了？"

朱姨连忙回答："你妈没大事，就是伤了腰，得在医院里养养伤，这边有我和护工呢。"

李玥听到她妈没事，耳边的"嗡嗡"声才渐渐地停息了。

可朱姨接着对她说："现在你妈在医院里，你家的米粉店暂时也关了，也免得那女人再来闹事。你妈一直拦着我，不让我跟你说这件事，可我实在是后怕呀。这回你妈是没出事，万一要动手术，是需要家属签字的。而且你爸那边的人还不依不饶的，那女人一直挨家医院打听你妈的消息，今天我在医院门口都看到她了。"

李玥沉默了片刻。

她知道，朱姨就算跟她妈再熟，终究不是有血缘关系的亲人。如果她妈真到了需要动手术的时候，朱姨做不了这个主。还有，她爸那边的人更是一个麻烦。

李玥微微地捏紧了手指。

朱姨说："还有一件事我得问你。"

"您说。"

"那女人一直嚷着你有办法帮孙志强还钱，说我只要跟你说了，你肯定就懂了，这是什么意思呀？"

三千多万呢，李玥哪里能有这么多钱呢？

瞬间，李玥的脑子直发炸。

一股带着凉意的怒气蹿上心头，她的眼前霎时白了几秒，浑身不住地发抖，她紧紧地抓住旁边的栏杆才稳住了身体。

孙志强竟然还敢打这种主意！

她深深地吸了一口气："我会去处理这些事的，您放心吧，朱姨，别把今天的事告诉我妈。"

朱姨叹了一口气。

这母女俩呀，可真像。

李玥知道她必须亲自处理这件事，于是去找熊耀请假，不过请假立刻被拒绝了。

熊耀板着脸对她说："你的心里清楚现在是什么时候，这么说吧，如果你妈真出事了，不用你请假，我立刻陪着你一起回老家，可现在事情又不是非要你出面，你不要因为这些事情分了心。"

李玥沉默片刻。

她怎么能不分心？她甚至非常清楚，孙志强在这种时候让他的老婆去气她妈，为的就是扰乱她的心！

可她不能把她妈一个人孤零零地扔在老家的医院里，让那么大年纪的她去独自面对这种糟糕的境况。

她长大了，该保护妈妈了。

最后，熊耀没能拗过李玥，答应给她三天的假期，三天一到，她必须回来！

出发前，李玥给程牧昀打了一个电话。

电话接通后，李玥久违地听到程牧昀的声音，不知道为什么，她眼前瞬间蒙上一层泪雾。她像是受了委屈的小女孩，在听到亲近的人的声音时，心里止不住地难过。

"玥玥？"程牧昀喊了她两声，没有得到回应，有点儿着急了，问，"玥玥，你怎么了？"

"没事。"她深吸一口气，"我没事。"

"这可不是没事的声音。"他微微地一叹，声音柔得让人想哭。

李玥抿紧了嘴唇，眼睛通红。她努力地控制住情绪，才止住了眼底的泪意。

"你能出来吗？我去找你。"他对她说。

"来不及了。"她已经在去机场的路上了，"我要回一趟老家。"

虽然这件事难以启齿，但她还是把事情原原本本地告诉了他。

语气有点儿不自然，她说："我就是觉得应该跟你说一声。"

电话那头的程牧昀沉默了许久。

"程牧昀？"她轻喊他一声，心中带着忐忑。

他明显地深吸了一口气，接着柔和的嗓音低沉缓慢地传入她的耳中："玥玥，宝贝，我很高兴你能告诉我这些事。"

他知道，对于一直独立的李玥来说，她能对他说出家里最难以启齿的隐秘的事情是对他极大的信任与依赖，但这些还不够。

"你快要到东顺机场了吗？"

"嗯。"

"不要登机，在那里等我。"

"可是……"

"等我好吗？"

他的语气让她无法拒绝。

程牧昀等了她那么多年，从来没对她要求过什么。这一次，他希望她能等等他。

"好。"她答应下来。

程牧昀松了一口气。

"我不会让你等太久的。"

程牧昀果然说到做到,李玥抵达机场后,不到二十分钟他就到了。

穿着深黑色风衣的英俊男人行走在机场里,出众的容貌与高挑的身材吸引了众多路人的目光,有人想要搭讪,可来不及跟上他的脚步。

他很快地在来往的人群中找到了李玥。

几个月不见,她变得更加纤细高挑,穿着长款的驼色外套,脖子上戴着雪白的围巾。她把下半张脸藏在围巾里,露出一双黑白分明的眼睛。

如同有心灵感应,她突然转过头来。她看到他的一刹那,眼神转柔,眼角弯了一下。

她很努力地想冲他笑,可笑意未达眼底。

程牧昀走到她的面前,抬手摩挲了一下她的眼尾,嗓音微哑地问:"你哭过了?"

她别过脸:"没有,我揉的。"

他上前抱了抱她,叹了一声:"你又瘦了。"

眼眶骤然一热,李玥小心地抽了一下鼻子,原本因长时间没和他见面产生的陌生感在这个拥抱中消失了。

他们在人群川流不息的机场里拥抱。

这一刻,她只想抱住他。

她用双手环住他的腰,把掌心贴在他宽厚坚实的脊背上,把脸埋在他的怀里。

两个人静静地抱了一会儿,程牧昀提议:"去车里说话?"毕竟机场里人多眼杂。

"嗯。"

两个人坐到了程牧昀的车里,李玥低头盯着鞋尖,神情中带着一股紧绷感。

程牧昀主动地开口对她说:"我可以去帮你处理这件事。"

李玥摇摇头:"这件事,我一定要自己去处理。"

"为什么?"

她皱着眉头,紧紧地咬住嘴唇,不知道该怎么开口,喉咙里有一种干涩的疼痛。

他握住了她的手,温热的触感传来。

"玥玥,我可以帮你的。"

她抬眸看他,看到那漆黑温柔的眸子时,一颗心重重地一颤,心里顷刻间涌出一股难堪和酸楚。

她轻轻地吸了一口气:"孙志强如果见不到我,是不会善罢甘休的。"

可程牧昀说:"但你是不会帮他还钱的,不是吗?而且,他怎么就肯定你能帮他还那么大的一笔债?"

三千多万不是小数目，李玥自己是拿不出这些钱的。

上次关于照片的那件事闹得那么难堪，李玥已经对这个父亲彻底死了心，孙志强哪里来的底气，觉得李玥一定会帮他？难道他的手上有什么把柄？

程牧昀警惕心大起。

可李玥惨然一笑，说："不用我拿钱的。"

程牧昀看她这样，心疼地想去摸她的脸。李玥却轻轻地避开他的手，害怕自己马上就会不争气地哭出来。

"你知道上一次的冬奥会我为什么会输掉比赛吗？四年前，四年前，我的短节目分数很高，只要在后续的自由滑比赛里正常发挥，即使拿不到金牌，也一定会获得奖牌的。可就在比赛的前一晚，我意外地接到了孙志强的电话。那时候我们已经很久没联系了，之前还是他来我家闹事、要我给他钱。而那次他打来电话……"

她闭上了眼睛，孙志强的那些话至今还回响在耳边。

"我听说你出国比赛了，你不是为了躲你爹吧？"

"我告诉你，你明天就回老家来，我给你找了一门婚事，对方愿意出二十万的彩礼钱呢。"

"你再骂一句试试！李玥，你不会真以为自己能得奖牌吧？别逗了，你一个女娃能当世界冠军？你做什么梦？！"

"这是你欠我的！别忘了，你哥可是替你死的，要不是你哥死了，我和你妈能离婚？"

"反正你最后都是输，干脆现在退赛，也别在全世界人的面前丢脸了！"

"我可是为了你好。"

心中的酸涩直冲头顶，李玥感到呼吸困难。

谁能相信呢？她爸，她的亲爸，这么多年不理她，再联系她为的是用她换钱，说的每句话都是在抨击和贬低她！

在他的心里，她只值彩礼钱。什么荣耀、成绩、冠军，都是她完全不可能得到的。

可后来她才知道，孙志强是特意打的这个电话，为的就是搅乱她的心思。

当年她风头大盛，老家的人估计也没想到有一天她会站到这么高的位置上，便有人对孙志强冷嘲热讽，说他当初傻了才离婚，又不要孩子，现在李玥马上要成为世界冠军，比他家里那个年年考试垫底的儿子强。

孙志强哪里受得了这种气，加上他投资失败，事事不顺，更受不了李玥成功。

她的成功就意味着他的失败。

他除了生意场上投资失败，还有人生选择上的再一次失败。

每一天，每次他见到熟人，都会成为别人茶余饭后的笑柄。

他怎么能忍？

所以他打了那通电话。

在所有人都以为她会赢得奖牌的时候，最笃定她不可能成为世界冠军的，是她的至亲。

"我那时候太想赢了，想赢给他看，想证明我李玥是能当世界冠军的！"她狠狠地咬着下唇，很快尝到腥涩的味道，"可我输了。"

比赛的前一晚她失眠了，比赛时没能稳住心态，频频失误，控制不好身体的节奏，太过急切的心情让她失去了往日的冷静。

仅一分之差，她成了第四名，错失奖牌，遗憾败北。

她回国的时候，面对的是机场里铺天盖地的人群，那些以前支持她的粉丝像瞬间成了她的敌人一样，疯狂地冲她喊："李玥，你太让我们失望了！"

她一样对自己很失望。

"这次他是想故伎重演。"

李玥的胸口不住地起伏，眼底透出愤恨的痛楚。

怪不得，怪不得。

程牧昀感到胸口被一团复杂的情绪堵着。

他看着眼睫微颤的李玥，虽然她在用这样平淡的语气说着过去，可她的表情里依旧流露出从前被刺伤的痛苦。

那么多安慰她的话一时都说不出口，他紧握拳头，表情压抑，怒意在胸口处翻涌。他珍惜的李玥，竟然被人那样对待！

如果他当年能够及时地发现这一切，如果他能够早点儿保护她——

还好他现在能够保护她。

他顿了顿，对她说："那你就更不能去见他了。"

程牧昀看着李玥，眼睛里有心疼也有难过。他担心地说："玥玥，我知道你认为你很了解你爸，你觉得可以自己去解决这件事，但很多时候，人就是因为自以为的熟悉而放松了警惕，但不要低估了人性的恶意。"

她突然愣住。

程牧昀身处商界，跟随父亲历练多年，曾见识过很多疯狂的人。他非常冷静地为她分析道："我知道你担心你的母亲，想要为她解决问题，可对于孙志强而言，三千万是足以压垮他的大山。为了翻过这座山，他可以牺牲很多东西，更能够做出很多你难以想象的疯狂的事情，永远不要低估人性的恶。"尤其是像孙志强这种无情无义的人。

程牧昀见过当初孙志强向他挥舞酒瓶时眼里歇斯底里的疯狂。

孙志强这种人自大又自卑，无可救药。何况，他连亲生的女儿都能利用，还有什么底线可言呢？

程牧昀按住她的肩膀，轻声地对她说："你现在回去继续训练，让我来为你处理这件事。你相信我，我会妥善地安置你的妈妈。我曾经答应过你不会再让你受到孙志强的打扰，我会信守承诺的，这次你就把事情交给我，好吗？"

李玥愣愣地看了他很久，眼睫一垂，声音轻轻地颤抖："你会不会觉得……我很麻烦？"

程牧昀的呼吸一瞬间错乱了，一股无名的哀伤缓缓地渗透到胸腔之中。

他在这一刻终于意识到，李玥到底是吃过多少苦、受过多少委屈，才会形成这样喜欢把所有的事情都扛在自己身上的性格？

他一直以来只知道她很独立，她习惯了一个人解决问题。

然而，她并不是天生就是这样的，而是在成长的过程中，被迫成为这样的。

她的亲生父亲重男轻女，只在乎她死去的哥哥，她是被放弃的那一个人。

此后她和妈妈一起生活，被迫养成了独立乖巧的性格，害怕自己做不好事情，习惯把责任揽在自己的身上。

她从没有能够安心地依靠的人。

现在长大成人了，她还要努力地去成为别人的依靠。

因此哪怕在求助他人的时候，她都会害怕麻烦别人。

他再也忍不住情绪，一把将她搂到怀里。

她愣了一下，喊他的名字："牧昀？"

"傻瓜，你怎么这么傻呢？"他不住地亲吻她的额头与头发，沙哑低沉地说，"你怎么会是麻烦呢？我巴不得你多麻烦我、多依靠我。"

他以后会更加努力地成为让她安心依靠的人。

李玥瞬间眼酸鼻涨。呼吸里满是湿热的气息，心中被温热的情感不断撞击，她只能靠紧紧地抓住他胸口的衣衫来缓和情绪。

他紧紧地抱住她，呼吸着她身上的香味，语气坚定地对她说："玥玥，你要记得你从来都不是麻烦。"

"嗯。"

李玥被程牧昀开车送了回去。

临走前，他紧紧地握了一下她的手。两个人的手腕上，黑色手链中的红豆和白玉，一红一白，相映成辉。

"别担心，有我在。"他轻声说。

李玥的心紧了一下，她看着程牧昀，他浓黑的眉眼、英俊的面庞、脸上温柔的表情还有手心处传来的真实热意，都带给她一种前所未有的安全感。这种感觉让她觉得陌生又安心。

她轻声开口："可不可以先别让我妈知道这件事？她身体不好，我不想让她多担心。"

"好，我保证。"

嘴唇翕动了一下，她最后垂眸说："那我回去了。"

"玥玥，多相信自己，我已经给你做好了书柜，空出了中间的位置，等着你拿奖牌。"

李玥呆愣了几秒，抿了抿唇："我也准备好了照片。"

就算不能把奖牌放在上面，她一样可以放他们两个人的合影，就像他在家里的那个书柜里放了照片一样。

程牧昀明显一愣，她竟然还记得这些事？心底跟着一暖，他抬手揉了揉她的头，扬眉道："你专心备战，家属会安顿好后方的。"

他相信她做得到，一如从前。

心头一烫，李玥望着他含笑的眼睛，郑重地说："我不会辜负你的。"

她相信程牧昀，更不会辜负他的付出。

她不会被影响，会继续好好地练习。这一次，她不再意气用事地一定要赢给谁看，而是为了一直相信她的人而拼搏。

他抬起她的手，低头在手背上轻轻地一吻："这个承诺，我收下了。"

李玥微微地一愣，想说她不是那个意思，但……这样也好。

他抬起眼，眼里带着动人的情绪。他一字一顿地说："李老师，不能食言的。"

她抿唇低低地"嗯"了一声，唇边带着浅淡的笑意。

程牧昀的心底微松了下来。他终于看到她笑了呢。

李玥重新归队，熊耀自然高兴。

不过他担心她的状态会变得不好，在接下来的几天里一直盯着她，发现她状态如常，总算放了心。她的状态甚至变得更好了些。

李玥给予程牧昀信任，更信守着承诺，相信他会处理好一切事情。

很奇怪，她把这么大的事情交给他，心头却没有那种沉重的亏欠感。

这么多年，带给她这种感觉的只有他一个人。

两天后，李玥接到了朱姨的电话，这才知道她妈妈已经从老家的医院转到了首都的第一医院，其中波折不断。

朱姨告诉她："前天的中午，老家的医院突然通知我们说你妈的腰伤变得严重了，让她一定得去首都治伤。当时正好有一个病重的患者要去首都治疗，就把我们捎上了。可我们到了第一医院后，你妈做了检查，也没啥大事呀。但她不好总挪地方，干脆就在这边的医院里住下了。你别说，现在的医生挺负责的呢，知道是误诊了，不仅免了一大半儿的医药费，还给你妈安排了单人的病房，医护人员照顾得可细心了。等你妈能正常地走动了，我再回老家，你就放心吧。"

李玥真心地感激她，说："朱姨，辛苦您了，我忙完这边的事，一定好好地谢您。"

"哎呀,我和你妈是什么感情?以前我受了欺负,次次是你妈帮我出头。这次我好不容易逮到一个机会帮帮她,谁也不能跟我抢,你这个当闺女的也不行。"

李玥知道朱姨是在安慰她,柔柔地笑了一下。

朱姨感叹:"这下孙志强的老婆再不能来打扰你妈了。"

李玥垂眸。她妈离开了,店铺暂时也关了,孙志强找不到人,恐怕也不会善罢甘休的。

可当天晚上,李玥接到了电话,被通知她父亲孙志强遭到了意外。

原来在几天前,孙志强下楼的时候一脚踩空,不慎从楼梯上跌了下去,当场头破血流,不省人事。过了很久,他才被人发现并送到医院,最后脑损伤成了植物人。

他出事的地点,就在距离李玥妈妈医院不足五百米的地方,可见他预谋好了一切。

事情的发展确实出乎人的意料。

当李玥知道一切,来到医院确认他的身份时,心情是极其复杂的。

她知道医院也通知了他现任的妻子和儿子,不久后他们会来。李玥并不愿和他们见面,最后看了一眼病床上闭着双眼的中年男人,那面孔是陌生的,她有很多年没有这样看他的脸了。

她静静地看了一会儿,心里只觉得空落落的,有种奇怪的陌生感。

那些委屈和他带来的伤痛像空中摇摆的气球,"噗"的一声,全部消失。

片刻后,她毫无留恋地转身离开。

从医院出来的时候,是程牧昀来接的她。

车上,两个人有些沉默。

程牧昀抱了抱她:"瘦了。"

李玥禁不住笑了一下,把下巴搁在他的肩膀上,搂住他:"你也瘦了。"

"那我多吃点儿饭,给你当表率。"

"嗯!"李玥笑着说,"我想去看看我妈,你送我过去好不好?"

"好。"

李玥是一个人上去的,程牧昀很体贴,知道这时候李玥是想跟她的妈妈单独聊聊的。只是他没想到李玥会主动地提议:"下次你准备点儿东西,好见见我妈。"

程牧昀意外地挑眉问:"你不打算藏着我了吗?"

她半开玩笑地说:"毕竟丑女婿也要见丈母娘的。"

这句话有点儿耳熟,程牧昀捏了一下她柔软又有弹性的脸:"你好记仇哇。"

李玥笑笑:"那我上去了,你不要等我了,估计要等很久的。"

"好。"

临走前,李玥亲了一下程牧昀的脸颊,眨眨眼:"这是奖励。"

不等他拉住她，她便已经轻巧地下了车，在车窗外对他得意地挥了挥手。

她转头离开，阳光下，她的发尾柔顺闪光，一如初见时那样闪耀。

程牧昀摸了摸被她亲过的脸颊，轻轻地笑出了声。

医院里。

李玥推开病房的门时，正躺在床上用手机玩斗地主的李三金吃了一惊，"啪"的一下，手机掉到了脸上。

她大叫了一声，还慌乱地把旁边的水果弄掉了，又是把手机摔在了地上，弄出一阵"噼里啪啦"的声响，手忙脚乱得不成样子。

李玥默默地走过来帮她把水果放回桌上，捡起了手机，又拉了一把椅子坐下。母女俩面对面地坐着，李三金的眼神那叫一个游移不定。

她先是抱怨："你朱姨的嘴呀，我都说了我没啥事了。"

"不怪朱姨，您要是真出事了，她再通知我就晚了。"

李三金没吭声，装模作样地东摸摸西碰碰，左顾右盼的，最后还是忍不住去看李玥。母女俩有挺长时间没见面了。

她的姑娘瘦了，小脸儿白白的，脸上没黑眼圈，睡眠应该还行。

她怎么感觉姑娘的身上有一股云南白药味呢？李玥肯定是训练时又受伤了吧？李玥穿得这么严实，不给她看伤口，看来是又不想让她操心了。

李三金心疼、难过，但故作轻松地说："我就是腰受点儿累，养几天伤就好了，你没事就回去训练吧。"

李玥沉默了几秒，突然说："我知道孙志强的事了。"

李三金的表情一顿，脸上带着明显的错愕。

李玥抿紧唇角，突然开口问她："妈，您有没有后悔过？"

"后悔？后悔什么？"

李玥别过脸，深吸一口气："如果当初死的不是我哥，您就不会离婚，过得那么辛苦，现在这么大的年纪还要遭这种罪，我又不能在您的身边照顾您……"

"你说什么胡话呢？！"李三金突然大喝一声，"李玥，你抬头看我！"

李玥应声抬头。

李三金凝视着她："你把这些话藏在心里多久了？"

很久了，久到李玥都忘记自己是从什么时候开始这样想的了。这些想法一直像一把小刀子一样，不断地刺着她的心脏。

"李玥，妈妈告诉你，你哥的死是意外，是谁也不想看到的意外，你没有办法阻止意外发生，更无法改变这一切。难道你觉得死的是你，妈妈就不难过了吗？"

李三金说着这些话的时候，眼睛里不禁盈满了泪。

"我跟你说，妈妈从没后悔离婚。哪怕过得再难、再苦，妈妈也没后悔过一次。"她轻轻地吸了一口气，回忆着，"当初我离婚，不是因为你，是因为你爸。孙志强一定要我再生一个孩子，我不肯。他只想用另一个孩子替代你哥，可我的孩子，无论哪一个都是独一无二的宝贝，绝不能去当另一个人的替身！"

李玥的心头一震。

李三金目光柔和地说："玥玥，你也一样是妈妈的乖宝。"

孩子不是负担，不是累赘，不分男女，都是她的最爱。

李玥的眼眶慢慢地红了。

李三金深深地凝视着李玥说："玥玥，在妈妈的心里，你是最好的女儿。以前，我觉得日子最难过的时候，是你过来对我说'妈妈，我抱抱你'。妈抱着你，觉得什么坎儿都能挺过去。要是没有你，妈妈早就撑不下去了。后来你去滑冰，妈妈在电视上看到了你，你知道妈妈有多激动吗？妈妈只能干干粗活儿、煮煮米粉，但我的女儿能在全世界面前为国家赢得荣誉，你知道妈妈有多为你骄傲吗？"

李玥握住李三金的手，眼泪掉了下来，她喊了一声："妈。"

一切尽在不言中。

李三金伸出手："来，让妈抱抱。"

李玥过去，紧紧地抱住她妈。熟悉的味道让人安心，她感受着属于妈妈的体温。

李三金温和的声音在她的耳边响起："以前妈妈劝你不要再滑冰了，不是想把你留在身边、让你照顾我，是怕你再受伤。我知道，上次你没在冬奥会的比赛上获得奖牌，心里一直挺难过的。那么多人在说你，妈妈看着心疼又帮不了你，也不想让你再受伤了。可那是妈妈错了，是妈妈没有完全相信你、支持你，但这一次不会了，妈妈相信你做得到！"

李玥的胸口发热，一直以来禁锢自己的枷锁终于被卸下，她禁不住落下泪来。

"乖宝，别哭。"李三金拍拍她的背，就像小时候哄着她一样，"要记得，你永远是妈妈的骄傲。"

"嗯！"

母女俩聊了很久，说开了很多事。

她们都是喜欢把话藏在心里、有事自己扛的性格，有什么难过、委屈的事都不愿意跟对方说。虽然她们这样做是因为不想让对方担心，可久而久之，一些误会和隔阂也会逐渐产生。

这次她们有了约定：以后不准只报喜不报忧。

到了时间，李玥该回去了。

她抱抱李三金："妈，您要快点儿好起来，我还想吃您给我做的米粉呢。"

"没问题，等你比完赛，妈什么都给你做！"李三金打趣一句，"不过，可别是你一个人来吃呀。"

她可记得女儿的身边是有了人的。

李玥微微地红了脸，说："那您可得多做点儿饭。"

李三金点点她的鼻子："贪吃鬼。"

李玥看着妈妈，感到无比轻松快乐。

她轻声许诺："妈，我会让您骄傲的。"

李三金摸着她的脸颊，柔声说："你早就做到了。"

玥玥平安健康地长大，努力地去实现梦想，现在优秀又漂亮，早已是她最骄傲的女儿。

母女俩相视着，微笑起来。

李玥归队继续训练，比赛的日子越来越近。

比赛的当天，李玥的心情异常平静。

当她进入冰场，观众们看到了她，心中纷纷地为之一动。

她穿的赛服是红色的，背部是半透明的白纱，裙子的下摆上镶嵌着亮色的水钻和珍珠。赛服漂亮又轻便，有一种独特的明艳，衬出了李玥修长优美的身材，令人眼前一亮。

她脸上的妆容也尤为亮眼，长眉凌厉，让人感到一种刀锋般的英气，可眼尾处淡红的眼影柔化了这种犀利。镜头对准她时，李玥对之轻轻地一笑。

瞬间，所有人都被惊艳到了。

凌厉与明艳在她的身上完美地融合。她如雪峰上高挂的冷月，可投射下的月光柔和清亮，让人心旷神怡。

各国的运动员——登场。

许久后，轮到李玥上场了。

解说员用悦耳的声音介绍："接下来上场的是我国的李玥，她曾经在世锦赛中获得过银牌，这是她第二次参加冬奥会。上一次她以非常遗憾的成绩错过了奖牌，为了这次比赛她一直在努力地练习，请大家期待她下面的表现。"

只见李玥踩着冰刀轻松地滑入场内，姿态自信从容。

大家许久没看过她比赛，发觉她现在的状态和神情比起从前的非常不一样，身姿轻盈如蝶，优雅而从容。

等待音乐时，她将双手垂落在两侧，静静地站在洁白的冰面上。

李玥这次的表演选用的不是大众熟知的歌曲，而是一首原创歌曲，名为《坠落月光》。

这有些冒险，可又让人感到期待。

大家期盼着李玥能在东道主国的赛事上有令人惊叹的表现，更因为她曾经的那个会拿到金牌的承诺而抱有不小的期待。

很多不关注花滑运动的人都在这一天打开了电视、手机，观看比赛的直播。

所有人的心脏都被揪住了。

比赛开始了，悠扬的旋律响起。不知道为什么，这首陌生的歌曲瞬间精准地带动了所有人的情绪，也使大家的目光不由自主地落在了冰面上的李玥的身上。

只见她轻松地在冰面上自转了一圈，明艳的红裙翩飞。她举起双手，靓丽的身影在冰面上滑过，接着一个完美的四周跳已完成。

天！李玥的进步竟然这么大！

所有人都难以置信！

伴着扣人心弦的音乐，全世界的目光都落在李玥的身上。

他们完全移不开目光，看着她完美地跳跃、旋转。她的那种动人心魄的气势与魅力打动了所有的人。

当音乐停止播放，大家第一时间没有去看分数，而是看着冰面上的李玥。

只见她轻轻地抬起头，冲镜头微微地一笑，带着自信的光芒，夺走了所有人的心。

观众席上与电视机前的所有人不由自主地站起身，为她鼓掌尖叫！

最后，李玥以超高的分数力压其他选手，成了第一名。

这是前所未有的成绩，全世界的人都为之赞叹。

今天之后，没有人会不知道李玥的名字。她赢下比赛，已是定局。

颁奖时，李玥站在领奖台的中央，看着国旗冉冉升起，心底的自豪感溢了出来。

她做到了，终于做到了！

她感到有人用灼热的目光看向她，心有灵犀一般，看到了观众席前排上的程牧昀。

目光在空中相遇，两个人同时露出微笑。

她高举双手，在头上比了一个"心"，俏皮大胆，公开示爱。

程牧昀，我爱花滑，也爱你。

程牧昀感受着胸腔中不断的震动。

他抬起双手，弯起手指，也给她比"心"。

他们在领奖台与观众席上遥遥相望，两颗心贴在一起。

程牧昀知道，在这个春光暖意无限的日子里，他悄悄地咬住了他的小月亮。

第十五章
爱与梦想

李玥在比赛上荣获了花滑女子单人滑比赛的金牌,这是本届冬奥会上来国获得的第十六枚金牌。

她在这种爆冷的项目上荣获金牌,让举国上下都为之激动!

此刻的李玥刚刚接受完媒体的采访,直到现在,获奖的巨大喜悦才向她席卷而来,她的心脏止不住地"怦怦"跳。

她妈一定看到了吧?这回不会再有人对妈妈说培养她是白费劲了。

李玥满心自豪。

在会馆内的走廊里,她偶遇了安德烈。

安德烈实力强悍,是本次男单比赛中的大热选手。他看到李玥之后,蔚蓝色的眼眸变得清澈明亮,他伸出双手,用力地拥抱了她:"玥,congratulations(祝贺)!"

他如他的那头耀眼的金发一样热情。

李玥欣然地接受了祝福:"谢谢。"

"我姑姑刚刚发来消息,跟我说你发挥得很棒,你得冠军……那个词怎么说?当之无愧!"

李玥拍拍他,浅笑着说:"替我多谢她。"

"你现在可以先帮助一下她的侄子。"安德烈眨眨眼,"等比赛结束,我要留在这里观光一段时间,你来当我的导游吧。"

李玥顿了一秒。

"你之前告诉了我一个秘密。"

他说安娜苏是他有血缘的姑姑。

安德烈咧嘴一笑。

她继续说:"公平起见,我也告诉你一个秘密。"

安德烈有点儿开心,交换秘密这种事最有意思了。

"是什么?"

"我之前对外说自己单身,可现在有男朋友了呢。"她在唇边竖起食指,那里的弧度里带着喜悦,"你要帮我保密呀。"

安德烈闻言,微眯了一下眼睛。他的五官立体精致,神情冷下来时,脸上就会显出一股阴郁的危险感。

他沉默地盯了李玥几秒。

"是之前弹吉他的那个男人?"

李玥点点头。

他低头看着她,蓝色的眼瞳里透出几分哀伤。从这个角度看过去,他俊美得如电影里的男主角。

安德烈轻声地问:"如果我早点儿来的话,结果会不会不一样?"

李玥说:"'如果'是一种美好的愿望,可我们永远没有机会去实践。"

虽然她没有明说,可两个人知道,她不会选择他;或者说,她从来没有把他列为选择项。

安德烈浓而卷的睫毛垂下:"这真不公平。"

他遇见她的时候,她有男朋友。他现在能靠近她了,她又有男朋友了。

"姐姐,"他换回从前的称呼,语气也变软了,"如果那个人对你不好,我就去把你抢走。"

李玥轻轻地一笑:"那恐怕你是没有机会的。"

程牧昀对她很好。

可安德烈扬起浓眉,年轻的脸上带着属于少年的意气:"不一定的。"

之前姐姐和那位男友在一起了几年,还不是分手了?

现在她和这个人在一起才不到一年吧?他未必没有机会。

他弯下腰,用湛蓝的眼睛盯着李玥:"我年轻,等得起。"他的脸上是不服输的表情。

可李玥对他说:"你等不到的。"

从前她不敢说这种话,可现在可以笃定地告诉他:"我很喜欢他,不会考虑其他人。"

· 407 ·

安德烈的眼神黯淡下来，他说："姐姐，你好无情。"

她拒绝得这么果断，连一点儿机会和希望都不给他。

"安德烈，"她不再像从前一样叫他"烈哥"了，"你会遇到好女孩的。"

安德烈沉默地看了她几秒。

他早已遇到好女孩了，可无奈又错失了她，她无法属于他。

李玥对他淡然地一笑，越过他，走向相反的方向。

李玥获得金牌之后，知名度在全世界得以扩大，除了官方和领导安排的媒体采访与宣传，很多广告代言的邀请也纷至沓来。

经纪人邹姐这回态度明确地说："你比完赛了，得完奖了，该参加活动了吧？你也能为花滑做宣传哪，此时不宣传更待何时？！"

李玥说："好吧。"

只不过，她接下的第一个代言是封达集团旗下的运动品牌星特的代言，这是她对程牧昀的承诺。

摄影棚内，李玥化好妆，穿上品牌新季主打的红白色运动服，脚上是同品牌的运动鞋。她一出来，就有极强的气场。

她梳着高马尾，皮肤紧致白净，一双眼睛润黑有神，再加上挺拔修长的身姿和卓然的气质，她在人群中很是醒目。

摄影师安泸是娱乐圈内的一线摄影师，拍过不少大牌的艺人，可像李玥这种气质出众的艺人还是少见的。

她有一种独特的魅力，会让人的目光禁不住停驻在她的身上。

拍摄时，安泸望着摄像机里的李玥，轻声说："好，把下巴收一点儿。"

旁边的小助理窃窃私语："安哥今天好温柔哇，平时他的语气多横啊。"

"今天人也不一样啊。"

李玥有拍摄的经验，配合度极高。她能够迅速对安泸的要求心领神会，整个拍摄过程很顺利，出片极佳。

不得不说，李玥的形象跟运动品牌很搭，她拍摄宣传片时的动作带着那种极具感染力的力与美，能够迅速抓住人的眼球。

安泸已经可以想象这则广告播出时的爆炸性效果了。

休息的时候，安泸主动地给李玥递过去一杯冰奶茶："李老师，要是太累您就跟我说一声。"

"叫我的名字就行，"她没接他手里的奶茶，说，"我喝水就好。"

哦哦，运动员嘛，是要控制饮食的。

他快速地扫了一眼。

李玥的身材极好,四肢修长纤细,肌肉的线条很流畅,尤其是她的皮肤,白皙透粉,带着一点点汗珠,让人禁不住口干舌燥。

这时门外突然传来一阵喧哗声。

"哇!"

"是程总,程总来了!"

"程总好帅呀。"

李玥侧眸看过去,程牧昀宛如众星捧月般走了进来。他穿得轻便,穿着白色的T恤和黑色的长裤,戴着一顶黑色的鸭舌帽,整个人看起来年轻清爽。要不是因为气质过于沉稳,他简直像一个大学生。

他身后的小杜推着一辆大餐车,招呼着说:"程总给大家买了奶茶和汉堡,都过来吃吧。"

众人一拥而上。

"啊,谢谢程总。"

"感谢程总的投喂。"

"是柠茶,买这个好难排队的。我要芝芝葡萄,终于能喝到它了。"

"太满足了,程总好帅!"

摄影棚里,人人拿着柠茶和汉堡,满足惬意。有人给李玥拿了一份食物,她道谢并拒绝了。

余光中有一个挺拔的身影向自己走来,她侧过头去,看到了程牧昀。

他双手插兜地看着她,唇畔带着淡淡的笑意。

这是两个人在一起后第一次在公开场合碰面,她的心跳有点儿加速。

他一直在看她。然后,他向她走过来了。

李玥的心提了起来。

程牧昀走到她的面前,语气轻松随意地说:"累吗?"

李玥搞不清他要干什么,顿了一秒,说:"嗯,还行。"

"什么时候能拍完?"

"那要问他了。"李玥指着安泸。

突然被点名,安泸整个人一顿,说:"还有一些镜头要拍,估计得一个多小时。"

"我等你。"程牧昀说。

李玥"嗯"了一声。

大家明显感觉到两个人之间的气氛有点儿不对,圈内的人多多少少都听过李玥和程牧昀的花边新闻,但两个人对外一致说他们只是好朋友。

可他们的关系未免也太好了点儿。

尤其李玥现在风头正盛,那么多公司请她代言品牌,有的开价甚至高达千万元,她竟然全都拒绝了。

她第一个接的代言是程牧昀公司旗下的星特,据说她都没收代言费。

休息时间结束,大家重新开工,继续拍摄宣传片。

程牧昀捞了一张椅子在旁边坐下。他是甲方,无论是因为身份还是颜值,他的存在感都超强。

有一两个漂亮大胆的小姑娘想上前搭话,但都被旁边的小杜挡了下来。

有程牧昀在一旁盯着,李玥突然变得不自在起来。

安泸提醒她:"放松一点儿,像刚刚那样。"

李玥试着调整心态,不过显然安泸不是很满意。他上前调整李玥的姿势时,低声问:"你和程总是好朋友?"

"是呀。"

"怪不得。"

"什么?"

安泸一笑:"没事,你再放松一点儿。"

只是接下来的拍摄仍旧令安泸不满意,李玥的状态很好,造型也英姿飒爽,可画面就是有一股说不出的不对劲儿。

这是职业摄影师的第六感,安泸尽管知道有哪里不对劲儿,但无法准确地抓到那个点。

这时程牧昀走了过来,提议说:"要不要把她的发带摘下来?"

安泸说:"试试。"

"我来。"程牧昀走上前去,走到了李玥的面前。

男人温热的气息靠近,带着淡淡的苦橙香气。

他动作轻柔地帮她摘下了发带,李玥饱满漂亮的额头露了出来。摄影棚里的光线太亮,将她的面容照得清晰立体,连她的眼睛里映出的身影都变得一清二楚。

程牧昀微眯眼眸,突然有点儿想亲她。

"程程?"她调笑地小声喊。

手臂上的肌肉一绷,程牧昀沉沉地说了一句:"别闹。"

哼,他分明自己不安分,还要说她不乖。

李玥忍不住笑了一下。

接着,程牧昀拿出一样东西,借着角度避开了众人的视线,对她说:"张嘴。"

嗯?

她有点儿发愣，又下意识地听从他的话，张开了嘴。

一个带着橘香味的硬块滑入她的口中，酸酸甜甜的味道溢满唇齿之间。

这是橘子糖。

程牧昀英俊的眉眼就在她的面前，他说："嘘，这是只给你吃的。"

在大庭广众之下搞特殊待遇，他真是……太敢了！

李玥抿紧唇角，观察四周有没有人发现这一幕，好在大家都在忙，安泸也在看照片。

她的心底微微地一松，舌尖裹着硬糖，丝丝的甜意流入心田里。

李玥摘下发带之后，整体的感觉更加清爽舒适。接下来的拍摄很顺利，李玥也变得更轻松自如了。

这次拍摄结束的时间比她预计的还要早。

她要离开的时候，安泸上前塞给她一张字条。李玥对这种事倒不新鲜，小声跟他说："不好意思。"

安泸的表情有点儿可怜，他问："不行吗？"

李玥估计安泸是想帮他的那些女同事把微信给程牧昀，直接说："我不太方便帮你呢。"

安泸顿了顿，反应过来，说："这是我的微信。"

啥？

李玥眯起眼睛，那就更不行了！

眼看着误会变得更大了，安泸连忙说："是给你的。"

嗯？

所以说，他是在跟她搭讪，不是想通过她认识程牧昀，是这个意思吧？

"玥玥，"程牧昀走上前来，"该走了。"

他是对李玥说的话，眼睛却盯着安泸，眼神里释放出的冷意压得人无法直视。

安泸以为两个人不是传说中的绯闻关系，以为他们仅仅是朋友，可现在一看，事情完全不对劲儿哪！

他沉默地退了下去，都不敢多看李玥一眼。

接着，李玥出了摄影棚，先是去化妆间里卸妆、换衣服，出去后，按照微信上的指示，在后门看见了等她的程牧昀。

他站在黑色的车边，眉宇微皱，薄唇紧抿，神情如冰霜一般，怪吓人的。

她笑着走上前，直接上手捏了他的脸颊一下："你的表情好可怕呀。"

他低头，看到她的脸上有毫不掩饰的笑意，语气有点儿危险："你挺开心的？"

"当然了。"

以前可都是他被搭讪，她帮他挡着那些女生，这回两个人的角色可换过来了，她成了被搭讪的那一位，心中忍不住得意。

尤其还看见了他吃醋后不高兴的样子，李玥挺开心的。

她靠近了一些，开玩笑地说："你终于不假贤惠啦，以前还只敢躲在一边看呢。"

程牧昀闻到她的口中淡淡的橘子香气，喉结上下地滚动。他上手揽住她纤细的腰肢，低头亲了亲她的唇角，细细地舔着残留的甜味。

他刚刚就想这么做了。

耳边突然传来一声低呼，她感到程牧昀把她整个人按到了怀里。

有人来了。

安泸怎么也没想到会看到这一幕，当时心里只有一个想法：程牧昀和李玥果然是这种关系。

可现在程牧昀用如狼一样的眼神盯着他，释放出带有侵略感的威慑力，让他的脚步一时被钉住了。

尤其是看到了程牧昀扣住李玥的后颈将她按在怀里的强势姿势后，他竟然一时觉得这种构图有一种凌厉的美感。

几秒过去，安泸磕磕巴巴地大吼一声："我……我什么都没看见！"

他猛地转身关上了后门，"咔嗒"一声，还锁住了门。

李玥："……"

她点了点程牧昀结实的胸口："你是故意的，是不是？"

程牧昀抓住她的手亲了一口："是意外。"

鬼才信他的话。

"看来你是真怕我跑啦？"

程牧昀无声地抓住她的手不放。

她都不知道自己有多好，喜欢她的人可不只他一个，还有那个不安分的摄影师，还有安德烈，还有那么多仰望她、倾慕她、来接近她的人。

他的小月亮那么美，让世界为之倾倒。

李玥抬头看着程牧昀，他漆黑的眉睫、白皙的皮肤、立体英俊的五官足够蛊惑人心，淡红的唇在亲吻时那样柔软。

李玥想到这样优秀好看的人会为她不安和吃醋，他还搞这些小花招儿，她的心就变得软软的，她回握住他的手。

她说："要不，我们之后找一个时机公开恋情好了。"

接着，她看到他的脸上浮起灿烂的笑容，笑容如冰雪融化，如春光洒落枝头，耀眼得令人驻足。

等两个人坐到车上,李玥才慢慢地反应了过来。

她戳戳他:"老实交代,你是不是就想让我那么说?"

他看了她几秒,接着低头含住她的手指。

他的声音哑得让人心颤,他问:"李老师要出尔反尔吗?"

李玥猛地一下收回手,脸颊烫得不行。

这个男人,怎么这么狡猾?她斗不过,斗不过。

星特的广告拍摄完成后,很快进入了后期制作的阶段。待广告制作完成,李玥发布了获得金牌后第一个代言的官宣消息。

李玥V:"自信,坚定,突破,实力坚不可摧,坚持铸就梦想,邀你共同进步,@星特。"

李玥发布了官宣微博,下面的视频正是她前不久拍的运动品牌星特的代言广告。

视频里,李玥身穿红色的运动服,眼神坚毅,动作舒展,尽显女性的柔美与力量。

女人,可以柔软如水,亦可以坚毅如铁。

柔韧,绝不软弱。

坚强,一往无前。

这是星特的广告主题,视频里的李玥完美地呈现了属于女性的坚韧力量。

如今的李玥荣获多年未能得到的花滑女子单人比赛的金牌后,名声大噪,国民关注度极高,她当之无愧地成了国内的花滑之光。

李玥能够为国家拿下奖牌,并且兑现了她一年前的承诺,网友们对此都喜闻乐见,对她接代言也非常支持。

尤其是李玥在过去几年里一直遭受着网络暴力,面对着诸多的恶评。如今她用实力证明了自己,大家更愿意支持她。

同时,最近程牧昀的工作多了不少,云步与星特同属于封达集团旗下的运动品牌,互相争抢着业绩,业绩一度攀高,这可把其他子公司的品牌气得吹胡子瞪眼。

他们纷纷向总部发出申请。

他们也可以请李玥代言广告哇,保健品、食品、服装、珠宝,哪样东西都跟李玥很搭呀,代言费没问题!

总而言之他们只有一句话:总部看看我,我们也可以!

程牧昀知道李玥现在风头大盛,她接代言的工作更需谨慎。

很多代言广告的申请被他压了下去,这下公司可不干了。

下面的子公司里,有好几位老领导是跟程牧昀的父亲一起打下基业的,有的甚至是从小看着程牧昀长大的叔叔阿姨。他们直接飞到首都,把他押到酒局,非请他再邀请李玥给他们代言广告不可。

他们的话里话外就表达了一个意思：大侄子，做人不能太偏心。

程牧昀好说歹说，最后还是程父直接过来，为儿子保驾护航，这才稳住了他们。事后，过了很久，程牧昀才知道他爸用了什么招数。

程父可不像程牧昀，毕竟是老油条了，大手一挥，直接把儿子卖了。

"你们急什么？以后大家都是一家人，你们还怕李玥没机会给你们代言广告吗？"

"我的儿子20多岁了才有这一朵桃花呀，可能这辈子就只认这一个女孩了，求求老哥哥老姐姐们，照顾一下我这个老父亲的这颗脆弱的心。"

"你们当然还得给代言费。亲兄弟也得明算账啊。"

"都帮我保密，我的那个傻儿子还觉得自己瞒得挺好，我等着以后吓他玩呢。"

对此，程牧昀完全不知情，不过好在问题被顺利地解决了。

他今天喝了不少酒，回到家之后，屋子里是漆黑的，空气中有一股淡淡的栀子花香，芬芳无比。

他的喉咙有点儿发紧。

打开客厅的灯，他看到李玥趴在沙发上睡着了。

她是什么时候过来的？

他脱下外衣走了过去，凑近时才发现李玥的头发湿湿的，水把睡衣的领口都打湿了。

程牧昀轻轻地摇了一下她："玥玥。"

李玥慢慢地睁开眼，看到他，沙哑的声音里带着困倦："你回来了呀，我睡着了？"

"嗯，而且你的头发还湿着，你怎么不吹干了头发再睡觉？"

她揉了揉眼睛，有一种平日里没有的迷糊和迟钝，说："我本来想等你回来的，就忘了……"

程牧昀摸了摸她濡湿的发尾，轻轻地叹了一口气，接着弯腰把她打横抱了起来。李玥迷迷糊糊地抱住他的脖颈，把脑袋挨到他的肩上，顺势一闭眼睛，还有点儿困。

"你呀。"

程牧昀嘴上叹着，心里却很享受李玥的这种无意识的依赖。

他把人放到床上，转身去拿吹风机，把温度调到中挡温热，把风速调到最小，拿起她的一缕头发，细心地帮她一点点地吹干。

李玥被伺候得小声哼了哼，嘴角自然地弯了弯。

程牧昀摸着她柔亮的长发。过了快一年，她的头发长长了很多，如瀑布般顺滑，快赶上记忆中他在少年时期初遇她时她的头发的长度了。

他握着她的头发，呼吸缓缓地收紧。

在过去的那些年里,他从未想过自己还能有机会像现在这样靠近她、能够握着她的头发。

她不再像天上的月亮那样遥不可及,他现在只要轻轻地触碰,就能够拥抱她。

她完全属于他。

他低下头,忍不住在她的额头上轻轻地一吻。

栀子花的味道萦绕在他的鼻端,唇下的触感温热轻柔。

李玥轻轻地"嗯"了一声,微微地皱了一下眉:"痒。"

"好,不闹你。"他低声说。

他继续帮她吹头发。李玥的头发又浓又密,他吹了快半个小时才把它们吹干,又给她的头发打了一层护发精油,在整个过程中都十分细致耐心。李玥一直闭着眼睛睡着,全程被他伺候着。

他把东西收拾好,换好了衣服之后,回到卧房里,发现李玥换了一个姿势继续睡觉,模样怪可爱的。

他坐到她的身边,摇了她一下。

"玥玥,你吃过饭了吗?"他小声问。

李玥半睡半醒间闻到一股淡淡的酒气,嘟囔着说:"嗯,吃了,厨房里有醒酒汤,我做的,你记得喝。"

程牧昀眼睛一亮,立刻起身去厨房,果然看到了已经煮好的醒酒汤。

他由于酒量好,不容易喝醉,很多时候喝多了酒,酒意也不上脸。于是他总会被抓着劝酒,今天的情况亦是如此,好在他年轻,扛得住,只是身体会难受。

从前他一个人住,往往随便地吃一片药、睡一觉就好了。可如今他回到家之后,心爱的人做了醒酒汤,还有什么比这更暖心的呢?

他一连喝了两碗醒酒汤。

李玥的厨艺一般,可她做醒酒汤做得极好,以后,醒酒汤只有他能喝到了。

他想到这一点,唇角就忍不住翘了起来。

再回到卧室里,他躺到李玥的身边,轻轻地把人拢到怀里。

李玥感到有温热的气息拂过耳尖,惹得她痒痒的。

她把头侧了一下,在程牧昀的怀里调整了一个更舒服的姿势,用手臂环住他劲瘦的腰,声音有点儿软软的:"你才回来,我等你好久了。"

他揉了揉她柔顺的长发:"对不起,以后你来之前记得发消息给我。"

"不要道歉,我喜欢等你,再说提前给你发消息就没惊喜了。"她像是才想起来似的,突然仰起头看他一眼,"你回家看到我,有没有觉得惊喜?"

"有,"他把她的脑袋重新按到怀里,动作温柔地顺了顺她的脸颊旁边的头发，"我很惊喜，你都吓到我了。"

"嘿嘿。"她有点儿得意地闷笑，"你看我今天发的微博了吗？"

"关于星特的那条微博？"

"嗯。"

"看了，你很漂亮，大家都在夸你。"

"我帮到你了吗？"

"当然。"

她缓缓地呼了一口气，困意再次袭了上来。

脸颊在他的胸口上亲昵地蹭了蹭，她轻声喊他的名字："程牧昀，我没让你输。"

他在她最颓丧、最失落的时候支持她。

他说，我赌你能赢。现在，她帮他赢了。

她获得了金牌，第一个接下他旗下的公司的代言。

他对她的信任、他对她的付出、他说出的承诺都一直藏在她的心里，她全记得。

付出被人记得，爱意得到了回应，程牧昀感觉一瞬间心跳加速，心脏简直快要炸开。

她的呼吸变得平稳，她像是已经进入了梦乡，完全不知道自己简单的一句话就扰乱了他全部的思绪，让他的心潮起起落落。

他伸出手把她牢牢地圈在胸前，感受到她细微的气息拂过皮肤。

他压抑住胸口的躁动，轻轻地吸了一口气，低声对她说："嗯，你总是会赢的。"

你既赢得了世界，也赢得了我。

他拥抱着他的小月亮，感受到从未有过的心甜意洽，沉沉地闭上双眼，与她共入美梦。

他们谁也不知道，李玥的这条微博在热搜榜的第一位上挂了快一天。各种段子不断出现，网友们纷纷玩梗，热度极高，导致很多路人也知道了李玥和程牧昀的恋情粉——橙粒。

当天晚上，一个热帖在知名的论坛里出现——《有没有人说一说李玥和程牧昀的恋情粉橙粒为什么人气这么高？》

帖子里说："今天李玥的代言热搜在微博上挂一天了，她刚得了金牌，现在有这种热度不奇怪，我吃惊的是她的那个恋情粉居然真情实感！

"我对男方了解得比较少，只知道他是上市公司的总裁。我看了他的一些图和采访的视频，颜值真的好绝，他没在娱乐圈里有点儿可惜。

"关于李玥，我知道得多一些，今年也现场看了她在冬奥会上的比赛，长相和身材都很吸引人，我感觉她的实力挺强的。可她没演过剧，也没参加过综艺节目，竟然有这么多人关注她和一个素人的恋情？有没有人一起来说一说？"

下面有网友纷纷地回复，评论多达几千条。

"有一说一，你但凡对这两个人中的哪一位有好感，去超话逛一圈都很难爬出来，他俩确实很甜。"

"理性讨论，橙粒这个组合简直是异类。女方会参加直播的活动，也代言广告，勉强可以说是跟娱乐圈搭边。但和主楼说的一样，她并没有大众熟知的影视作品，大家更多知道的是她单人比赛的视频和成绩。她作为运动员确实为国争光，粉她没毛病。可这个民选大热的恋情组合之所以这么能打，就是因为它的'售后'超强！我观察过一段时间，这个圈子里每次有人发负面的言论、粉丝们开始动摇的时候，两位正主都会恰到好处地出来回应，再撒一波糖，而且还不刻意！这种吸引粉丝的手段简直绝了，效果绝对超强。"

"他们俩是现实版的灰姑娘情侣，谁不爱？"

"粉丝的心态很稳，比起其他的恋情组合，我感觉他们不会骗人吧。他们俩之前直播时说他们是好朋友，之后两个人参加公开的活动时好几次一起同框过，照片和视频里两个人的氛围感超强。而且李玥夺冠后接的第一个代言是程牧昀公司的品牌，换我我也被吸引。"

"他们真的超甜，超话里的气氛很轻松快乐，没人吵架，还有很多厉害的大大输出优秀的作品，大家只负责快乐地参与其中。气氛都好好，橙粒是我每天工作之后的解压良药，永远的神！"

"他们不结婚真的无法收场。之前的几个月里李玥封闭训练去了，完全没有任何消息，除了广告宣传一条微博都没发，但我感觉最近会有大动作。"

"他们怎么又上热搜了？"

大家点过去一看，果然，微博的热搜榜上，"橙粒"的词条登上了第十二位。

橙粒超话里一片喜气洋洋，大家都在发帖刷屏。

"报，家人们，我把玥宝的比赛视频刷了十多遍，终于刷到了惊喜。看看这是谁？我们的程总竟然就在观众台上！"

"天呀，我看直播时竟然没发现，姐妹火眼金睛，当代显微镜之神非你莫属。"

"小情侣又同框了。我就知道程总一定会在现场看比赛的，毕竟玥宝以前参加那么多场比赛时他都去了，这次的比赛超级重要，他怎么可能不在现场呢？"

"程总好甜。这种默默的陪伴好好嗑。"

"大家有没有注意到玥神的手链？比赛的时候她也一直戴着它，那一定是情侣手链，所以她不舍得摘吧！又嗑到了呢。"

"热知识：玥神得冠军后先为程总的公司接了代言。"

"大家是不是遗漏了重要的信息？玥玥这次表演时的背景音乐是原创的歌曲，我只知道歌名叫《坠落月光》，大家记不记得几个月前程总的采访视频？他说自己写了一首原创的歌曲，想要把它送给初恋但是没送出去，莫不是……？"

"啊，姐妹你就是新世纪的福尔摩斯！"

"我的天，怪不得我全网搜索都找不到这首歌的来源。我好喜欢这首歌呀，因为太喜欢它所以一直在播放李玥的比赛视频，还在她的微博下求了好久这首歌的音源，结果这是程牧昀创作的吗？他太有才了吧！"

"程总的老粉告诉你，这很有可能就是他写的。程总从小就是学霸，20多岁就能管理公司集团，属于高不可攀的天才型人物。"

"我不禁叹一句，程总，你还有多少惊喜是我们不知道的？"

"今天超话里的大家是在过年吗？哈哈哈哈哈。"

"蹲一蹲，他俩什么时候会公开恋情？急死了。"

"报，有人发了橙粒的消息，大家快去看@柠宝吃瓜香呱呱。"

"柠宝吃瓜香呱呱"作为娱乐圈内非常有号召度与可信度的微博号，刚刚发布了一条微博消息。

柠宝吃瓜香呱呱V：" 1. 网络爆红、实力超强的金牌游泳选手是已婚状态。2. 热剧的男演员最近被拍，是跟家人一起去看的钢琴演奏会，这不是网传的约会，没有恋情。那位女钢琴师和他合影也很正常，很多人都合影了，照片是被人故意裁剪的，而且女钢琴师有丈夫。3. 梁小西最近没写新剧，不是在谈恋爱，据说本人正在追星，无心写稿。4. 那对大热的民选情侣组合，最近可能会一起在一档热门的综艺节目里做飞行嘉宾，消息待定。"

看到第四条内容，超话里的"果汁"们顿时沸腾了。

以前这个微博就说过大热的民选情侣组合，多半是在说橙粒。

虽然上次他说了两个人各有对象、不可能在一起之类的话，挺不让人待见，超话里的人也全不信，但这一次大家全信了！

他们就是这么"双标"！

"两个人要上综艺节目了吗？最近有什么新的综艺节目要制作了呀？求科普。"

"符合条件的好像有《夫妻的浪漫旅行4》《我家那老婆2》《侠探来破案》《密室大闯关》？"

"格局小了呀，都说是热门的综艺节目了，那档综艺节目怎么就不能是现在正爆火的《萌娃在我家》了？新手小夫妻带娃不好看吗？"

"是在下输了。"

"哈哈！大胆！"

"姐妹牛，就押《萌娃在我家》了，官博立刻去邀请他们，我必看节目！"

"已经开始期待了。"

于是，接到邹姐的消息并听说有一档综艺节目邀请她和程牧昀去参加的时候，李玥确实是糊涂的。

"我和程牧昀？"她愣了好几秒，问，"这合适吗？"

"这个综艺节目不会乱剪辑视频的。而且这是生活观察类的轻松综艺节目，就录一期，可以让大众更加了解花滑运动员的日常生活。而且你们俩对外不是说是好朋友吗？他可以以朋友的身份到你家做客。"

"我考虑一下。"李玥说。

邹姐也不催她，最近李玥是挺累的，一边要训练，一边还要应付宣传的工作，确实不容易。

"那你决定好了跟我说。对了，上次我说的国外那个代言的事？"

"算了吧。"

最近是有一个国外的品牌找她做品牌大使，不过李玥私下了解过，这家公司在国外支持过诬蔑他们国家的组织。

虽然这个品牌有不小的国际声望，出了很高的价钱，可国家的名誉在她的心里是不可侵犯的底线。

"我不会去代言诬蔑我国的品牌。"

邹姐说："明白。"

之后，李玥给程牧昀打了电话，跟他说了有人邀请他去参加综艺节目的事情。

程牧昀问她："你怎么想？"

她说："邹姐说我们两个人会以朋友的关系上节目，但骗人好像有点儿不好，而且……我有点儿怕。"

后来她的声音变得有点儿小，她有点儿不太好意思。

她只敢偷偷地对程牧昀说这种话。在比赛时，她面对万千的观众都不怕，却有点儿害怕面对摄像机。

程牧昀明白，这是一年前的那场直播带给她的后遗症。

那些喷涌而出的弹幕像一盆盆冷水浇在她的身上，又像是将她整个人架在火堆上烤。

李玥为难地说："可拒绝他们又不好。"

毕竟这是官媒发来的邀请，而且又是宣传花滑的好机会，她不想轻易地放弃这个机会。

"想让我陪你吗？"他的声音从话筒的那端传来，带有一种低沉的质感。

李玥的心跳如擂鼓，咬了咬下唇："想。"

他轻轻地一笑："我陪你。"

李玥的脸有点儿发热，语气里带着明显的笑意，她说："那，好朋友，你要多注意身体，应酬时要少喝酒。"

程牧昀低低地笑了一声:"是,好朋友,你也要注意适度地训练,不准再伤到自己。"

"嗯,晚安。"

李玥挂了电话,捂着手机,止不住地笑。

她倒是有点儿期待录制节目的当天,程牧昀会如何表现了。

李玥应邀参加了《向前冲,冠军!》综艺节目的录制。

她第一次参加综艺节目的拍摄,感觉新奇又玄妙,但这种新鲜感很快就过去了。

她只能说,拍摄流程完全不像自己看综艺节目时那样简单快乐。

现场没有欢乐轻松的背景音乐,她面对着从四面八方齐齐地对准她的摄像机,还要听从导演的指挥。

最主要的是,同一个场景要重复拍好几次,导演还说要力求自然真实!

李玥:"……"

她从宿舍里走出来这个画面就拍了三四遍,她一会儿要笑,一会儿要点头,摆拍的效果这么明显,画面还真实?这哪里真实了?

她以后对综艺节目的那些所谓的真实性都要存疑了。

白天的拍摄基本是关于她一个人的训练和采访的,晚上节目组的工作人员跟她去了家里。

她不自在了一整天,好在这时程牧昀过来了。

看到他,李玥稍微放松了些,可他们既然打着好朋友的旗号,相处的时候不得不谨慎一些。

一整天的拍摄让她的精神高度紧张,整个人疲惫极了。

等到节目组的人离开,李玥瘫倒在床上,略显虚弱地说:"我得告诉邹姐,哪怕我以后退役了,她也不用考虑给我接什么影视或者综艺节目。"

她真不是那块料。

程牧昀过来摸了摸她的头:"辛苦了。"

"你才辛苦了,"李玥拉着他的胳膊,声音有点儿软,"陪我躺一会儿。"

程牧昀躺到她的旁边。

李玥枕着他的胳膊,侧头问:"你说节目的播出效果会不会很差?"

她觉得今天自己表现得好糟糕。

程牧昀低低地笑了一声:"也许,会有出其不意的效果。"

她不确定地问:"会吗?"

程牧昀说:"观众们会喜欢你的。"就像我一样。

她的心情既期待又忐忑,终于,《向前冲,冠军!》如期地播出了。

这是李玥参加的首档综艺节目,观众们的期待值很高,尤其她的绯闻男友程牧昀竟然还在宣传片里出现了，这更是引起了大量群体的关注。

网友们看热闹不嫌事大，纷纷地开始蹲综艺节目开播的时间。

邓莎就是其中的一位。

邓莎是一名女大学生，和很多同学一样，每天按部就班地上课，参加社团活动，平时也追剧和看综艺节目。因为之前关注了冬奥会的比赛，她粉上了女单花滑选手李玥。

在她的印象中，李玥是为国家争得金牌的奥运冠军。她觉得李玥当天的表现很惊艳，冰上的李玥英姿飒爽，美得不可方物。

这么漂亮的小姐姐，她当然要粉了！

刷了很多李玥的比赛视频和新闻之后，她还关注了李玥和封达的总裁程牧昀的橙粒超话。她觉得两个人的颜值很搭，在超话里嗑糖嗑得快乐，轻松无压力。

听说今天李玥参加的综艺节目播出了，她立刻打开电视观看节目。

在一段冗长又让人懒得记住的广告后，《向前冲，冠军！》开播了。

因为这是官媒的综艺节目，开场是熟悉的男广播员的背景叙述："我们今天的嘉宾是冬奥会花滑女单金牌的得主李玥。李玥11岁进入花滑队，至今滑冰已有13年，曾在各大赛事中获得荣誉奖项，今天让我们走进她的生活……"

邓莎吃着薯片，忍不住抓起手机，在橙粒的粉丝群里吐槽："画面的色调让我以为这是10年前的节目。"

群里很快有人回复："快看，玥神出来啦！"

邓莎一抬头，果然见李玥从宿舍楼里走了出来。李玥扎着马尾，素面朝天，可挺拔修长的身姿别有一股英气。

只见电视屏幕中，李玥对准镜头的方向，略显腼腆地微点了一下头，在清晨的阳光中走进了训练场里。

有不少人是冲着橙粒组合来看综艺节目的，本来因为没有看见程牧昀而感到有些扫兴，可看到李玥在冰上进行滑冰训练，注意力都忍不住被她吸引了。

她高举修长的手臂，迈动纤细有力的长腿，在冰上一次次地跳跃旋转，不知道把这些完美的动作重复了多少次，又摔倒了多少次。

不懂花滑的邓莎也禁不住停下了吃薯片的动作，投入地看着电视里的李玥。

她再一次感觉到，努力的人好有魅力。

节目播出了半个多小时，画面里的主人公全是李玥。内容有她的训练日常，有她和队友的相处片段，有她不断练习的身姿，有穿插的采访对话，虽然不如其他节目的内容有趣，但观众们慢慢地看下来，有一种静心的舒适感。

直到，节目组的人跟着李玥回到了她家。

李玥家是两居室，屋子整洁明亮，除了必要的家具，倒没有过多的装饰，毕竟她大多数时候是住在宿舍里。

李玥带领主持人来到了她的书房里，主持人和摄影师一进去便被里面精心打造的透明玻璃柜吸引了。

"这个柜子好漂亮。"

玻璃柜的柜格被设计得错落有致，用洁白的雕木作装饰，中间的一排李玥获得的奖牌最引人注目，而最中央放的是今年冬奥会的金牌。

主持人正要夸她时，"叮咚"一声，门铃响了。

李玥解释道："大概是我的朋友来了。"

镜头一转，李玥穿着小熊拖鞋去开门。她背对着摄像机，观众看不到她的表情，可似乎能从她的语气里听出一股喜悦。

"你过来啦。"

"嗯。"

伴随着低沉的嗓音，走进画面里的男人让观众们齐齐地倒吸一口气。

他太帅了吧！

程牧昀是典型的冷白皮，皮肤白皙干净，眉色浓黑，鼻挺唇红。他还穿了白衬衫和西裤，显得气宇轩昂，有一股别样的魅力。

程牧昀走了进来，手里拎着不少东西："我买了吃的东西，大家可以边吃边说。"

李玥在一边小声提醒："介绍，自我介绍。"

"哦。"

程牧昀转向摄像机，自我介绍："大家好，我是李玥的好朋友，程牧昀。"

电视上，李玥主动地接过程牧昀手里的袋子："你们先坐，我去给你们倒饮料。"

她转身去了厨房。

主持人顺势开始采访程牧昀："您和李玥认识多久了呢？"

程牧昀不假思索地回答："快八年了。"

"那你们是老朋友了呢。日常生活里你们是怎么相处的呢？李玥经常训练，你们不能总见面吧？"

"现在通信很发达，我们不见面也不会影响什么。"

主持人微笑："这次李玥获得了金牌，您当时是什么心情？"

"我很为她高兴。"

"您有没有意外呢？毕竟这次她获得金牌让所有人都很惊喜。"

程牧昀说："我一直相信她可以做到。"

可这时，厨房里传来一声脆响。

大家顺着镜头看过去，发现是李玥不小心打碎了一个杯子。

程牧昀立刻起身去看。李玥有点儿不好意思，连忙说："没事，我收拾一下。"

他伸手过去："你先过来，别扎到脚。"

李玥扶住他的手，迈过一地的玻璃碎片。

接着，他们看到程牧昀把李玥送出厨房，然后他拿起扫帚把玻璃的碎片清理干净，又从柜子里重新拿出杯子，从榨汁机里倒出橙汁来。

那种姿态，那副模样，居家又贤惠，和他之前的精英形象完全判若两人。

反而是李玥在节目的前半个小时里十分英姿飒爽，现在却有点儿生活小白的感觉了。

这两个人好有反差萌，超可爱的！

可网友们的注意力越跑越偏。

"程总好暖哪，好护妻。"

"等等，程总为什么对李玥家的东西的位置如此熟悉？他都不用找一下的吗？"

"这不就找到他们同居的证据了？"

"程总好贤惠，想要一个像程总一样的男朋友。"

"上面的人去睡觉吧，梦里什么都有。"

橙汁和程牧昀带来的果盘都被端了上来。

主持人喝了一口橙汁，继续采访李玥。

"这次冬奥会时，我发现你在心态上有很大的变化。"主持人剑走偏锋，突然扭头问程牧昀，"您感受到了吗？"

程牧昀拿着橙汁的手一顿，他顺势把橙汁递给李玥后，淡淡地回答："嗯，我感觉她比以前更放松了。"

主持人问："您看过以前的比赛？"

程牧昀一挑眉，用很理所当然的语气说："作为朋友，我当然要支持她的。"

两个人在对话，李玥喝了一口橙汁，猝不及防地觉得酸，五官瞬间全皱了起来。

她赶紧扭过头，不想让他们看到自己的表情。但她不知道的是，她的一举一动全都被摄像机拍了下来。

"哈哈哈，玥玥怎么这么可爱？脸都皱起来了。"

"玥玥恢复平静后转回头去了，看起来非常镇定，似乎无事发生。"

"李玥太可爱了吧！她在赛场上那么强，在生活里这么萌！"

此时，电视上的画面在持续地播放，群里的言论却风向大变。

"啊，这这这？"

"我傻了。"

"等等，我错过了什么？"

"你说这不是情侣？我不信！"

"公开，肯定要公开了，这不公开简直是事故！地震级的！"

"……"

群里已经炸锅了，一条条消息飞快地蹦出来，让人来不及看清内容。

邓莎一直在低头看群里的消息，错过了刚才电视上播放的内容，再抬头时，画面如常，没有什么异样。

主持人笑得合不拢嘴，问李玥："接下来你有什么计划呢？"

"还是继续训练备战吧，明年还有世锦赛呢，我希望能在明年的赛场上跟大家见面。"李玥微微地一笑。

主持人看向程牧昀。

程牧昀侧睨看了李玥一眼，说："我会继续支持她的，相信她会得到想要的一切。"

李玥眼波流转，抿唇微微地一笑。

邓莎看得心都化了。

哎呀，这两个人真的好甜。只是群里的人说的"爆炸"是什么？

节目里再次响起播音腔的旁白："这就是花滑运动员李玥的一天，接下来，让我们期待她在明年的比赛中的表现……"

节目结束。

邓莎点开了微博，想要发一篇三百字的文章来表达自己被甜到的心情。

可微博上，"李玥"这条热搜第一的红字非常醒目。

这不仅仅是因为今天她参加的首档综艺节目播出了，更因为她在节目中再一次和程牧昀一起出现了。

程牧昀自我介绍是李玥的好朋友，但事情完全不对劲儿！因为热搜第二就是"李玥程牧昀"。

点进去一看，邓莎终于明白了刚才群里爆炸成一片的原因。

刚才李玥被橙汁酸到不行，转头后，顺势把那杯橙汁还给了程牧昀。然后，程牧昀低头喝了一口橙汁。

两个人喝同一杯橙汁呀！这……这不是间接地接吻吗？

可他们的动作无比自然，就连对面的主持人都没有发觉事情有什么不对劲儿。

然而电视机前的观众们纷纷地吃惊了，路人快乐地围观，橙粒的粉丝们……炸锅了。

"是我孤陋寡闻吗？好朋友会直接喝对方的饮料吗？肯定不会吧？"

"这不就是我和我男朋友的日常？我把不爱吃的东西都塞给他，导致他半年胖了十多斤……"

"求求了，事情是我想的那样吧？！"

"我嗑到真的了？！真到了这一天，我反而不敢信了。"

"中彩票莫过于如此了，李玥和程牧昀快出来公开恋情！"

"天，这是我不花钱就能看到的吗？这对小情侣真的好敢哪。"

"这两个人当场表演掉马甲！"

"他们俩是不是真的在一起了？求回复。"

评论数和点赞数简直破了主持人的微博纪录。

最后，两位正主依旧没有回应。

主持人只模棱两可地发了一个表情："嘘。"

粉丝们快急死了！

而此时，突上热搜、绯闻传遍全网的当事人李玥接到了邹姐的紧急电话。

邹姐问："你想怎么解决这件事？"

李玥说："你等等。"

她联系了程牧昀，此时他也知道情况了。他们明明全程掩饰得很好，结果在这个细节上露出了破绽，这是两个人完全没想到的。

"你把事情推到我的身上好了，是我没注意。"他说。

李玥顿了一下，突然说："你知道我这么做之后你会遭遇什么情况吗？"

程牧昀沉吟了一下。

他肯定是会被骂的吧？

他并不在意，说："我知道。"

"不，你不知道。"她一句一句缓慢地说，"有时候人的愤怒和恶意是没有由来的，他们也许只是想发泄，或者连自己都不知道说出的话会给人带来多大的伤害。后果绝对没有你想的那么简单。"

她一字一顿地对他说："程牧昀，我不会让你陷入这种境地的。"

他保护了她无数次。

"这一次，换我来保护你。"

程牧昀的心烫得厉害，嗓子发紧，他轻轻地问她："你想怎么做？"

十分钟后，粉丝们发现李玥和程牧昀同时微博在线了。

接着——

程牧昀V："海底月是天上月。你好，女朋友李玥。"

李玥V："眼前人是心上人。你好，男朋友程牧昀。"

第十六章
我一定好好爱你

李玥和程牧昀公开恋情了。

这则消息一出,微博直接夸张地崩溃了二十多分钟。在程序员紧急地加班进行扩容之后,微博终于恢复了正常。

"李玥程牧昀"这条热搜爆了,挂在了第一位上。

热搜不只有这一条,还有"李玥公开恋情""橙粒粉的胜利""程牧昀封达打折"。接连几条相关的热搜都排在前列,整个微博上的人都奔走相告。

"举手,我的室友就是橙粒粉,刚才看到李玥的官宣微博突然'嗷'的一声从床上坐起来,结果脑袋撞了一个大包。现在她一边冰敷,一边激动地哭着刷微博……"

没错,今晚橙粒粉简直是在过大年!

橙粒超话里,帖子又刷屏了。

"这对小情侣怎么公开恋情也这么甜?!女朋友+男朋友=好朋友,原来他们俩早就告诉大家了。"

"我还嗑到了新的糖,大家有没有注意玥宝家的柜子和程总以前在微博上发图片晒过的柜子是同一款?"

"同居的证据有了!"

"好想让他们两个人把交往的细节全部晒出来!快,有没有哪家财大气粗的恋爱综艺节目请他们?快安排起来,求求了。"

"记不记得微博号'柠宝吃瓜香呱呱'说他们俩各有对象、不可能在一起?我还哭了一晚上,现在看来谣言不可信。"

"家人们,注意到了吗?橙粒夫妇官宣的文案用的是我们超话的简介呀!"

"对对对,呜呜,我们的爱被他们看到了是不是?再一次被橙粒狠狠地感动到了。"

粉丝们奔走相告这个好消息,今日网络上一片热闹的景象。

两个人官宣后的影响不只体现在网络上。

现实中也有不少人在纷纷地议论,毕竟现在李玥的影响力很大,程牧昀更是大众熟知的集团总裁。

同一时间,江崇坐在办公室里,看着李玥官宣的微博界面,默默地出神。

从前,因为父母的要求,他让李玥不要对外公开两个人的关系,李玥答应了。他知道她不是一个喜欢公开隐私的人,便没把这件事放在心上。

可直到他看到这一条微博,心上好像被抽了一鞭子,一直坚硬的某个地方轰然坍塌。

原来事情不是这样的,她不是不喜欢公开恋情,只是他没能成为让她大声向全世界宣布恋情的那个人。

他自嘲地轻笑了一声,单手捂着眼睛,那里热得发胀。

是他亲手弄丢了最珍贵的人。从今以后,他每次看到有关她的消息,都会受到一次凌迟。

他只能默默地承受。是他活该。

"那些粉丝,到底是赢了。"

无论他用什么方法去打压、驱逐他们,让他们放弃,可他们坚持到了最后,并等到了期盼的结果。

只有他一败涂地。

要说今晚最应接不暇的,还是两位当事人。

尤其是李玥。她公开恋情后先是被邹姐的电话轰炸,接着又被领导叫走训话。

从办公室里出来,李玥一路往外走,受到了不少人的瞩目。

每个人的眼里都明晃晃地写着一句话:在役公开恋情,勇啊。

不过李玥没料到,最兴奋的人竟然是袁婕。

袁婕第一时间直接发过来微信消息:"玥姐,你谈恋爱了?"

李玥:"嗯。"

接着,袁婕发来一个小狗跪地的表情包,接着又发来一个猫猫哭泣的图。

"求求了,玥姐,传授一下脱单的秘籍吧,我想谈恋爱!网恋也行啊!"

李玥："……"

她真不是藏私，自己也不懂这件事呀。

她如实地回复着："我没办法传授什么秘籍。我一直是被表白的那一方。"

袁婕："痛哭。"

李玥："摸头。"

袁婕："等我有机会见到姐夫，你让他教我可不可以？"

姐夫？李玥在心底念了一下，胸口微微地发热。她回复道："好哇。"

她倒想见识见识程牧昀还藏了多少小花招儿。

她公开了恋情，事情就再没有回转的余地。就算挨训了，李玥也并不后悔！

这天是假期，李玥约程牧昀出来。

当时程牧昀正和丁野在一起，看到李玥的微信，挑眉对丁野说："不好意思。"

丁野抬头："嗯？"

程牧昀笑得满面春风："我的女朋友找我，我得走了。"

丁野闻言面露嫌弃，说："行了，不要再显摆了，就当谁没有女朋友似的！"

程牧昀乜斜他一眼："你有？"

丁野："……"

他没有女朋友，到现在还没追上女生呢！

丁野带着一肚子的气走了。

程牧昀，满心愉悦地赴约。

两个人约在公园里见面。他刚到，就看到了身穿淡青色长裙的李玥。她今天打扮得柔美，正在给几个十四五岁的小女孩签名。

女孩们挤作一团，笑容灿烂。

"李玥姐姐，我们都是你的粉丝。"

"我是因为你才学滑冰的。"

"明年的世锦赛要加油，我们会继续支持你的！"

李玥笑得明媚："谢谢。"

她一抬头，看到了不远处的程牧昀。

有一个小女孩回头注意到了程牧昀，友好地问："哥哥，你也要签名吗？"

"他是来找我的。"李玥说。

"哎，他是姐姐的朋友吗？"

心跳得快了些，李玥有些不习惯，又跃跃欲试，上前挽住程牧昀的胳膊，笑着说："他是我的男朋友。"

他不是朋友，是男朋友。

嗯，他们已经正式地公开过关系了。

· 428 ·

小妹妹们"哇"了一声，兴奋得眼睛都变得亮晶晶的。谢过李玥的签名之后，她们手牵着手快速地跑走了。

等她们离开，李玥才抬头去看程牧昀。

她的目光撞入一双形状好看的眼里，他正低眸望着她，目光如一汪春水般温柔。

"开心吧？"她对他眨眨眼，钩了一下他修长的手指，"我不藏着你啦。"

程牧昀看着她。

他原本被偷偷地私藏起来，如今有了名分。无论如何，只要能和她在一起，他便心满意足。

程牧昀扣住她的手，低声问她："你今天打扮得这么漂亮，是为了我吗？"

他怎么还是这么直白呀？

李玥的呼吸紧了一下，心跳如擂鼓。她有点儿不好意思，不敢看他。

她长睫微垂，翠绿的宝石耳环在洁白的耳垂下轻晃。

程牧昀低低地笑了一下："眼睛别转开呀。"

"我没有。"

"那你看我。"

她微抬眸，接着唇上一热，被他亲了。

这个吻温柔又深情，让人禁不住沉溺。

只是他们的耳边突然传来一声短促的尖叫，声音离得很近。

相贴的唇分开，两个人止不住地喘息。

李玥的胸口起伏，她用眼角的余光看到旁边站着两个人。

她看到了丁野，他的身边还有一个长相甜美的女孩子，她感觉女孩子有点儿眼熟。

丁野抬手打了一声招呼："嘿，真巧哇。"

程牧昀目光沉沉地看了他一眼，没回话。

接着，他低头用手刮了一下李玥的嘴角，那里的口红被亲得有些花。他白皙的指尖上沾染上了一点儿艳丽的红色，颜色分明。

李玥的脸猛然烧着了。

被人看到接吻的羞耻感一瞬间涌了上来，她恨不得找一条地缝钻进去。

她在心里反复地喊着：第二次了，第二次在丁野的面前"社死"！

她羞愤地抿紧嘴唇。

可对面两个人的反应比起她的反应更奇怪。

丁野偏着脑袋，有点儿不敢直视他们的心虚模样。

他旁边的女孩用一只手捂着嘴，肩膀一抖一抖的，目光四处乱扫，她像是在极力地忍着什么冲动似的。

气氛变得格外诡异。这种奇怪的气氛冲淡了李玥内心的羞耻感。

最后四个人坐到了公园的咖啡馆里。

他们三个人喝咖啡,而李玥因为不能喝咖啡,就自带了水。

他们坐下之后,两位男士之间的气氛明显紧绷。

程牧昀盯着丁野,目光里带着警告之意。

丁野原本气昂昂地跟他对视,但三秒钟之后败下阵来。

倒是他旁边的小姑娘原本眼睛晶亮闪光,现在左顾右盼,像是有些后悔了的样子。

长久又尴尬的沉默让人有些受不了,小姑娘突然吸了一口气:"那个,我还有事,你们聊,我先走了。"

她刚起身,丁野便抓住她的手腕,提醒似的低声喊了一声:"喂。"

女孩打他的手背,命令道:"放开。"

丁野不情不愿地松开她,作势也要起来。

李玥这时有点儿不确定地开口问女孩:"等等,请问我们以前是不是见过?"

眼眸一动,女孩明显开心起来,语调上扬地说:"是的是的姐姐,你以前在餐厅里帮我付过钱的!"

说实话,李玥不太记得这件事了。不过她确实觉得女孩眼熟,而且女孩又是被丁野带过来的,李玥便顺势说:"我说你怎么有点儿眼熟。我叫李玥。"她微微地一笑。

女孩有点儿激动,说:"我……我叫梁小西,是做编剧的。"

李玥微微地一怔,忽然记起以前冯盈盈在一档综艺节目里的时候,有一个编剧替她说话,让网络上的风向完全转变,李玥还找邹姐打听过那个编剧。

她终于记起来了。

李玥说:"是你呀,我很早以前就想认识你了,你以前帮过我,谢谢。"

梁小西咧嘴一笑,顺势坐了下来:"没有没有,那都是我应该做的。姐姐,我超喜欢你的!"

她掏出手机:"之前你帮我付了钱,我还没还给你,加微信把钱转给你吧。"

李玥说:"钱不用还了,微信可以加。"

于是,两个女孩子添加了微信好友,聊得不亦乐乎。

她们特别投缘,一时之间完全忽略了旁边的两个大男人。

旁边的两位男士,一个听自己的女朋友被别人疯狂地表白,一个听自己喜欢的人疯狂地向别人表白,心情同时变得极度复杂。

丁野这辈子都没想到有一天他会忌妒一个女人,不,准确地说,是忌妒李玥和程牧昀!

这时程牧昀借口去吸烟室,丁野稍后默契十足地跟了上去。

不过区别是,程牧昀跟李玥说要离开的时候,李玥意识到有点儿冷落了他,主动地握了一下他的手。

程牧昀笑了笑，轻轻地回握过去，起身后又摸了一下她的头，语调轻柔地说："我一会儿就回来。"

李玥"嗯"了一声。

对面的梁小西捧着脸，一脸"姨母笑"。

至于丁野，他转头对梁小西说："我去一趟洗手间。"

梁小西正跟李玥聊天儿，连脑袋都没转一下，摆了摆手，很随意地说："去吧去吧。"

他好气！

想当年他也是被众多女人追求的主儿，怎么现在偏偏栽在这个小丫头的身上了？！

丁野气冲冲的，在吸烟室里见到了程牧昀。

程牧昀用手指夹着烟，轻轻地吐出一口烟雾，懒散地抬眸睨了一眼："你是怎么过来的？"他才不信这么巧。

丁野直接承认了："我跟踪你过来的。"

程牧昀眯了眯眼。

丁野理亏，气势弱下来："兄弟，我是真没招儿了。"

难得见他这么颓丧，程牧昀幸灾乐祸地笑了一声，拍拍他的肩膀："下不为例，否则我把你过去的老底全揭了。"

"行行行。"

"还有，你之前跟李玥说过什么？现在全交代了。"

"……"

丁野沉默了好几秒，突然感受到了差距，程牧昀有这种心态、这种计谋，真是算无遗策。难怪人家能追上喜欢的姑娘呢。

丁野老实地交代了全过程。

程牧昀听完丁野的话，总算知道了过去李玥话里的意思，嘴角微微地翘起。

丁野看着他，挺为他高兴的。

"好好地对人家呀，别再把人惹生气了，得宠着女孩子。"

程牧昀侧眸："还有闲心指导我，你自己呢？"

丁野顿时蔫儿了，不过立刻给自己打气："烈女怕缠郎，我是属蛇的！"

梁小西说她现在不想谈恋爱。谁知道她以后会不会改主意，想谈恋爱了呢？他就排队做第一人，让她优先考虑他！

两个人回去的时候，发现梁小西默默地换了座位，她坐到了程牧昀的位置上，正挨着李玥的肩侧，跟李玥拍合影，两颗脑袋靠得很近。

梁小西懊恼地说："哎呀，我闭眼睛了，姐姐能不能再拍一张照片？"

"宠粉达人"李玥说："可以的。"

"姐姐你真好！"

于是一阵"咔嚓咔嚓"的声音响起，梁小西不停地按着相机的快门。

丁野从没见过她的那种热情的劲头，沉着脸过去捞起梁小西的胳膊："行了，别耽误人家约会。"

梁小西回头看到程牧昀，不好意思地站起身："对不起，打扰你们了。"

程牧昀淡淡地说："没关系。"

对外人，他总是显得冷淡，给人明显的距离感。

临走前，梁小西对李玥说："那我走了，姐姐你上线随时喊我！"

李玥说："好。"

程牧昀微蹙了眉，看了李玥一眼。

梁小西的脸上露出灿烂甜美的笑，她说："我永远支持橙粒！"

"嗯？"

"什么？"

李玥和程牧昀同时看向她。

梁小西的内心瞬间崩溃。

啊！我说漏嘴了！

她第一次主动地去抓丁野的手，匆匆地说了一声"再见"，拉起他就跑。

看到这一幕，李玥忍不住"扑哧"笑了。

程牧昀坐到她的身边："你们刚才聊什么了？"

"梁小西给我下载了一个游戏，说我有时间玩游戏的时候她可以带我玩。"

而且，梁小西好像还是李玥和程牧昀的粉丝。李玥想想就觉得挺好玩的。

程牧昀问："你真没认出她来吗？"

"嗯？"

"你在之前的酒会上见过她的。"他说，眼神变得意味深长。

李玥突然意识到了什么，说："她不会就是那个要攻略你的人吧？"

程牧昀点点头。

所以，"情敌"变成了他们俩的粉丝？这中间到底经过了什么玄妙的过程？

令她更吃惊的是："原来你当时没骗我呀？"

程牧昀闻言微挑了一下眉，身体靠过来，清洌的苦橙香气传到她的鼻端："怎么，你一直觉得我在说谎？"

李玥的声音弱了下来，她说："你说有人打算向你表白但是都没出现，还在台上抓我的手，是谁都会这么觉得吧。"

"我没说谎。"

"嗯，我知道了。"

他低声说："不行，我得罚你。"

李玥小声说："别在这儿。"

"为什么？"

"周围有这么多人呢。"

她可不想第三次"社死"了。

程牧昀低低地一笑。李玥注意到他的喉结上下滚了滚。

"上车去。"他说。

说是要上车，可两个人好不容易出来约会，没舍得立刻离开，在公园里逛了许久。

现在已是春天了。周遭有簇簇粉色的桃花，夹着花香的暖风扑面而来。

她抬头去看程牧昀。

他注意到她的目光，低下头来："想什么呢？"

粉色的桃树下，他白皙的脸上泛着淡淡的光泽，唇边有说不出的浅淡笑意。

阳光一点点地映照上来，染亮了他的瞳孔，里面倒映出她的影子。

他的眼里和心里全是她。她禁不住被他蛊惑。

"天气真好。"她踮起脚，亲了亲他的喉结，"人也正好。"

那边，梁小西拽着丁野走出快几百米后，总算平复了情绪，停住了脚步。

她语气懊恼地说："我肯定掉马甲了！"

丁野毫不留情地说："是的。"

"你！"她气冲冲地一转头，"我就不该听你的话跟过来，走了！"

丁野抓着她不放，抬起下巴："爷不让你走，你能走？"

梁小西冲他翻了一个大白眼："请控制一下你的'油量'。"

脸上浮起羞恼的表情，丁野生气了，说："行，你走吧。"

他转过身去，后背一起一伏。他显然是气狠了。

梁小西没走，她也不是那么没良心的人。

丁野帮了她好几次，还让她追星成功，她用完人就把人甩了，多少不太地道。

"好啦，我说过道歉了，你一个大男人总不用我来哄吧？"

丁野的声音闷闷的，他说："亏我还一直想着你，帮你要了签名。"

"什么？"

他从怀里拿出一张李玥的亲笔签名照，更让人开心的是，李玥的名字下面还有程牧昀的签名。

橙粒正主的独家签名照！

梁小西沉默了好几秒，盯着他问："你以为你这么做我会很开心吗？"

啊？丁野呆了。

"啊啊啊！我超级开心的！"

她直接扑到他的身上！

她真是让人的心情跟坐过山车一样。

丁野抱住她，跟着傻傻地笑了起来。

这一抱就不对劲儿了。他的心跳开始加快，紧贴着的皮肤温度上升。

梁小西拍他的背："你想趁机占便宜对不对？"

这真是天大的冤枉。

"是你先抱的我。"

"那你现在松开我。"

"不要。"

"丁野！"

他不甘心地放开她，梁小西美滋滋地看着签名照。他故意说："一会儿抱我，一会儿打我，梁小西，你这个女人还有没有良心？"

梁小西看他："我什么时候打你了？"

丁野给她看手背。

她刚才就随手拍一拍他，上面明明一点儿印子都没有，这个男人真能诬陷人。

她调侃地说："需要我给你吹吹吗？"

"好哇。"

"……"

她才不要呢！

"你以为在演偶像剧呀？"

丁野笑得痞帅，意味深长地说："梁老师可以考虑写一个剧本。"

"我才不写。"

她嘴上说着不要，却还是忍不住替他揉了一下手背。

她动作不温柔地胡乱摸了几下他的手背，还装作不经意似的问他一句："我真的打得你很疼吗？"

他勾起嘴角："我受得住，不过，你只准打我。"

梁小西沉默了。

这个男人又缠人又变态，她到底招惹了一个什么样的人哪？

当天的晚上，她忍不住登上自己的微博账号——"西西爱嗑糖"，到橙粒超话里发了一条微博。

西西爱嗑糖："我追星成功啦！"

发出图片的下一秒，她就傻了。

她发错照片了!

她本来是要发丁野给她的那张签名照,结果……她点错了,发成了今天跟李玥的合影。

完蛋了,虽然她立刻删除了微博,但微博依旧被人截图了。

超话里沸腾了。

"好家伙,我直呼好家伙,原来'西西爱嗑糖'是梁小西?"

"我蒙了,我蹲了一年多的新书到现在还没出,原来作者是在跟我们一起嗑糖?"

"那个微博号柠宝吃瓜香呱呱还是知道一些内幕啊。"

"我说西西怎么知道得那么多?西西爱嗑糖,西西快出来,是你对不对?"

"又是被玥神美到的一天,好羡慕西西大神追星成功。"

"如果西西说的话是真的,去年的时候橙粒夫妇就已经在一起了!"

因为意外地掉马甲以及网络上消息的迅速传播,梁小西用大号上了线。

这次她选对了图,发了那张签名照:"追星成功,唯爱橙粒。"

没错,我就是超爱橙粒夫妇!

当晚,微博热搜的前排出现了"李玥梁小西"和"橙粒"等热搜,当然最火的是"梁小西追星成功"这一条热搜。

梁小西的那条微博下面的评论画风奇异。

"催稿、催稿,西西你快给我写书。"

"我不了解橙粒,但看完文表示被甜到了。西西大神不考虑一下本书写甜宠文吗?"

"立刻给我影视化拍剧,剧一定是今夏的爆款!"

"蹲一个正主儿的回应。"

大家都期待着李玥或者程牧昀能够回应一下梁小西,只是等不到了。

李玥主动地亲了程牧昀之后,程牧昀这回可再顾不得别的事,直接把她带上车。

车后座上,程牧昀压着她亲,气氛旖旎。

只是当程牧昀的手越过裙摆摸到李玥的小腿时,他微微地感觉到不对劲儿。

他低头看了一眼,看到被淡青色的长裙遮挡住的膝盖上绑着白色的绷带。

他微蹙眉:"你的腿怎么了?"

李玥用裙摆盖住膝盖,有点儿嗔怪地说:"你掀我的裙子干吗?"

"玥玥。"他坐直身体,有点儿严肃。

李玥知道躲不过了,只能老实地说:"就是旧伤复发了,没什么事。"

程牧昀知道李玥的腿上有伤,就是因为去年她受了伤,他们才有机会长时间地相处。他微微地蹙眉,问她:"你的伤是常年训练导致的?"

她摇头:"不完全是。"

"那是……?"

她有些顾左右而言他,说:"哪个运动员身上没伤的?"

程牧昀只盯着她看。

过了一会儿,李玥才重新开口:"之前我跟江崇去爬山,冯盈盈跟着一起去了。中途冯盈盈把我拽倒,她的胳膊被刮伤了,江崇就背着她下了山,我是自己走下去的,其实那时候就觉得不太对劲儿了,后来脱了鞋发现脚腕肿了,半夜去医院挂了急诊。"

"你是自己去的医院?"他突然问。

"嗯,大晚上我又不好麻烦别人。"

至于江崇,她那时候已经不会去找他帮助自己了,一次次地失望令她早已将他排除在外,现在想想,他们之间的关系早已名存实亡,只是他们一直没有找到合适的契机提分手的事。

"后来,我带伤训练。这也是正常的,只是旧伤和新伤累积起来就有点儿严重,我不得不做手术。现在这条腿的伤病偶尔会复发,但没有你想象中的那么严重。"她一一地解释。

从她开口起,程牧昀便抿紧薄唇,表情变得冷然沉重,眼神都变冷了。

李玥的心缓缓地提起来。他在生气,这是因为她又提到江崇了吗?

她和江崇在一起四年,虽然过去大部分的时间里她都在训练,可他仍旧参与到她的生活中。

她不想骗程牧昀,然而江崇是她的前任男友,这是无法回避的事实。

李玥不想让事态变得更糟,摸上车门:"我去买水。"

手腕一热,她被他拉住了。

"他一直是这样对你的吗?"程牧昀问,声音又冷又沉。

李玥愣了一瞬间,问:"什么?"

他一字一顿地重复问题:"江崇一直这样待你?"

也许不用她回答,程牧昀已经明白了。

江崇对李玥不好,很不好。

再次和他们相遇的时候,程牧昀能从江崇与李玥的争吵中发觉这一点,可没想到江崇竟然会这样冷待李玥!

当初明明江崇对李玥是很好的,程牧昀自知没有希望,才会狠心地出国。

可他们后来变成这样了吗?

从前的李玥自信耀眼,可程牧昀再见到她的时候,她的眼神中带了迷茫,她会质疑自己，会彷徨无措。

她是怎么变成这样的？

那些年里，江崇到底对李玥做了什么，才会让她连在深夜去医院的时候都选择自己一个人去？

那时候她是什么心情？这些年她又是怎么走过来的？

程牧昀咬紧牙关，气得发狠，手臂上的青筋根根暴起。

李玥看得心惊，缓了几秒后，主动地把手放在他紧绷的手臂上。

手臂一颤，程牧昀抬头看她。

她的脸色有点儿发白，轻轻地吸了一口气，问他："你生气了吗？"

"当然，江崇那个浑蛋怎么能这么对你？！"

程牧昀的胸口上下地起伏。江崇过去到底让李玥受了多少委屈，才会让重感情的她那么决绝地分手？！

"我如果知道他这么对你，一定会在更早的时候就把你抢走！"

心头陡然一热，李玥只觉得胸口被一股温热的情绪狠狠地冲撞，瞬间眼酸鼻涨，眼泪差点儿掉下来。

"你……不是因为我提到他才生气的吗？"

"怎么可能？"

程牧昀注意到她的眸光闪烁，他的手臂的肌肉缓缓地放松。他将她搂到怀里，低声哄她："玥玥，你别怕，我是在气江崇和我自己。"

他忍不住在想，如果他能早点儿发现这一切、早点儿靠近李玥，是不是她就不会再受那些委屈？

"如果那天晚上我能陪你去医院就好了。"他低声说。

这样的话，她的腿就不会受那么严重的伤，她更不会在赛场上遭遇挫折。

然而他假设再多的"如果"，也回不到过去。

李玥的脸贴着他温热的胸膛，耳边传来一下接一下的紧促的心跳声。

她终于明白了，程牧昀是在为她难过，为她心疼。

他竟然是在为她心疼！

她紧紧地抱住他，小声说："如果那件事发生在现在，我不会怕麻烦你，会去找你。"

"我知道。"

程牧昀低头亲了亲她的发心。

可直到刚刚，程牧昀才突然意识到，李玥说话时一直在小心翼翼地避开有关江崇的事。她是害怕自己介意吗？

"玥玥，"他喊她的名字，"你是不是觉得我会在意你和江崇过去的事？"

他明显感觉到怀中的李玥身体一绷。

他缓缓地开口:"过去是我没有做好,会因为这件事吃醋和生气。但我跟你保证,以后不会这样了,你不要担心这件事。"

他不想让李玥和他相处的时候还要十分谨慎。

可他知道,一句简单的保证不足以表明他的态度。

"我有没有跟你说过一件事?我妈妈比我爸爸大四岁,二婚时才嫁给了他。我妈身体不好,基本是没办法生孩子的,我的出生是一个意外。"

李玥默默地听着,知道他不会无缘无故地提起这些事。

"我7岁的时候,有一个不怀好意的亲戚故意偷偷地跟我说,我妈以前嫁过别人,我根本不是我爸的孩子。"

李玥的心紧了一下,那人说这种话太过分了,尤其是跟一个才7岁的孩子说!

"太可恶了!"她握紧拳头,生起气来。

程牧昀拢住她的背,让两个人贴得更近了些:"你知道后来我做什么了吗?"

"什么?"

李玥觉得这件事蛮难处理的。

他是小孩,对方是大人,他打不过对方,也骂不过对方,可对方实在太可恶了!

程牧昀说:"我去找我爸,把这些话完完整整地复述给他听。"

当天他们本来要举行家庭聚餐,可程父毫不留情地直接走到对方的面前狠狠地揍了好几拳。其他亲戚来拦的时候,他高喝:"谁还认我这门亲戚就别管!"

当下就没人敢拦他了。

程父把对方打得哀叫连连、流出了鼻血,还让对方向程母和程牧昀低头道歉。

事后,程父生气地带着老婆和孩子回家,临走前还放下话说:"谁再不尊重我的老婆,就是在欺负我!"

后来那个亲戚再没出现在程牧昀的面前。

当天晚上,程父跟程牧昀谈了一次话,首先夸奖了他遇到困难找父母的举动,又跟他坦言他的妈妈之前的确结过一次婚。

可那又有什么关系?一个人的过去不能代表他的全部,一段失败的感情、婚姻,不能全然否定他的一切,更不表明那是他的污点。

身边的人没有资格说那些话,作为伴侣,更不能这样想。

"我爸当时跟我说,人要往前看,总是回头的话,脚下会踩空。"

程牧昀已经拥有她了。过去他没能参与她的生活,有遗憾,有难过,但她的未来里将全都是他。

他要一笔一画地参与进去,让她的生命里写满自己。

"玥玥,那是你的选择。"

那是她的人生，她有自由选择的权利。

过去她选择江崇，现在选择程牧昀。程牧昀能做的，是要她坚定不移地看向他。

程牧昀低头，气息离她很近："我不会回头看。我想要的，是在我的身边紧握住我的手的那个人。"

李玥的眼里积了一层薄薄的水雾，心跳得很厉害，手指有点儿发颤。她慢慢地将手放到了程牧昀滚烫的手心里。

"我会牢牢地抓住的。"她坚定地说。

他微微地一笑，低头吻去她的泪珠。

我们都不要害怕，不要忘记，不要回头，手牵手，大步地往前走。

当天晚上，两个人躺在床上的时候，程牧昀只是抱着她，有些过分老实了。

她有些期待地蹭了蹭他的腿。

他用一只手按住她，声音又低又哑地说："乖一点儿。"

她故意靠过去，小声问："你不想吗？"

他们这么久没见面，尤其是经过那次谈话之后，她特别想他。

程牧昀睁开眼，一排纤长的睫毛下，瞳孔在夜色下显得幽深。

隔着一层纱布，他轻轻地抚摸她受伤的地方。

"等你的伤好了。"

李玥怔了几秒，感动与喜悦在心口涨开，她用双手紧紧地抱住他，又把脸埋在他的怀里。

他带着笑意的声音在头顶响起："怎么突然撒娇？"

她没说话，脑袋里蓦然生出一个念头——程牧昀真可怕。

没错，他突破了自己所有的心防，住到了她的心里。

她以前从不敢太执着于什么事，如今却产生了贪念，想牢牢地抓住他。

曾经，她惧怕这种感觉，可如今她的心底变得无比踏实。

她知道程牧昀不一样，他是特别的。

这时额头一热，触感温软，是他亲了亲她。

"睡不着？"

李玥抱住他劲瘦的腰，小声说："如果时间能停下就好了。"

嗯？程牧昀没听懂，不过这不妨碍他再次让她动心。

"为什么要停下呢？会有更好的未来在等我们。"

他会好好地爱她、疼她，她会在他这里获得过去没能得到的事物。

我一定会好好地爱你。

第二天的早上,李玥醒得更早。

她睁开眼就受到了美颜暴击。

李玥静静地看着眼前的程牧昀,心里不住地想:他怎么这么好看呀?

她一想到他是她的,心里就甜滋滋的。

她本来打算起身帮他做早餐,可是刚一转身,就被他用手臂捞住了,后背紧贴着他的胸膛。

李玥低低地喊了一声:"程程?"

她没有得到回应。

他睡着了还这么黏人?

李玥翘起唇,不舍得吵醒他,只得让他继续抱着自己。

不过她的生物钟很准时,她现在已经睡不着了,好在有人类的伟大发明——手机。

她已经很久没有如此闲适地躺在床上玩手机了。

她没刷新闻,有些好奇地搜索了一下程牧昀的名字,居然在某平台上发现了关于他的点击量超高的采访视频。

她点了进去,把手机调至静音模式。

视频无声,但是有同步的字幕。

全部的采访视频应该是很长的,这只是网友截取的一小段视频。

只见主持人犀利地向程牧昀提问:"最近大家对您的感情生活很感兴趣,跟运动员谈恋爱一定是很辛苦的吧?"

程牧昀反问回去:"谈恋爱会辛苦吗?"

主持人卡壳了一下,说:"我的意思是李玥这种在役的运动员可能没办法很快结婚生子,难道程总不希望尽早有自己的宝贝吗?"

"不是,结不结婚、生不生孩子是女人的事吧?问男方干吗?"

"程总,快给我怼他!"

程牧昀从不让人失望。只见他从容地回答道:"我有宝贝。"

主持人一愣。

弹幕仿佛同时跟着一顿,画面空了下来。

程牧昀缓了一下才说:"就是玥玥呀。"

得到了如此的回应,主持人也是猝不及防。不过他显然没打算放弃,又接着问:"可是运动员常年封闭训练,你们聚少离多,这样也没关系吗?"

程牧昀几乎是立刻回应:"当然。"

他注视着前方,轻轻地说道:"如果连时间和距离都跨越不了的话,我当初就没有资格去追求她。"

李玥的心尖一烫。

程牧昀很珍惜她。

接下来,弹幕几乎霸占了全屏幕,李玥看不到程牧昀的脸了。她关掉手机屏幕,一转头就看到近在咫尺的他。

接着,她的目光撞入一双黑白分明的眼睛,她不知道他这样看着她多久了。

刚刚被烫的心尖跟着一颤,她目光温软地问:"你醒了多久了?"

"从你偷看我开始。"

"我哪里偷看你了?"她抬起脸,理直气壮地说,"我是光明正大地看。"

程牧昀低低地笑了一声,喉结上下地微滚。

李玥忍不住伸手摸了一下他的喉结。

他捉住她的手:"别乱摸。"

他刚刚醒来,声音里还带着一丝喑哑,很勾人。

她突然玩心大起,凑近他,亲了亲他端正的下巴。

他没躲,只是有些无奈地笑了一下,有点儿宠溺地喊了一声:"玥玥。"

她小声问:"你想不想?"

"嗯?"

他从她的目光中读懂了她的意思。

只见她笑得狡黠:"我帮帮你呀。"

程牧昀抿紧薄唇,没有说话。

李玥一边把手探下去,一边看着面前的男人。他的刘海儿被汗水打湿,脸颊与眼角微微地泛红,最后他轻轻地咬住了她的肩膀。

他的这副模样让她毕生难忘。

心脏跟着"怦怦"直跳,她紧紧地咬着下唇,汗水打湿了睡裙。

两个人荒唐地闹了一会儿才起来。

走到客厅里的时候,李玥故意跟他抱怨:"手好酸。"

程牧昀睨她一眼,眼神有点儿锋锐:"是吗?要不我也帮帮你?"

"别。"

好不容易有点儿占上风,她可不想再招惹他。

只是刚一往后退,她就不小心撞到了客厅茶几上的花瓶,"啪"的一声,花瓶碎裂一地。

李玥的心里"咯噔"一声:完了。

程牧昀先把她拉远,免得她踩到碎片,接着故意调笑着问:"李老师知道这个花瓶多少钱吗?"

"……"

她知道,这个花瓶是唐朝的藏品,价值六百万。

一根修长的手指在她的面前晃了晃，程牧昀说："一百块钱呢，我在淘宝上买的。"

李玥看了他一眼，心里热腾腾的。

她要是之前没查过它的价钱，就真信了。

李玥抓住他的手指，把手指握在手心里："骗人。"

他一怔，脸上露出惊讶的神色："我在你的面前是不是很不会说谎啊？"

她禁不住笑："所以你以后不准骗我。"

程牧昀点了点头，又说："一个花瓶而已，别放在心上。"

他让李玥坐在沙发上不要动，去仔细地清理了地上的碎片。

李玥的眉头皱得有点儿紧，心里还有点儿过意不去。

这一切当然逃不过程牧昀的眼睛，他坐过去把她搂到怀里，拍拍她的背安慰说："还想呢？"

李玥没说话。

"想补偿我吗？"他问。

"补偿"这个词，总有点儿别的意味。

李玥眯着眼睛看他。

程牧昀钩了钩她的下巴，摩挲着那里嫩滑的皮肤，解释说："不是你想的那样。"

"那是……？"

他轻咳一声："你愿意见见我的爸妈吗？"

两个人公开恋情之后，他的父母就旁敲侧击地要他把人带回去见一面。

"我不是说要催你什么，只是想让你和他们见一面，如果你介意……"

"我愿意！"李玥立刻说。

程牧昀的目光渐柔。

李玥问："什么时候？我要准备些什么？你爸妈喜欢什么类型的女孩子？我穿什么衣服好？"

程牧昀凑近她："这么期待吗？你是不是之前偷偷地想过这件事？"

李玥转过脸，避开他的目光。

他亲她的耳尖，湿热的气息拂过她的耳朵："别怕，我爸妈会喜欢你的。"

"会吗？"

她只有一次见对方父母的经验，印象并不算好。

程牧昀让她安心，说："你见到他们就知道了。"

她微微地转回头来看他，眸光润泽晶亮。

他低头吻她的唇角，她主动轻轻地含住他的唇，唇瓣难舍难分。

两个人静静地在沙发上亲吻，又深深地被彼此吸引着。

见家长也不是说见就见,李玥的时间就是一大难题。

过了好长的一段时间,李玥的腿伤渐渐好,她也终于有了假期。他们约定好了日子,李玥这才上门去了程牧昀父母的家。

程牧昀父母的家显然和程牧昀住的小区完全不同。

他家是拥有一整块地皮的大别墅,车子开进去都需要十多分钟。

直到这时候,李玥才恍然地记起,程牧昀是豪门世家的贵公子、高高在上的高岭之花。

现在这朵花,落在她的怀里了。

李玥是有些忐忑的,禁不住想:程牧昀的父母会不会介意她的职业?

他们希望程牧昀尽快地结婚生子吗?他们会因为两个人的家庭差距而态度冷淡吗?

这时,程牧昀主动地握了握她的手:"别紧张。"

李玥勉强地回了一个笑脸:"嗯。"

不紧张,不紧张,她一点儿都不紧张。程牧昀这样好,他的父母一定也是很好的。

车子缓缓地停下,两个人依次下车。

李玥今天穿得清爽干净,长袖衫搭着牛仔裤。她又将黑色的长发绑了一个马尾辫,脸上只化了淡妆,英气又漂亮。

程牧昀告诉她,她只要像平时的样子就好。这是程牧昀说的,她相信他总没错。

只不过刚下车,她就有点儿被吓到了。

一个高大英俊的中年男人直接迎了上来,满面红光地说:"哟,是小李吧,我是程牧昀的父亲。"

李玥赶紧打招呼:"叔叔您好,我叫不紧张。"

呃……

空气仿佛静默了,她只觉得眼前一黑,赶紧补救:"不……不是,我叫李玥。"

程父非常贴心,仿佛没听到刚才李玥的口误,喜笑颜开地说:"我知道,奥运冠军嘛,全国谁不知道你的名字?"

李玥有点儿害羞地抿唇。

程父非常热情,不住地说着:"小李,今天你能来我们家太好了。你可不知道,这是我儿子第一次带女孩子回家呢!"

他明显地深吸一口气:"我这一等,就等了二十多年。我得谢谢你收了我家儿子呀……"

程父一副感恩戴德的模样,看上去恨不得抓着李玥的手使劲地摇。

说实话,李玥有点儿蒙。

程父的表现让她觉得，自己仿佛不是上门的女朋友，而是来剪彩的大明星。

事实确实如此，他们还没进门呢，程父就开始拍着胸脯给李玥打包票："小李，以后我家程程要是敢对你不好，你立刻跟我说。"

李玥连忙说："他对我挺好的。"

程父说："那就成，总之他敢欺负你，我就揍他！"

李玥闻言僵了僵。

程父连忙解释："不是，你别误会，我没有暴力倾向，从来没打过他的……"

李玥连声回应："我知道，明白您的意思。"

气氛变得越来越奇怪，两个人的画风都挺跑偏了。

看着这一幕，站在后面的程母忍不住吐槽程父："没用的东西，这一周白排练了！"

旁边的程牧昀："……"

他转头问他妈："你们排练了一周？"然后，他爸就表现成这样？

程母沉默了一秒。

"闭嘴。"

"……"

程牧昀走过去，解救了自己被困于窘境中的女朋友。李玥一见到他过来，眼睛就变得亮晶晶的，她明显长舒了一口气。他轻轻地搂住她的腰安慰她。

这时候程母也过来了，有点儿嫌弃地把自家的老公往后一扒拉，笑意盈盈地对李玥说："太阳大，快先进来吧。"

看到她的一瞬间，李玥就明白了程牧昀为什么会长得那么好看。

美人哪怕是历经岁月，也依旧风姿不减。

程母穿着一身旗袍式的素白长裙，黑色的长发盘起，耳畔坠着圆润的珍珠耳环，眉睫润黑，下巴尖尖。不管是谁，只要一见她，心里就会立刻浮起一个念头：这是一个大美人，超级大美人。

尤其是她的手，指如葱根，纤细修长，配着手腕上水绿的翡翠镯子，格外漂亮。

身为"手控"的李玥几乎是下意识地说道："您的手好漂亮。"

说完她脸红了一下，解释说："我是说阿姨很漂亮。"

程母看得出李玥说的是真心话，觉得这孩子的性格不像长相那么锐利，便微微地一笑："真会说话，我叫你玥玥好吗？"

"好的，阿姨。"

"快进来吧。"

程母一边招呼她进屋，一边拽着程父进门。

程父凑到程母的耳边小声问："我刚才表现得怎么样？"

程母对他竖了一个大拇指。

程父刚喜形于色。

程母掉转方向,把拇指倒扣下去。

程父:"……"

一周多,他白排练了!

进了屋子,李玥先把给程家父母买的东西递了过去,这是必要的礼节。

东西是程牧昀帮她挑的、她自己花钱买的,程父程母高兴地把它们收了下来。

他们没一上来就对李玥问东问西,只是亲热地招呼她去吃饭。

程家父母的饭菜是有专人做的,精致的程度不亚于高档餐厅里的饭菜,且有专人会根据家人的口味将味道调制得极好。考虑到李玥是运动员,他们还很用心地进行了调整,这顿饭菜也很适合运动员吃。

李玥坐到了程牧昀的身边。

程父依旧热情地给李玥盛了一碗汤:"来,小李,这是我家宋嫂最拿手的汤,你尝尝。"

李玥把碗接了过来,只见汤色奶白,不见油星,不过上面漂着几片绿色的香菜。

程牧昀注意到了,刚要说什么话。

李玥却直接喝了一口汤,笑着说:"谢谢叔叔,汤很好喝。"

程父开心地说:"那就好,多喝点儿!"

她笑着应声,又在桌下拍了拍程牧昀的手,表示自己没事。

程牧昀微蹙眉头,倒没直接说什么,只是默默地拿出手机点了点。

没过多久,一个鬈发的中年女人过来了,正是程家的煮饭阿姨宋嫂。她端着一碗汤,对李玥说:"李小姐,少爷说你喜欢喝这种汤,我给你换一下呀。"

这一碗汤里是没有香菜的了。

李玥笑笑,说:"没事,谢谢。"

宋嫂替她换了汤。

因为几个人表现得太过自然,几乎没人在意中间的这个小插曲。

吃饭间,程父对李玥的言谈性格了解了不少。

吃完饭,程父拉着李玥说带她出去转转。他事先为这天努力地排练了一周多,刚才太激动掉了链子,这可不得找回场子来?

他非常有计划地问李玥有没有兴趣看看他种的花。

李玥自然应允。

两个人一起去了程父的花园。

程母趁机私下拉着程牧昀,问了几句话。

她知道，李玥来自单亲家庭，从小和妈妈一起生活，爸爸根本不管李玥，后来李玥学了滑冰，在生活上完全自立。

刚才饭桌上出现的小意外没能逃过程母的眼睛，虽然程牧昀提前跟宋嫂嘱咐过不要在菜里加香菜、要单独给李玥准备一份没香菜的汤，可宋嫂疏忽了，一时忘记把汤端上来。

然而面对程父递过来的带着香菜的汤，李玥没解释，直接喝了汤。

有时候很难讲人的好感是怎么产生的，也许是一见如故，也许是突然被某个举动触动。

程母看着站在花园里的李玥，她有比常人更端正的站姿，挺拔纤细，如长在山林中的坚韧的竹。

她正听程父说话，神色认真专注，但表情里没有刻意的讨好。

程母的眼神逐渐变得柔和，她突然问了程牧昀一句："这孩子以前吃过不少苦吧？"

程牧昀停顿一下，"嗯"了一声。

"妈，你是怎么知道的？"

程母拨了拨手腕上的手镯，轻声地说："吃过苦的孩子才会特别懂事。"

太懂事的孩子，会遭人欺负。

程母睨自家的儿子一眼，嘱咐他："以后可不能欺负人家呀。"

程牧昀真没想到李玥才来他家不到半天，自己就被父母轮番地嘱咐不准欺负她。

"我不会的。"他轻声说。

"那还不快去帮帮她？"

他没看见那孩子都有点儿手足无措了吗？

程牧昀却说："她挺开心的。"

别人可能会觉得现在的李玥有点儿局促，可他看得出来，她在逐渐地适应，并有点儿乐在其中。

李玥没想到，在这么漂亮的大花园里，程父种的是土豆、萝卜、花生。

程父自豪满满地说："现在我刚播种下去。等它们结出果了，我让程程把东西给你带过去，老好吃了！"

李玥点头："嗯，先谢谢叔叔。"

程父喜滋滋地炫耀自己的种菜能力："还有这边，到了夏天能长出一大片的紫色薰衣草，你阿姨可喜欢了。"

他回头对李玥一笑，颇有一种求夸奖的意味。

李玥不禁弯了弯唇。

自从父母离了婚，李玥便没有多少和长辈相处的经验了。可在跟程父交谈的过程中，她体会到了一种熟悉的亲切感。

"一定会很美。"她由衷地夸赞。

"当然。"程父突然小声问她,"对了,你是不是喜欢栀子花?"

"啊?"李玥点点头,"是。"

"怪不得呢。"

"嗯?"

"我跟你说,从去年开始,我儿子就跟我抢地盘,非要种栀子花。不过他没种好,花全死了,还白瞎我一块地。"程父用一种老父亲的语气又说,"最近他又跟我抢地了。要是以前我可不再给他了,现在嘛——"他拖着长音,低下头小声地说,"看在你的面子上,我今年教教他,你就且等着收花吧。"

李玥忍不住笑,连连点头:"好,我一定等着。"

程父着重强调:"记住,小李,我是看在你的面子上。否则我可不把独家技术教给那个傻儿子。"

为了让自家的儿子拢住姑娘的心,他这个当爹的可是费老劲了。

看着李玥喜笑颜开,程母这时也意识到李玥确实挺开心的,瞟了旁边的儿子一眼,只见他的眉眼间透着说不出的愉悦兴味,他果然是很上心。

程母走上前,问他们:"说什么呢?"

程父凑到老婆的面前,邀功似的说:"聊我种的薰衣草哇。老婆,你一会儿给小李看看照片,我种的草老漂亮了!"

程母直接拆穿他"种菜小达人"的人设:"你只会种薰衣草,别的种什么死什么,这块地空了快三年,你还炫耀什么?"

啊?

李玥看了程父一眼。他不是有独家的种地技巧吗?他不是种了一水儿的土豆、萝卜、花生吗?

后来李玥才知道,程父唯一擅长种且能种活的只有程母喜欢的薰衣草,还是他用了好几年才种植成功。当初程牧昀种的栀子花也是被他爹活活地浇死的。

至于土豆、萝卜、花生,能活是因为生命力强,跟他的技术毫无关系。

当然程父是不认同这种话的!

他绝不能再崩人设了,说:"老婆,你给小李看看我去年种的花的照片,花是不是超漂亮?!"

程母打趣他:"看你这显摆的样子。"

程父的表情很得意。

程母招呼大家回去:"好了,回屋再看照片吧,喝点儿水,头上都出汗了。"

四个人回了屋子里,喝了凉爽的冰水。

接着,程母把李玥叫到二楼的书房里,给她看程父种的薰衣草的照片。

程父没夸大事实,薰衣草果真是漂亮极了。

紫色的薰衣草如一片海面,阳光金灿灿地洒落下来,程父程母两个人手牵手地站在薰衣草的中间,画面极漂亮。

李玥闻到了一股淡淡的薰衣草香。这是程母做的干花书签。

程母递给李玥一个书签:"你喜欢就拿着,我有很多的。"

李玥收了下来,微微地笑着说:"谢谢阿姨。"

面对程母,她不像在程父的面前那么放得开,显得稍微有点儿紧张。

她能感觉出来,程父热情直爽,程母心思细腻。

程母总是笑得温柔漂亮,可让人感觉并不是很好接近。她的气质偏冷淡疏离,但这种感觉让李玥有一种说不清的熟悉感。

大概是因为程牧昀的气质很像他的母亲,身上也有这种淡淡的疏离感。他虽显冷淡,可并不会让人不安。

李玥把薰衣草书签妥善地放到了包里。

这时候,程母对她招招手,示意她跟上来:"我再给你看一样东西。"

程母带着李玥去了三楼,推开一间房的房门。屋子很大,整洁干净,不过生活气息不重,看得出这间屋不常住人。

而且屋内的装饰风格是年轻的男生比较喜欢的。

李玥注意到书架上摆着一张照片,照片中的程牧昀抱着篮球,他年轻俊朗,看起来像在高中时期。她意识到这是程牧昀的房间。

李玥的心有些躁动。

程母从书架上抽出一本书,边翻着书边对李玥说:"知道吗?今天我见到你来,一点儿都不意外,你猜这是为什么?"

李玥试着回答:"是不是因为我之前接了您的电话?"

程母意外地看了李玥一眼,觉得李玥果然心思挺细的,但摇了摇头:"不是。"

程母翻开了书的某一页,把书递给她:"看看这个。"

李玥疑惑地把书接过来。厚重的书本拿在手里有些沉,带着一股淡淡的书香气,书页的中间夹着一张照片。

照片的背面写着一句话:"每天清晨,我醒来时,想起的是你的脸。"

字体是飘逸的草书,李玥认出这是程牧昀的字。

她的呼吸一紧,心跳得有点儿快,热意很快上涌,体温在逐渐升高。

她轻轻地吸了一口气,翻转手腕,将照片翻了过来。

她整个人先是一怔,接着忍不住笑,随即眼角跟着热了一下。

那是他们从前的照片,那时候她刚跟江崇在一起,这张照片是他们和程牧昀在游乐园玩的时候拍的。

要不是看到它，她都不记得那时候自己拍过这张照片了。

照片里，李玥站在左边，脸颊有点儿稚嫩的婴儿肥，眼睛又黑又亮。

程牧昀站在她的右边。他那时候已经长得很高了，穿着纯白色的外套，身姿挺拔，俊美出众，看着镜头的目光显得矜贵高冷。他是非常酷的男生。

他们一左一右站着，中间隔着江崇。

而江崇的脸，被马克笔特意涂黑了。

她的唇角微微地勾起，心潮跟着起伏。

程牧昀一直藏着这张照片吗？有多久了？七年？

这么长的时间里，他一直偷偷地藏着这张照片吗？

程母这时开口，打断了李玥的思绪："所以呀，我今天看到你，一点儿都不意外。"

程父一直为儿子的感情生活而担忧，她却没催儿子，是因为明白儿子的心里早就有了人。

程家出情种，喜欢了就认准了。他爹当年也是这样，所以她不劝。

可自家的儿子这么多年来一直是一个人，偶尔情绪还会变得低落，连续几天眼下有明显的黑眼圈。

这张照片是某次程牧昀因失眠在凌晨才睡着的时候，程母意外地在他的手里看见的。

当时她就明白了，程牧昀是求而不得，可又放不下、舍不掉，多年痴等，辗转反侧。

她一直很心疼儿子。

直到今年，程牧昀说自己在追人，程母就知道，他这次估计是有戏了。

"还有，他去年有一天突然回来折腾，要宋嫂教他做粥，还要做适合生病的人吃的营养餐。可他那时候哪儿会做什么饭菜？最后还是我和宋嫂一起帮着他做的营养餐，他兴冲冲地就把粥端走了。"

能让一向冷静自持的儿子乱了方寸、亲自做病号餐的，恐怕只有那个人了。

程母话锋一转，笑盈盈地特意问了李玥："不过他现在应该把厨艺练得不错了，是吧？"

李玥的脸热了一下，她低声说："是挺好吃的。"

她才知道，原来去年她生病的时候，程牧昀带来的饭菜是他自己做的。

李玥的心底热热的。

这时脚步声突然响起，有人推门进来，有些焦急的声音响起："妈！"

一进来，程牧昀就知道自己来迟了。

李玥转过头，微微地挑眉，看了他一眼，表情里暗含深意。

程母不慌不忙地笑了笑，故意说："哎呀，玥玥，我得去看看你叔叔，他可别再瞎浇水把花浇死了，不然我还得听人跟我告状呢。"

她就不用特意点明这个人是谁了。

程牧昀抿紧嘴唇，绷直身体，看着自家老妈身姿娉婷地从他的面前走过。

屋子里只剩下两个人。

李玥捏着照片，黑白分明的眼睛亮晶晶的。她戏谑地调笑："程同学，你到底还藏了多少小秘密呀？"

程牧昀难得低下了头。

李玥盯了他一会儿，走上前展开双臂，轻轻地抱住了他。

这个拥抱消融了他心里的一切难以言说的情绪。

程牧昀低头看着把脸颊贴在他的胸口上的李玥，牵动了一下嘴角，抬手搂住了她的腰。

"你不反感吗？"他低声问。

"什么？"她反应过来，"你说照片？"

"嗯。"

"怎么会？"

看到照片的第一眼，她觉得有点儿想笑，紧接着突然有点儿心疼。意识到他的反应，李玥明白，他应该是知道自己这样做不好，内心怀着浓重的罪恶感。可他忍不住这样做，停不下这种举动。

她不禁想：程牧昀曾经有多少次落寞地盯着照片发呆？

他的手里唯一留有的念想就是这张照片，两个人的中间还有其他人阻隔着。

她知道，在过去他们相处的那些日子里，他对待自己没有一丝一毫的过界，周围更是没有任何人察觉到他的这份感情。

他一直在压抑着自己的情感，可这种私下的举动让她的心口发热。

一想到他是因为暗恋自己、太喜欢她才做的这些事，李玥禁不住微微地笑了。

"你以前怎么那么傻呀？"她抬手摸了摸他柔软的头发。

程牧昀任她摸着。沉默了一会儿后，他开口说："不只是这张照片。"

嗯？还有吗？

因为太惊讶，李玥明显愣了一下。

"你可以自己找一下，东西就在这个房间里。"他说。

李玥起了好奇心，在屋子里转了几圈，可要在这么大的屋子里找他的小秘密挺难的。

她先是忍不住拿起他高中时期的那张照片，照片里的男孩穿着蓝色的队服，手里抱着一只篮球，眉骨高挺，年轻朝气，气质和现在很不一样。

李玥说："你以前真好看。"

他凑近她："我现在不好看了吗？"

"感觉不太一样。"

程牧昀忍不住夸她一句："很厉害。"

不会吧？他被她骗到了？

程牧昀垂眸看了她一眼："你记不记得？以前有一次我生病了，你跟江崇一起来看我，还帮我开了一瓶水喝。"

就是他把瓶盖留到现在的那次？李玥隐约地记得那件事。

"那次怎么了？"她问。

"你知道我是怎么生的病吗？"程牧昀主动地解释道，"其实我是故意的。"

"为什么？"

"因为我想见你。"他的表情里流露出一些难掩的羞赧。

事情源于一个误会。

与李玥重逢后，他尽管知道她是江崇的女朋友，但仍旧控制不住自己阴暗的心思，希望李玥能够多看向他。

他总觉得，万一自己有机会呢？

经过多方打听，程牧昀得知李玥喜欢的男生类型是长相阳光又爱运动的，这很符合她作为运动员的审美。

程牧昀喜爱音乐，会弹吉他、钢琴，对其他的乐器都略有涉猎，一直在有意地保护手指。

可那时候的他简直是昏头了，什么都不顾了。

他开始频繁地接触各类运动，打网球、篮球、乒乓球，甚至一度被校队的教练盯上，教练要他加入学校的体育队。

他在接下来的校园运动会上，更是取得了耀眼的名次。

他甚至改变了穿衣的风格，只因为李玥有一次随意地夸了他一句："你穿白色的衣服挺好看的。"

从那之后，他总喜欢穿白色的衣服。他期盼着李玥的目光能够在自己的身上停留。

可无意中，程牧昀发现，李玥喜欢的异性类型根本就不是什么所谓的阳光健康运动型，反而是那种病弱中带着一丝易碎感的男生。

这和自己了解到的情况实在差距太大。但无论是自己还是江崇，都和她的理想型相去甚远。

当时他的心里只有一个想法：怪不得她没看他几眼。

情绪失落加上当时的天气变化，程牧昀突然病了。

这一病竟然带来了惊喜。李玥来看他了！

虽然她的态度是客气疏离的，但她帮他打开了水瓶，还叮嘱他要注意身体、好好地休息。

那天晚上他一宿没有睡着，整个人完全处于兴奋的情绪中。他甚至想，如果自己病得更久一点儿，李玥会不会再来看他？

可她没有再来过。

李玥听完后站在原地几秒，伸出双手捧住他的脸："低一下头。"

"嗯？"

"我亲亲你。"

程牧昀的眼神有点儿深，他缓缓地把头低了下来。

两个人的唇齿温柔地触碰，柔化了心中说不出的酸涩。

她的心躁动得厉害，手指紧紧地攥着他坚硬的手臂。

李玥的呼吸间带着喘息，她看着程牧昀好看的眉眼，轻声说："问你一个问题。"

他轻轻地"嗯"了一声。

"之前我生病的那次，你特意做了吃的东西，来我家探望我，还帮我洗了衣服，我却把你赶走了，你当时是不是很生我的气？"

"我不会生你的气。"他低声说，睫毛的影子落在白皙的肌肤上，"那天我很高兴。"

李玥愣愣地看着他，有点儿疑惑。

程牧昀碰了碰她的脸颊，触感温软柔滑，她如此近在咫尺，从前他却有许多次妄想触碰她，又不敢上前。

从小时候开始，程牧昀就知道自己和大多数人不一样。

他的家世、相貌、能力完全在众人之上，做什么事情他都可以顺利完成，无论是学业、乐器，还是经商。

当别人还在苦恼自己因能力受限而无法做到完美、焦躁愤怒的时候，他已经轻松地站在了顶峰。

他想要什么都可以轻易地得到，可唯独在两件事上受挫：第一，他为了家人，不能坚持自己的音乐梦想，不得不放弃它；第二，他心中所爱的人不喜欢他。

可是，在他独自痴等的那些年里，内心经历千百回的折磨和痛楚之后，他每一次看到她，心口还是会涌出源源不断的热意，急促的心跳让体温升高。

那种生动鲜活的力量让他切实地感受到喜悦。

能拥有真心喜欢的人，何尝不是一种幸运？

他已经遇到了他的爱，甚至终于得到命运的怜惜，拥有了大多数人没能得到的幸运。

他有机会靠近她了。

他用漆黑的眼睛看向她："那一天，我确定了一件事。"

"什么？"

"你不讨厌我。"

他终于可以再一次向她问出这句话："你讨厌我吗？"

李玥的脸逐渐发烫，她轻轻地吸了一口气，仰起头看他，笑容明媚，照亮了他的心。

"不讨厌。"她向他表白，"我喜欢你，最喜欢你。"

他的头低了下来。

有微风吹了进来，扬起了窗边的白色纱帘。飘起的纱帘后，隐约地透出两个人相拥的身影。

他们亲在一起。

两个人的私密时光因程父的到来而结束。

程父又来打卡他排练了一周多的行程了。

这一次他带李玥去他家后面的草坪上打高尔夫球。

程父说："程程说你的腿有伤病，说你不能做太剧烈的运动。"

李玥感谢他们的体贴，说："谢谢叔叔，其实我的伤没什么大事的。"

程父的脸上有点儿严肃，他说："怎么能没大事呢？你去年都做手术了吧？年轻人得更注重身体，可不能仗着自己的身体好就疏忽了！"

这种带着关切的话语让李玥忍不住笑着点头："我知道了。"

程父问她："你会打高尔夫球吗？"

她斟酌了一下，说："嗯，会一点点。"

程父乐了，说："我让程程教你，赢了算你的，输了算他的。"

说完他就乐滋滋地去找程母了，声音从远处随风飘来："哎呀，老婆，我终于能赢我儿子一次了！"

程母坐在遮阳伞下的白色椅子上喝茶，笑他："德行。"

高尔夫对手臂和腰的力量的配合度要求很高，李玥上手很快，还奉行要认真地对待比赛的原则，结果就是，程父根本打不过她。

没错，程牧昀都不用上场教，李玥自己就把程父打得落花流水。

看着李玥再一次打出一记漂亮的挥杆，程父站在旁边，语气有点儿幽怨地喊她："小李。"

"嗯？"李玥立刻回应，"我在，叔叔。"

"你不是说只会一点点吗？"

这可不只一点点哪！

李玥："……"

她没能说出口的是——她觉得不是自己打球的技术有多好，可能是叔叔的技术太烂了。

为了不再伤程父脆弱的心，李玥下场，换程牧昀去打球。她陪程母在太阳伞下坐着。

微风吹拂，程母看着父子俩打球，嘴角不禁微微地上扬。

她转头对李玥说："今天辛苦你了，还要配合程程他爸一起玩这些东西。"

李玥连忙说："没有，我挺高兴的。"

这句话是真的，无论是逛花园还是打高尔夫球，都挺有趣的，虽然可能程父本人更有趣一些。

"还有，谢谢您告诉我关于程牧昀的事。"

程母笑了一下，眉眼柔和清亮，当真是漂亮动人。

"是我该谢谢你。"她看着远处的程牧昀，对李玥说，"我家程程从小就没让人操心过。别人家的孩子在青春期就早早地跟人出去胡闹、喝酒，他不一样，从没叛逆过，一直在学校里认真地读书，不需要别人督促，自己就很上进。"

李玥的目光也落在了远处的程牧昀身上，他穿着一身白色的运动装，身姿挺拔，挥杆的模样显得自信沉稳。白球飞出，他一看就是稳赢了。

接着，他回头去看李玥的方向，远远地冲她笑了一下。

李玥也跟着笑了。

"你知道他喜欢音乐吧？"程母在一旁问。

李玥立刻去看程母："嗯。"

"我听说他最近又开始写曲子了。"

李玥含羞说："我之前比赛时用的曲子就是他写的。"

程母感叹一声："其实我和他爸一直觉得挺对不起程程的。我们就他一个孩子，家里的公司只能由他来继承。念高中的时候，他为了以后能更好地继承家业，就再也不碰音乐了，连钢琴都很少弹。我们也劝了他很多次，说他喜欢音乐的话可以再试试，可他始终不肯。现在多亏了你，他才能把爱好重拾起来。"

李玥有点儿受宠若惊地说："是他自己没有放弃音乐，我只是推了他一把。"

无论是自己，还是程牧昀，都是在对方犹豫彷徨的时候伸出手，告诉对方要坚持下去。

有时候，他们需要的只是这一句支持。

他们都很幸运，遇到了最好的人。

程母深深地看了李玥一眼，对李玥说："你来之前，我想过你到底会是一个什么样的孩子。今天见到你，我就明白程程为什么会喜欢你了。"

她望着李玥的脸："你能记住别人的好。"这很难得。

李玥被她夸得一阵脸热。

程母又说："我知道，像我们这种人家，可能外面会有些风言风语。你知道吗？当初我嫁进来，也听过很多不好听的话。"

这些话不必一一地细说，基本人人都能猜到，例如别人说她高攀不上程父、一直处心积虑地嫁入豪门。

程母相信李玥同样多少会有一些压力。

她对李玥说："可能会有人对你说一些门第之类的荒唐的胡话，你不要在意，对我们而言，程程的选择，就是最好的。"

比起那些门当户对的联姻，她更希望儿子选择自己心爱的人，希望儿子过得更加幸福。

"还有，我嫁进来后，只生了程程一个孩子，当时周围有挺多人都催我们再生几个孩子。"

李玥接话："可我听牧昀说，您的身体不太好。"

"是，我和他爸都不想再生孩子。反正甭管外面的人怎么说，我们过自己的生活就行了。"程母想表达的是，"所以你放心，你们就按自己的想法来，我们不会催什么的。"

李玥明白程母大概也看过之前程牧昀的那个采访视频了，突然一阵感动。

程母转头看她，认认真真地说了一句："只要你愿意跟我儿子在一起，其他都没问题的！"

李玥："……"

她的心里蓦然生出一个念头来：果然，不是一家人不进一家门。

时光过得很快，程父最后还是输给了他儿子，约定下次他跟李玥组队再战之后，李玥就要回去了。

这一天，李玥在程家过得开心舒适，能感受到自己被程父和程母深深地在乎并重视着。

他们全是非常温善可爱的人，程牧昀在这种充满爱的家庭里长大，难怪会这么好。

临别时，程父要求李玥常跟程牧昀回来。等他花园里的菜长好了，他要亲自下厨给她做一顿美食。

他自夸着："小李，我做的饭可好吃啦！"

程母再次拆穿他立的做饭好吃的人设："你是忘了半夜给我煮面都差点儿炸锅的时候了？"

程父："……"老婆，求放过，在未来的儿媳面前给我留点儿形象，别再揭我的黑历史了！

程母不理他，过去握住李玥的手："以后常来玩。"

李玥笑着回答："好。"

程母把手上的翡翠镯子脱下来戴到她的手腕上，语气温温柔柔的："这是程程的外婆给我的，现在我把它送给你，你可不能拒绝我。"

美人说着吴侬软语，谁扛得住？反正李玥扛不住。

最后，她很不舍地离开。

李玥坐回了车上，隔着车窗，再一次向程父程母挥手告别。她望着他们的身影，心底有一种踏实的温暖。

在程家，她感受到了一种属于家的温馨感。

她摸了摸手腕上的翡翠玉镯，触感温润，带着温暖的体温。

肩膀一沉，是程牧昀搂住了她。

"我就说我爸妈会喜欢你吧。"

她靠向他，用带着笑意的语气说："你的爸妈好怕我不要你呀。"

他低头亲昵地蹭蹭她的鼻尖："那你要我吗？"

她揽住他的脖子，弯着眼问："可以把你打包带回家吗？"

他的心口一烫，涟漪一层层地荡漾开来。

他凑到她白皙的耳边，用低沉嘶哑的嗓音，让人心颤不已地回应："乐意之至。"

李玥见过了程牧昀的父母，当程牧昀顺势提出想见见李玥的妈妈时，一切都变得顺理成章。

李玥答应了下来，但并不能立刻安排他们见面。

李三金早已出院了。经历了最近的那些事，她一下子想开了。

她回了老家，把米粉店铺转让了出去，整个人都轻松了下来，开始享受生活。

现在她正和朱姨一起天南海北地跟团旅游，朋友圈里全是她旅游的照片，日子过得好不自在。

李玥现在想联系她都得提前跟她约时间呢。

这天李玥跟程牧昀出来逛街。

她觉得现在自己在程牧昀的面前完全可以随心所欲。哪怕她在他的面前吃榴梿，他也会主动地帮她扔榴梿核，丝毫不会嫌弃她。

李玥牵着他的手，脸上不由得露出开心、满足的笑容。

人生就是充满了不期而遇。谁能想到，在首都的大街上，她竟然跟她的妈妈相遇了。

李三金正跟着一个旅游团逛街，整个团的人都各自戴着一顶小红帽，上面印着蓝色的字——"青春旅游团"。

她们四目相对的时候，李三金戴着红帽子，穿着一身蓝白色的条纹运动装，正直勾勾地盯着她。

这实在是太令人猝不及防了！

李玥之前跟她妈说过自己有男朋友了，但一直还没带程牧昀见她妈。谁能想到她会被当街抓到？

尤其是她妈看她的眼神，像极了她小时候做错事时的样子。

李玥几乎是条件反射一般，立刻抽回了牵住程牧昀的手。

李三金："……"

程牧昀："……"

李玥的心里"咯噔"一声。完了，她要完了，一下子得罪俩人，这可怎么办？

李三金慢条斯理地、一步一步地走到他们的面前，脸上笑眯眯的，问李玥："姑娘，这是谁呀？"

身边程牧昀的目光十分有存在感。

李玥第一次体会到封达集团程总的威慑力。

她清了清嗓子，吸了一口气，介绍说："妈，这是我的男朋友，叫程牧昀，是做管理的。"

程牧昀弯腰向李三金打招呼："阿姨，您好。"

他长得好，尤其是收敛了周身的冷淡气息时，十分讨人喜欢。

可李三金笑了笑，看起来却不甚亲热："你好，你好。"

因为这次偶遇，李三金的旅游计划自然被暂时搁置了下来。

她跟导游说明了情况，就先脱了团，跟李玥一起回了家。

程牧昀开车送她们，李玥跟她妈坐在车的后座上。

路上，李玥忍不住问她妈："您过来怎么不告诉我一声？"

李三金冷冷地"哼"了一声："告诉你干吗？你是能陪我玩，还是能带我吃饭？"

她说完这句话，李玥顿时变得像一只泄气的皮球。

坐在前面开车的程牧昀主动地说："阿姨，我可以陪您的。"

李三金笑呵呵地拒绝："不用，我跟玥玥开玩笑的。我是和我的闺密一起出来玩的，不用别人陪。"

程牧昀"嗯"了一声，沉默下来。

李玥瞧出事情有些不对劲儿，轻轻地推了她妈一下。

李三金却抛来一个凌厉的眼刀。

李玥顿时不敢轻举妄动了。

她看到她妈在手机上搜索着什么，扫了一眼，她妈搜的是程牧昀的百度资料。

她心口发紧，总觉得情况有点儿不妙。

到了李玥的家里，李三金仔细地巡视了一圈。

"收拾得还行。"李三金点评道。

李玥心虚地"嗯"了一声。

她哪里有时间来收拾房间？房间全是程牧昀帮她清洁整理的。

"吃饭了吗？"李三金问。

"还没。"

"这边的市场在哪儿？我给你做一顿饭。"

"不用了，妈。"

她刚说了一句话，李三金毫无表情地斜视过来，李玥便不敢吭声了。显然她妈不太像是想专门给她做饭的样子。

一旁的程牧昀很有眼力，主动地上前："我知道，阿姨我带您去。"

李三金没说什么，点点头，临走前对李玥说："你好好地看家。"

李玥担忧地看着程牧昀跟了上去，默默地拿出手机，给程牧昀发了一条微信："宝贝，加油。"

他看到了，回头给她一个可靠又好看的笑容。

两个人一起出了门。

一个人在家，李玥心慌得不行，不断地安慰自己：应该没事吧，程总肯定搞得定的。

她心慌意乱地等了快两个小时之后，李三金和程牧昀回来了。

李三金象征性地拎了一点儿水果，她身后的程牧昀却拎着大包小包。

李玥立刻迎了上去，帮程牧昀拎过来东西，又说："怎么买这么多东西？"

李三金回应："我要多待几天，就住在这儿了。"

她妈住在她家是没问题，可显然问题不在这儿。

她偷偷地扯了她妈一下，李三金瞪她一眼。

李三金盯了她几眼，开口说："我先把菜洗了。"

程牧昀主动开口："我来吧，阿姨。"

"行，那你洗好了菜告诉我。"

程牧昀答应下来，拎着两大袋的食材进了有些狭小的厨房。高大的身影立在水池的前面，没过多久，"哗啦啦"的水声响起，他一个人默默地洗菜。

李玥看得不忍心，说："我去帮帮他。"

李三金拽她一把，吐槽一句："以前我在家里可没见你这么勤快。"

这可真冤枉。

"以前家务不都是我做的吗？"

小时候她妈整天在米粉店里忙着做生意，李玥怎么能让她妈回到家还做家务？

所以家里的活儿全是她干的。

李三金闻言瞥她一眼，目光凉凉的："还学会顶嘴了？"

李玥决定先哄好自家的母上大人。她挽住李三金的手臂，语气有点儿软："干吗呀？一见到我就一直不高兴。"

她微微地侧头看了一眼程牧昀的方向，压着嗓音说："您不喜欢他吗？"

她忍不住为程牧昀说话："他很好的。"

见到自家女儿的这副模样，李三金倒有些意外。

李三金以前不是没见过李玥谈恋爱的样子，那时李玥可完全没有现在这样的小女儿神态。

李三金的脸色稍稍缓和了一下："还学会撒娇了。"

李玥"嘿嘿"地笑了一下。

李三金也忍不住了，拉着她去卧房里说话。

"你说你有了新对象，可没跟我说他的家里这么显赫。"

李三金之前在网上查了一下程牧昀的资料。

他家里的公司竟然是封达集团，连她家那种小地方都有连锁的分公司。李玥竟然在跟这种富贵公子哥儿处对象？！

李三金感到不可思议的同时，心又跟着高高地悬起来。

"你们俩的关系发展到什么地步了？"她直接问。

李玥的脸有点儿热，她都这么大了，和母亲谈论这件事着实很尴尬。

她捋了一下耳边的头发，小声说："我们就正常交往啊，该怎么样就怎么样。"

"别装傻，我是说，你考虑过以后的事吗？"李三金直接表明态度，"我跟你说，你要是谈谈恋爱、享受一下人生，妈没意见，毕竟这种机会挺少的，你就当这是为了增加一下人生的经验。可如果你是想以后和他结婚，先不提他家人的想法吧，反正我是不赞同的。"

李玥愣了一秒。

她万万没想到，不支持这段关系的不是程牧昀的家人，而是她妈。

见李玥的脸色微变，李三金不紧不慢地说："你别先不高兴。你仔细地想想，在婚姻的事上不听老人的话的，有几对情侣能走到最后？"

爱你的父母不会盼着你不好。

李玥把唇抿成一条线："是因为他家里的条件太好吗？可以前您不是这么想的。"

"你是说江家的那个小子？那不一样的。"

以前的江崇家世不错，可也并没到高不可攀的地步，眼前的这位公子哥儿不一样。

"玥玥，妈知道你喜欢他。要是他家里的情况没那么好，妈不会不赞同你们在

459

一起。"她轻轻地叹一声，"情浓时万事皆好，一旦感情破裂，你会面临什么境地？以他家的那种地位，你以后如果受苦受罪，妈恐怕想帮都帮不到你。"

李玥明白她妈的担忧，可还是忍不住说："他不会的。"

李三金不赞同地道："你这就是被感情遮了眼，别的不说，你以为当年你爸对我不好吗？"

好的，孙志强对李三金非常好。李三金是当地有名的美人，孙志强是家里开厂的"富一代"。两个人刚认识后，孙志强就对她展开了猛烈的追求。他当众表白过，送过饭菜，给她家修墙干活儿，明明是从来不做粗活儿的男人，却站在脏污的泥里冲她笑。她一下子就动了心。

当初她嫁进孙家是风风光光的，有丰厚的彩礼，所有人都羡慕她。

两个人浓情蜜意地过了好几年。为了照应家里的事，她辞了学校的工作，接连生了一儿一女两个孩子，正是一个"好"字。

当时的孙志强唯一有的毛病就是太重男轻女，他什么事只想着儿子，总是忽视李玥，连给李玥取名时都稍显怠慢。

李玥的哥哥叫"灿阳"，名字象征着明亮和光辉。李玥就只有一个"玥"字。

可那时候，他们家庭和美，生活富足。

直到李玥她哥意外地去世，一切开始逐渐变了。

因为理念的不同，李三金和孙志强常起冲突。多年的冷战将从前的感情全部消磨殆尽，最后他们针尖儿对麦芒，仿佛是天生的仇人。

李三金低声问李玥："我离婚后，周围没人肯帮我，你猜这是为什么？"

"因为他们不敢得罪孙志强。"

"是。"

所以如果有一天李玥受了欺负，怎么办？

李三金不想让自己唯一的女儿重走自己的老路，哪怕有一点儿这种可能都不行。

"妈是希望你能找到真心喜欢的人，可眼前的这个人，不合适。"

李玥紧紧地皱着眉头。

她理解她妈的顾虑，可她相信程牧昀。

"妈，我不知道该怎么跟您说。但我相信，如果有一天我想要离开他，程牧昀虽然会难过和不舍，但会放我走。"

他不会伤害她。这是第一个出现在李玥的脑海中的念头。

她轻轻地抓住李三金粗糙的手，低声说："妈，他喜欢我七年了。"

"七年？"李三金诧异地看了她一眼。

"不对，"李三金显然比她更会抓重点，"那时候，你不是还和江崇在一起吗？"

"……"

瞒是瞒不过去了，李玥只得老实地道："是，我很早之前就认识程牧昀了，他也是江崇的好朋友。"

"什么？"李三金瞪着眼睛，程牧昀抢好朋友的女朋友？

这一下她对程牧昀的印象更不好了。

李玥眼看着李三金的脸色渐渐地沉下去，心底的懊恼像一把小刷子，不断地挠着心。

这时房门被"咚咚"地敲响，是程牧昀在外面敲门。

李三金声音冷硬地说："进来。"

程牧昀扭转门把手，他的腰间围着粉色的小熊围裙，脚上穿着李玥给他买的小熊拖鞋，配上那张帅到令人心颤的脸，有违和感的同时，又有一种说不出的可爱。

他轻声说："阿姨，玥玥，我做好了饭菜，你们要不要出来吃一点儿？"

李三金微一挑眉："你做好饭了？"

"嗯。"

"那出去吃吧。"李三金起身走出去。

李玥跟在李三金的身后。走到程牧昀的面前时，她拽了一下他的衣袖，小声说："对不起。"

程牧昀面色柔和地低声道："没事。"

"不是……"

她的眼神里带着歉意。她该怎么解释自己把他的老底都跟她妈交代了呢？

程牧昀略带疑惑地看她。

"喀喀！"客厅里传来一声响亮的咳嗽声。

两个人一凛，顾不上说什么，一起走向了餐桌。

餐桌上已经摆好了四菜一汤。

程牧昀很细心，知道李玥喜欢偏辣的食物。虽然没有机会去问李玥，他依然做了偏辣口味的辣椒炒肉和水煮鱼。

李三金看得出来，这几样菜做起来是很费力的。这倒是让她对程牧昀的印象稍微改观了一点儿。

吃饭时，李三金顺势问程牧昀："你工作一定很忙吧，还会做菜？"

李玥主动地回答道："他是最近才学的做菜。"

"嗯？"

李玥有点儿脸红，说："他就学了我喜欢吃的菜的做法。"

虽然她现在不能碰这些菜，只能在旁边吃沙拉。

这么说，他是为了李玥学的做饭？

李三金有些意外，再看程牧昀时，感觉他又变得顺眼了一点儿。

手机铃声响起,程牧昀礼貌地对李三金说:"阿姨,我去接一个电话。"

程牧昀一直礼貌有加,李三金再怎么不看好这段关系,也不好对他冷淡。

她笑笑,说:"去吧,不着急。"

"好。"

起身时,他还没忘记给李玥重新接了一杯水。

他周到细心,李玥却闷着头吃沙拉,一副早已习惯的样子,李三金把这些细节全都看在了眼里。

她用手肘碰了碰李玥:"姑娘。"

李玥闻声抬头。

李三金皱着眉头,抬了抬下巴,指着程牧昀的方向问:"他知道你爸的事吗?"

之前为了不让她妈烦心,李玥一直没提那些事。既然李三金问了,李玥便将从前孙志强来恶意地骚扰她、在网络上散播关于她的谣言,包括不久前他想要利用她还钱的事情一一地告诉了她妈。

李三金久久地没缓过神来:"是程牧昀帮的你?"

李玥轻声说:"网上的那件事,如果不是我发现了,他都不肯告诉我的。"

程牧昀帮她做那些事,从来没有挟恩图报,只是想对她好。

李三金看了一眼站在落地窗前接电话的程牧昀。

轮廓精致,眉骨高,鼻梁挺拔,他比电视上的著名演员更耀眼。

李三金想到刚刚去菜市场时,周围是一群上了年纪的阿姨,程牧昀年轻高大、穿着时尚,在人群中鹤立鸡群。可李三金让他跟着自己一起抢优惠鸡蛋的时候,他倒是挺卖力的,竟然抢到了三篮鸡蛋!

不仅如此,他还会做饭做菜,专挑李玥爱吃的菜做。

没想到这样一个大公司的总裁,还挺居家的。

"他像是一个会过日子的人,"李三金不由得感叹,"比你的上一个男朋友强多了。"

她当然是见过江崇的。

当初江崇上门拜访的时候买了一堆东西,说话举止挺客气,但就像一个等吃的大爷,在沙发上一坐就不挪窝了。

眼前的这个人,就算是原先不会做菜,可愿意为了自家的闺女去学,又默默地为李玥做了那么多事,竟然还不邀功,可见他对闺女是很上心的。

李三金不得不承认自己对程牧昀的印象有所改观,但还是有点儿不放心。

她又盯着程牧昀看了几眼。

"还是不行,这孩子……长得太招人了。"

一想到刚才在菜市场里被围观的场景,李三金就直摇头。

她突然想起了什么,低声问李玥:"他以前就喜欢你是吗?"

李玥一阵赧然，害羞地点了点头。

"那他从前有没有偷偷地勾引过你？"

李玥闻言差点儿一口气没上来，下意识地提高了嗓音，喊了一声："妈！"

她又怕引起程牧昀的注意，赶紧压低嗓音说话，语气里带着嗔怪："您说什么呢？"

"没有吗？"李三金苦思冥想了几秒，"不应该呀。"

"没有！"

程牧昀把心思隐藏得那么好，怎么可能会做那种事呀？

"我以前跟他都不算熟的。"

李三金沉默了一下："听你这么说，我都有点儿可怜他了。"

"……"

程牧昀打完了一个长长的电话，许久后才回来。

脸上带着歉意，他说："阿姨，不好意思，公司那边有事情要我亲自处理一下，我很快就回来。"

"没事，你去忙你的。"

李三金还是笑得客气又疏离，但是已经开始在心里给他打分了。

他很有礼貌，加分。

他长得太好，扣分。

他会做饭菜，加分。

他工作太忙，扣分。

目前他加的分数和扣的分数持平了。

李玥起身，说："我送送你。"

两个人一起出去，程牧昀低声问她："你妈是觉得我哪儿做得不够好吗？"

李玥的心里有点儿发酸。

是呀，察言观色的能力如此之强的程牧昀怎么会发觉不出李三金对他的冷淡态度呢？

直到刚才，她妈的这种态度依旧没变。

心里软软的，李玥挺心疼他。

她觉得他表现得超好的，但——

"我妈对你的脸不满意。"

程牧昀愣了好几秒，问她："为什么？"

"她觉得你长得太好看了。"

程牧昀沉默下来。他没想到，自己有一天会在颜值上吃亏。

看着他有些沮丧的表情，李玥过去抱抱他："没关系，我喜欢呀。"

她家程总超好看的，她很喜欢。

程牧昀翘了翘嘴角，揽住她纤细的腰肢："你妈刚刚还说什么了？"

提起这件事，李玥突然有点儿想笑："我妈还问我，你以前有没有勾引过我。"

她拍拍他的肩膀："放心，我已经帮你正名了。"

可程牧昀微垂眼睫，缓缓地抿紧嘴唇。

李玥看在眼里，愣了一下。

不会吧？他以前勾引过她吗？

当然是有的。

每一次和她见面前，他都会辗转反侧，提前想好该穿什么衣服、该对她说什么话。

他开始有意地打扮自己，穿白T恤，保持头发的清爽，希望能偶尔看到她惊艳的目光，哪怕那只有一瞬，也已经足够。

程牧昀发现她的目光偶尔会停留在他的手上，意识到她喜欢好看的手。

他开始有意地在她的面前转笔、打游戏，甚至每天都记得擦护手霜。

程牧昀当然有过勾引她的心思，并且尝试过。

他微垂眼睑，对她说："所以，你以为我之前为什么会送给你那条手帕？"

他是希望她能找借口跟他见面。

这些全是他秘而不宣的小心思。

她不知道当时的他有多紧张，在她收下手帕后，他更是激动得整夜未眠。

可他如此重视的一件事，却完全没有激起一丝波澜。

李玥愣了好一会儿，说："原来你送给我手帕是因为这些心思。"

她当时真就以为他是随便地送给她手帕擦手的。

要不是那条手帕的质地太好，她有点儿舍不得它，可能都不会把它带回家，更不会突然记起之前自己似乎也收到过一条类似的手帕。

她差点儿就没认出来程牧昀是那个在雨中送给她雨伞的少年。

好在命运没薄待他们。

她轻轻地笑了一声："除了这件事，还有吗？"

难道她以前就真的这么迟钝，一点儿都没发觉他的心思吗？

他抿了一下唇，别开了脸："后来没有了。"

他没再做太张扬的事，是因为看出了李玥的态度。

他们有一次一起出去玩，偶遇了李玥的一个女性朋友，那个朋友介入了别人的感情，见到李玥就抓着她的手开始哭诉。

当时的李玥皱着眉说："你不应该这样做的。"

那个朋友哭得不行："我知道我是小三儿，有错，可就是喜欢他。我控制不住感情，还能怎么办？"

李玥当时沉着脸没吭声，默默地把朋友送回了家。

后来有人再问起这个朋友现在怎么样了，李玥只淡淡地说："我不知道，我们已经不适合做朋友了。"

对于介入别人感情的人，她不赞同，不喜欢。

当时的程牧昀听到她的话后如同受了当头一棒，心下便知自己没有一丝机会了。

他更不敢让李玥察觉到自己的那些阴暗的心思，如果她知道了，会不会厌恶自己，更加远离自己？以后他连偶尔和她碰面的机会都会失去吗？

那时候的程牧昀不敢越过这条线，只能站在远处遥望她的背影。

李玥抬眸，目光很柔地对他说："我告诉你怎么才能勾引到我。"

程牧昀好奇地低头看过来。

她毫无征兆地凑近他，亲了亲他的唇角："是你就足够了。"

他修长的手指、他的身上清冽的苦橙香气、他有力的手臂，一切都对她有着致命的吸引力，让她意乱情迷。

程牧昀闭着眼睛，捧住她柔软的脸颊，静静地与她接吻。

电话的铃声突兀地响起，两个人很快地分开。

电话是李三金打来的，李三金估计是要催着她快点儿回去。

胸口起伏着，李玥握了一下他的手："我先上去。"

"嗯，"程牧昀望着她，脸上还有点儿红，"我很快就回来。"

李玥瞧着他的脸，心头一动："程总，你是害羞了吗？"因为她的表白。

程牧昀沉默地侧过脸，耳尖与脸颊上出现了相同的红晕。

李玥真想再抱抱他、亲亲他。这样的程牧昀真是太可爱了。

只是李三金催促的电话再次响起，李玥不能再耽搁了，只好挥别男朋友，转身回到了楼上。

家里，李三金正跷着二郎腿坐在沙发上等她。

李玥喊了一声"妈"，说："这么着急叫我是有事？"

李三金调侃她一句："我怕你跟别人干坏事跑了，不行吗？"

李玥的脸热了热。她跑是没跑，坏事倒是做了一点儿。

她坐到李三金的旁边："妈，您就这么不喜欢他吗？"

李三金现在也很纠结，瞧得出程牧昀对李玥很上心，可又担心以后李玥会受伤，尤其是女儿还这么喜欢他。

李三金有点儿心软，松了口说："这几天，我再观察观察。"反正自己还要在这里待一段时间。

李玥知道她妈还是愿意听她的想法的，开心地拉住李三金的手："好，辛苦妈帮我考察他了。"

女儿难得撒娇，李三金忍不住像从前一样摸了摸她的脸，笑了笑说："傻孩子。"

李玥还是要回队里继续训练的。

所以接下来陪李三金旅游的人变成了程牧昀。报名旅游团时都花了钱，李三金必须得去！

而且她可以近距离地观察并时常考验程牧昀，最后给他综合打分。

几天的相处后，李三金开始明白自家的女儿为什么喜欢他了。

旅游团里一直有一个跟李三金不对付的唐阿姨。

大概是有的人之间天生气场不和。从进团开始，这位唐阿姨就开始发表高谈阔论，说自己的儿子有多孝顺、多能干，嚷嚷着："还是生儿子有用啊，看我的金镯子，是我的儿子给我买的。生女娃就不行，女娃是败家货。"

她是有意地对李三金说这些话，因为之前李三金提过自家的孩子是闺女，说过自己旅游的钱是闺女给的。

至于唐阿姨呢，出来旅游用的是自己的退休金。

其实李三金一开始只当唐阿姨是在闲聊，没把这件事放在心上。她真想炫耀的话，直接说自己的闺女是世界冠军就好了。这谁比得过？

可也不知道为何，她就戳到了这位唐阿姨的肺管子。

从那天开始，唐阿姨就开始频繁地发表生儿子才好的言论，同别人一起挤对李三金。

李三金懒得搭理，可现在她的身边多了一个程牧昀，情况不一样了。

唐阿姨看到李三金的身边多了一个年轻俊美的男人，眼神都变得不对劲儿了。李三金跟人介绍说这是闺女的男朋友，说他特意地请假陪她玩，唐阿姨的语气酸酸的。

"哎哟，咱是没那种福气，都是好胳膊好腿的，想让人伺候都没机会。"

李三金故作苦恼地说："我也说了，不用陪、不用陪，他非要来，说自己是本地人，了解得多，生怕我玩得不尽兴呢。"

旁边有人问："他老请假不好吧？"

"我也说呢，但我女儿找的男朋友有出息呀，人家是自己开公司的，当老板的人不差钱。"李三金喝着程牧昀给她买的水，用手持的风扇吹着风，"要我说，像咱们这种年纪大的人，身边还是得有一个晚辈照应，万一有什么事，还得年轻人去处理。"

就像现在，大巴车在半路上突然熄火了，现在一车的人被撂在路上，等着人来修车。

时间一分一秒地过去，导游一直在外面打电话，整个人急得不行。他们每天的行程都有固定的时间，耽误了时间，导游可是要赔钱的。

可没过多久，一辆崭新的大巴车开了过来。程牧昀过去跟导游交涉了一下，导游顿时喜笑颜开。

她上车后拿着喇叭对大家喊:"感谢李三金的家属为我们找来了一辆新的大巴车,请大家有序地在另一辆车上坐好。再次感谢李三金的家属无偿地提供这次帮助,多亏了他们,我们才能够继续旅行!"

大家一听这些话就乐了,转头感谢李三金,夸赞程牧昀。

"你闺女找的男朋友可以呀,直接叫来一辆大巴车。"

"多亏了你们哪,小伙儿真不错!"

"李姐真是有福气,找了这个女婿,人长得好,又阔气,还贴心,比亲生的儿子还管用啊。"

这番话可是让一旁的唐阿姨的脸都气青了。

你说的儿子再有用也解决不了问题呀,还是人家身边的女婿好。

这件事发生之后,李三金在旅游团里的地位就很高了。

她挺直了腰板,说话格外硬气,程牧昀跟着她,让她特有面子,整个旅游的过程那叫一个称心如意。

接下来就到了她的打分环节。

她看得出来,程牧昀是一个细心的人,知道她的口味,照顾她的身体,任劳任怨,一点儿脾气都没有。

就是大家在玩的时候,他总是在接电话,偶尔用外语沟通,工作忙了些,可这完全没耽误李三金的事。

拍照、吃饭让李三金都很顺心。

她这几天和程牧昀接触下来,给他综合打分,程牧昀还是及格的。

这天晚上李玥打来电话,想探探她妈的口风:"妈,最近玩得怎么样?程牧昀照顾您照顾得好吗?"

李三金笑她一句:"怎么,怕我会欺负他呀?你还没嫁过去呢,心就偏了。"

"怎么会?"李玥哄她妈,"我可是跟您姓。"

李三金忍不住"咯咯"地笑了。

"对了,我问你,你的屋子不是自己收拾的吧?"

呃,这件事还是被发现了。

"是程牧昀帮我收拾的。"

"我就知道。"李三金说要找什么东西时,程牧昀手脚麻利得很,一看就是了解东西的位置。

看来他真是把李玥照顾得挺好,李三金又忍不住说:"我看他非得把你惯坏了不可。"

李玥抿着唇笑。她偶尔也会这么觉得。

"还有,你的那个小熊呢?我怎么没看到?它是在你的宿舍里吗?"

李三金知道李玥有一个很喜欢的小熊布偶,李玥一直很珍惜它,都不让别人碰它的，李三金怎么没在家里看到它呢？

电话那头的李玥沉默了一下，说："我把它还回去了。"

"还回去？"

"嗯，那是别人送给我的，后来别人又把它要走了。"

李三金微蹙眉头，觉得不对劲儿，可没问下去。

晚上六点，程牧昀拎着食材过来。

李三金对他说："今天你别做饭了。"

她让程牧昀坐下来，问了他关于小熊布偶的事。

程牧昀顿了一下，坦诚地说："我不清楚这件事。"

"那是别人送给玥玥的生日礼物，她说它被要回去了，我总觉得不对劲儿。"李三金接着微叹了一口气，"我家玥玥呀，就算心里受了委屈，为了不让别人担心，也不会把委屈说出口。"

程牧昀轻蹙眉头，低声说："我知道。"

她这样的性格太要强太独立，又让人心疼。

李三金把他的表情尽收眼底，轻声开口："玥玥现在是这种性格，我是有责任的，小时候我和她爸都亏欠她太多了。"

孙志强重男轻女，做不到一碗水端平。

"玥玥的生日跟她哥的生日就差一天，小时候，她吃的生日蛋糕都是她哥昨天剩下的。"

李玥不是不委屈、不难过，也曾经拽着李三金的袖子说想要一个属于自己的蛋糕。

李三金偷偷地带着她去买了一块小蛋糕吃。那时候小小的李玥笑得心满意足，整个人能开心一整天。

她就是吃一块小蛋糕就很满足的孩子，真心招人疼。

"后来我跟她爸离了婚，那些年里，家里经济困难，李玥过生日时没再吃过蛋糕，更没要求过。"

这孩子太过懂事了。

"她学了滑冰之后，就更不能碰这些东西了。所以她过生日时，我想给她买些别的东西补偿她，她总说不用。"

这些年里，李玥从没求过李三金什么。

只有这一次，哪怕李三金表现出了不赞成的态度，李玥依旧坚持选择程牧昀。

李三金想信她的闺女一次，信她的闺女不像自己，信她的闺女选对了人。

李三金看向程牧昀："我一直希望她能找一个心疼她、照顾她的人。"

程牧昀绷直脊背，呼吸渐渐地收紧。

"尤其李玥还是运动员，做家属的人一定要有觉悟，你明白吗？"

"家属"这个词让程牧昀的心口热了一下,他郑重而谨慎地点头:"我明白,阿姨。"

"行。"她站起身,"今天我来下厨,你尝尝我的手艺。"

"我帮您洗菜。"

李三金终于忍不住笑了:"不用,你去给玥玥打电话吧,这几天她也够着急的了。"

程牧昀承了李三金的情,去给李玥打了一个电话。

李玥耐不住性子,问他:"一切都还好吧?"

程牧昀笑了一声:"都很好。"

"你别骗我。"

"我骗得了你吗?"

他说的话也对。

"那现在你们相处得怎么样了?"她有点儿紧张地问。

程牧昀说:"很好,你妈在给我做东西吃。"

李玥立刻问:"她要做什么?"

"米粉。"

几秒后,李玥那边还没说话。

"玥玥?"

李玥长舒了一口气:"我妈应该是认可你了。"

"怎么说?"

"我妈是开米粉店的,除了做生意,在家里可不做米粉。我妈说了,她做的米粉是要钱的。"李玥的声音里带着压不住的喜悦,"本来在家里只有我能吃我妈做的米粉,现在多了一个你。"

她妈的意思就是,他是她家里的人了!

"恭喜你,程总。"她笑着说。

他故意嗓音低沉地说:"我不是你的宝贝吗?"

心口一阵发热,李玥压低了声音说:"恭喜你,宝贝。"

她说完,脸上跟着发热。

"以后,我们一起吃我妈做的米粉。"

"好。"他低声应着。

他期盼着那一天的到来。

469

第十七章
抓住你了

大概是因为她妈提到了那个小熊布偶，李玥久违地梦到了过去。

梦里的场景有些模糊，周围的脸也不甚清晰，可完全沉浸式的场景让她再一次回忆起从前的事。

那一天，游乐园里有很多人一起去玩，包括江崇的朋友们。那时候江崇刚把他的朋友们介绍给李玥，她希望可以跟他们处好关系。

当天他们一起玩了很多项目，相处得还算融洽。后来他们在一处可以射击的地方停了下来。

这个项目大多是男生们在玩，江崇也尝试过几次，可他们的分数都很低，大多数人都悻悻而归。

唯独李玥那天手感极好，接连得分，最后以超高的分数赢得了一个奖品。李玥在众多的奖品中选择了自己最喜欢的独角兽布偶。

她一直很喜欢独角兽。

她还记得那只布偶的样子，它整体是淡紫色的，胸口和四蹄雪白，头上的角毛茸茸的，摸起来非常柔软，软到了她的心里。

她以前从来没中过什么奖，无论是抽奖还是买彩票都一无所获，连抓娃娃时都从来没抓到过，这是她第一次靠自己得到奖品。

她转过头开心地向江崇展示布偶："看，我自己得的。"

没等江崇说话，旁边的冯盈盈走上前来，声音娇软地说："玥姐，这只布偶好可爱。"

李玥看了她一眼，轻轻地"嗯"了一声。

冯盈盈笑了笑，对李玥说："能不能送给我呀？"

李玥闻言一愣，下意识地想拒绝。

可冯盈盈弱弱地开口："小时候我爸爸就给我买过一只这样的独角兽布偶，可后来它被我妈洗坏了，我那时候哭了好久。这只布偶跟我的那只好像啊，我就像重新看到了那只布偶一样。"

李玥没有说话，周围的人却纷纷地给冯盈盈帮腔。

"这么巧哇？那李玥你就给她呗。"

"盈盈都喊你'姐'了，你还不给？"

"一只布偶嘛，江崇，你的女朋友不会这么小气吧？"

周围的人纷纷地催促李玥把布偶给冯盈盈，可这明明是她自己赢来的，李玥有些不情愿。

江崇主动地站了出来，没让李玥把布偶给冯盈盈，转过头对冯盈盈说："盈盈，我再给你买一只布偶不就行了？"

他走过去，想要再买一只布偶，加价买都没关系。

可每种奖品都是只有一份的，其他布偶只有小熊、小兔，独角兽没有了。

江崇只能买了一只小熊回来，当着众人的面，把它递给冯盈盈。

"你看这只布偶行吗？"

冯盈盈撇撇嘴："可这不是我的那只独角兽哇。"

她看了一眼一直沉默的李玥，轻声说："崇哥，玥姐不愿意就算了，没关系的。"

她轻轻地一笑，可眼角泛起一点儿红。

周围的人看得出她很难过，这下他们看李玥的眼神都变得不对劲儿了。

李玥刚和这群人认识，不想把关系弄得太僵，不情愿地把独角兽布偶送到冯盈盈的面前："既然你喜欢，就给你吧。"

"真的吗？"冯盈盈面露喜色，从李玥的手里接过布偶，把它拎在手里，"谢谢玥姐！"

怀里一空，李玥僵硬地扯了扯嘴角。

之后，哪怕江崇补偿似的把那只小熊的布偶送给了她，她的情绪也一直有些低落。

他们一群人进鬼屋玩的时候，李玥怕受伤就没有进去。

她独自去其他的地方转了转，估计他们快出来了，才走回去。

可在鬼屋的附近，她看到有些怪异的一幕。

她最先看到的是程牧昀，他穿着白色的外套，把衣领上的扣子系得严实，看起来挺拔醒目。

他的容貌总是让他在人群中显得异常耀眼，尤其是他有一种冷淡矜贵的气质，自带与人群隔绝的疏离感。

他是什么时候过来的？

接着，李玥注意到江崇一群人的站姿有点儿僵硬，其中站在中心的冯盈盈咬着嘴唇，面色通红。

程牧昀的声音有点儿冷，他问："布偶很难买吗？一定要抢别人的？"

冯盈盈翕动着嘴唇，小声说："是李玥自己愿意给我的。"

他扫了她一眼："我怎么听人说是你上去要的？"

冯盈盈难堪极了，一副要哭的模样，眼睛里很快蒙上一层水雾。

旁边的余深插嘴说："程哥，一只布偶而已嘛，再说了，李玥都没说什么，你怎么还替江崇的女朋友打抱不平？"

一瞬间，周围的人的眼神都有些不对劲儿。

尤其是江崇，他有意地看了程牧昀一眼。

人群中，程牧昀的表情从容不迫。他并不解释，只是低头看着冯盈盈，问她："你是真缺这只布偶吗？"

冯盈盈出身优越，全身上下都是名牌的衣服，这些衣服加起来价值十多万元，她会缺这么一只几十块钱的布偶吗？她要是真喜欢它，有遗憾，早就自己买新的布偶了，何必找人要呢？

这个问题被程牧昀当面点明，其他人多少也察觉出一点儿不对劲儿了，看向冯盈盈的眼神变得微妙。

呼吸一顿，冯盈盈只觉得脸上火辣辣地疼。她抽泣一声，突然转身跑走了。

她的这个举动着实突然。

旁边的余深问江崇："你不去追她呀？"

江崇蒙了几秒，反问："我为什么要追她？"

余深说："那她就这么跑了，不会出事吗？"

程牧昀对他说："这么担心她的话，你可以去追她。"

余深顿时不吭声了。

冯盈盈就那么跑了，没人去追，更没人去问。

气氛变得有些怪异，大家觉得可能冯盈盈什么时候得罪了程牧昀，而且他说的话也没什么可挑的毛病。他们甚至有点儿后悔刚才给冯盈盈帮腔了。

不远处的李玥看到这一幕，心情有些复杂。

谁能想到，最后替她说话的人竟然是和她不熟的程牧昀？

她静默了几秒后,转身离开了。

可走了一圈之后,她偶然路过一个垃圾桶,上面放着一只显眼的紫色独角兽布偶!

布偶已经不像刚才那么洁白柔软,上面蒙了一层黑土,还沾着一些珍珠奶茶里的黑珍珠,看起来脏污黏腻,已经被当成垃圾直接丢进了绿色的垃圾桶里。

李玥认得出来,这正是她赢得的那一只布偶!

她心底的火一下子蹿上来。

如果冯盈盈真有那么喜欢这只布偶,抢走它也就算了。可原来她根本不在乎它!

这种把东西夺走后又不珍惜的行为让李玥彻底反感冯盈盈。

可现在,李玥望着垃圾桶里脏污的布偶,不舍地摸了摸它的头顶上干净洁白的角。

如果她刚才再坚持一下就好了,它就不会被丢在这里了。

手里的小熊再可爱,也不是她赢得的那一只独角兽。

可后来的日子里,这只小熊陪伴她获得奖牌,每个晚上,她都抱着它入睡。

她喜欢上了它,但是它最后依然被冯盈盈夺走了。

直到最后,冯盈盈不必再来抢江崇,李玥主动地甩掉了他。

她不要小熊了,也不要江崇了。只是被丢掉的那只独角兽,她再也找不到了。

清晨,李玥睁开了眼。

她不打算把梦里的那些不开心的往事放在心上。

翻了一个身,她打开手机,微信里有很多消息,全是祝福的话。

她首先点开置顶的消息。

程牧昀:"生日快乐。"

他还发来了两个红包,一个红包是"520",一个红包是"1314"。

李玥唇畔带笑地收下了两个充满爱意的红包。

没过多久,程牧昀又发来消息:"醒了?"

李玥:"嗯,谢谢男朋友的红包。"

程牧昀回复给她一个猫猫摸头的表情。

"我现在过去接你?"

李玥:"一个……不,两个小时后你再来。"

她要好好地打扮一下。

程牧昀:"我会好好地期待的。"

李玥的脸红了好一会儿。和太聪明的人交往,有时候也很麻烦。

可心里甜滋滋的,她起身挑衣服、化妆。

李玥穿了一身水蓝色的长裙,头发顺直而下,手上戴着程牧昀送给她的编绳手链，中间的白玉在洁白的手腕上散发出润白的光泽。

她走下楼，到了停车场里，程牧昀已经在那里等待。

他下车走了过来，穿了黑衣和长裤，整个人看起来气宇轩昂，让人移不开眼睛。

她在心里感叹，正好过去一年了。

去年的今天，她在直播里陷入四面楚歌的窘境，是他携花而来，为她解围。

过了一年，他已经是她的男朋友了。

这个念头令一股喜悦涌上她的心头。

她拨了拨脸颊边的头发，一步步地走到他的面前。

程牧昀唇畔含笑，语气温柔地夸赞："你今天很漂亮。"

他一向很直白。

李玥的脸上浮起笑容。她精心地准备了许久，在被心上人称赞后得到了满足，十分喜悦。

她主动地牵住他的手："你今天陪我一整天？"

"女朋友过生日，我怎么能缺席？"

李玥绽开笑容，眉眼生动又明媚。

她带着期待问："那我们去哪儿？"

程牧昀见她这副模样，伸手钩住她的脸颊旁边的头发，帮她把头发捋到耳后，说："我先带你去一个地方。"

李玥挑眉："看来程总已经做好计划安排了。"

他保持神秘，说："你可以猜猜看。"

路上，李玥猜了好几次。

"水族馆？"

"我请你吃饭的餐馆？"

"你的家里？"

她全没猜对。

直到两个人到了游乐园的门口，李玥才恍然大悟。

她转头看程牧昀："要来这里？"

她记得上一次来这里还是跟江崇他们一起来的，当然程牧昀也来了。

程牧昀问她："你觉得怎么样？"

"挺好的呀。"

她不会被过去所束缚，而且好久没来玩了，当然要开心地玩个够！

两个人走进游乐场里。

相比几年前，游乐场已经扩建翻新了，增添了不少游乐设施，成了旅游打卡的必选之地。

游乐场里目前人满为患，来往的全是青春靓丽的面孔，可最显眼的依旧是李玥和程牧昀。

两个人外貌出众，身高般配，他们并肩走在一起的画面极其养眼。

李玥心无旁骛地跟他走在一起。

程牧昀买的是VIP票，他们不用排队，一个接一个顺利地玩了许多项目。

尤其是"水上列车"项目，列车伴随着音乐声快速地穿过各种隧道，刺激又好玩，李玥拉着程牧昀玩了两回。

程牧昀对她说："原来你喜欢这种游戏。"

"是呀。"

她是喜欢有点儿危险的项目，否则怎么会喜欢滑冰？

一整天李玥都很开心，抛却了平时的压力和烦恼，跟男朋友一起在游乐场里玩得很痛快。

两个人路过一个大厅时，旁边有一长排的抓娃娃机。

李玥看着里面可爱的玩偶，目光停留了一下。

程牧昀问她："想要吗？"

她摇摇头："手气不好，我从来没抓到过娃娃。"

"我给你抓。"

"算了，拿着娃娃好碍事，我们继续玩别的项目吧。"

话音刚落，她看到不远处有一个鬼鬼祟祟的人，那人还挺眼熟，是之前拍过她几次的记者。

脊背发紧，李玥用力地抓住程牧昀的手，提醒他："有娱记。"

程牧昀面不改色，轻扫了一眼，确认对方大概有三四个人。

她的耳边传来他低沉的嗓音："跑吗？"

"跑。"

那边的娱记刚刚跟身后的同事确定了那就是李玥，而且李玥的身边就是封达集团的总裁程牧昀，这可是两个人官宣后第一次在外露面，他们一定要抓住时机！

他们刚确定好角度，打算拍两个人的时候——

两个人手牵着手，突然掉转方向，跑了！

糟糕！他们被发现了！

娱记赶紧通知同事："快，追上去，咱们拍到那两个人的话，这个月的业绩就稳了！"

馆厅的面积很大，人群拥堵，但两个人身高腿长，跑得很快。前方的程牧昀紧

475

紧地抓着李玥的手,李玥的脸上带着飞扬的笑意。

这种感觉可真刺激。

身后的娱记穷追不舍,两个人七拐八拐,来到了一个偏僻的杂物间里。

杂物间的门没上锁,程牧昀把她拉了进去。

杂物间的里面倒是干净,就是太黑了,只有淡淡的光亮从门缝儿里透进来。两个人都没有说话,黑暗中,只有彼此的喘息声。

过了一会儿,程牧昀小声地问她:"害怕吗?"

没等李玥回答,门外突然传来纷杂的脚步声。

"人呢?"

"他们跑得太快了,没追上。"

"继续找,一定得找到。上次我为了拍李玥,衣服都被人弄脏了,这次我一定要拍到她!"

"人肯定还在馆里,他们俩长得那么显眼,好认的!"

脚步声渐渐地消失,他们离开了。

李玥感觉到心脏还在胸口处飞快地跳。可很快,她又感受到炽热的气息笼罩在自己的头顶上。

她仰起头,借着淡淡的光亮,看到了程牧昀。

他的睫毛纤长,一小片阴影落在他白皙的皮肤上。

她呆呆地看着他。

他在一点点地靠近她,带着苦橙香气的温暖气息袭来,轻柔的吻落在她的嘴唇上。

她闭上了眼。

黑暗中,他灼热的吻缠绵而蛊惑,令人心颤不止。

她听到他低沉沙哑的声音。

"看来,你不害怕呢。"

她的心跳不断加速,脸上烫得不行,可一切都敌不过此刻偷来的甜蜜。

接下来,两个人小心地离开了场馆,天已经黑了。

夜里的游乐园依旧热闹,人群熙熙攘攘、川流不息。

两个人走在人群之中,手牵着手。

李玥望着这样繁华的夜景,内心轻松而宁静。

她小时候曾经幻想过,如果要结婚,他们一定不要吵架,不要冷战。

她会和另一半牵着手走在人群中,那个人会陪她玩,带她闹。

只要见到他,她就忍不住跟着一起笑。

可有时候她又会悲观地想,那可能只是梦想。

然而，她遇到了程牧昀。他实现了她的梦想。

李玥停住了脚步，突然抱住程牧昀，把脸埋在他的怀里，小声地说："谢谢你。"

程牧昀揉了揉她的头发，声音里带着笑意："现在说谢谢是不是早了点儿？"

"什么？"

"我还没有给你生日礼物。"

"我已经有礼物了。"她直勾勾地看他。

他反应过来，喉结滚了滚。他压低嗓音问："是想要我吗？"

"可以吗？"

眼里带着笑意，程牧昀摸了摸她的脸颊："可以再贪心一点儿。"

他带她到了寄存处，拿出一个大盒子，这是他提前放在这里的。

李玥盯着盒子，心里忍不住期待。

盒子里会是什么东西呢？

程牧昀没有马上打开盒子，而是牵着她往高台上走。

李玥走在台阶上，低头向下眺望，视野里有一片光亮，让人心怡，夜风拂过耳畔，带起长发。

她呼吸着清冽的空气，看向前方的程牧昀宽阔的背脊。手上稍稍用力，她问他："你是要带我去哪儿呀？"

"马上就到了。"

两个人走到高台上，有点儿奇怪，上面竟然是空的。

他们在视野最佳的地方停下脚步。

程牧昀转身把盒子递到她的面前："打开吧。"

真要打开它了，她反而开始紧张。

李玥看他一眼，开玩笑地问："盒子这么大，你不会是要送给我一只小狗吧？"

他竟然笑了，说："差不多。"

啊？那过了这么久，小狗可不得闷坏了？！

李玥再顾不得什么，赶紧拆了丝带，打开了上面的盖子。

她瞬间愣住。

这不是小狗，而是一只可爱的独角兽。

独角兽通体是紫色的，胸口和蹄子雪白雪白的。

她静静地看了好几秒，才把这只可爱的独角兽布偶拿出来。

她抬头看向程牧昀："这是……？"

他点点头："没错，是你的。"

她感到心口猛然被一股情绪狠狠地一撞，不可置信地望着他，在他的表情中得到了肯定。

是的，这就是当初被冯盈盈要走又丢掉的布偶。

布偶已经不复当初的崭新，可被保存得极好，绒毛雪白，触感柔软。

当时它沾上的脏污已经完全消失了。

眼睛酸酸的，她问："是你把它捡回去的？"

"嗯。"

那天，他看到她站在垃圾桶的面前，她脸上的表情难过又气愤，他当下便知道，那就是她赢的那只独角兽布偶。

她离开后，他把它从垃圾桶里拿出来，拿回去进行消毒清洁，使那只独角兽重新变得崭新可爱。他一直好好地保存着它，想找机会把它送给她。

终于，他等到了这个合适的时机，在她生日的当天把独角兽送给她。

程牧昀说："你妈妈说你原来有一只小熊布偶，可它被人要回去了，现在我把这只布偶还给你。"

兜兜转转，过了好几年，在她24岁的生日时，在同一个地方，这只她赢得的独角兽再次回到了她的怀抱。

心底的情绪不断地翻涌，眼角发热，李玥上前一步，紧紧地抱住他。

"我不要小熊了，要这只独角兽，只要这只！"

程牧昀低笑着问她："这么喜欢它吗？"

"嗯，喜欢，我超喜欢的。"

原本的怅然和失落已被驱走，曾经丢失的宝贝被找回。那些不美好的回忆，全都被更快乐的记忆所替代，这是独属于她和程牧昀的快乐记忆。

"我最喜欢游乐园了。"她轻声说。

她听到程牧昀低沉的笑声，感受到他的胸腔正微微地起伏。她的耳朵微微地一热，是他轻轻地揉了揉她的耳垂。

"你今天有没有许愿？"

"还没有。"

"要不要现在许愿？"

"好。"

李玥闭上眼，在心底轻念：花好月圆时，岁岁人相伴。

她希望身边的这个人能够一直拉着她的手走过人生的路。

她的身边响起他的声音，声音轻轻柔柔的。

"许好愿了吗？"

"嗯。"

"等等再睁眼。"

他轻念着："三、二、一。"

她忍不住屏住了呼吸。

"抬头。"

李玥应声睁开眼，抬起头。

"砰"。

绚丽的烟花瞬间在眼前绽放，此起彼伏的尖哨声在耳边响起，然后夜空中再一次绽开缤纷的烟花。

她的心脏跳得剧烈，胸口仿佛被点燃了，被震得酥酥麻麻，浑身热腾腾的。

程牧昀从后面环抱住她。

他凑到她的耳边说："宝贝，生日快乐。"

生日快乐。愿你年年如今日，快乐无忧愁。

在绚丽的烟花下，她抱着布偶，他抱着她。

当天晚上，橙粒超话里很热闹，因为今天是李玥的生日。

"橙粒一周年快乐！"

"抽奖抽奖，转发这条对橙粒的祝福，明天抽一箱果粒橙饮料！"

"玥宝今天过生日，程总怎么会没有表示呢？真情侣快点儿秀起恩爱来！"

"上次玥玥过生日，直播时还公开地发糖呢，今年他们都正式地交往了，一定会有大糖！"

"快去看热搜，有人在游乐园里偶遇橙粒啦。虽然照片好模糊，但我凭八倍镜似的眼睛一眼就认出来了，这一定是他们俩！"

"他们今天去这个游乐园庆祝玥玥的生日了呀？我前几天才刚去，今天去的话是不是就能偶遇他们了？哭晕！"

"等等，大家有没有觉得这个地方有点儿似曾相识？"

"是他们在很久以前就去过的那个游乐园吗？他们俩当天都在那里发过微博的，是吧？"

"对对，就是那个游乐园。我的天，他们年少时一起去过那个地方，现在交往后重新去那里玩，好浪漫哪！"

"小情侣旧地重游，他们俩好会呀！"

"甜到了，已经甜到了。"

李玥和程牧昀公开恋情后，粉丝的人数暴涨。

可粉丝们发现，他们俩公开恋情后一点儿都不营业！

其他情侣公开恋情后，不是上综艺节目，就是合拍杂志，最起码情人节和七夕节时必须在微博上秀一秀恩爱。可他们俩呢，怎么连一条同框的新闻都没有？

这可苦了粉丝们了。

说实话，说他们没有被邀约当然是假的。

现在橙粒是大热情侣，而且形象正面、评价又好，各大影视和综艺节目的资方纷纷向他们抛来橄榄枝。

受到一个报价非常高的恋爱综艺节目的邀请后，邹姐试着问了问李玥。

李玥听到后，瞬间被价钱吓到了。她这辈子还没赚到过这么多钱，看着一长串的数字，颇有一股不真实的感觉。

可她依旧拒绝了："我要训练的。"

虽然体育局同意她出现在公众场合，让她多宣传一下花滑项目，但拍这些节目难免会影响训练，让她不得不分心。

邹姐感到惋惜，说："要不你和程总商量一下？"

李玥觉得程牧昀对上恋爱综艺节目不会有太大的兴趣，毕竟除了工作，他还要作曲。

果然，她跟他说了这件事之后，尤其是在报价的数额上加重了语气时，程牧昀的反应平平。他甚至来了一句："就这？"

李玥："……"

是了，程总可是大总裁，有上节目的工夫还不如工作赚钱呢。

李玥忍不住吐槽："感觉你凡尔赛了。"

程牧昀立刻示弱："我很穷的。"

啥？他说啥？

"我现在每个月都在为住的房子还贷款。如果以后公司经营不善，我还要靠老婆养。"

李玥"扑哧"一声笑了。

话筒里传来他低沉诱惑的嗓音："李老师愿意养我吗？"

心口一阵发烫，李玥轻轻地一笑说："包在我的身上了。"

反正她早就在他的小区里出了名，干脆就坐实这个身份好了。

第二天的中午，李玥给程牧昀发了一条微信。

李玥："你在干什么？"

很快程牧昀发回来一条消息。

480

程牧昀："在食堂，午饭时间到。"

李玥："给我看看。"

程牧昀发过来一张饭菜的照片。

李玥："哇，伙食好好，你们公司的员工好有口福！"

程牧昀："以后欢迎来品尝。"

李玥："好哇，不过我更想吃程大厨做的饭菜。"

程牧昀："随时欢迎点餐。"

李玥："真的呀？"

程牧昀："我难道不是你包的私人厨子吗？"

端着餐盘的助理小杜路过时，不小心看到了老板的微信页面，沉默了一下。

瞧瞧这甜话，这功力！怪不得老板能脱单，自己还是一条可怜的单身狗呢！

他能不能请教一下老板，让老板也给他传授一点儿经验？

于是，程牧昀在不知情时，已经被袁婕和小杜认定为脱单的恋爱老师了。

晚上，李玥问程牧昀："程大厨晚上给自己做大餐了吗？"

这次程牧昀回消息没那么快。快半个小时过去了，他才回复李玥："抱歉，才看到消息。"

李玥："在谈生意？"

程牧昀："不是，和几个朋友在酒吧里。"

李玥："丁野吗？"

程牧昀："嗯，还有其他几个朋友。"

他发来一张照片，环境清幽的酒吧里，几个人在小酌，其他人都两两结伴，倒是衬得程牧昀一个人都有点儿孤单了呢。

程牧昀："刚才我拍照被发现了，他们问我拍照给谁看，我说给你，然后他们说……"

李玥："说什么？"

程牧昀："他们说你又不会查岗，我给你拍照片多余了。"

李玥猜到程牧昀大概是有点儿喝多了，平时他可不会这么说话。

李玥："摸摸头，要少喝一点儿酒呀，宝贝。"

李玥打完这个词，脸上烧得不行。她还是有点儿害羞。

然而显然这句甜话很有效，程牧昀直接打过来一个电话。他声音低低地说："你是故意的。"

李玥笑了一声："你喝了多少酒呀？"

"不多。"

他静默了片刻，问她："你什么时候能回来？"

"想我了吗?"

"嗯,想你。"

心口被甜话烘得暖暖的,她捂着话筒小声回答:"程先生,我也想你了。"

第二天的晚上,程牧昀依旧要参加酒局。

他喝得有点儿晕,好在酒量不错,意识还算清醒。

告别了众人,他独自来到停车场里,突然看到一个纤细窈窕的身影站在他的车旁边。

她侧眸看过来,先是露出笑容,接着又微蹙眉。

她走上前来,夜风吹过来一股栀子花香。

她倾身抱住了他的腰,小声嘟囔着:"程总,你不听话,又喝这么多酒。"

程牧昀缓了几秒,才确定了眼前的人是真实的。

眼里带着惊喜,他抚住她的脸颊:"你怎么来了?"

她仰起头,脸上带着飞扬的笑容。她一字一顿地说:"我来查岗啦。"

程牧昀低头盯着她,接着收紧手臂,紧紧地抱住她。

他的怀抱炽热温暖,心跳声急促热烈。李玥依偎在这个怀抱中,寒风也抵不过此刻的心动。

两个人一起回了家。

她刚关上门,眼前便一暗,嘴唇被含住,唇齿被撬开。

她尝到淡淡的酒味,舌尖上竟然有一点儿甜味。

她跟着有些醉了,头晕晕的。

屋子里一片黑暗,只有"窸窸窣窣"的衣服摩擦声。

她回应的吻表明了一切。他把她打横抱起来,走进了卧室里。

大概是因为小别胜新婚,这一晚两个人都有点儿疯,李玥后来都怀疑程牧昀是不是真的喝多了,还是说,他是喝得越多越来劲儿的那种人?

回忆起两个人最初的那次就是他醉酒强吻了她,她不得不怀疑,可能酒精对程牧昀来说是一种助燃剂。

第二天李玥早早地醒来,程牧昀还在沉睡。她静静地看了他几分钟,感觉怎么看都看不够。

过了一会儿,她轻手轻脚地起了床,洗了澡,换了衣服,接着来到了厨房里。

拿着铲子,她轻吸一口气:"来吧。"

程牧昀是在一股焦煳味中醒来的。

浑身的肌肉一紧,接着他便匆匆地套了一件衣服走出卧室,看到了穿着围裙的李玥。她正在做菜，没有注意到程牧昀出来了。

她在煎鱼，手里拿着木铲，一边翻鱼，一边往后躲，皱着眉头，很害怕锅里溅出的油。

他轻轻地走了过去，拿走了她手里的木铲。

李玥先是被吓了一跳，看到他之后缓和了表情，接着又窘迫地咬了一下嘴唇。

"鱼煳了。"她小声说。

"没关系。"

程牧昀过去关火，把煳掉的鱼处理干净，转过身看到李玥还站在那里，她把嘴唇抿得很紧。

他走过去，掐了一下她的脸："生什么闷气呢？"

"不是。"

李玥也不知道怎么说。好不容易有了假期，她本来计划得好好的，他一醒来，她就已经做好一桌子的饭菜，给他一个大大的惊喜。结果"出师未捷身先死"，她连一道菜都没做好，鱼还煳了。

唇上突然一热，是他亲了她一下。

李玥的脸猛地红了，什么惊喜、鱼煳了的事，全都被抛在脑后了。

她力道很轻地推了他一把："你干吗？"

程牧昀笑得温柔又好看，仿佛已经明白她心里所有的想法，说："你能来，我很惊喜。还有，早上好，女朋友。"

这个人真是……

李玥想吐槽他一下，心里又甜滋滋的。

最后她主动地抱了他一下："早上好，男朋友。"

早餐还是程牧昀做的，美味健康，色香味俱全。李玥对他竖大拇指，夸赞这不愧是程大厨做出的饭菜。

程牧昀轻轻地揉了揉她的头发。

这个假期来之不易，两个人最后决定不出门，就在家里待着。

程牧昀拿出游戏机："你之前不是说想玩这个游戏吗？今天试试。"

李玥凑过来："是梁小西推荐我玩的那个游戏吗？"

程牧昀说："嗯。"

他随意地向下一瞥。李玥随意地找了一件程牧昀的T恤套上，男士T恤宽大的领口让她露出两条平直纤细的锁骨，胸口处露出一片细腻的肌肤。

他意识到，她在里面什么都没穿，这让他的喉头一紧。

李玥注意到程牧昀的喉结上下地滚了滚，他的呼吸在缓缓地收紧。她无知无觉地又靠近了些，问："怎么了？这个游戏……是恐怖向的？"

"不是。"

他轻轻地别过脸，打开游戏机，把另一只手柄递给她。

李玥掂了掂游戏手柄，有点儿期待。她好久没有玩游戏了。

游戏有不同的模式，可合作，可对战，李玥一开始选了对战模式。

她对比赛和竞技一向认真，上来第一轮就把程牧昀的人物打死了。

程牧昀侧头看了她一眼。

发现了他的目光，李玥完全不心虚，说："打游戏要认真点儿的，是吧？"

放水玩多没意思。

程牧昀的腮帮子微鼓了一下，英眉微挑，他点头道："没错。"

他答应得这么爽快，她的心底反而有点儿空落落的。

第二局，开场，她"落地成盒"。

第三局，三分钟，画面灰屏。

第四局，不到五分钟就又被打死的时候，她无声地转头去看程牧昀。

两个人四目相对，他微微地一笑，说："打游戏要认真点儿的，是吧？"

李玥："……"

程总，原来您是这种人吗？

她以前听人说程牧昀在生意场上运筹帷幄、睚眦必报，还觉得那是他们在诬蔑他，如今亲身体会过，才知道此言不虚。

这个人好记仇！

她轻吸一口气，迅速调整好心态，放下了手柄，站起身。

"玥玥？"他喊她一声。

李玥居高临下地俯视他，冷冷地"哼"一声："你等一下，我要去拿我的制胜法宝。"

她转身回了卧室，没过一分钟就出来了，双手空空的，可程牧昀注意到她换了一件衣服——一件上面印着米老鼠图案的白色T恤。

她带着胜利在望的笑容，重新坐到他的身边："来吧。"

程牧昀看着她的胸口，缓慢地眨了一下眼睛："这就是你的法宝？"

李玥挺直背脊，抚摸了一下胸前印着的米老鼠，故意挺了挺胸："你就说怕不怕吧？"

他连小豚鼠都害怕，更何况米老鼠！

她就要穿着印着米老鼠的衣服，从精神上压制他，再在游戏里干掉他！

程牧昀短促地轻笑一声，微亮的眼眸仿佛月色里点着的两簇火苗。他慢条斯理地开口:"尽管来试试。"

李玥可不服输,继续来战!

一次又一次地输掉比赛,她完全不气馁。

她在一局局的对战里摸索出程牧昀的习惯,耐心地等待时机。

可程牧昀的操作极好,她几次没打到他,开始在偌大的地图里寻找他的位置。

这一次她一定要赢!

就在李玥认真地搜寻的时候,一只热热的手从背后伸了过来,白皙修长的手指滑到她的胸口上。

李玥浑身一绷,呼吸瞬间乱了。

他是什么时候坐过来的?

"你……干什么呢?"

"认真点儿。"程牧昀低下头,咬着她的耳尖说话,"不怕一会儿再被我反杀吗?"

"你……"

她说不出话来,狠狠地吞咽了一下口水,"咕咚"一声,心脏"怦怦"地跳。

她一边舍不得这局即将赢下的比赛,一边又受不住他这样乱来。

她声音有点儿软地说:"别……"

"别什么?"他靠过来,胸膛贴紧她的后背,滚烫的皮肤互相触碰着,让人浮想联翩。

一个不小心,她操作失误,差点儿被其他的游戏玩家发现!

程牧昀故意亲了亲她的颈侧,在那里啄了啄:"玥玥,是我让你分心了吗?"

她的脸上红得不行,操作也变得越发不稳,她更是根本找不到他的人物藏在哪儿。

接着,她被远方未知的敌人发现了,画面再一次灰屏,最可恨的是她所有的装备都被那个人拿走了!

"程牧昀!"

她气冲冲地转过头要说他,却被他的吻堵住了嘴巴。

她钩住了他的脖颈,有点儿凶地咬了一下他的唇。

过了一会儿,她轻轻地推开他,低低地喘着气,气呼呼地说:"你要诈。"

程牧昀用拇指擦了擦她的嘴唇,眼底带着笑意说:"是你自己分了心……"

"明明是你欺负我。"

眼角有点儿红,她又凶又气地咬了他的手指一口。

就是这只手,刚才不老实!

目光渐深,程牧昀把她搂到怀里又亲了亲。

她用手捂住他的嘴,微蹙眉说:"都怪你,我被别人打死了……"

他握住她的手,在她的手心里轻轻地一啄,声音低沉宠溺地说:"我帮你打回去,给你出气好不好?"

她被亲得发痒,再听到这句话,眼眸微亮地问:"怎么打?"

他把手柄捞回来,就保持这个姿势,重新选了游戏模式。

这次不是对战,是合作。

两个人是队友,开始在地图上搜索刚才的敌人。

程牧昀显然是游戏大佬级别的人物,很快就找到了对方,带着李玥藏在岩石后面,指着方向告诉她:"就这儿,打。"

李玥迅速瞄准、射击。

"砰",积分到手!

"啊!"她兴奋地坐直身体,"报仇了!"

程牧昀揽住她的肩膀,让她继续靠在他的身上,低声问她:"爽吗?"

李玥仰头看他,棱角分明的下巴让他显得十分英俊,哪怕她是从这个角度看他,程牧昀依旧好看得出尘。

她像逗猫似的钩了钩他的下巴,眯着眼睛笑:"爽。"

他享受着她的抚弄:"那再来一次?"

"来!"

接着,她一个接一个地去打对方小队的队友,哪怕他们坐车逃跑,两个人也依旧穷追不舍。

后来对方用了道具来求饶:"大哥行行好,放过我们吧,我们把装备还给你们行不行?"

李玥说:"我不是大哥。"

"大姐?"

李玥说:"宝贝,快,给我打他!"

程牧昀沉默着,直接把对方干掉了!

对方小队的最后一个人愤愤不平地喊道:"好哇,原来是狗情侣!有对象了不起呀?!"

李玥瞄准对方,按下按钮。在对方即将倒下的时候,她快速地打字,在心灵上又给对方重重的一击:"有对象,就是了不起呢。"

她笑得肆意飞扬。

这天下午,李玥上手之后就玩得很顺畅了。她后来找了梁小西一起玩,不跟程牧昀一起组队了。

对战打不过,合作又躺赢。他玩得太好,她反而发挥不出实力了。

很快，夏蔓刷到了一条朋友圈。

图片里，李玥摆弄着游戏手柄，心无旁骛地投入其中，漂亮的脸上一副十分认真的神情。

夏蔓恍了一下神，再定睛一看，这条朋友圈竟然是从来不发朋友圈的程牧昀发的。

他的第一条朋友圈是："我家小朋友玩得好认真。"

还在上班的夏蔓觉得自己被狠狠地塞了一口狗粮。最重要的是，她家宝贝竟然没把放假的事告诉她！

她直接打过去一个电话。

李玥没接第一个电话，过了一会儿才回过来电话："小夏？"

夏蔓"哼"着问："你在哪儿呢？"

"程牧昀的家里。"

"李玥，我发现你现在变了。"

"啊？什么变了？"

"还不明显吗？你重色轻友了，只顾着夜夜笙歌，把朋友都抛到脑后了！"

李玥的声音小了点儿，她说："哪儿有夜夜笙歌？我就是有那种心思，也没那种条件哪。"

夏蔓冷冷地说："哦，所以有条件就可以了，是吗？"

李玥笑了笑："我错啦，晚上请你吃饭赔罪好不好？"

"我选馆子，你结账。"

"没问题。"

安抚好闺密，李玥挂了电话。

程牧昀突然凑过来，带着清冽的苦橙香气，气息热热地落在她的脸侧："谁打来的电话？"

他的目光落在她的手机屏幕上，上面写着两个字：宝贝。

不知道怎么，李玥心头突然紧了一下，说："夏蔓哪，晚上我要陪她吃饭。"

他没吭声，伸过来一只手，在她的手机屏幕上点了点。

他看到了通话记录里的列表：宝贝、程牧昀……

他微拧着眉，低头咬了一下她的肩，声音有些哑地问："怎么回事？"

她边躲边说："什么呀？"

他的声音发沉，低低地从喉咙里滚出来："为什么我的备注是名字，夏蔓的就是'宝贝'？"

那她也不能备注两个一样的称呼呀，而且总有先来后到之分吧？

她弱弱地解释:"夏蔓的备注是我原本就备注好的呀。"
"所以呢?"
他压上来,这次和她肌肤相贴。
她感觉呼出的气息都是热的,求饶地说:"那我把你的备注改一下好了。"
"改成什么?"
"程程?"
他埋下头来,李玥只觉得眼前一暗。
"程总?牧昀?男朋友?"
她一个称呼一个称呼地喊过去,他对哪个称呼都不满意。
他扣住她的手,手指一根一根地嵌入她的指间。掌心相贴,他完全掌控和占有她。
"宝贝?"
他咬着她的耳尖,压着嗓音教她:"叫老公。"
她气息不稳地低声喊:"老公。"
"乖。"
他亲亲她的额头,心满意足地让她修改了属于他的新备注。
这天夏蔓按照正常的时间下了班。
她挑了一家新馆子,这家饭馆的菜适合运动达人,食物健康又丰富,既能满足健身人士,也能满足想饱口腹之欲的人。
夏蔓见到李玥之后,直接给她一个大拥抱:"宝贝,想死你了!"
李玥笑了笑:"我也想你。"
"那你不联系我?"
"这不是来给你赔罪了吗?"
夏蔓"哼"了一声,不过没在这个问题上追究下去,能见到李玥就很开心了。
只是松开李玥时,夏蔓有点儿奇怪地看了她一眼:"你这件衣服的领口太紧了吧?"
李玥穿的是一件高领的衬衫,扣子系得严严实实的。
夏蔓瞥了一眼旁边的程牧昀,他同样穿着白色的衬衫,领口和从前一样紧。
可能是情侣相处久了,彼此的穿衣习惯就会互相影响吧。
好在夏蔓没多问,李玥缓缓地松了一口气,轻横了程牧昀一眼。
谁能想到两个人之所以穿得这么严实,是因为脖子上有吻痕或齿印呢?
脸跟着热了一下,李玥不敢再回忆。
夏蔓的控诉没错,李玥倒是没有重色轻友,却做到了夜夜笙歌。
她的脸红得不行。
夏蔓还有点儿奇怪,问:"玥玥,你的脸怎么这么红?是太热了吗?"

李玥只能说:"嗯,衣服穿多了。"

"那你把衣领的扣子解开呗。"

"不了,一会儿就好。"

夏蔓眨眨眼,总觉得李玥有点儿怪怪的,可又说不出是哪里奇怪。

饭菜上来后,夏蔓尝了尝,味道果然好。她跟李玥一起吃饭,就能挑到好吃的饭店!

不过李玥跟他们吃的东西不一样。她只能吃点儿水煮青菜,看着怪可怜的。

李玥开口问夏蔓:"你最近的工作还那么忙吗?"

她一伸筷子,把刚被程牧昀烫熟的青菜捞到自己的碗里。

夏蔓眯着眼睛看了几秒,才回答:"还那样吧。"

李玥问:"总加班不好吧?"

嗯,她又把程牧昀的菜夹走了。

"怎么都不会比你累。"再看到李玥伸筷子的时候,夏蔓都有点儿看不过去了,"哎,你怎么总抢人家吃的东西呀?"

李玥不轻不重地"哼"了一声,说:"我故意的,就欺负他。"

"有点儿过分哪。"

李玥抿唇,横了一眼程牧昀,发现他的嘴角翘了起来。

心口一烧,她忍不住想:到底是谁欺负谁呀?

夏蔓再看一眼程牧昀,发现他的表情很柔和,他一副挺乐意的模样,不等李玥去抢自己的菜,还主动地把菜送到她的碗里。

夏蔓:"……"

行吧,她的姐妹牛,她服气。

等到他们吃完这顿饭,李玥让程牧昀拿着她的卡去结账。

夏蔓凑近她,调侃一句:"看不出来,你御夫有术哇。"

李玥装模作样地干咳一声:"还行吧,主要是人听话。"

"哟,说你胖还喘上了。"

李玥忍不住逗夏蔓:"你要学吗?"

夏蔓噘着嘴说:"你当人人都是程牧昀哪?"

才不是李玥的那些招数好用,是程牧昀心甘情愿罢了。

李玥终于忍不住笑了,夏蔓去拍她的肩膀。

一只手突然伸了过来。

程牧昀把李玥拉到自己的身边,轻声说:"别欺负她。"

夏蔓一听这句话,不乐意了,直接把李玥拽回来:"我才没欺负她呢,这是我们姐妹之间的事。程总,不要以为自己上位成功就能把我也挤走了。"

夏蔓抬了抬下巴,示意李玥:"是吧?宝贝。"

程牧昀微挑眉,对李玥略有深意地喊一声:"宝贝。"

这个嗓音带来的记忆太过刺激,李玥捂住脸,真是要死了。

李玥觉得她好难,安抚完这个人,又怕另一个人跟她秋后算账,最后干脆装死,对任何人都不回应。

夏蔓无情地吐槽:"渣女。"

李玥想:我真冤,堪比窦娥的那种冤。

辞别了夏蔓,两个人回到家里,换上轻便的衣服。李玥换衣服换得快,带着一点儿坏心思去看程牧昀。

平时,程牧昀总是西装革履的,连最上面的衬衫扣子都系得严严实实的,透着一股勾人的禁欲气息。

李玥记吃不记打,看着程牧昀慢条斯理地解开衬衣的袖扣,动了动念头,靠在门边故意说:"就这样,慢点儿脱衣服。"

程牧昀闻言抬眸看了她一眼,声音有点儿危险:"要不你来代劳一下?"反正他都可以。

李玥怎么会听不出他的弦外之音?她赶紧收起了调戏之心,迅速溜走。

接下来,两个人在客厅里看起了电视。

李玥躺在程牧昀肌肉紧实的大腿上,不得不说这个膝枕超舒服的。

可没过一会儿,他就用手轻轻地抚摸她的头发,一会儿碰碰她的脸,一会儿捏捏她的耳垂。

最后她都有点儿烦了,抓住他的手说:"老实点儿,看电视。"

他垂下头,在她的耳边吹气,低声地道:"我没有电视好看吗?"

"别闹了。"她推开他,"你累不累?"

"我不累。"

"先把结局看完再说。"

他弯起眉眼:"好。"

真是的。李玥禁不住笑了笑,见他笑得好看,忍不住又摸了摸他的脸,在他又要垂下头的时候,她的目光突然被电视吸引过去。

现在播放的是一档恋爱综艺节目。

李玥虽然不想参加恋爱综艺节目,但还蛮喜欢看的,尤其是这档综艺节目里的嘉宾全是素人,其中一位男嘉宾小熠和另一位女嘉宾相处得很好,很多观众都对他们两个人在一起很看好。

今天节目正播到了要紧的地方，节目组设置的环节是男嘉宾可以把花送给喜欢的人，这就相当于表白了。

按照节目组的要求，双方只要在一起了，就会离开节目，节目组重新安排新的嘉宾参与进来。

电视里，在场外观察的观察团讨论着。

主持人说："你们觉得小熠今天会表白吗？"

女嘉宾A说："我觉得会，他表现得那么明显了。"

女嘉宾B说："同意，女方已经给出信号了，这时候应该有一个人去捅破这层窗户纸，今天的送花环节不正是很好的机会吗？"

男嘉宾C说："我觉得不一定。"

主持人笑着说："让我们继续看下去吧。"

李玥有点儿跃跃欲试，问程牧昀："你觉得他会表白吗？"

程牧昀直接否定："他不会。"

李玥起了逆反心，说："我觉得会。要不要赌一把？"

他搂住她，让她躺得更舒服一些："赌什么？"

她想了一下，说："赌得小点儿，就赌一千块钱吧。"

她正好要买一样东西，想让他给自己一点儿钱意思意思，这就相当于他们两个人一起买了那样东西。

程牧昀说："可以。"

两个人转向电视屏幕，在浪漫的灯光下，小熠拿着那束玫瑰花。

画面切换，另一边的女嘉宾在低头期待着，眼睛里带着光。

这一幕唯美又令人怦然心动。

这时候画面切换成小熠这边，他站在原地，对着镜头说："今天，我想把这束花送给自己。"

李玥："……"

她直接坐起来了，聚精会神地看着屏幕，后背紧绷着。她倒想看看这个人打算说什么话。

小熠说："我觉得可以把花送给别人，也可以送给自己。每个人都可以靠自己的努力得到心目中的那束花，所以我选择把花送给自己。"

别说当事人蒙了，观察团也蒙了，李玥都不明白。

她立刻回头问程牧昀："你怎么知道他不会表白的？"

小熠明明对那个女嘉宾很好哇，嘘寒问暖的，知道她冷，还带了毯子给她盖。

程牧昀说："他不喜欢她，或者说，没那么喜欢。"

"你是怎么看出来的？"

"他不只对她一个人好。"

他也不只带了一条毯子。

"喜欢一个人，对她是会有特殊的优待的。"

你会不自觉地想对他好，时刻注意他、关心他，想要靠近他，不能自控，更无法自拔。

喜欢，就是在众人当中，你是我唯一会看向的那个人。

他拨了拨她的脸颊旁边的头发，语气温柔地问："愿赌服输吗？"

"好吧，是我不会看人。"

她从鼻子里喷了一口气，悻悻地在微信上给程牧昀转账。

程牧昀立刻收了钱。

她好气呀，被综艺节目里的渣男骗了，还亏了钱。

她忍不住发了一条朋友圈，发了一张给程牧昀发红包的聊天儿截图。

李玥："不要打赌。"

下面很快有人评论。

夏蔓："程总也好意思要这点儿钱？"

丁野："你现在知道某人的真面目了吧？"

李三金："姑娘，你缺钱吗？"

可没过多久，李玥的手机响起"叮咚"一声。

程牧昀给她转了一万块钱。

李玥抿了一下嘴唇，声音有点儿发软地问："你干吗给我打钱？你赌赢了呀。"

他看着她，眼眸里仿佛盛着醉人的酒："我不是说了吗？对喜欢的人是有特殊的优待的。"

她的心口微微地一动，此刻的心情仿佛在炎炎的夏日里吃到了冰箱里的冰激凌，甜美的冰奶油在舌尖上化开，整个人又甜蜜又开心。

这个人怎么会这么好呀？

她很快收了红包，接着整个人贴过去抱住他，在他的怀里像小猫一样蹭了蹭，闻到他的身上好闻的苦橙香气，轻轻地勾起嘴角。

他用下巴抵住她的额头，沉着声音说："谁说你不会看人？"

两个小时后，李玥再次发了一条朋友圈。

李玥："要靠近爱情。"

图片是程牧昀发给她一万块钱的聊天儿截图。

这次下面的评论更多。

夏蔓："这大半夜的，你礼貌吗？"

袁婕："我学到了！"

小杜点赞。

梁小西："啊啊啊啊啊啊！我嗑到了！甜死了！"

丁野回复梁小西："收一下我给你发的红包。"

梁小西回复丁野："谢谢，不要。"

丁野："……"

李玥上次突击查岗后，程牧昀整个人的状态都不一样了。

对不必要的酒席与聚会，他能推辞就推辞，而且说辞非常有力："我的女朋友是会查岗的。"

人家被查岗都是忐忑不安的，这个人说这句话时却简直是满面春风。

这天，狗仔蹲守程牧昀已经是第二周了。他们明明得了消息，确定李玥有假期，按照常理，两个人是一定会见面的，可为什么他们偏偏就拍不到？

程牧昀和从前一样上下班，身边没有任何亲密的异性出现，李玥更是连影子都没有。

这可苦了一直跟拍的狗仔们了。

他们不知道的是，李玥早已经在小杜的掩护下，乘专用的电梯，进入了封达公司。

这是她第二次来程牧昀的公司了。这一次不必再麻烦小杜引领她，她偷偷地走进了程牧昀的办公室。

办公室和之前一样，有明亮洁净的落地窗、宽大的办公桌，戴着金边眼镜的程牧昀正认真地低头看着纸质的文件。

李玥进去的时候，他都没抬头。

她弯了一下唇，轻轻地走了过去，把买好的咖啡放到他的手边，故意捏着嗓音说："程总，请喝咖啡。"

程牧昀自然知道有人进来了，在对方靠近时已经察觉到异样。直到闻到一股淡淡的栀子花香，他才向旁边一瞥。

她穿着黑色的短裙，一双纤细的腿上裹着丝袜，线条优美，脚踝细细的，让他不禁联想起自己用一只手便将其握在手心里的画面。

他放下手上的文件，向旁边一伸手臂，直接把人捞到了怀里。

李玥猝不及防，反应过来时，整个人已经坐到了他的大腿上。

她按捺住胸口处急促的心跳，忍不住说："你不怕抱错人了呀？"

· 493 ·

他低下头来,语气笃定地说:"我不会抱错人的。"

两个人四目相对,李玥忍不住微微地一笑。

程牧昀垂着眼帘问:"你怎么突然过来了?"

"顺路来看看你呀。"

李玥抬手拨了拨他额头上的碎发,突然说:"我明天要回队里了。"

"明天?"

"嗯。"

他收紧手臂,抱住她。

李玥感到他把头埋在自己的颈侧,忍不住揉了揉他柔软的头发,像抚摩一只大狗似的,又调笑着说:"舍不得我呀?"

"嗯,舍不得。"

真听到他如此直白地说话,李玥自己反而害羞得脸红了。

李玥是运动员,长期的封闭训练是她的日常。正如李三金曾经交代过的话,做运动员的家属要有觉悟,程牧昀愿意等她。

因为现在已经不像从前是那种无望的等待了,现在的她总会回到他的身边。

他闻着她身上芬芳的栀子花香,接着轻轻地拍了拍她的背脊,问她:"要一起出去玩吗?"

她咬着下唇,小声说:"我想多跟你待一会儿。"

他缓缓地松开她。眼睫微微地一动,他低声道:"要不要听听我的新曲子?"

她的眼眸亮了一下:"好哇。"

两个人再次来到程牧昀的音乐室里。

里面的设施看起来变得更加专业了,李玥看不懂,也不敢动它们。

她看着程牧昀在机器上按键,接着他拿出一个专业的耳机戴在她的耳朵上。

她轻抿嘴唇,呼吸有些发紧,很快,耳机里传来悠扬的旋律。

不同于《坠落月光》,这首曲子明快飞扬,让人听着就忍不住嘴角上扬。

她闭上眼,脑海里浮现出一片金灿灿的日光,不,是一大片迎春花。花色金黄,蕊带清香,迎春花在温柔的春光中迎风盛开。

这是一首温暖又明快的曲子。

曲子在不知不觉中结束了,李玥许久后才睁开眼,感到意犹未尽。

"真好听。"她轻声说。

程牧昀仔细地端详她的表情:"是吗?"

"嗯。"她转过头笑着对他说,"还想再听一遍!"

程牧昀愣了几秒。

至今为止，他认为别人对他创作的曲子最好的称赞便是：我还想再听一遍。

真好，他能够再次拾起创作这件事。

真好，她能够喜欢他的曲子。

程牧昀碰了碰她的脸颊，柔声说："我弹给你听好不好？"

他带她到了钢琴房里，两个人并肩坐着，那让人欣喜的旋律在他的指下再次细细地流淌，如温暖的春水，轻轻地划过她的心际，冲掉了所有的压力，让她整个人的心情变得轻松愉快起来。

她低头盯着程牧昀修长白皙的手，被深深地吸引住了。

这双手能弹出这样优美的旋律，这个人能创作出如此动听的音乐，无论是人还是歌曲，她都沉溺其中。

他突然停下弹奏，侧头问她："要不要学？"

"啊？"她感到有点儿突然，说，"可我的基础比较差，你教我很费劲的。"

程牧昀说："真巧，我很有耐心。"

李玥的心口一片温热，她在他的目光下轻轻地点了头。

当然，她不是没有任何基础的。小时候她也学过钢琴，不过和程牧昀不一样，不算很有天分。父母离婚后，她就没再碰这些东西了。

有一定的基础，再加上有一位非常耐心的好老师，她学得很快。

而且她只学了曲子中间的一段旋律。

轻盈的旋律从自己的指下流出的时候，一股说不出的喜悦油然而生，她忍不住提高嗓音说："这次我弹的音全对了，是不是？！"

热热的气息从身后传来，不知道什么时候,. 程牧昀站在了她的身后。

他的气息落在她的颈侧，手臂环了过来，他在她的手边轻轻地弹琴："这样，再放松一点儿。"

她按照他的节奏重新弹了一次那一段曲子。这次她有意地放松手指，可耳边的气息让她忍不住绷紧了手臂。

他的气息沿着她的颈侧缓缓地向下移动，轻轻地落在她敏感的皮肤上。

后背微微地绷紧，李玥不知不觉地弹错了一个音。

短促的轻笑声在耳畔响起，让人心头酥麻。

"李老师，是我打扰到你了吗？"

她有些明显地深吸一口气，否认道："才没有。"

"是吗？"他低低地问，"那这样呢？"

微凉的唇和她的脖颈一碰即分，接着再次贴上来，重重叠叠的吻如轻柔的雨点儿落在她的耳后和颈边。体温上升只是短短的一瞬间，她的额头上渐渐地生出一层细汗。

可她的手却没停。在悠扬的旋律中，她突然转头，轻轻地吻住了他的唇。

这次，惊讶的人变成了他。

可很快，在他想要加深这个吻的时候，她有些戏弄他地咬了他一口，接着迅速转头，继续投入到弹奏中。

这一次，是谁在戏弄谁？

她能感到他的肌肉似乎紧绷了一下，接着他缓缓地放松下来，轻声一笑，不再给她捣乱。

一曲终了，李玥长舒一口气，回头扬眉问他："我厉害吧？"

"厉害，"他自后环抱住她，将下巴轻轻地搁在她纤薄的肩膀上，低头再亲一亲她，"你是最厉害的。"

李玥被他亲得发痒，终于忍不住吐槽他："你是狗吗？"

"讨厌吗？"他轻声问。

"喜欢。"她转过身拥抱他，又揉了揉他的头发，"超喜欢。"

无论是曲子，还是你，我都超喜欢。

李玥回队里训练了，程牧昀再次过上了两点一线的生活，在公司和家之间来回地奔波。

当然，偶尔他会回到父母的家里。

跟着他的狗仔们早已摸清了他的日常，都想跟领导申请换一个人拍照了，反正也拍不到什么。

李玥过假期，狗仔们拍不到两个人同框的照片；李玥训练，他们也拍不到程牧昀的花边新闻。

他们甚至忍不住私下拉了一个小群，给程牧昀起了一个外号——"男德代表"。

他们就没见过这么守男德的总裁！

程牧昀不仅有干净的生活圈，还会定期去健身房里锻炼。那能当衣架子的标准身材，还有那张进娱乐圈可直升顶流艺人的脸，让他们常常感叹，这么守男德的人不进娱乐圈真是太可惜了。

在他们长久地拍不到任何有用的东西后，领导最终跟他们说不用再跟拍程牧昀了，尽管他们已经知道了程牧昀在这个月的月底会出席一个音乐类的颁奖活动。

那是一个偏向于资深音乐圈的、不属于娱乐向的颁奖活动，到场的很多是音乐圈内的大师与专业人士。

专业性强同时意味着娱乐性弱，狗仔们兴趣寥寥，顶多在网上关注一下获奖的情况，再发两篇新闻通稿之类的文章。

现在他们已经知道了，李玥当初在冬奥会上表演时用的曲目《坠落月光》是由程牧昀创作的，橙粒的粉丝们都在狂欢。

但程牧昀同时对外宣布，《坠落月光》的版权永不出售。

粉丝们认为这正和程牧昀当初在一个采访的视频中说的话一致，他一直想送给初恋一首歌。

这个初恋，一定就是李玥！这首歌是属于李玥的，只有她才可以用！

粉丝们狂喊"嗑到了"，狗仔们也觉得这俩人确实是在热恋中，糖挺甜的。可是为什么这俩人就是不肯公开地出镜，好好地秀一次恩爱，也好让他们涨涨业绩呢？！

据说这次程牧昀新创作的曲目叫《春光与月》，曲子一经发布就引起了业内人士的高度重视。业内的大佬评价程牧昀是既有天分又有技巧的作曲家，只可惜他入行太晚，或者说，可惜他没能把精力完全投入到创作中，否则成就绝对不只有这些，仅仅从他创作的这两首曲子里就可见其天赋异禀。

但程牧昀并没有想转行的迹象。这次他破天荒地愿意参加颁奖礼，是因为受到了前辈的邀请，实在是无法推拒。

没过多久，狗仔们在网上刷到了消息，果然，今晚程牧昀获奖了。

他在这个年纪创作的第二首曲子便能够获得如此重要的奖项，这实属罕见，可场内无人不服。

程牧昀在众人的簇拥下领取了奖杯，掌声与称赞声一同响起，他全程表现得自信从容。

他从大厅中走了出来，走下铺着红毯的台阶时，一辆车突然开了过来。

这辆车停下后，自后座上下来一个窈窕的人影。

她穿着开衩的长裙，长腿纤细，肤色瓷白，腰肢盈盈一握，披肩的黑发柔亮。

她抬起头，露出一张英气又不失秀美的脸，唇边露出一个笑容来，摄人心魄。

她的怀里抱着一束盛放的玫瑰花。人美花娇，带给人极强的视觉冲击力。

在场的众人纷纷把目光投向她。

她走上台阶，站在了程牧昀的面前。

李玥把花送到他的面前："恭喜你，程先生。"

你获奖之时，我携花相伴。你人生中的每一个重要的瞬间，我都不会缺席。

然后所有人都发现，一直保持着镇定从容的程牧昀在见到李玥的一瞬间，露出了欣喜的笑容。

他上前紧紧地抱住了他的小月亮。

这一天,是让所有人都印象深刻的一天,更是让放弃跟拍程牧昀的狗仔们扼腕叹息的一天。

为什么偏偏在他们放弃跟拍程牧昀的时候,这俩人公开地秀恩爱了?!

因为李玥要训练,两个人聚少离多,这无法避免。

大多数时候,李玥只能等每天的训练结束,才能在休息时主动地联系程牧昀。

这天李玥有了假期,主动地给程牧昀打了电话。

"你在哪儿?"

程牧昀没有马上回话,隔了几秒钟才说:"在外面呢。"

他的声音低沉,带着明显的沙哑。

"你的声音怎么了?"她关心地问。

"没事,应酬时喝酒多了点儿。"

"要少喝一些。"

程牧昀低声答应下来。

李玥放不下心,买了一些食材,直接去了程牧昀的家里。

房间里的窗帘没有被拉开,屋子里黑沉沉的。

她打开灯,发现卧室里床上的被子鼓着一个包。

李玥轻轻地走近去看,果然是程牧昀在沉沉地睡着,只是他的脸颊上带着不自然的潮红,呼吸声有些沉重。

她把手放到他的额头上,感觉额头有点儿热。

李玥皱起了眉,拿来体温计测了一下,程牧昀果然有点儿发烧,好在体温不是很高。她找来感冒药,轻轻地摇醒了他。

程牧昀缓缓地撑开沉重的眼皮,看到李玥的时候,眼神里流露出明显的惊讶。

"玥玥?"

他的嗓音沙哑无比,情况比之前她在电话里听到的要更严重。

"你发烧了,有没有吃药?"她担忧地问。

程牧昀恍惚了好一会儿,略微迟钝地摇了摇头。

"快把药吃了。"

她把手心里的药递到他的唇边,微热柔软的唇舌在她的手心里一碰,卷走了药片。

她的心紧了一下。她又递过去水杯让他喝水,嘱咐说:"多喝一点儿。"

发烧的人需要多补充一些水分。

程牧昀很听话,吃了药,喝了水,再躺回去的时候胸口上下地起伏,眼睛微闭着,纤长的睫毛根根分明,特别好看。

病中的他多了几分平日里少见的脆弱感，让人的心头发软。

李玥用手背贴了贴他发热的脸颊："是不是很热？"

他没回答她，只闭着眼轻轻地用脸颊蹭了她的手心一下，热热的气息落在皮肤上，他像一只乖巧又惹人怜爱的大狗。

他仿佛在撒娇。

李玥已经很久没见到他这副模样了，一时心潮起伏。

她靠近一些，小声说："程程，你这样会让人很想欺负你呀。"

他慢慢地睁开眼，诱惑她似的低声说："只让你欺负，好不好？"

一瞬间李玥的心跳得飞快，她有点儿受不住他此刻的表情和语气。

她轻轻地咬住下唇，"哼"了一声，说："我才不会欺负人。"

这时他张了张口，突然喊她的名字："玥玥。"

她立刻凑近他，回应："嗯？"

一只手悄悄地缠上她的手腕，修长的指腹灼热，他的拇指落在她的腕侧，细细地摩挲。

不知道什么时候，他解开了衬衣领口的扣子，露出半边雪白的锁骨。他用漆黑的眼眸紧盯着她，低低地说："我现在这样，你是不是很喜欢？"

她先是一愣，接着突然意识到了什么。

都什么时候了，他还在想这些事？！

李玥板起脸，把被子严严实实地披到他的脖颈处，严肃地说："你好好地睡觉。"

程牧昀抿了一下嘴唇，像是有点儿委屈。他想说些什么，可抵挡不住席卷而来的困意，眼皮沉沉地耷拉下来。

只是睡着前他还没忘记紧紧地握住她的手腕，好像生怕她会消失了一样。

她又气又好笑，摸了摸他有些湿漉漉的额头，低声念叨了一句："真是的，怎么会有这样傻乎乎的人？"

可说这句话的同时，她忍不住微微地笑了一下。

接着她起身去给他拿了一套新的睡衣。

程牧昀一看就是突然发热，整个人难受坏了，估计回到家里就直接倒在床上睡下了，都没换衣服。可他这样穿着一身西服套装睡觉，会多难受呀。

好在她今天过来了。

她帮他解下了领带，再一颗一颗地解开他衬衫的扣子。她看着他肌理分明的身体慢慢地展露出来，脸上开始无法抑制地发热。

她只是想帮他换一套衣服，怎么感觉此刻的自己好像是在做什么坏事一样？

幸好他睡得沉，一直没醒，否则她被抓到的话……

她长吸一口气，让自己别再想下去了。

一鼓作气地把程牧昀的衣服和裤子脱下来后，她帮他擦了擦已经汗湿的身体，还偷偷地开了一下小差。

不得不说，程牧昀确实一直在好好地锻炼身体，肌肉的线条明显，腹肌紧实有力，尤其是因为发烧，冷白色的肌肤呈现出一种淡淡的粉色，特别勾人。

这个念头令她的心头猛地一颤。

李玥赶紧拍自己一下，现在可不是胡思乱想的时候。

她替他擦好了身体，给他换上干爽柔软的睡衣。虽然挪动程牧昀有点儿费力，不过这难不倒李玥。

但她这么折腾他，程牧昀还一直睡着，可见最近有多累。

她静静地看着他乖巧的睡颜，感觉心里有点儿甜。

"好好睡吧。"她轻轻地拍拍盖在他身上的被子。

接着，她叫了私房菜的外卖，点的是适合病人吃的营养餐，程牧昀醒了之后就可以直接吃饭了。

可过了几个小时，他还一直沉沉地睡着。

李玥坐在他的旁边，观察他的情况，偶尔回复一下别人发来的消息，隔半个小时替他测量一下体温。直到他的体温渐渐地降了下来，她才缓缓地松了一口气。

他终于退烧了。

她忍不住摸了摸他的额头，小声说："生病了也不告诉我，等你醒了我要罚你。"

这时他突然紧紧地皱起眉，呼吸变得急促沉重，发红的脸上带着明显的痛苦，他仿佛掉进了一场醒不来的梦魇里。

还未等李玥叫醒他，他便突然睁开了眼睛，眼里写满了惶恐与不安。

她碰了碰他的脸颊，低声唤他："牧昀。"

程牧昀缓缓地侧过头，看到李玥的时候整个人一阵发愣。

"干吗这么看我？"她冲他笑了笑，把掌心贴上他的皮肤，柔声问，"你刚刚是做噩梦了吗？"

他缓了一下神才开口："嗯，是噩梦。"

他的嗓音依旧低沉沙哑："我梦到我高中的时候向你表白，你说不喜欢我……"

他很久没有做过这种梦了，从前每次梦到这种场景都会在梦里痛苦地挣扎，然后在惶恐中惊醒。

有一瞬间，他感觉和李玥在一起并不是现实。

李玥闻言愣了几秒。

他好像不是第一次做这样的梦。过去，程牧昀也做过这样的噩梦吗？

她想到这里，心有点儿疼。

"你这么好，我怎么会拒绝你呢？"

程牧昀看向她。

她不知道，他所有的自信，在她的面前都不堪一击。

两个人的目光在空中碰撞，李玥低头看着他。

此时的程牧昀脸颊潮红，眼睛润黑发亮。他没有了平日里的沉稳，多了几分少见的脆弱感，特别招人疼。

她看着看着，心尖酥麻了一下。

李玥想起起初跟程牧昀在一起的时候，自己从不敢想以后的事。

可现在不一样了，她早已经下定决心，既然招惹了他，就要对他负责到底！

她低头亲了亲他的额头，轻声说："程牧昀，我爱你。"

她不仅喜欢他，还爱他。

她的睫毛轻颤了一下，胸口有点儿发紧，表情中带了些腼腆，可她继续说："以前我不太会表达自己的想法，但以后会多多地对你说这句话的。"

她再次重复："我爱你。"

她微微地抬眸去看他，觉得他一定会开心得不行了。

只是没想到，她看到的是一张完全怔住的脸。

嗯？这可不是她意料中的反应。

只见程牧昀缓缓地将手掌按在心脏的位置，低声说："这个梦好真实。"梦真实得他不敢信。

李玥倒吸一口气，有点儿想狠掐一把他的脸，让他好好地疼一疼，好让他知道这根本不是梦。可看到他这样，她又舍不得下手了。

于是，她低头亲了亲他的唇。

嘴上传来的触感是如此真实，他再不会认为这是一场美梦。

她稍稍挪开身体，脸上跟他一样泛起潮红。她抓着他的领口问："现在你信不信？"

程牧昀的胸口起伏得厉害。这一次他的目光不再虚浮，他紧紧地盯着她。

过了好一会儿，他才开口问："你怎么会过来？"

"我在电话里听见你的声音不对劲儿啊。"她摸了摸他的额头，额头已经不热了，"你现在感觉怎么样？"

"原本有点儿晕。"

"现在呢？"

"听完你说的那句话，更晕了。"

李玥轻轻地捶了他一下，脸上热得不行。

他低低地笑出声来，伸出手把她拢在怀里，一声一声地唤她的名字："玥玥，玥玥，我的月亮。"

她觉得自己的心快被他喊化了。

"这么开心吗？"

他低低地"嗯"了一声。

"你第一次说爱我。"

"我以后会说很多次的，多到你数不清。"

她微微地闭了一下眼睛。她以后会让他不再做那样不安的噩梦，让他不再患得患失，让他完完全全地意识到她爱他。

他轻轻地抚摩着她的头发，低柔的嗓音在她的头顶响起。

"让你担心了。"

李玥微微地蹙眉，说他："你不老实，生病了也不跟我说，还骗我说是喝多了酒。"

"只有这一次。"

"我才不信。"她趴在他的胸口上，用热热的脸颊贴着他，看着他，"不要想骗我，我现在很了解你的。"

他语气有些逗趣地问："你了解我什么？"

"很多呀，你喜欢吃橙子和牛肉面，口味偏清淡，爱吃橘子糖，不太爱吃辣，但是会陪我一起吃辣菜。"她越说眉眼越柔和，语气轻快地继续说，"你做事很有条理，整理东西的时候要排序，有点儿强迫症。"

现在她家里的摆设都是他弄的，因为他把东西整理得很好，她找什么东西都很方便。

"还有，你学东西很快，会弹钢琴、弹吉他、写歌。"

她好喜欢他给她写的那首《坠落月光》。

"你做事很有耐心。"

他等了她整整七年。难以想象，他竟然等了她那么久。

她心潮起伏，眸光变得越发柔和。

"不过你不开心的时候会吸烟。"她抓住他的手晃了晃，"你以后要少抽一点儿烟。"

他看着她的目光十分莹亮，他低低地应了一声："好。"

"对了，你还有一个最大的优点。"

"什么？"他问。

"喜欢我。"她倾身把脑袋埋进他的颈窝里，轻轻地笑了一声。

她有点儿害羞，又抑制不住欢喜。

每一次想到这一点，她都会觉得，能爱上这个人，和他在一起，真的是她这辈子最幸运的事。

程牧昀，遇到你，我很幸运，你知道吗？

"我爱你。"她再一次说给他听。

程牧昀，你是我此生最美好的幸运。

这天晚上，两个人挨在一起睡觉，温热的肌肤相触，程牧昀的耳边响起李玥低柔的情话。

"放心地睡吧，我是不会离开你的。"

程牧昀紧了紧抱住她的手臂，缓缓地闭上了眼。

他本以为自己会一夜无梦，可还是进入了一场梦境里，这个梦和之前的那个很像。

仍旧是在高中的时候，他看着前面的李玥和江崇并肩走着，自己独自跟在后面。

他经常会走在后面看着他们。他的目光总是忍不住落在江崇的手腕上，江崇戴着李玥给他做的编绳手链。

程牧昀刚刚问过她可不可以再给他做一条手链，她却拒绝了他。他的心头泛起一阵酸疼感。

是呀，那是她的男友才有的优待，自己奢求不来。就连此刻待在这里的他，都是多余的存在。

他的心里明明知道，自己再看下去，除了徒增折磨与烦恼，没有任何意义，可他的目光仍旧忍不住停在前方。

李玥梳着马尾，长长的头发在行走间一晃一晃的，勾着他的心，像是一片他抓不到的月光。

胸口仿佛被堵住了，他停下了脚步，缓缓地低下了头。

不知什么时候周围变得很冷，狂风席卷着大雪，雪花纷纷地落在他的头上、肩膀上。他的手被冻得快没有知觉了。

冷气撕扯着他的皮肤，呼吸逐渐变得困难，他的嘴里渐渐地多了一丝腥甜的味道。

这时，他的眼前突然多了一双小巧的棕色靴子。

他抬起头，看到了满脸焦急的李玥，她的眉头皱得很紧，眼睛水亮亮的。她像是要哭了一样。

她的瞳孔微缩了一下，接着她用力地抓住了他的手："跟我回去！"

他张了张口，想说些什么。

她又开口说："你想要手链的话，我给你再做一条！"

雪地里，她明艳的脸庞上表情生动，微蹙的眉毛、担忧的目光，所有的情绪全都是因他而生。

他缓缓地扣住她的手,手指一根一根地交缠在一起,两个人的掌心紧贴。他触摸到了她,她手心里的温度热热的。

"抓到你了。"他微笑起来。

终于,他抓到了他的小月亮。

他的手腕上多了一条编绳手链,中间有一颗相思的红豆。她的手腕上戴着跟他一样的手链,中间是温润的白玉。红白色在他们的手腕上相映成辉。

"我不会再把你弄丢了。"他轻声说。

这一次程牧昀醒来时,屋子里十分安静,有平缓的呼吸声从身边传来。他侧头看到了躺在他身边的李玥。

她是真实的。昨天她对自己说的那些话也是真实的。

这次他梦到以前的事,心头再没有遗憾和怆然,曾经的那种揪心的惶恐消失了,在梦境里,她抓住了他的手。

他的胸口变得滚烫。

程牧昀低头看着她,笑了一下:"我爱你。"

李玥仿佛和他有心灵感应一般,跟着缓缓地睁开眼,最先映入眼帘的是程牧昀好看的脸。

她因为刚醒来,眼底还带着一丝茫然。接着她下意识地抬手摸了摸他的额头。

嗓音因困倦而沙哑,她带着放心的语气说:"你不发烧了。"

"嗯。"他轻应一声,倾身亲了亲她的额头,"早,玥玥。"

唇畔带着笑意,她搂住他的脖子,小声说:"早,程程。"

这是崭新的一天,更是美好的一天。

第十八章
岁月与你共珍藏

没过多久,李玥就要回去训练了。接下来的日子里,她要去国外训练一段时间,因为时差的关系,可能他们连晚上进行视频通话的机会都很少。

心中怀着不舍和歉意,她对程牧昀说:"对不起,不能多陪陪你。"

程牧昀握住她的手说:"没关系,以后我们会有很多时间在一起的。"

眼底热了一下,李玥忍不住抱抱他:"你真好。"

和他在一起后,她总是觉得,能喜欢上这个人,真的是太好了。

李玥忍不住想给他一份惊喜。她偷偷地藏起了这份小心思。

在国外的某天夜里,李玥忽然发现夜空里群星闪烁,不知不觉地望着天夜空出神。

除了小时候,她很少有机会这样静静地遥望夜空。

她第一时间想跟程牧昀分享美景。

她拿出手机对着夜空拍了一张照片,大概是因为手机的像素不行,照片上黑乎乎的,什么都看不到。

她调了调相机的功能,可怎么都拍不出夜空中明亮的繁星。

李玥:"这边夜空里的星星好漂亮,可惜我的手机拍不出效果,你要是也能看到就好了。"

程牧昀:"我陪你看星星。"

李玥:"怎么陪?"

程牧昀："想你了。"

屏幕上突然掉落了满屏的星星，浪漫又动人。

李玥的心跳止不住地加速。

程牧昀："我的星星好看吗？"

李玥："好看。"

她接着学他说："想你了。"

再一次，星星坠落。

这幼稚又可爱的举动让她忍不住笑了一声。

她好像听谁说过，最好的爱，就是陪你一起当小孩。

真好呀。

虽然那天没能让他看到同样的星空，不过李玥已经在准备给他的惊喜了。

终于，在长久的分别后，再次见到程牧昀时，她送给了程牧昀那份惊喜。

这是她第一次做这种事，她有点儿害羞，不知道他会有什么反应。

她把盒子给他的时候，心跳得很快。她轻轻地吸了一口气："你可以等一个人待着的时候再打开它。"

"现在看不可以吗？"

她想了一下，也好奇他的反应，便说："也行。"

他打开盒子，里面是一个弯月形状的玻璃瓶，瓶子里装着一颗颗用纸折的星星，星星五颜六色的，闪着光彩。

这份礼物有一种小孩子的童真，在程牧昀的眼里还有一种别样的可爱。

"都是你折的？"

"嗯，"这是她准备了很久的礼物，她花了一段时间才用星星装满了瓶子，"你拆开一颗星星看看。"

原来还可以拆开星星。

程牧昀愣了一下，接着打开盖子，小心翼翼地捏起一颗金色的小星星。

他微微地屏住呼吸，将星星拆开。

金色的彩纸被展开成长条状，里面清秀的字迹同样一点点地映入眼帘——

"程牧昀，我爱你，每天都比昨天更多一点儿。"

他整个人怔住了。

她低头看了一眼，脸上有点儿热："你很会挑哇，这是我昨晚写的……"

她的话没能说完，程牧昀毫无征兆地吻上她的嘴唇。

热意席卷了意识，她闭上了眼睛。

程牧昀，这里的每一颗星星上都写满了我对你的爱。

我想让你知道，念念不忘，必有回响。

她将手按在他的胸口处，感受他快速的心跳。有一瞬间，李玥感觉自己握住了他的心。

很久很久后，他哑着嗓子低声问她："这是你什么时候准备的？"

"有一段时间了。"她望着他清澈的眼睛，他的眸光仿佛火焰，热烈得让人心颤。

她有点儿害羞地说："每一次想你的时候，我就会折一颗星星，再写一句当时想对你说的话。"

这里的每一颗星星，都是她对他的爱。

眼眶一热，程牧昀低头看着满瓶的星星，感觉如获至宝。

他忍不住又拆开一颗星星。

"程牧昀，你要多依赖我一点儿。你生病的时候、难过的时候、开心的时候、每一次需要我的时候，我都会陪着你。"

"你送给我的栀子花被我做成了书签，每一次看书时，我都会想起你。"

他拆了一颗又一颗星星，看到某一张字条的时候，突然停下动作。

李玥问："你怎么不看了？"

他抬眸深深地注视着她："我想听你说。"

她微微地一怔，目光落在那张璀璨漂亮的字条上。她微微地抿了一下嘴唇，靠在他耳侧低声说："李玥是程牧昀的。"

李玥是程牧昀的。

他一下子把她拉到了怀里，紧紧地拥抱着她。被温热的体温包裹着，李玥倍感安心。

他低声问："叠星星的纸，还有吗？"

"嗯。"

她转身拿出一张金色的纸条递给他。

程牧昀低头，在上面一笔一画地写上："程牧昀是李玥的。"

程牧昀是李玥的。我们属于彼此，深爱彼此。

赠你满天星，坠落一弯月。

不知道程牧昀是不是在之前的那次生病时尝到了甜头，两个人闹别扭的时候，程牧昀会故意装病，垂着头对她说："我好像有点儿发烧了。"

李玥每次都担心地去摸他的额头，然后微蹙眉说："没有哇。"

这时候他总是会突然低头亲她一下。

李玥："……"

被他这样一弄，她气都气不起来了。

原来你是这样的，程总！她觉得自己对程牧昀的认识更深刻了。

两个人的交往很甜蜜，按照大众猜测的那样，两个人大概会在李玥退役后顺利地结婚。

可没想到，一则爆料横空出世，让大众完全震惊了。

有人在珠宝店里看到了李玥。

果然，橙粒就是不一样。

橙粒超话里的消息又开始刷屏了。

"啊啊啊啊啊啊，我的朋友前几天偶遇玥神了！我今天看到她发朋友圈才认出玥神来的。"

"这是珠宝店吧？玥神是在买首饰？"

"放大照片，画重点，她好像是在挑戒指。"

"我的天，是好事将近了吗？太开心了、太开心了！"

"我边跳舞边欢呼，祝福他们。"

"下一步是不是就该晒戒指撒糖了？"

"格局大一点儿，为什么不能是直接公布婚讯呢？众所周知，有大新闻之前往往风平浪静。"

"蹲一个后续。"

很快，"李玥"这个名字登上了热搜。

狗仔们看到这则消息时仿佛被人迎面痛打了好几拳，无力、羞愧、痛心等种种情绪混杂在心中。为什么？为什么他们总是拍不到橙粒的照片？！

他们还配当狗仔吗？他们陷入了深深的自我怀疑中。

看到这则消息时，夏蔓第一时间截了图，给李玥发过去消息。

夏蔓："什么情况？"

李玥："呃，这是好久之前的事了，我竟然被拍到了……"

夏蔓："所以？"

李玥："就是买点儿首饰。"

夏蔓："所以你们不是要结婚？"

李玥："当然不是了，是的话，我会不跟你说吗？"

她说得也对。

夏蔓："原来是这样，那你买戒指是要送给程牧昀吧？他看到这则消息有什么反应啊？"

李玥："应该没什么吧。"

因为她昨晚已经把戒指送出去了。

两个人交往这么久了，虽说离结婚的日子还远，可李玥觉得给他一个承诺是有必要的。

她在很早之前就想买对戒了。

李玥选了很久，去了不少珠宝店，都没有选到喜欢的对戒，最后决定在她最喜欢的设计师J.C那里订购一对属于他们的对戒。

她最喜欢的设计师做了戒指，在里面刻上他们姓氏的缩写。收到戒指的时候，李玥迫不及待地想要让程牧昀把戒指戴在手上。

她忍了好久，终于等到了两个人见面的时候，一进屋他们便腻在一起。

晚上他们一起看电视的时候，程牧昀收到了微信消息，李玥扫了一眼，那似乎是他妈妈发来的消息。

"阿姨有事？"

"她知道你来了，想让你明天跟我一起回家。"

不过李玥明天就要走了。

"没事，我帮你解释了，下次你有机会再去我家。"

心头软软的，李玥低声说："你的家人是不是挺着急的？"

"不用担心，"程牧昀揉了揉她的头发，"我爸妈理解的。"

"那你呢？"

程牧昀抿了一下唇。说不想带她回家是假的，他只是不想多给李玥压力，像现在这样待在她的身边，已经满足了他从前的奢望。

眼睫微颤，他低下头，沉声说："这样就很好。"

他吻住她。

李玥觉得现在的时机恰到好处。过了好一会儿，她稍稍离开他，低喘着说："你继续闭着眼。"

他听话地闭眼，却捉住她的手腕，声音里带着低沉的笑意："你要做什么？"

"你等等。"

她从包里拿出定制的戒指，握住程牧昀的手背。

他的手骨节分明、修长漂亮，皮肤白皙细腻，上面有明显的血管。这是她最喜欢的一双手，她忍不住低头轻吻了一下它。

他轻弯手指，蹭了蹭她的下巴，那里的肌肤细腻光滑，让人流连忘返。

"玥玥。"他低声唤她。

她禁不住轻笑出声，这样偶尔捉弄他一下，蛮有趣的。

接着，她把戒指轻轻地戴在他修长的手指上。

冰凉的戒圈一点点地滑入指间时，程牧昀纤长的眼睫微微地颤抖了一下，接着他睁开了眼。

他看到李玥正低头为他戴上戒指。她神情专注，黑白分明的一双眼凝视着他的手,动作轻巧又小心。她把戒指一点点地向上推,唇角自然地上扬,眉眼之间带着说不出的动人笑意。

戒指戴好了。

她扬眉抬眸,两个人的目光在空中相触。她顿时红了脸,眸里水润一片,漾出情意。

她轻咬下唇,小声地说:"你不听话,我说了要你闭眼睛的。"

程牧昀低头看着戒指,怔住了。

李玥笑起来:"别傻了,换你给我戴了。"

她拿出女戒给他。

程牧昀吞咽了一下口水:"应该是我给你买的。"

"这里面有你的一份功劳哇,"她轻轻地笑了出来,"你忘记你给我的一万块钱了吗?"

所以,对戒是他们一起买的。

程牧昀想起来了,说:"可是……"

"你再说下去,我就会觉得你不想给我戴戒指了。"

程牧昀抿紧嘴角,执起李玥的手。

每一次看到自己的手,李玥总会忍不住想,为什么人家的手长得那么漂亮,自己的手就肉肉的、短短的呢?

但看到程牧昀郑重地把戒指一点点地戴上她的手指时,她觉得这一幕美极了。

看着程牧昀出神的表情,她低声问他:"你在想什么?"

他停顿了一会儿才开口:"我以前做梦都没想过会有这一天。"

最初,他听说她要订婚的时候想,也许自己会在一旁看穿着婚纱的她,其他人为她戴上戒指。

没想到有一天,他能够亲手为她戴上戒指。

他可以吗?从此,他可以独占她吗?

"当然可以。"她轻声回应。

他这才意识到,自己竟然问出口了。他看到她缓缓地露出笑颜,一只手贴到他的脸侧。

她低声对他说:"我早就离不开你了。"

程牧昀一阵心颤,胸口翻涌着复杂的情绪,呼吸变得急促起来。这时候李玥的手覆了过来。

温热缓和了他心脏的颤抖,她悦耳的声音传入耳中。

"以后你只要走到我的身边,就能牵住我的手了。"

他低低地"嗯"了一声,再次握紧她的手,触感软软的,肉肉的,热热的。

两个人的十指紧紧地相扣。

"我不会放开你的。"他拥住她,把脸轻轻地埋在她的肩颈处,呼出的气息灼热。

过了一会儿,她轻声问:"你哭了?"

"没有。"

她低低地一笑,抬手摸了摸他柔软的头发,头发一如从前那般细腻顺滑。

她的眉眼慢慢地弯了起来。

她家程总最可爱了。

第二天,李玥归队。这次她会一直投入到训练中,直到比赛。

所以当粉丝们蹲戒指事件的后续时,李玥一连几个月都没有任何消息。

不只是她,程牧昀的微博都停更了。

粉丝们蒙了。

糖呢?我们的糖呢?

他们只能重新过上继续抠糖的日子。

好在不久后,新一届的世锦赛就要开幕了,粉丝们可以在赛场上看到李玥。

这一次的比赛备受瞩目,去年李玥获得了奥运金牌,大家更关注她这次是否能够再创辉煌。

比赛的当天,不少人在观众席上看到了程牧昀的身影。

不知道是不是导播有意为之,镜头扫向观众席的时候,好几次对准了程牧昀。

李玥在冰上翩翩起舞的时候,程牧昀在观众席上专注地凝视着她。

这一幕令所有人露出会心的笑。

紧接着,大家把注意力投向了赛场。

自从去年参加完比赛,李玥好似脱胎换骨,整个人的状态和技术达到了顶峰,每一个动作都恰到好处。

她再一次拿到了金牌。她脸上的自豪与荣耀,让所有人为之动容。

长久的比赛结束了,运动员们集体回国。这一次,狗仔们铆足了劲儿,一定要拍到橙粒的大新闻!

狗仔们这次总算没白费工夫,没过多久,一则新闻登上了热搜。

橙粒被拍到了。

程牧昀接李玥回家,两个人戴了帽子,手牵着手一起上了电梯。

视频的画面虽然模糊,但大众算是第一次看到了两个人私下相处的画面。程牧昀给李玥开车门,帮她拎包,再牵起她的手,看到视频的人直喊"好甜好甜"!

大众极其希望两位正主儿能够回应一下。

这一次李玥没有辜负大众的期待,久违地发布了一条微博。

李玥V:"感谢大家一直以来的支持,携家属一起致谢。"

她发了和程牧昀的合影。

两个人站在书柜前,摆在书柜里的是李玥闪亮的金牌,金牌的下面是两个人的照片。

李玥和程牧昀两个人依偎在一起,双手交叠。

李玥的手柔软细腻,指肚圆滚滚的。

程牧昀的手很漂亮,皮肤是冷白皮,手背上有明显鼓起的青筋,指节修长。

他的手拢住李玥的手,强势占有的意味很足。

他们手指上的对戒熠熠生辉。

这张合影瞬间让网络沸腾了,大家直呼"嗑到了"。

李玥在27岁退役,同年与程牧昀完婚。

婚礼盛大豪华,在城堡中举行,这简直是每个女孩子的梦想。

虽说婚礼的全程没有公开,可通过其他人发出来的照片和微博,大家依旧能够感受到现场梦幻般的甜蜜。

网友们纷纷地表示"嗑到了",终于等到他们的橙粒完婚了!

婚礼的这一天美好得让人难忘,同时又是疲惫而忙碌的。

等到晚上终于只剩下他们两个人,李玥再不顾及什么,程牧昀还在浴室里洗澡,她整个人倒在了床上,累得只想睡觉。

从浴室里出来的时候,程牧昀看到他的新婚妻子已经趴在床上睡着了。

他低低地笑了一声,走过去拍拍她:"玥玥。"

李玥沉沉地闭着眼。她今天喝了不少酒,又一直在为各种环节忙碌,的确是累坏了。

程牧昀从她的包里找到了卸妆的湿巾,一点点地帮她把脸上的妆容卸掉,给她做了清洁和护肤的工作,接着帮她换衣服。

她穿着的礼服华丽复杂,一颗颗扣子很难解。

只是她的衣服被解开时,他突然停下了动作。

他这样做应该没关系吧?他们现在可是合法的夫妻了。

可令他尴尬的是,就在这时,李玥突然醒了。

她迷迷糊糊地睁开眼,看到赤着上身的程牧昀正在解她的扣子。

因为醉意,她有点儿迟钝地问:"在……在干吗?"

他轻咳一声,侧了侧脸说:"帮你换衣服,你穿着这些衣服睡觉会难受的。"

"哦。"

她突然坐起来,一掀衣服,直接把衣服全都脱掉。

嗯,这下她舒服了。

程牧昀看着她,愣了好几秒,这时候胳膊突然被她抓住。

"陪我一起睡呀。"

她整个人依偎在程牧昀的怀里,感觉热热暖暖的,再一次睡了过去。

程牧昀的心脏不断地"怦怦"跳着。过了好一会儿,他小心翼翼地长舒一口气,伸手抱住她。手指触碰到一片细腻光滑的肌肤,仿佛有电流穿过身体,他跟着浑身一震。

他低头看了一眼李玥,她闭着眼睛,睫毛黑而纤长,身体随着呼吸一起一伏。

他轻轻地叹了一口气,刚才在浴室里对今晚的事各种幻想,可结果竟然是这样。

她现在摆出这副样子,是在故意折磨他吧?

他怎么能睡得着哇?

"你呀。"他摸着她浓密的头发,低声叹气,"你呀……"

清晨醒来,李玥睁开眼,下意识地摸了摸旁边的人。只是她刚一动,后背接着一暖,是他搂了过来。

"醒了?"男人问,低沉的嗓音在清晨显得有些沙哑。

她弯起唇角:"嗯,早哇。"

"早,程太太。"

程太太,这个称呼有点儿陌生。

她在心里默念了一遍,舌尖上下地轻弹,心尖痒得发甜。

她在他的怀里仰头看他,笑盈盈地说:"早哇,程先生。"

两个人对视间,她忍不住用手描画着他好看的眉眼:"从今天开始,你就是我的程先生了。"

她说这句话时,心脏里涌出一股股热流,让她浑身发烫。

他低头蹭了蹭她的鼻尖:"我早就是你的了。"

程太太,我早已为你神魂颠倒。

李玥的心头最柔软的地方被击中,她伸出藕臂抱住他的脖颈,轻轻地吻上他的唇。

这一夜过后的清晨,一样是梦幻而热烈的。

李玥的婚后生活过得挺不错。

她在退役后有了大把自由的时间。工作不算忙碌,她还能跟程牧昀过幸福的二人世界。

当然,她也常常约夏蔓和梁小西一起出来玩。

夏蔓对此很满意,有一次打趣她说:"你还算有良心,结婚了也没有重色轻友。"

李玥笑着说:"当然啦,好朋友是一辈子的。"

后来李玥将这些趣事分享给程牧昀的时候,他突然来了一句:"老公也是一辈子的。"

李玥:"……"

这种醋大可不必吃。

不过不只是她看得出来，连夏蔓都笑她家程总现在是越来越喜欢缠着她了。

"他在你的面前可一点儿没有当初高冷男神的样子了，估计以前的同学看到他的这副模样，都能惊掉下巴。"

李玥当然感觉得到程牧昀对她的依恋，享受并快乐着。

当然，夏蔓问过两个人关于孩子的计划。

"你们俩还不打算要孩子吗？这个岁数也差不多了，你早点儿要孩子对身体也好。"

夏蔓生了一个女儿，女儿长得像她的老公池宇，精致漂亮，又乖又爱笑。每次李玥去她家，孩子都缠着李玥要抱抱。

李玥是蛮喜欢小孩子的，不过程牧昀嘛……

她沉吟了一下才说："我们俩还没谈过这件事，再说吧。"

她其实有感觉，程牧昀对孩子这个话题是有点儿避讳的。

之前程父和程母问了他们一下，问题被程牧昀主动地挡了回去。

程牧昀不喜欢孩子吗？

带着这个疑问，李玥回到了家里，刚进屋就闻到了饭菜的香气。

程牧昀已经在家里了，正在厨房里炖着什么，身上穿着李玥给他买的独角兽围裙。围裙和他高大的身材不相称，却有几分可爱。

她悄悄地走到他的背后，抱住他的腰，把脸颊贴到他又宽又厚的肩背上，夸他说："程总好贤惠呀。"

他旋转开关，调成小火，转身抱住她，闻到一股淡淡的香气。

"你吃糖了？"

"嗯，橘子糖，我的包里还有，你要不要？"

"好哇。"他低头亲她，舌尖迅速一掠，"甜的。"

她的脸红得不成样子。

他捏了一下她柔软又有弹性的脸颊，低声说："怎么还总是脸红？"

"这又不是我能控制的。"她把脸埋在他的胸膛上，呼吸间全是淡淡的苦橙香气。

"牧昀。"她喊了他一声。

"嗯。"

他揉揉她的脑袋，动作温柔细致。他小心地帮她把头绳解开，又按摩着她紧绷了一天的头皮。

她舒服地叹了一声，忍不住用脸颊蹭了蹭他，试着问："你有没有想过……嗯，就是我们俩以后的孩子会是什么样的呀？"

她感到程牧昀的身体绷紧了一下，赶紧摸摸他的后背，使劲儿地给他顺毛。

她解释说："我今天去找小夏了，看到她家的宝宝好可爱的，就随口问一下。"

"你想要孩子吗？"他问。

怎么说呢？说不想要孩子是假的，但是要马上怀孕生娃的话，她也有点儿舍不得现在难得的自由时光。

毕竟她看小夏生完孩子之后几乎就被孩子绑住了。

夏蔓休了很长一段时间的假。要不是她的老板体谅她，可能她都得被辞退了。虽然现在已经回归职场，但夏蔓说自己用了很长一段时间才重新适应上班的生活。

而且当她再去面对比自己的年纪小、有干劲儿的同事时，心里有一种不安的自卑感。

空闲的时间更是没有了，她把所有的闲暇时光都用于带孩子了，这还是在孩子乖巧、不爱生病、晚上又不闹腾的情况下。

即使这样，再加上池宇的帮助，夏蔓依旧疲惫不堪。

当然，孩子带来的快乐一样是无可比拟的。

只是生孩子不是想生就生的，他们要经过深思熟虑才能做决定。

李玥犹豫了一下才开口："我只是觉得，你好像有点儿抗拒这个话题。我能问问为什么吗？你是不喜欢小孩子吗？"

程牧昀缓了缓才开口："我没有不喜欢。"

他怎么可能不期待他和李玥的孩子？他只是……只是……

"我们才结婚不久，我不希望家里这么快就多了一个人。"

说完他有点儿懊恼地叹了一口气，这种反应着实让她觉得可爱。

她忍不住"哈哈"地笑了一声，笑盈盈地抬头，却被他按住了后脑。

"现在不准看我。"

他还害羞了。

她用双手抱住他的腰，掩饰不住语气里的笑意："你这么想要跟我过二人世界呀？"

他有点儿嗔怒地问："不可以吗？"

"可以，可以。"她小声哄着，"我也想要跟我的老公过二人世界。"

这一声"老公"让程牧昀觉得很甜蜜，他高兴地捋了捋她的长发，低头亲了亲她的额头，过了一会儿又说："如果你很想要孩子的话，我们也不是不能要。"

"不急，不急。"

她明白原因后就放心了。他们以后有很多时间，就慢慢地考虑孩子的事吧。

两个人虽然商量得很好，但难免有时候会"擦枪走火"，忘记采取措施。李玥总是安慰自己不会出事。

两个人都抱着侥幸的心理，日子过得甜蜜顺心，直到有一天，李玥通过记录经期的软件发现自己上个月没有来月经。

她的心里"咯噔"一下。不会吧?这样的事情还真的会发生?

李玥看见验孕棒上面的两条杠时,好久都没能回神。她站在落地镜前,摸着自己平坦的小腹,难以置信。

这是真的吗?这里面有她和程牧昀的宝宝了?

这么快,这么突然,他们就有了孩子?

开门声响起,是程牧昀回来了。

他没在客厅里找到李玥,发现她神情有点儿呆滞地坐在床上。

"怎么了?"

床很柔软,他坐过去,床一下子陷下去一大块,李玥的身体不由自主地贴到他的身上。

他搂住她的肩膀,气息又热又撩人。他凑到她的耳边:"这么心急呀?"

脸一下子就热了,她推了推他:"才不是。"

心跳得有点儿快,她也没想到这个孩子会来得这么突然,默默地把验孕棒和说明书一起递给他。

程牧昀看了一会儿,抬起头时,一双眼睛很亮。

他喊她的名字:"玥玥,真的吗?"

李玥抿唇笑,摸着小腹说:"看来他很迫不及待地想加入我们的世界呢。"

程牧昀紧紧地抱住了她。

"你开心吗?"她问。

"当然。"

他本以为得到她已经是这世上最大的幸福。只是当这个孩子真的来了,他才知道原来人生还可以更加圆满。

高高在上的月亮,坠落在他的怀中,弯月变成了圆月。

李玥靠在他的怀里,听着他急促的心跳声,心里想着:这样的日子可真好。

李玥很顺利地怀了孕,只是怀孕的日子不太好过。

哪怕程牧昀请了专业的护工和医生,也自学了很多孕期的知识,这几个月李玥还是过得很难熬。

尤其是她的口味变了许多,她连闻都闻不得原来喜欢吃的东西,却总是冷不丁地惦记起来原先不爱吃的食物。

程牧昀化身程大厨,变着法儿地给她做吃的东西,再加上李三金的陪伴,她这才舒适许多。

到了快要生产的日子,李玥侧躺在程牧昀的腿上,问他:"你觉得宝宝是男孩还是女孩?"

程牧昀说:"男孩女孩都很好。"

"你太随意了。"她撇撇嘴。

孕期中的她有时候会发小脾气。

程牧昀耐心又温柔地亲亲她的额头:"都是我们的孩子呀。"

这个回答倒是让人顺心,她摸了摸肚皮,小声说:"宝宝你可要向爸爸学习。"

"也要向妈妈学习。"

"学我什么?"

她又没有程牧昀好看,又没有程牧昀会赚钱……

他沉吟了一下,说:"体力好。"

她忍不住捶了他一下。

他笑着握住她的手腕,亲了她的手背一下:"健健康康才最重要。"

"算你会说话。"

她眉眼弯弯,在心底说:宝宝还是更像爸爸一点儿比较好,以后无论是喜欢谁还是被谁喜欢,都能够胜券在握。

她轻轻地笑了一声。

李玥顺利地生下了孩子,这下总算不再遭罪了。

看到被襁褓包裹的孩子时,李玥禁不住开心得落泪了。

李三金问她:"孩子叫什么名字,你们定好了吗?"

早在孩子还没出生的时候,程父和程母就拟了好几个名字,就等着孩子出生呢。

可这一刻,李玥突然想到了一个名字——"柒光"。

她握住旁边程牧昀的手:"孩子叫'柒光'好不好?"

程牧昀目光温柔地握住她的手。

"好。"他应承道。

"就叫程柒光。"

只有他们知道,这个名字代表了什么。

程牧昀等了她七年,终究不负时光。

几年后,程柒光已经长成了一个粉雕玉琢的小帅哥。

他继承了程牧昀冷白的皮肤,眼睛又黑又亮,谁见了他都喜欢。

4岁的程柒光认为自己很成熟了,刚刚在心里决定了一件大事:他要离家出走,去外婆的家里住。

这是他认真地思考后做出的决定。

虽然爷爷奶奶对他很好,但是在爸爸妈妈说他的时候,他们总是会突然消失。外婆不一样,一瞪眼,爸爸妈妈就怕了。

反正程柒光就是不想跟爸爸妈妈住在一起了。

从他记事起,爸爸妈妈总是在一起亲亲抱抱,而他只能在睡前被他们亲一下,才一下!

池姐姐比他大,还总是被爸爸妈妈抱在怀里,而他就要自己走路,这不公平!

尤其是刚才别人欺负他,妈妈竟然还不帮他说话,还训他。

个子小小的光光对刚才发生的事愤愤不平,大步地向前走,像是这样就能够震慑身后的人一样。

他总是走几步就小心地回头看一眼,确定身后的人还在。

爸爸说过,光光不能弄丢妈妈。光光虽然很生气,但还是很负责的。光光觉得自己很棒。

只是这一次他回过头时,身后的人突然不见了。

嗯?

他整个人慌了,左看右看,就是不见妈妈的人影。

眼睛突然发涨,他一抿嘴巴,下一秒就要哭的时候,肩膀被碰了碰,熟悉的声音从身后响起。

"我在这儿呢。"

他一回头,果然是妈妈。

他想要立刻收回眼泪,可眼泪一下子收不住。他感到丢人又委屈,用手背一下又一下地擦眼泪,一扭小脸儿:"你现在不要看我呀。"

李玥禁不住笑了,蹲下身来:"你哭什么?刚才被你打的小哥哥都没哭。"

她还偏心外人!

他据理力争地说:"是他先对我吐口水的。我的衣服是外婆新买给我的,都被他弄脏了。"

他觉得自己很有气势,但一边哭一边委屈的模样着实跟"有气势"毫无关系。

李玥耐心地说:"那你可以告诉我,但不可以直接打人哪。"

光光一扭头,一副"我有理就是不听话,反正你不向着我就不行"的架势。

李玥叹气:"先回家吧。"

他的衣服上被吐了口水,他打架时又在地上滚了一圈,衣服的确脏得不能看了。

光光想了一下,伸出手:"要牵手。"

李玥微挑眉,故意说:"你不是还生我的气吗?"

"那也要牵手。"

哦,她懂了,光光生气归生气,但还要妈妈牵他的手。

李玥觉得光光和程牧昀在某些地方实在是很像，尤其是他们跟她闹别扭的时候。

对此，她自有一套办法，故意说："那如果我不想跟你牵手呢？"

什么？

光光很生气地跺了一下脚，很不解地问："为什么？"

他已经很宽容地愿意跟她牵手了，这也是为了不让她走丢，为什么妈妈还不想跟他牵手？

李玥说："因为光光很过分，妈妈生气了。"

"我……我哪儿过分了？"

哎，为什么他的声音这么小哇？

李玥说："怎么没有？你打了人，还不理妈妈，只顾自己往前走，都不管我。"

光光抿着嘴唇，大大的眼睛里写满了委屈。他一直在回头看她呀，而且自己也很难过的。

"可……可是你刚才在我的朋友们面前说我，我很丢脸。"

原来他在意的是这件事。

李玥低声说："刚才是妈妈太着急了，妈妈跟你道歉，以后会在你的朋友面前注意语气的。"

他抿紧嘴唇，赶紧说："那……那我也道歉。"

"你是因为什么而道歉？"

"我不该打人，也不该不理妈妈。"他擦干脸上的眼泪，迈着小步子，双手摸上李玥的脸。

他凑近亲了一下她，撒娇道："妈妈我错了，不要不和我牵手。"

心头软软的，李玥哪里还能气得起来？

她抱住他小小的身子："好，妈妈不气了，明天我们再去跟哥哥和好。"

"嗯。"

光光闻着妈妈身上的栀子花香，用小手环住她的脖颈，决定放弃他离家出走的计划了。

他还是舍不得妈妈。

李玥和光光回到家之后，程牧昀看到李玥的脸脏兮兮的，上面还多了两个小爪印。他顿时一惊，问："这是怎么了？"

李玥把孩子往他的怀里一送："问你儿子吧。"

李玥去洗脸。她的脸可全被光光蹭脏了，母子俩都跟泥猴似的，怪不得程牧昀被吓到了。

程牧昀低头去问光光。

面对程牧昀,光光立刻变乖了不少。

也不知道父子俩到底说了些什么话,李玥出来后,光光就兴冲冲地跑到她的面前说:"妈妈,我以后会好好地保护你的。"

她感觉云里雾里的,应承道:"啊?好。"

她走近一步:"妈妈帮你换衣服。"

"不要,"光光很有志气,说,"我是大孩子了,可以自己换。"

他"嗒嗒嗒"地跑回自己的屋子里,小背影怪可爱的。

李玥去找程牧昀:"你跟孩子说什么了?他奇奇怪怪的。"

"想知道吗?"他凑过来,气息很热,"你可以拷问我。"

她忍不住侧过脸去,不看他。她耳尖发红,吐槽他:"你越来越不像话了。"

这个人,真是太会勾引她了。

只是没等他做再进一步的动作,光光弱弱的声音从远处传来:"爸爸,你来帮我一下好不好?"

程牧昀低叹一声:"我就应该让这小子晚点儿来。"

李玥禁不住笑出声,推了他一把:"快去吧。"

父子俩不知道在房间里说了什么,光光换了一身新衣服出来时,脸和手都被洗干净了,他又变成那个人见人爱的小帅哥了。

他抱着程牧昀的脸亲了一下:"爸爸真好,我爱爸爸。"

程牧昀揉了揉他的小脑袋。

李玥忍不住吃醋了:"那妈妈呢?"

哇,今天是他的幸运日吗?

光光小朋友超开心地奔到李玥的身边,亲她的脸:"爱你,妈妈,我超爱你。"

小朋友,最不吝啬于表达爱意。

李玥抱住他,轻轻地笑了笑。

第二天光光跟昨天打架的小哥哥和好之后,程牧昀决定奖励一下他。

光光开心死了!

果然爸爸说得对,主动地道歉认错也是勇敢,勇敢、善良又独立的孩子是会得到喜欢和奖赏的。

之后的某一天,李玥和程牧昀带光光去了艾莫嘉的演唱会。

艾莫嘉是程牧昀从前最爱的歌手。因为艾莫嘉,他才会投入到音乐创作中。

只不过他放弃音乐之后,只收集艾莫嘉的专辑,再没去过演唱会了。

而艾莫嘉渐渐地也离开歌坛了。

他出新歌的次数变得很少,基本上一年出一首歌,但他的专辑依旧畅销。

这是艾莫嘉阔别大众五年后举办的第一场演唱会。

程牧昀买的是第一排的专座,他们在台下欣赏他少年时的偶像。

熟悉的音乐,一样的激情,一样的热血,曾经的感动再次浮现在他的心头。

程牧昀紧紧地握住李玥的手。光光坐在他们的中间,觉得自己挺多余的。

演唱会进行时似乎有一个环节,光光觉得蛮奇怪的。

面前的大屏幕上只要出现人,那两个人就亲亲,好奇怪。

这时候,画面上突然出现了一个穿着蓝色背带裤的小男孩,小男孩长得又白又俊,但是紧紧地皱着眉头。

光光瞬间一惊。

哎,这不是他自己吗?

镜头拉远,屏幕上出现了他的爸爸妈妈。

现场有好多人在"嗷嗷"地喊。

光光轻叹了一口气。他知道了,他的爸爸妈妈又要亲亲了。

可这时候他感觉身子一轻,整个人被抱了起来,接着双颊同时一热,有又热又软的触感传来。

他看到屏幕上,自己的脸颊被爸爸和妈妈亲上了。

这一幕唯美可爱。他瞬间露出笑意。

啊啊啊啊啊,我被爸爸妈妈亲啦。

爸爸妈妈最爱我了。我最爱爸爸妈妈了!

番外一
如果早点儿遇见你

这天阳光明媚，微风徐徐，好一个艳阳天。

一群穿着时尚的少男少女站在街边，吸引了不少路人的注意力。

尤其是那个站在后面的男生，他身材高挑，肤色白皙，剑眉星目，在人群中异常亮眼。

就这么一会儿，已经有两个女生上来搭讪了，还有女生正在观望。

至于他旁边的其他人，根本没人搭理。

余深挺纳闷儿的，程牧昀怎么会突然接受江崇的邀请，跟他们一起出来玩？

他拉住旁边的任加云，小声地问："程牧昀跟崇哥的关系什么时候变得这么好了？他们都能私下一起出来玩了？"

任加云一样不知情，摇着头小声说："谁知道呢？反正别得罪他就是了。"

在他们的学校里，谁不知道程牧昀既有很好的家世又是受人追捧的学霸男神？就是他的性格高傲冷淡，他们出来了这么长时间，也没见他说几句话。

反正大家各自玩手机吧。

一行人等了十几分钟，心里都有点儿烦躁了，有人忍不住问："崇哥什么时候来呀？"

"他接人去了，估计还得一会儿吧。"

余深抱怨道："冯盈盈也太慢了，都是熟人了，还打扮什么呀？谁不知道她长什么样？"

任加云说："崇哥不是去接盈盈。"

余深意外了，问："啊，那是……？"

"你不知道哇？崇哥最近在追一个女生，都追了好几个月了，最近终于有了进展。前几天他还在朋友圈里发照片了，你没看到吗？"

余深摇摇头，真不知道。

任加云说："那个女生好像是练花滑的，还挺有名的呢。"

余深微蹙眉："她叫什么？"

"我想想，李……李玥。"

余深上网搜了搜，果然查到了李玥的资料，只是把眉头皱得越来越紧。

这时一辆车停到他们的面前，从车上下来的是穿着一身粉色碎花裙的冯盈盈。她长相甜美，笑起来很可爱。

"盈盈，这儿呢。"任加云招呼她。

冯盈盈踩着一双高跟的凉鞋，迈着小碎步慢慢地走过去。

她巡视了一圈，看到程牧昀时，目光忍不住停留了一下。接着她再看了一圈，小声问："崇哥还没来吗？"

"没呢，他接人去了。"

冯盈盈轻咬嘴唇，眼底浮出几分复杂的情绪来。

就在他们不耐烦地要给江崇打电话催促的时候，江崇终于到了。

他先下车，再走到另一边对方开门。

和他一起过来的是一个长相极其漂亮的少女。她有一头乌黑的长发，皮肤瓷白发光，眉宇之间透着一股英气，气质独特出众，令人难忘。

她穿得简单，只穿了一身短袖和短裤，四肢显得格外纤细，尤其是一双长腿纤白细直。

她有一种让人见了就心生好感的漂亮。

她的身边跟着一个扎着马尾辫的女生。女生挽着她的胳膊，两个人看起来亲密无间。

这两个女孩子是李玥和夏蔓。

江崇主动地给他们介绍李玥时，磕磕绊绊地道："这是李玥，我……我的朋友，今天一起出来玩。"

大家给江崇面子，纷纷地跟李玥打招呼。

江崇回头对李玥一一地介绍："这些都是我的哥们儿，这是余深、任加云，还有……"

"你是玥姐吧？"冯盈盈主动地走到李玥的面前，笑眯眯地说，"我听崇哥提起你好多次了，你叫我盈盈就好啦。"

不知道为什么，眼前的女孩虽然笑容甜美，却让李玥感到一种说不出的不舒服。

李玥想了一下,说:"不用喊我'姐',叫我的名字就好了。"

"这样不好吧,"冯盈盈捂着嘴唇笑,"你好像比我大一岁呢,我该叫你'姐'的。"

李玥旁边的夏蔓开口说:"我也比你大一岁,怎么不见你喊我'姐'呀?"

冯盈盈一噎,只对李玥说:"玥姐是不想让我这么叫你吗?我只是想跟你亲近一下,是我不会说话。"

气氛变得有些尴尬,空气一时变得安静起来。

旁边的江崇也不明白冯盈盈怎么能凭借一个称呼扯这么多话。

他直接道:"好了,盈盈,你直接叫她的名字就行了。"

冯盈盈的声音变小了,她有点儿委屈地说:"可是……"

江崇打断她:"好了,你有时候就是想得太多,咱们往前走吧。"

江崇招呼大家往前走,他们今天的目的地是不远处刚建成不久的游乐园。

江崇一边给李玥介绍朋友,一边嘘寒问暖地问她渴不渴、要不要买一把伞遮阳。李玥说"不用"。

三个人并肩在前面走着,这时候走在后面的冯盈盈"哎哟"一声,在远处低声喊:"崇哥。"

江崇回头看了一眼,对李玥说:"我过去一下,你有事喊我呀。"

李玥点点头。

原来是冯盈盈扭到了脚。她穿的是高跟鞋,一行人走得又快,她一着急就不小心扭到了脚,不敢用力,只得扶着江崇的胳膊慢慢地走路。

就这样,江崇不得不跟李玥一前一后地分开了。

虽然周围是一群不熟的人,但好在大家年纪相仿,而且身边又有夏蔓,所以李玥觉得还好。

反正她是来玩的,难得有假期,开心最重要。

大家进了游乐园,能玩的可就多了。他们玩射击的游戏时,李玥由于准头很好,赢得了一片赞叹。

大家迅速熟络起来,有说有笑的。

只有后面的江崇和冯盈盈姗姗来迟,每次刚赶上来,还没玩上项目,大家就急着去下一个地方打卡了。

这次江崇终于得到了机会,也跟着玩了一次射击的游戏。但是他搀扶冯盈盈走路太久,胳膊有点儿无力,他射击十次,有八次都不中。

余深说他:"崇哥,你的准头太差了,眼光不行吧?"

他有意地看了李玥一眼。

李玥留意到了,微微地蹙紧眉头。

江崇没注意到,笑骂余深一句:"那你来?就你那技术,我看你能打中几个。"

众人发出一片笑声，旁边的冯盈盈更是乐得不行，抓着江崇的胳膊，整个人直往他的身上倒。

夏蔓也纳闷儿了，忍不住对旁边的李玥说："我就奇怪了，江崇说的话有那么好笑吗？冯盈盈都快笑抽过去了。难道我的笑点跟大家的不一样？"

李玥老实地说："我也没觉得好笑。"

夏蔓"扑哧"一乐。

李玥也跟着笑了，她们俩和大家笑的地方完全不一样，不过气氛总归是轻松愉悦的，就是有一点——

夏蔓问她："那个，江崇一直跟别的女生在一起，你没事吧？"

李玥当然知道江崇对她有好感。这些日子里，他们接触下来，对彼此的印象都挺好，可江崇又没对她表白，他们现在也顶多是朋友的关系。

"我……"

李玥刚把话说出口，声音就被旁边的惊呼声打断了。

她们循声看去，只见程牧昀举着枪，他神情专注，动作利落，"砰砰"的声音随之响起。他每一次射击都能得分，引起了周围的人的瞩目。

李玥看了几秒，问夏蔓："他是……？"

夏蔓诧异地说："程牧昀，你不知道他吗？"

李玥摇摇头。

"也对，你总是在训练，也不会关注学校里的人。他是我们学校的男神，可厉害了，我就是奇怪，他今天怎么会一起来？他明明是挺冷淡的一个人哪。"

李玥忍不住看了过去。

少年容貌出众，侧颜精致如画，带有一种锋利感，耀眼得让人移不开眼睛。

这时他放下手里的枪，表情淡定从容。他微微地侧眸看了过来，两个人的目光在不经意间相遇，一种压迫感扑面而来。

她一时怔住，留意到了他的眸光细微的变化——从冷淡锐利到充满暖意。有一瞬间，她感觉到，他似乎很开心。

这是为什么？奇怪，她又不认识他。

她低垂眼帘，心口泛起奇异的痒意来。

一行人继续向前走，边走边玩，有人好奇李玥的经历，她友善耐心地回答。

只是他们一走起来，江崇和冯盈盈又掉队了。

江崇眼看着李玥和夏蔓在最前面手牵着手走，自己明明应该陪在旁边，现在却不得不扶着冯盈盈。

他不是没求助过别人，刚刚小声要余深帮忙去扶一下冯盈盈，好让自己能跟李玥一起走。

余深却说:"我就算了吧,万一把人扶倒了,人家得摔出个好歹来。你就受点儿累呗,谁让你家欠她的呢?"

是,他家欠冯盈盈人情,可她也不能挡自己的情路哇。

冯盈盈抓着江崇的手臂,柔柔弱弱地说:"对不起呀,崇哥,还要你一直陪我。"

江崇很想说"没关系",只是在看到李玥的时候,心里像压着一块石头。

冯盈盈看着他的表情,故意示弱说:"要不你别管我了,跟大家一起去玩吧。"

"可以吗?"江崇眼前一亮,满脸喜悦地说,"那我这就给司机打电话,让他来接你,你回去养好了腿,下次再来玩。"

冯盈盈顿时傻了,没想到自己示弱竟然会得到这样的一个结果。

可还没等她说什么,江崇已经喜滋滋地走到一边,去给他家的司机打电话了。

冯盈盈气得一跺脚,用的正是她宣称崴了的那只脚。

这一幕恰巧被刚回过头的李玥看在了眼里。

夏蔓买冰棒去了,李玥独自站在石阶上默默地出神,微风轻轻地拂过,吹不散她的胸口处积攒的一团乱麻。

她一直喜欢的是纯粹的关系和感情。

可今天她跟他们接触下来,江崇身边的人和事复杂得有点儿难辨,说不出,理不清。

她轻轻地吐了一口气,刚一转身,大概是因为保持一个姿势太久,小腿突然抽筋。她一下子没站稳,整个人往后倒去,心脏一瞬间跳得剧烈,她甚至来不及呼救。

这时她的双肩突然被一双手稳稳地握住,后背触碰到坚硬的胸膛,有人及时地扶住了她。

她下意识地抬头,目光正撞入一双漆黑的眼眸里。

扶她的人是程牧昀。

她稳住身形,慢慢地站住了。他适时地松开了手。

"谢……谢谢。"她低声道。

他微微地别过脸,声音清冷地吐出简短的两个字:"没事。"

李玥第一次听到他的声音,声音低沉而有磁性,好听极了。只是刚才的场面有点儿尴尬,她心口发紧,微微地抿紧唇。

"玥玥!"

远处传来夏蔓的呼喊声,李玥匆匆地道:"我先过去了。"

"嗯。"

她转身继续向上走,心里想着:这人果然如夏蔓说的一样,性格十分冷淡,让人难以接近。

她停下脚步,忍不住回头看了一眼,接着整个人怔住了。

她看到程牧昀用一只手胡乱地揉了几下自己的头发，他一副既懊恼又泄气的模样。

有一瞬间，他好像一只在生闷气的大狗。

她忍不住翘起唇角，在被他发现之前赶紧转身，心里忍不住想：他好像也不是那么冷淡。

他刚刚握住自己肩头的掌心很热。过一会儿，她分给他一根冰棒吧。

最后她还是没能分给程牧昀冰棒，因为夏蔓买来的满满一袋子的冰棒很快被瓜分干净了。

夏蔓郁闷地走到李玥的身边："他们的手太快了，我都没帮你抢到冰棒。都怪余深，他一个人就抢走了一大半的冰棒，真能吃！"

李玥笑了笑。

夏蔓说："我这就再去给你买，等我呀。"

李玥拦住她："算了，我本来也不能吃冰棒的，喝水就好了。"

夏蔓的脸上带着点儿悻悻的表情。

李玥碰碰她的胳膊："没事啦。"

夏蔓摇了摇头："不是，我就是觉得……有点儿不舒服。"

李玥问："怎么说？"

夏蔓有点儿犹豫，最后还是说："算了，可能是我多想了。"

李玥试着问："你是不是觉得江崇的这群朋友不太喜欢我？"

夏蔓下意识地回应道："你也这么觉得？"

话音刚落，她的表情立刻变成了后悔，她说："是我胡思乱想了。"

李玥却垂眸。如果说一开始还以为这是错觉，现在她几乎可以确定，江崇的这群朋友中，的确有几个人对自己抱着明显的敌意。

这很奇怪，明明自己和他们是第一次见面。她只能把这归结为气场不和了。

她回头再看了一眼，江崇已经打完电话了。

他对冯盈盈道："盈盈，你就在这儿等着，司机一会儿就来接你了。"

冯盈盈没料到自己的示弱会落得这么一个结果。明明从前只要她说难受，江崇就会亲自送她回家，照顾她，关心她。

可这一次，他竟然打算抛下她了。这种事情是从前没有发生过的。

她攥起拳头，第一次感受到了威胁。

她很快扬起笑脸，对他说："崇哥，我的脚已经好很多了，不用司机来接了，我自己可以走的。"

江崇神情错愕地问："真的吗？你可别勉强自己。"

"没事,不信你看。"

她仍旧踮着脚走路,虽然走得慢了一些,但不至于像刚才那样必须让人搀扶。

江崇深深地看了她几秒,笑了笑:"哦,那就好,那我让司机在门口等我们好了。"

"好哇。"她笑意盈盈地说。

江崇沉默地走上了台阶,直奔李玥的方向。

冯盈盈看在眼里,那口气再一次哽在胸口,她只能继续装作不方便行走的样子,一瘸一拐地独自走上台阶。这一幕落在众人的眼里,显得她更加可怜了,没过多久余深他们就去扶她。

这时候,江崇很快来到了李玥的身边。周围的人都在吃冰棒,唯独李玥没有,他微微地皱了眉。

"我去给你买一个蛋筒吃吧,你想要什么味的?"

没等李玥回答,余深扶着冯盈盈已经走了上来,说:"崇哥,你懂不懂啊?运动员才不能乱吃那些东西呢。"

任加云凑了上来,搭着余深的肩膀说:"不愧是当了一年运动员的人哪,懂的东西不少哇。"

夏蔓有点儿讶异,问:"你还当过运动员?"

余深没吭声。

任加云在一旁替他回答:"他曾当过短跑运动员哪,不过仅一年就被'退货'了,根本跑不过别人,教练看他没成绩就让他回学校里继续读书了。"

余深闻言冷斥一声:"走开。"

他的脸色难看得很,手里的冰棒被攥得紧紧的,地上都积了一小摊冰棒流下的水。他直接推开任加云的胳膊,走到另一边。

任加云嘻嘻哈哈地说:"瞧,他还生气了。这有什么好在意的?不当就不当了呗,像我们这样的人干吗要去当运动员?"

李玥闻言,脸色微沉。

在场的人听得出来,任加云的意思是像他们这种家世好的富贵子弟,人生当然是顺遂自由的。

"我觉得运动员很厉害。"程牧昀不知道是什么时候过来的,声音沉稳地说,"运动员赢了比赛,能够在全世界的面前升国旗、奏国歌,这是多少人穷极一生也无法做到的。"

任加云神色一僵,撇了撇嘴,没再说话。

李玥忍不住去看程牧昀,没想到他会说出这番话,心下微微地一动。

她的目光被身边的江崇捕捉到了,他的脸色迅速地沉了下去。他正要开口说些什么，被突然过来的人打断。

一个八九岁的小女孩捧着一大束玫瑰花过来，对着程牧昀说："哥哥，给姐姐买几朵花吧，祝你们百年好合呀。"

游乐园里这种卖花的小孩子不少，但一般找的是大人，这个小女孩大概是看他们一群人聚在一起、穿得也好，这才凑过来卖花。

然而尴尬的是，小女孩是对着程牧昀说话，却转过头直接把花往李玥的手里塞。

她把李玥和程牧昀当成了一对情侣，完全忽视了另一边的江崇。

小女孩嘴巴很甜地说："姐姐和玫瑰花好配的，让你的男朋友买吧，花很便宜的，就十块钱一朵。"

李玥连连推拒。她是以江崇朋友的身份过来的，而且大家都看得出来他是在追她，结果她被误会成别人的女朋友，这让她尴尬得简直快脚趾抓地了。

再加上她听到了花的价格，整个人几乎是下意识地摇头："这么贵，不要。"

"那姐姐我给你打八折。"小女孩转身走到程牧昀的面前，继续夸着："哥哥，你有这么好的女朋友，一定是这个世界上最幸福的人了，买一朵花庆祝一下嘛。"

李玥瞬间羞得面红耳赤。什么女朋友？她不是呀……

而且这个小孩这么自来熟吗，怎么话术一套接一套的？

可没等她解释，程牧昀淡然地道："你把花给她吧。"

他的意思是要把花全买了！

小女孩激动地"哇"了一声，给程牧昀鞠了一躬，不等李玥拒绝，直接把一大束玫瑰花塞到李玥的怀里，再拿出付款码给程牧昀扫。

程牧昀沉默地付了款。

"叮咚"一声，钱已到账。

一下子赚了一大笔钱，小女孩喊得震天响："祝哥哥姐姐永远相爱，永远开心，永远幸福！"

她生怕他们后悔，转身一溜烟儿地跑没影了。

一群人一愣一愣的，回过神时，李玥捧着一大束玫瑰花，要多显眼有多显眼。

他们齐齐地看着李玥和程牧昀。

程牧昀作为当事人倒好像习惯了这种目光，自顾自地向前走去。

浓郁的花香味简直沾染了满身，李玥顶着周围奇异的目光，立刻追了上去。

她喊了一声："等一下！"

他回头看了她一眼，没有停下脚步，她只能加快脚步追上去，这样就离后面的人更远了。

总算来到他的身边，她微喘着把花给程牧昀："这些花是你买的，给你。"

他的声音一如刚才那样冷淡,他说:"我不喜欢花,你留着吧。"

她忍不住说:"你不喜欢,还花那么多钱买它们?"

她没好意思把下一句话说出口——你傻吗?

程牧昀说:"我不买花的话,她会一直缠着你的。"

李玥简直蒙了。

就因为这件事,他一下子把花全买了?十块钱一朵花呀,这种价格简直是抢钱了,他花这么多钱买一束玫瑰花?

难道这就是有钱人的世界?

他突然停下了脚步,转身问她:"你不喜欢花吗?"

她低头看了一眼怀里的花束,玫瑰花娇艳芬芳,吸引人的目光,她要说不喜欢,着实有些违心。

她咬了咬嘴唇,慢慢地说了一句:"不是……不喜欢。"

只不过,她要是就这么收下这束玫瑰花,这算什么事呢?

她干脆咬了咬牙:"那我要这束花了,把钱转给你吧。"

这样花不算是他送的,是她自己买的。

程牧昀沉默了一下,说:"好。"

他掏出手机,没有设置付款码,反而让她添加好友。李玥倒没在意,直接通过"扫一扫"添加他为好友。低头的时候,她留意到他的手。

他有一双很漂亮的手,肤色白皙,指节分明,指甲被修剪得圆润洁净。她第一次看见男生的手长得这么漂亮,一时愣住了。

好一会儿她才反应过来,只是奇怪的是,他竟然也没有出声提醒她。

这种看呆的表现让她的脸颊生热,她装作很认真地摆弄着手机,只是抱着一大束花有些不方便。

"我帮你拿。"

他直接从她的怀里拿走了花。

李玥应了一声:"哦,好的。"

她低头添加他为好友,发现他的微信头像上有一个月亮,不知怎么,心头微微地一动。

"我叫程牧昀。"他突然弯下腰来,气息离她有些近。

"哦。"她一字一字地给他修改了备注,"这样?"

他轻轻地"嗯"了一声,语气里带了一些说不清的热切。

李玥让自己别再胡思乱想,赶紧把钱转给他。她给他看了一眼屏幕:"转给你了。"

他微微地笑了一下。

李玥的心口猛地一跳。

他真的很好看，睫毛根根分明，一双眼睛里荡着水墨般的光泽，吸引着人的目光。他唇边的笑意让她觉得，他好像很开心。

怀抱着红艳艳的玫瑰的少年将花再一次送到她的手上："现在，它是你的了。"

"嗯。"

没过多久，夏蔓他们追了上来，自然看到了刚才的那一幕。

夏蔓挽住李玥的胳膊，凑到她的耳边问："你和程男神说什么了呀？"

她垂下眼帘："没什么。"

夏蔓见她不想细说，便没问下去。

可夏蔓刚刚分明看到两个人之间的气氛暧昧，程牧昀将花束送到李玥怀里的那一幕，简直让人不得不多想。

她到底该不该对李玥说，程牧昀在学校里完全是一副生人勿近的模样？

这种给人买花又主动地送花的行为对他来说简直是不可能的事，可他今天竟然对李玥这样做了。

这不一般，非常不一般。

夏蔓偷偷地看了一眼走在身后不远处的江崇，发现他的脸色阴沉极了。

其实不用旁边的人说什么，谁都瞧得出来江崇的心情不好。只不过李玥一直走在前面，没有留意到这一点。

接下来大家继续玩，只是这一次，江崇主动地带着冯盈盈玩各种游戏的项目，两个人玩得好不自在，一时把旁边的李玥彻底冷落了。周围的人全是江崇的朋友，当然是他们一群人玩得开心。

这样一来，李玥就被彻底冷落在圈外了。

李玥慢慢地感受到江崇的态度变化，没说什么，只是抿了一下嘴唇，拉着夏蔓去玩其他的游戏，倒是乐得自在。

她拜托夏蔓帮她拿着玫瑰花，去玩投篮游戏机。不知道什么时候，冯盈盈走了过来。

"玥姐，自己玩多没趣呀，我陪你呀。"

冯盈盈抢过李玥手里的篮球，抬手把球投向篮筐。只是她的准头不好，球没能进篮，这让她不禁眉头微皱。

李玥只淡淡地问："有事吗？"

冯盈盈笑着说："玥姐好像不太喜欢我。"

"是你不喜欢我才对吧？我说过不要喊我'姐'了。"

她"嘻嘻"地一笑："玥姐很介意吗？"

李玥转过身，低头看了冯盈盈一眼。冯盈盈含笑与她对视。

"你的脚没事了？"她突然问。

冯盈盈的脸色不由得一僵。

李玥看出来了？

李玥从对方的手里拿走篮球，转身轻轻地一投。篮球进筐，她得分了！

"你的这些小打小闹的行为挺没劲的。"

她又投了一次篮，得分。

"还有，我没打算跟你搞好关系，小妹妹。"

"叮咚叮咚"，分数出来了，非常高，她可以去换奖品了。

而冯盈盈的脸色已经彻底沉下去了。

李玥正要转身离开，身后的冯盈盈压着嗓音阴恻恻地说："别以为你能抢走崇哥。"

李玥微笑着说："如果我想要的人还要我自己去抢，只能说对方太不识趣了。他配不上我。"

冯盈盈被怼得心堵："你！"

李玥才不在乎冯盈盈怎么想，反正没必要忍着。

她开开心心地去找夏蔓，到领奖处领奖品："作为你帮我拿花的奖励，奖品任你挑。"

夏蔓激动地抱住她："啊啊啊啊，宝贝你真好！"

两个女孩子手牵着手去领奖品，只剩下冯盈盈气冲冲地看着她们。最后冯盈盈快速地转身离去，行走间哪里有一点儿不方便的样子？

李玥这一天玩得蛮开心的，逛了游乐园，玩了很多项目，意外地收获了一大束玫瑰花。虽然价格有点儿贵，但当她想到花是一个大帅哥买的，据说他还是学校里的男神人物，她的心里还挺美滋滋的。

她没觉得自己以后还会跟程牧昀有什么联系，所以心情十分轻松愉快。

她是被江崇送回去的。

车里充斥着玫瑰花香，李玥这一天闻习惯了，江崇却皱着眉头说："这花的味道怎么这么冲？"

李玥低头看了一眼："有吗？"

"嗯，味道太大了，车里全是味，一会儿我停下车，你把花扔了吧。"

"……"

她花了那么多钱呢，说扔就扔？

她想了一下，说："要不你在前面把我放下来吧。"

江崇没接话，但也没停下车。

两个人就这沉默了下去，车子里的气氛渐渐地变冷。

这是李玥第一次在和江崇相处时气氛变得这样僵，一股浓重的不适感从心里翻涌起来，这依旧是一种说不清道不明的感觉。

车子在李玥家的楼下停下。

她沉默地下了车，江崇跟了上来。两个人一前一后地走着，氛围格外怪异。

她的心里像堵着什么东西，一天的好心情有点儿变糟了。

直到路过一个垃圾箱的时候，江崇突然叫住了她："李玥。"

她停下脚步，回头看。

路灯下，江崇的脸一半是亮的，一半隐没在夜色中，表情晦暗不明，他低声说："你把花扔了行吗？"

她愣愣地看着他："为什么？"

他有点儿急躁地说："你要是实在喜欢花，我明天给你再买一束，不，一百束，你把你手上的这束花扔了不行吗？"

"这束花有什么问题吗？"

"你舍不得扔吗？因为花是程牧昀买的？"

这种带刺的语气让她更加不舒服了，她说："这是我自己花钱买的，我把钱转给他了。"

江崇直直地看着她："你加他的微信了？"

"是呀。"

他的腮帮子鼓鼓的，语气生硬地说："你想留着那束花就留着吧，把他删了。"

李玥觉得江崇越来越过分了，他凭什么命令她？

她故意说："如果我不愿意呢？"

江崇愣了几秒，一天的怨气瞬间冲上头顶，他气冲冲地喊："你不删他，就把我删了好了！"

"……"

李玥静静地看了江崇几秒。

他是在用绝交来威胁她吗？这种话是可以随随便便地说出口的吗？

她想到今天他的那群朋友、那个阴阳怪气的冯盈盈、那些对她莫名其妙的敌意、一大堆的麻烦事。

在她被讽刺的时候，他没有替她说话。

他明明邀请她一起出来玩，却冷落她一整天，现在又要求她扔掉花、删掉人，可问题不是她怀里的玫瑰花，也不是她的微信列表里的某个人，而是他心里的刺。

李玥垂眸静了几秒，从兜里掏出了手机。

江崇的面色顿时转怒为喜。他就知道李玥更在乎自己！

李玥捧着花束摆弄手机不方便，不得不先把花束放到地上，接着用手指在屏幕上点了点。

她晃了一下屏幕给江崇看:"我已经把你删了。"

什么?江崇瞬间呆住了,她不……不是要删程牧昀吗?

在他和程牧昀之间,李玥选择了程牧昀?!为什么?

他和李玥认识了这么久,怎么可能还没只和她见过一次面的程牧昀重要?!

李玥没在意完全呆住的江崇,蹲下身重新抱起花束,轻盈地转身,头发被夜风吹拂着,一股淡淡的玫瑰花香飘出来。

月亮高挂,夜色美好。

她感觉堵在心口的那股说不出的气瞬间通畅了,好像甩掉了一个大包袱一样。

她低头看着玫瑰花,过了一整天,鲜花依旧娇艳。

她回去就把花送给她妈,她妈好多年没收到鲜花了,一定觉得惊喜。

她嘴角含笑地上了楼。

她以为和江崇断了联系之后,除了夏蔓,应该不会再跟那群人有接触了。没想到没过几天,她在街上意外地遇见了程牧昀,还被他撞见了自己最狼狈的样子。

周日,李玥独自走在街上,没想到竟撞见了她爸孙志强。

父女俩已经有好几年没见过面了。

自从父母离了婚,她妈李三金一个人带着李玥艰难地生活,而孙志强却很快和别人结了婚,并如愿地生了一个儿子。

她看到孙志强的手里牵着一个虎头虎脑的小男孩。

男孩兴致勃勃地指着橱窗里的玩具车大喊:"爸爸,我要买这个!"

孙志强笑得爽朗:"行,爸给你买,小阳乖呀。"

小阳?

这个名字瞬间刺痛了李玥。这明明是她哥的小名,孙志强竟然给他的小儿子起了和她哥哥一样的名字?!

她站定脚步,眼里淬着冰霜,冷冷地盯着他。

这种目光太过明显,孙志强诧异地抬头看过去。在迎上她的目光时,他恍了一下神才认出李玥来。

"玥……玥玥吗?"

孙志强用了好一会儿才认出她,可并不喜悦,自从李玥改了姓氏,跟她妈一样姓李,他就当自己没有过这个孩子了。

李玥看了一眼他的手里提着的生日蛋糕,心里漫出酸楚来。

她现在之所以不在家里,是因为今天是她哥的忌日。

自从她哥溺水死去,每年的今天,她妈的情绪都会变得很低落。因为不想让这种情绪影响到她,她妈总是习惯于独处,默默地消解情绪。

李玥明白她妈的心情，不愿意让她妈在自己的面前强颜欢笑，于是便一大早谎称自己今天跟别人有约。其实她是打算在外面待一天，这样她妈不用担心她，会好受一些。

　　可她看到孙志强手上的生日蛋糕时，心中突然一痛。

　　今天是他小儿子的生日。

　　孙志强给他的小儿子起和她哥哥一样的名字，在她哥哥忌日这一天为小儿子庆祝生日，就……就好像她哥已经完全被替代了一样！

　　眼里生出怨愤，她盯着他冷冷地开口问："你还记得我哥吗？"

　　孙志强的脸色瞬间阴沉下来，眼里划过一丝复杂的情绪。他有些恼羞成怒地喊："我怎么会不记得？！"

　　如果他记得她哥，又怎么可以这么做？！

　　李玥的眼里写满了指责。

　　谁知孙志强又失望地看了一眼她，叹着气小声说："怎么死的偏偏就是你哥呢？"

　　为什么死的不是你呢？

　　李玥整个人如遭雷击，脸色变得惨白。虽然她早就知道孙志强重男轻女，可这一刻心脏处依旧传来清晰的疼痛，她疼得无法呼吸，几乎站立不住。

　　她不想再看到这个人，不想听到他的话。她要离这个人远远的！

　　等回过神的时候，她已经跑了很远，气喘吁吁地坐在一座小楼前的石阶上。

　　这里人流稀少，一片安静，只有微微的风吹在耳畔。

　　她抱着膝盖把自己缩成一小团，两边的头发挡住了脸颊，眼泪无声无息地流了下来。

　　她一向骄傲，平时很少哭。在她训练的时候，哭是认输，会被训，会被笑。所以她无论多苦多累、受多少伤也不哭。

　　回到家里的时候，她更要笑，要让妈妈知道自己过得好，不让妈妈担心。

　　只有独自待着的时候，她才敢这样默默地流下眼泪，自己慢慢地往下咽心里的苦涩与哀楚。

　　她很疼，很苦，真的好难受。

　　程牧昀就是在这个时候看到李玥的。

　　起初他没敢认她。只是那漆黑浓密的头发，还有纤细的身形，让他感到熟悉。

　　他禁不住走近那个埋着头、肩膀不住地颤抖的女孩。

　　李玥听到明显的脚步声，才意识到有人来了。

　　她下意识地抬起头，在泪光中看到了穿着蓝白色校服的俊美少年。

　　她迅速地认出他来，脸上露出慌张的表情，一张脸又窘又红。她立刻又将脑袋埋进膝盖里。

　　风吹过来，吹得她的鬓发微乱，心跳声在"怦怦"地响，心口发疼。

她不想被任何人看到现在的这副模样,尤其是认识她的人!

"你别过来。"她说,声音里带着明显的哭腔。

她以为他会走的,可听到脚步声越来越近。

他上了台阶。

她慌张起来,提高声音,乱发脾气:"我说别过来!"

脚步声停了一下,可下一秒他走得更近了。

李玥又羞又恼,心里直发酸。

这个人怎么回事?亏她还觉得他好有礼貌,那天他还替她说话,可原来这么爱看人的笑话吗?!

她哭有什么好看的?!

她用手背胡乱地抹了一把脸上的泪,手背上湿湿热热的一片。她刚深吸一口气,打算喝退他,突然听到不远处传来一阵嬉闹声。

"这回老班可太狠了,布置了这么多卷子,我一晚上怎么做得完哪?"

"你刚才不跟老班说这种话,现在开始马后炮了?"

"走开,老班说了下回月考一定要拿年级第一,我要是说了这种话,你信不信老班只会再给我们加一张卷子?"

"怕什么?咱班有程男神哪,他的分数那么高,只要大家的分数不拖后腿,咱班肯定能拿年级第一!"

脚步声越来越近,男男女女的说话声混杂在一起。

李玥的心口发紧,整个人窘迫得恨不得钻进地洞里躲起来,可唯一的出路只有下面的路,她贸然地跑出去的话一定会撞见那群人,怎么办?

慌乱无措之际,她感到温热的气息在靠近,他为她挡住了风,伴随而来的是一股淡淡的苦橙香气。

她突然意识到了什么,整个人愣住。

与此同时,那群少男少女也过来了。路过的时候,他们竟意外地看到了程牧昀坐在石阶上。

他们当中有人禁不住叫了一声:"程牧昀,你怎么在这儿?你还不回去呀?"

少年清冷的嗓音低低地响起:"等人,我还有点儿事要做。"

李玥小心地抬起头,透过胳膊的夹缝,看到了坐在她身前的少年。

他离自己很近,她能看到他的头发很黑,风吹过时柔软的头发在轻晃,头发下是一截白皙修长的脖颈。他穿着蓝白色的校服,有一股别样的意气风发。

他的背脊单薄却宽阔,为她挡住冷风,遮去众人的视线,牢牢地把她护在了身后,让她不受他人的窥探。

李玥的心口禁不住被一股莫名其妙的情绪狠狠地一撞,眼角不知道为什么又微微地泛起了热意。

那群人中有人忍不住说:"程牧昀,今天老班布置的卷子太多,我做不完,明天向你要答案行不行?"

"嗯。"

那群人有些意外,程牧昀竟然会答应?

只不过见他的态度和平时一样冷淡,他们便互相拉扯着走了。

有人眼尖地看到他的身后似乎藏着一个人,可又不敢当面发问。最后,一群人总算慢慢地离开了。

心头骤然一松,李玥望着少年的后背,轻轻地咬住了红润的下唇。

她刚才那么凶,还误会了他。

她想张口解释,刚从喉咙里发出来一个音节,发现自己的声音竟然沙哑又难听。

脸上迅速变热,她想了一下,慢慢地抬起手。

微风徐徐,程牧昀攥紧手指,正在犹豫要不要转身,背脊瞬间收紧。

她的指尖落在他的背上,竟然在轻轻地描画。

他整个人瞬间呆住,变得不知所措。

她在做什么?

她的手还在动,直到她重复地描画了一遍,他才明白,她在写字。

动作轻轻的,带着少女的羞涩,她在向他表达。

"谢谢。"

心跳声"咚咚"作响,他的手心在不知不觉中变得湿热。

程牧昀不敢回头了,怕他会藏不住自己的心意。

周围安静下来,有一股细微灼热的气流在两个人之间流淌。

他们谁都没有说话,谁也没有起身离开。

直到又有脚步声在不远处响起,打破了这暧昧的沉默。

程牧昀默默地从包里拿出一个崭新的口罩递给了她。

他仍旧没有回头,而是把一只手伸到后面,轻轻地摇动了一下,示意她拿走口罩。

李玥早已止住了泪水,看到少年贴心的举动,她微微地抿住嘴唇。

她接过口罩,慢慢地把它戴在了脸上,遮住了自己的狼狈。

他先站起身走下台阶,她默默地跟在他的身后。

她想:该说些什么的。

只是她还在琢磨怎么开口的时候,站在前面的人轰然地向下倒去。

心头一惊,李玥手疾眼快地抱住他的腰,这才发现他的身体灼烫,他的脸同样红得异样。

他发烧了。

程牧昀觉得自己整个人昏昏沉沉的，身体像是飘在半空中，意识却沉在水里，无论什么声音都不甚清晰。

事实上，今天早上他就觉得不舒服，可没有太在意，直接去了学校。

中午的时候，他基本可以确定自己在发烧，只是还没完成老师交给他的任务，所以没有提出请假，坚持到了放学。

他决定先回家再说，吃些药再睡一觉差不多就好了。

这么想着的时候，他意外地撞见了李玥。

她坐在台阶上，一个人哭。

他看到她的时候，她的脸涨得通红，眼里湿漉漉的，有着他从未见过的脆弱和慌张。

这一刻，程牧昀发现自己的心脏在狂跳，因为遇见了她，因为看到了她不同于人前的另一面。

他终于能够单独地跟她见面了，像之前的那次他们在深巷里遇见彼此一样。

可紧接着，他意识到她羞恼的态度后，这种欢喜迅速地沉了下去，变成复杂的心疼。

他想问：她为什么会出现在这里？她为什么要躲在这里一个人默默地哭？她为什么这样难过？她是遇见了什么事？她为什么不找人倾诉、找亲人朋友陪伴自己？

他想起之前在游乐园里见到她，她总是笑着的，那样漂亮阳光，肆意洒脱又明媚。

如果不是被他撞见了，是不是在自己哭过之后，她在人前还会保持那样开心的笑容？

她这样做过多少次了？难道她一直是这么一个人熬过来的吗？

程牧昀一想到这些事，心里就好像被什么东西堵住了。

他感觉到她在自己的背后轻轻地写字道谢的时候，身体的热意在不断攀升，大脑混沌，一瞬间好像要炸开。

他想抱住她，想要安慰她，又怕会吓到她。

对她而言，他还是陌生的。他害怕贸然地表白的话，她会吓得跑走。他不想第二次错过她。

可他想陪着她，在她难过无助的时候。

有一道略微沙哑的女声在耳畔响起，声音低低的，带着点儿羞涩。她问："你……你是这么想的吗？"

"嗯。"他听到自己的声音回应，"我想陪着她。"

"可……可你们才见过一次呀。"

"不是的，"呼吸微乱，他急迫地说，"才不是一次！"

他早就见过她的！

那时候他有夜盲症，晚上看不到东西，在黑暗的深巷里迷路了，是李玥牵着他的手把他带了出来。

他认识她比江崇更早，比夏蔓更早。他才是最先遇见她的那个人！

那道声音沉默了好一会儿，又说："原来是你呀。"

她的声音里有着明显的笑意，悦耳动听，像极了李玥的声音。

程牧昀只觉得眼皮有千斤重，费尽了全身的力气，艰难地睁开眼后，在模糊的视线里，竟然看到了坐在身边的李玥。

真的是她！

她披散着黑发，脸颊微红，眼睛亮晶晶的。她就坐在他的身旁，他只要一伸手，就能够碰到她。

他也确实这么做了。就算是在梦里，他也不想放开她的手。

他低声说："和我在一起好不好？"

她果然是被他吓到了，把眼睛瞪得微圆，咬着红润的嘴唇："为什么是我呢？应该有很多人喜欢你吧。"

"那些人都不是你。"他攥紧她的手，望着她说，"如果不是你的话，再多的人也没有意义。"

"我只要你。"

从没被这么表白过的李玥感觉自己的整张脸都烧红了。

她怎么也没想到，在拜托路人把昏倒的程牧昀送到他学校的医务室后，会意外地听到这一番告白。

好在现在医务室里只有他们两个人。

李玥看着程牧昀，他的脸上有着异样的红，漆黑的眼眸紧紧地盯着她，他仿佛在看珍宝一样，目光贪恋又灼烫。

她的手同样很热，不知道是因为他的皮肤传来了温度，还是因为她同样被感染得发热了。

她发现自己竟然心动了。

谁会不心动呢？她面对这个俊美少年的赤诚告白，听到他讲述两个人过去偶遇后他一直在苦苦地寻找和等待自己，得知他在江崇的朋友圈里看到她之后立刻主动地想要靠近她。

那束玫瑰花就是他买来想送给她的。

他喜欢她。

心跳的声音越来越大，她甚至有些怕他会听到。

她的脚趾微微地蜷缩了起来，心跳一下比一下快，她浑身热得发烫，被他抓住的手甚至比他的手还要灼热。

她听到他开口说："玥玥，我想做能够让你依靠的那个人，以后你不用再躲起来，可以安心地在我的面前哭。"

他的声音如此低柔，让人难以抗拒。

李玥感到自己的脸颊在不断地灼烧，咬了咬嘴唇："你不准把今天看见我哭了的事往外说。"

她紧张地吞咽了一下，低垂的眼睫微微地颤了一下。她小声说："你不说的话，嗯……我就答应你。"

程牧昀的眼眸里瞬间露出光彩，喜悦盈于脸上。他不住地答应："好，我不说，我肯定不说！"

她禁不住微微地一笑，如芙蓉绽放般美丽。

程牧昀张了张口，还想说些什么，只是眼前骤然黑了下去。

他终究是撑不住沉重的眼皮，整个人昏沉地进入了睡眠中。

临睡前，他牢牢地抓着她的手。她的手那样温暖，如想象中的那样柔软细腻。

这真是一场美梦。如果这不是梦就好了。

李玥答应程牧昀的表白了。

她承认自己是头脑一热，有点儿冲动，不过不后悔。

所以，她有男朋友了，他还是超级帅、男神级别的男朋友。

她想到这里，心里甜甜的。

那天她接受了程牧昀的表白，两个人确立关系之后，他突然又昏睡了过去。

她慌张地去找校医，校医检查过后表示他没有大碍，他现在最需要的是休息。

没过多久，程牧昀的母亲来接他了，看到李玥之后立即对她表示了感谢，反复地说等程牧昀康复了，一定要邀请她到家里做客，好好地答谢她。

李玥本来觉得这么突然地见到程牧昀的家长，场面会蛮尴尬的，但是程牧昀的妈妈实在是太好看了！

李玥从没见过这么美的人，尤其是那双手，让她算是明白了什么叫"手如柔荑"。

她当时心里想：怪不得程牧昀长得那么好看呢。

后来她就回家了。

她没跟她妈说遇见孙志强的事，她妈也没说关于她哥的话题，母女俩都心照不宣地照顾着彼此。

然后，她就忍不住想关于程牧昀的事。

这是李玥第一次谈恋爱，她觉得自己的起点非常高。

同时，因为她是第一次谈恋爱，交往的经验为零，两个人确认关系之后，过了三天，她没收到程牧昀发来的一条消息。

这件事正常吗？李玥不确定。

这几天，她去找夏蔓打听了有关程牧昀的事，现在对他有了一些了解。

夏蔓给她介绍的第一条信息就把她震住了。

程牧昀出身豪门，是封达集团未来的继承人。

李玥听到这个公司的时候愣了好几秒，发微信再次确定了一下："是那个封达吗？"

夏蔓："就是你想的那个'封达'。"

没错，就是那个世界知名的公司——封达。

李玥顿时蒙了。

她原来只觉得天降了一个男朋友，现在觉得自己仿佛是中了彩票——都不知道该怎么花几千万的那种。

夏蔓继续跟她分享八卦。

程牧昀身为知名公司的继承人，倒并不是花天酒地、声色犬马的人。他是学霸、男神、众人难以接近的高岭之花；性格冷淡而高傲，他优秀到别人站在他的身边都会自惭形秽。

夏蔓："学校里喜欢他的人不少，敢表白的却没几个，就算是有表白的也被他通通地拒绝了，他一点儿也不给人机会。"

夏蔓有点儿奇怪，李玥怎么突然对程牧昀感兴趣了？不会是程牧昀用一束玫瑰花就把她收买了吧？

夏蔓赶紧劝导："宝贝，你要是对他起了心思，我劝你还是算了吧，程牧昀就是一座雪山，你爬都爬不上去的那种。"

李玥："是……是这样的吗？"

她听完夏蔓的描述后整个人愣愣的。

可对于这座谁都爬不上去的雪山，她几乎没抬脚，就直接被请上山峰，现在山上已经印上她的大名了。

她要是这么说的话，会被打吧？

夏蔓苦口婆心地继续劝："我跟你讲，程男神为了杜绝恋情，还给自己立了一个人设，说自己一直有喜欢的人，就是还没和对方在一起。你说这可能吗？他喜欢的人会不跟他在一起？"

李玥顿时心虚。

关于这件事，程牧昀确实没撒谎，因为他喜欢的这个人估计……可能……好像是她。

李玥的心里泛起一股说不出的情绪，酸甜难言，万般滋味聚在心头，搅得一颗心全乱了。

只是她更不明白了，为什么程牧昀还不联系她呢？

难道高冷的男神就是这样，要她主动一点儿？

李玥在床上翻来覆去，烙大饼一样，从没这么纠结过。

夏蔓为了让李玥赶紧收心，发来消息："你要是没事，出来跟我一起玩啊。"

李玥想了一下，回复："好。"

市区蓝天保龄球馆。

今天馆内来了不少年轻人，个个青春洋溢，只是其中的一个长相英俊的少年眉头紧锁，并没心思玩乐。

余深推了一直沉着脸的江崇一把，开玩笑说："崇哥，你这几天干吗都是这副样子？不知道的人还以为你得什么大病了。"

江崇没好气地道："走开。"

任加云碰碰余深："这还看不出来？你没见那天从游乐园回来之后，他就没再去找李玥了吗？"

这时候离江崇他们不远的一个同学对旁边的人说："夏蔓说一会儿要来，还要带一个朋友一起来。"

"谁呀？"

"她不是我们学校的，好像是练体育的。"

"不会是江崇在追的那个人吧？"

"好像是！"

周围的人一下子来了兴趣。他们早就听说这几个月江崇一直在追外面的一个女生。

不过他们只闻其名不见其人，心里都好奇极了。

"那个女生长得怎么样啊？"

"我问过余深，他说就那样吧，我猜她肯定不好看。"

这时候冯盈盈端着饮料走过来，众人拉住她问："盈盈，你见过江崇追的那个女生吗？"

冯盈盈顿了一下，歪着头，一副天真可爱的模样："你说玥姐？"

玥姐？那她不会比他们还大吧？

冯盈盈笑了笑，看起来甜美可人，指着那边江崇的方向："我先过去啦。"

他们当中有些人看出来冯盈盈喜欢江崇，不过江崇倒是没有发觉，甚至还在追别的女生，于是有人忍不住说道："你们说，江崇放着冯盈盈这么漂亮可爱的妹子不要，去追一个练体育的肌肉女，这是何必呢？"

"各有爱好呗。"

"那也太重口了。"

这个话题没过多久便被其他的事情盖过了。

夏蔓来了，她的身后跟着一个女生。

这个女生有一头漆黑浓密的长发，头发柔柔地披散在肩上，衬得肤色白皙润亮。

她眉眼英气，眼眸黑亮，顾盼之间有一股飒爽利落的美，令人过目难忘。

众人一时看呆了。

她们走到众人的跟前时，那种惊艳感变得越发强烈。

女孩穿着浅白色的碎花裙，一双细白的长腿引人注目，而且她体态极好，身姿挺拔。她一路走过来，所有人都禁不住将目光投在她的身上。

她似乎已经很习惯这样的目光，姿态自信从容，那种特别的气质非常吸引人。

在余深和冯盈盈的侧面描述下，他们本以为李玥是一个年纪大、浑身肌肉的体育女，可这颜值、这身材、这气质，完全让人移不开目光。

他们下意识地将目光转向了冯盈盈。

冯盈盈是甜美可爱，但是与李玥相比，顿时显得暗淡无光。

他们在心里同时念道：怪不得。

他们本以为江崇是眼光奇特，结果人家可不是眼瞎，如果换成他们，他们肯定也选眼前的妹子。

众人瞬间一拥而上，热情地邀请李玥坐下来，又围在她的身边七嘴八舌地问话，一时弄得李玥不知所措。

夏蔓护着李玥，喊着："干吗干吗？你们别把人吓到了！"

"李玥？"余深看到李玥，皱着眉，一副很不欢迎的样子，"你怎么过来了？"

夏蔓翻白眼，夹枪带棒地说："我叫她来的，不行吗？这地方又不是你家开的，你管那么多？"

余深没好气地道："我就问一下而已。"

夏蔓"哼"了一声。她会看不出来余深总是在阴阳怪气地说话吗？

接着冯盈盈过来了。

她柔柔地一笑，对李玥说："玥姐，又见面啦。"

上次两个人的谈话很不愉快，彼此的心里都有数，不过李玥不至于在众人的面前失态，淡淡地说："是呀，小妹妹。"

这个称呼一出，顿时有人忍不住笑了一声，对李玥说："什么小妹妹呀？冯盈盈跟我们差不多大的。"

李玥"哦"了一声，故意说："是吗？之前一见面她就喊我'姐'，我以为她年纪很小呢。"

"没有啦。"

众人哄然大笑。

这一下闹得好像是冯盈盈自己在故意装嫩。冯盈盈的脸色顿时变得赤红，她再不像之前那样故意亲热地喊李玥"姐"了。

众人的注意力再次落在李玥的身上。

"听说你是练体育的，你是练的什么项目呀？"

李玥说："花样滑冰。"

"滑冰，哇，好厉害！"

"下次我们去滑冰馆，你也来好不好？"

李玥模棱两可地回答："有机会的话。"

他们纷纷围在李玥的身边，主动地送上零食和饮料，想要加她的微信，场面火热，冯盈盈完全被冷落了，这是以前从没有过的情况。

好像李玥一出现，冯盈盈这颗石子就再激不起任何水花。

冯盈盈渐渐地把手握成拳。

几乎大半儿的人都把注意力放在李玥的身上，这其中当然也少不了不远处的江崇。

早在那天晚上，李玥删了他的联系方式之后，他就后悔了。

他也不知道自己那天到底是怎么了，到底是凭着哪里来的自信，认为李玥会顺从自己的心意扔掉那束碍眼的玫瑰花、删掉程牧昀的微信？！

他怎么会……怎么敢那样要求李玥？

更让他难过的是，李玥就真的那么痛快地删了他的联系方式，彻底地跟他绝交。

最开始他伤心、气愤、焦躁，可第二天就后悔了。

他主动地去加回她的微信，可她始终没有通过他的好友申请。

他的微博被她取关，电话被她拉黑，她真的不理他了。

惶恐与不安彻底扰乱了他的心神，他去她家的楼下等过她，可几次都没碰上她，没想到今天会在这里碰见她。

这是他的机会！

他欣喜若狂，慢慢地走上前去。

那边，围在李玥身边的同学对她说："我们一会儿要玩保龄球对抗赛，你要不要一起参加？"

李玥见到江崇他们很意外，不过并不打算因为他们几个人就浪费自己的好心情，扬眉一笑："好哇。"

她笑得漂亮，众人一时被她的容光所震慑，纷纷地看呆了。

就在这时，馆内突然响起一阵喧闹声，声音由远及近地传来。

众人抬头望去，看到一个穿着白色的外套、戴着鸭舌帽的少年慢慢地走过来。

"程牧昀？！"

"他怎么过来了？"

"是谁喊的吧。"

程牧昀一出现，就立刻吸引了馆内所有人的注意力，只是他的周身带着一股天然的冷意，隔绝众人一般，让人不敢靠近。

他在众人的面前停了下来。

有人笑着问："程牧昀，你也来玩？"

他淡淡地点头，轻轻地抬眼一扫，很快在众人的中间找到了李玥。他的目光停驻了一下，接着淡然地移了开去，好似他只是普通地看过去一眼。

李玥：嗯？？？

他这是对女朋友的态度吗？

她又不懂了。

程牧昀的到来让接下来的对抗赛更有看点了，大家组织抽签，两个人一组，最后得分高的一组会获得众人一起出钱买的奖品。

接下来抽签开始。

也不知道是这群人有意的还是真的巧合，最后抽签的结果是余深和夏蔓一组。

这两个人针尖对麦芒，谁也看不上谁。

而江崇则和李玥一组。

李玥："……"

她的体育精神不允许她不战而败。

程牧昀和冯盈盈一组。

这几个组合，绝了。

比赛火热有序地进行着，有专门计算比分的同学，按照三轮比赛的回合制淘汰选手。

第一局被淘汰的就是夏蔓和余深这一组。

这两个人一直在斗嘴。

夏蔓的球第一次只打掉了两个球瓶。

余深毫不客气，冷冷地"哼"了一声，奚落道："就这水平？"

他起身轻轻松松地用两根手指拎起保龄球，结果还没走到球道上，一时大意，手滑了，没拎住保龄球。

球"砰"地掉在地上，还差点儿砸到他的脚。

他弯腰打算再把球拿起来的时候，公正严明的计分同学把手掌一竖："余深，零分。"

"哈，哈，哈！"

夏蔓在一旁跷着二郎腿，毫不掩饰自己的幸灾乐祸，学着余深刚才的话，用比他更阴阳怪气的语气说："就这水平？"

大家忍不住纷纷地捂着嘴笑出声。

余深："……"

他的脸色难看得能滴出水来。

由于他拖了后腿，第一局他们组就被淘汰了。

夏蔓有着超好的心态，立刻化身啦啦队的成员去给李玥加油打气，在李玥上场时给了对方一个大大的飞吻："宝贝，加油！"

李玥冲她笑了一下，注意到不远处的程牧昀，眼眸禁不住微垂下去，心头跟着轻敲了敲。

接着，她吸了一口气调整状态，现在比赛更重要。

瞬间，她整个人的气势和状态变得完全不一样了，那种专注迅速感染了周围的人。大家纷纷地心神一凛，她真不愧是运动员哪。

李玥拎起蓝色的保龄球，慢慢地走到球道上，弯腰，摆臂，动作利落漂亮。

她轻轻地一推，保龄球从她手中滚出去，沿着球道迅速滚向前，可滚到了中间，不知道为什么突然转了向。

"砰"，保龄球滚了进去，可一个球瓶也没倒。

"……"

这……尴尬了。

接下来的几次李玥都没发挥好，最好的一次只打倒了三个球瓶。

李玥抿紧唇角，慢慢地走回座位。

夏蔓打圆场："玥玥你是第一次玩？"

李玥点点头。

"我就说嘛，第一次玩手生，慢慢地就好了。"

大家对李玥的印象蛮好的，他们安慰她说："没事，你看别人是怎么做的，学学就会了。"

"就是崇哥的压力大了呀。"

"崇哥快露一手！"

江崇的脸上浮起一个自得的笑容。他拎着保龄球深吸一口气，球滚向前，一下子撞倒了不少球瓶!

"哇!"

"崇哥漂亮!"

"这一下可以呀。"

江崇自得地转过头,却发现李玥没有注意自己,神色禁不住微微地一顿。

他勉强地笑了一下跟大家打招呼,重新拿起保龄球。他的球技不错,他明显是熟手,几次得的分数都很高,即使李玥的分数不高,他们也胜了其他组,进入第二回合。

在第二回合,李玥明显有了一些进步,起码不会出现保龄球偏离球道的情况,分数虽然一般,但不拖后腿。

只是相对于其他组合的默契,李玥和江崇之间的气氛明显冷淡,两个人几乎不说话。江崇有时跟李玥搭话,但除了关于比赛的内容,她不太回答。

她明明对别人都挺友善的,怎么偏偏对追她的江崇爱搭不理的呢?

有人打趣她说:"李同学,追你是不是很难哪?"

李玥想了一下,竟然看了一眼程牧昀:"你可以问问他。"

当时程牧昀就愣住了,在场的人几乎全被吓到了。

原来李玥跟程牧昀也认识,可"问他"是什么意思?

别说,还真有八卦的人去问了。

程牧昀冷淡地瞥他一眼:"不告诉你。"

"……"

程男神真是一如既往地高冷啊。

比赛还在进行中,这一次上场的是程牧昀这一组人。

冯盈盈拖着手臂,一小步一小步地挪到球道边,很费力地将球扔出去,同时轻轻地"哎"了一声。

只见球刚被扔上去就直接歪到边沟里。

这是第四次了!别说和她一组的程牧昀了,旁边的人看着都火大!

他们纷纷地喊道:"冯盈盈,你行不行啊?"

"唉,我的天,我要被气出高血压了。"

"这是什么猪队友哇?她还不如人家第一次玩的呢。"

他们就差直接说出李玥的名字了。

冯盈盈抽了抽鼻子,眼圈跟着一红。她站在原地泫然欲泣,可怜又无助。

她看起来是挺可怜的,要是在平时,他们肯定会上前安慰她了,但是比起赛来才知道有一个"猪"队友到底有多气人!

尤其是程牧昀次次得高分,而冯盈盈次次得低分,好几次都直接得了零分,严重拖了后腿。

最重要的是，她不是第一次打保龄球，又不是新手，这是在干吗呢？

到了第三局——决胜局，只剩下四组了。

第三组是李玥和江崇。

第四组，好嘛，正巧是程牧昀和冯盈盈。

这是因为他们两组的分数一样高，否则决胜局本来应该只有三组。

其他人的眼神纷纷地变得不对劲儿了。

"冯盈盈不会是为了让江崇赢才故意那么打的吧？"

"要不是程牧昀的分数高，他们第一局直接就被淘汰了吧？"

"这是比赛呀，她让来让去地给人拖后腿干吗？程牧昀真惨。"

"男神太惨了。"

在场的人不是看不出来冯盈盈的小心思，只不过心照不宣地没有直接点明这一点，看她委委屈屈的样子，不肯搭理她就是了。

前面的两组人迅速打完保龄球，轮到江崇那组的时候，江崇先上场。

他调整姿势，助跑向前，稳稳地将球推入球道里，蓝色的保龄球在球道的中间迅速滚向前，"砰"的一下，球瓶竟然全部被击倒！

"啊！"

同学们全部尖叫鼓掌，江崇兴奋得一跳，转过身去看李玥。两个人的目光碰触，他露出一个阳光的笑容。

大家当然知道江崇在追李玥，跟着起哄大喊："抱一个，抱一个！"

眼眸一亮，江崇大步地向李玥走了过来。他是想借着这个机会跟李玥缓和关系的。

看着越来越近的江崇，李玥浑身紧绷。在他即将靠近的时候，她迅速地躲开了他的手臂，这时有人挡在了她的前面，她的眼前出现了雪白的外套，一股清冽的苦橙气息飘来。

心口一动，李玥知道这是谁了。

气氛顿时一变，原本喧闹的声音渐渐地平息了下去。

这是什么情况？不是说江崇追了李玥几个月，快要成功了吗？怎么当事人一副不情愿的样子？

最重要的是，程牧昀怎么突然站起来了？他还挡在李玥的面前，好像在护着她一样。

结合刚才李玥的话，这关系有点儿微妙哇。

望着挡在李玥前面的程牧昀，江崇危险地眯起了眼。程牧昀的目光很沉静。

这时候李玥干咳一声："到我了。"

过了一会儿，程牧昀侧身，低声说："把手伸直一点儿，放球的时候尽量不要让球腾空。"

他的气息离她很近，一抬头，她就能看到他的下巴。

心跳莫名其妙地有点儿快，脸在微微地发热，李玥轻轻地"嗯"了一声。

她直接越过江崇走上前，江崇突然伸过手要拉她。

李玥轻巧地一躲，有些防备地瞪了他一眼。

这是第二次了。

大家看得清清楚楚，这可不能再用什么害羞来当借口，李玥明显是不喜欢江崇嘛。

江崇当然明白她的态度，脸色迅速沉了下去。

李玥自顾自地拿出保龄球，助跑弯腰，绷直手臂，在球落下时尽量把它压低，用力地向前一推！

蓝色的保龄球迅速滚向前，这一次又准又稳地滚在中间，直到最后才稍微歪了一点儿，可李玥这次用了强劲的力道，一下子把球瓶纷纷击倒，最后竟然全中！

兴奋如火一样点燃胸口，她猛地一回头，灿烂地一笑。

"看到了吗？"她看向程牧昀。

程牧昀下意识地点头："我就知道你可以的。"

李玥笑得更开心了。可周围的人脸色一顿。

这不对呀！为什么李玥会回头对程牧昀笑？为什么程牧昀那么开心地回应？

这两个人是什么关系呀？

不是说江崇在追李玥吗？他们俩不是应该更熟吗？怎么现在江崇好像是局外人一样？

众人把奇怪的目光投了过来，李玥咽了咽口水，有点儿尴尬。

她平复激动的情绪，吸了一口气，接着去拿保龄球。

她还是得认真地对待比赛的。

有了第一次的好成绩，李玥迅速地调整状态，接连打出几个好球，分数非常不错。

作为第一次打保龄球的新人，她已经算是进步神速了。

她从一开始打了空球，没得分，到最后全中，有这种心态和能力，真不愧是运动员。

李玥打完球之后，他们这组的分数已经超过了前面两组的分数，就看这局程牧昀他们的表现了。

只见冯盈盈娇弱又艰难地再次拿起保龄球，大家都懒得看了，她肯定还会得零分。

他们现在更在意李玥和程牧昀是怎么回事。

而李玥先找了一个借口溜了，躲到一边的零食区里，长长地吐出一口气。

刚才真是脑袋一热，她都还没搞清程牧昀的态度就贸然地表明关系，是不是不太好？

不过她从那些人的脸上已经看到之后会有怎样的流言风暴了。

她再想想那种场景，心脏还在不住地跳。

她想到刚才他说相信她能做到时脸上的笑，心跳得更快了。

她挑了几样东西结账，刚走出去就看到了冯盈盈。

冯盈盈的脸上没有了刚才的怯懦局促，少了那种楚楚可怜的表情，浮现出来的是一种诡异冰冷的不屑。

冯盈盈直接冷嘲一声："看不出来你的胃口挺大的，你勾引了崇哥，现在还想要程牧昀吗？"

李玥不怒反笑，说："你应该知道是江崇追的我吧？"

眉角一抽，冯盈盈故意嘲讽道："怎么，你还想说程牧昀也在追你？"

李玥说："是呀。"

"别开玩笑了，"冯盈盈冷笑一声，"程牧昀是什么人，你不知道吧？这种话也敢说！你不就是仗着自己长得好看、有点儿名气吗？你还真以为程牧昀会喜欢你呀？！"

"我是喜欢她。"

一道低冷的男声突然从不远处传来，李玥和冯盈盈瞬间转头，看到一身白衣的程牧昀站在不远处。

他是那样从容不迫、英姿勃发。

他慢慢地走近，李玥跟着心口一紧。

对面的冯盈盈更是脸色惨白，浑身都在颤抖。

温热的气息在靠近她，李玥听到程牧昀冷淡的嗓音响起。

"她没说谎。"

冯盈盈颤着嗓音说："可……可她是崇哥……"

"她跟江崇没关系。"程牧昀打断冯盈盈，意有所指地说，"难道说，你希望有？"

"我……我……"

"你可以走了。"

冯盈盈的脸上红一阵白一阵的，她一向引以为傲的眼泪和示弱在程牧昀的面前完全无用。对这个人，她既仰慕又恐惧，软着腿往后退了几步，红着眼圈迅速地转身跑走。

他的突然出现不仅吓到了冯盈盈，李玥同是一惊。

只剩下他们的时候，李玥抬起头看他，两个人的目光在空中碰触，他一直在低头看她。

那种热流再一次涌入心口，她舔了一下嘴唇。

"你……"

"你……"

他们同时开口。

李玥眼睫微垂地说："你先说吧。"

"我……"

"宝贝，"夏蔓跑了过来，"你在这儿呀，快回来，公布分数了！"

夏蔓奇怪地看了程牧昀一眼，拽着李玥的胳膊拉她走，生怕她被欺负一样。

李玥只能被夏蔓拽走，刚往前走了几步，程牧昀喊了她一声："李玥。"

她回过头去。

程牧昀看着她的眼睛："刚才我说的话是认真的。"

心口微微地一动，她抿唇笑："我知道。"

他愣住，呆呆地看着她。

夏蔓奇怪地看着两个人，又拉了李玥一把："快走快走。"

等走远了，夏蔓才小声问李玥："程牧昀跟你说什么了？"

"以后再跟你说。"

两个人回去之后，气氛瞬间变得不一样了。

众人用奇怪的目光看向李玥。

冯盈盈抽着鼻子坐在角落里，眼圈明显发红，旁边有两个女生在低声安慰她，更别说一边的余深看向李玥时那不善的目光。

没过多久，程牧昀回来了。

计分的同学走上前，轻咳几声："那个，分数出来了，分数最高的是江崇一组，大家祝贺祝贺……"

稀稀拉拉的鼓掌声响起，无论是江崇还是李玥，脸上都没多少高兴的表情。

尤其是江崇，他的脸色难看极了。

计分的同学努力地活跃气氛："那，两位同学想要什么奖品？"

李玥开口问："想要什么都可以吗？"

"嗯，你想要什么礼物大家可以一起出钱买，或者你提一个要求也行，比如大冒险之类的问题，反正我们输了嘛。"

李玥想了一下，走到程牧昀的面前，对他伸出了手。

她不想再纠结于程牧昀是怎么想的了，总之他喜欢她，不是吗？

"要不要跟我走？"

她一说出这句话，在场的人纷纷地呆住了，看向她的目光又钦佩又同情。

可更让众人惊掉下巴的是，高冷又拒人于千里之外的程牧昀竟然把手放到了李玥的手上，牢牢地握住她的手。

他说了一声："好。"

好的，众人基本确定这两个人的关系不一般了。

李玥扬眉一笑，转身对夏蔓眨了眨眼。这下不用她说，夏蔓也明白了吧？

夏蔓惊得嘴巴已经张成了圆形。

在场唯一能迅速反应过来的只有一个人。

江崇上前拉住了李玥的手腕，用像是要吃人一般的眼神狠狠地盯住她："你们要去干什么？！"

李玥昂着头，回答他："约会。"

在场的所有人发出一声："啊？！"

至于江崇，他的嘴唇抖着，大脑一片空白。过了一会儿，他低声求她："玥玥，你别这样……"

李玥一字一顿地命令："江崇，放开。"

江崇不放开她，说："我……我要提要求，你别跟他走，原谅我一次。"

"我也是赢家，你没资格对我提要求。"李玥用力地一甩，将他的手甩开。

她转过头对程牧昀说："我们走。"

程牧昀微微地一笑，有意地看了江崇一眼，轻轻地"嗯"了一声，一副又乖又听话的样子。

江崇又气又怒，可不敢再强迫李玥了。

众人看着程牧昀意气风发的样子，江崇却一副失魂落魄的模样。江崇输得实在是太惨了。

对于这种意外发生的事情，大家是又惊又喜，简直恨不得赶紧把这些刺激的八卦分享出去，可作为校友，他们不好当着江崇的面说什么，便一一地离去了。

最后球馆里只剩下江崇和他的一群朋友。从李玥离开开始，江崇便垂着头一声不吭。

余深上来劝他："崇哥，那种女人有什么好？为她伤心不值。"

江崇缓缓地抬头，直直地看着他，看得余深莫名其妙地胆战。

"干吗？"

"你为什么总是这么说李玥？"

余深有一瞬间的慌乱，话都说不利索了："我……我怎么说她了？"

"李玥哪里不好？"

"她就是一般人哪！"

"她一般吗?"

余深卡壳了。李玥一般吗?不,她长得漂亮,作为运动员成绩优秀,性格大方亲和,这样的女孩子一般吗?

"你是在忌妒李玥吗?"江崇一针见血地说。

余深像一只被踩了尾巴的猫,整个人跳了起来,吼道:"我忌妒她?我忌妒她什么呀?江崇,你自己被甩了,少在别人的身上找优越感!"

"是吗?难道不是因为她是成功的运动员,而你曾经被选上又因为成绩不行被刷下来,所以才一直挑她的刺儿吗?"

余深仿佛被狠狠地捅了一刀,神情仓皇又愤怒。他几次张口都无法说出话,最后恨恨地转身离开。

大家陆续地离开,只剩下了冯盈盈。

她的眼睛红红的,她小心翼翼地走到江崇的身边:"崇哥,你别这样,我害怕。"

江崇默默地看了她一眼,苦笑一声:"别,我才应该是害怕的那一个。"

冯盈盈无措地喊他一声:"崇哥?"

"盈盈,我问你,这些年我们家的人,包括我,对你怎么样?"

"当然是很好的。"

"那你为什么要这样?"

冯盈盈看起来像是马上就要哭了,说:"我怎么了,崇哥?你别吓我。"

"你怎么了?你今天是故意让我赢的,对吧?"

她低下头承认了:"我只是想让你高兴。"

"我不高兴。"

看着她假装笨拙的动作,看着她被人斥责后委屈的模样,江崇不再像之前那样要护着她。他想起不久前在游乐园里,她说自己崴了脚,不方便走路,可后来他分明看见她和李玥说完话后走开的样子完全没有问题。

可再出现在他面前的时候,她又是一瘸一拐的模样。

再加上今天的事,他忍不住想,冯盈盈这样演戏骗他有多少次了?

怀疑的种子一旦被埋下了,便在心里疯狂地生长。

他现在看着冯盈盈,总觉得她不像从前那样单纯。

为什么那天他跟李玥说删了他的联系方式后,李玥的态度如此决绝,她竟然不给他一丝解释的机会?

为什么冯盈盈跟着李玥离开后,回来没多久,李玥就直接带着程牧昀走了?

冯盈盈和李玥之间到底发生了什么?

只是他估计是无法从冯盈盈的嘴里得知这些答案了。

他以后不想听她的话,更不敢信她了。

"以后,你别管我叫'哥'了。"

冯盈盈突然抬头,难以置信地望着他:"崇哥,你说什么?"

"你有事需要帮忙就找我妈。"

当初,她救的人是他妈,剩下的人情让他妈还好了。这些年他做得够多了。

江崇惨白着一张脸慢慢地离开,最后留在原地的人是冯盈盈。

她想不明白,自己怎么就被留在了最后?

眼泪默默地流了下来,她这一次是真的伤心地哭了,可身边再没有护着她、相信她、安慰她的人了。

夏日的风也热烈,两个人牵着手,手心里很快沁出一层汗水。

她有点儿害羞地想要松开他的手,他却不肯放手。

她在树下停下了脚步,风吹得树叶"沙沙"作响,两个人一同静默着。

她抬起头看他,他也在看着她,用那种炽热的目光,看得她的脸都发烫了。

李玥想了一下,把手里的袋子递给他:"给你。"

程牧昀接过来一看,里面是几根冰棒。

"谢谢。"

李玥抿了一下唇,忍不住问:"你干吗这么客气?"

他低头看她,低低地问:"我可以不客气吗?"

"在女朋友的面前,你可以不用那么客气吧?"她微微地一笑,"我们已经在交往了嘛。"

程牧昀一愣,竟然问她:"什么时候?"

她跟着愣住了,问:"不是你提的吗?就是你看到我……那样,然后我送你去医务室的那天。"

程牧昀愣了好一会儿,呆呆地问:"原来那不是梦吗?"

李玥总算明白了他的态度为何那么奇怪。原来,他以为那是梦啊。

也对,他烧糊涂了嘛。只是她一想,原来他不知道两个人已经确定关系,还站在她的面前保护她,她的心情顿时像是炎夏时从冰箱里拿出一瓶碳酸饮料,听着"咕噜噜"的气泡声,嘴里仿佛已经尝到畅快的味道。

她看着眼前程牧昀的表情从震惊变成沉思,很快他脸上的笑容变得越来越深,好看得让人移不开目光。

他热烈的目光落在她的脸上,手湿热灼烫。

"所以,你是我的女朋友。"

李玥笑着轻轻地点头。

"我可以不用客气的,是吗?"

她又点点头。

然后,她被拥入一个滚烫的怀抱里。

她从未跟同龄的异性有这样亲密的接触,可这个怀抱让她激动,他的心跳声一下一下地传到她的心口,让她不禁回抱住了他的腰背。

两个人亲密地抱在了一起。

行人侧目看过来。

"这年头的小情侣呀,啧啧啧。"

"两个人都好好看哪。"

"哇,快看,小哥哥和小姐姐在秀恩爱。"

李玥害羞得红了脸,小声地对他说:"街上有太多的人了,我们换一个地方,嗯……再做不客气的事。"

程牧昀"嗯"了一声,慢慢地松开她,但还是不肯放开牵住她的手。

她示意了他一下,抿着嘴唇:"我的手心里都是汗。"

程牧昀纤长的眼睫微垂。

巨大的惊喜让他缓不过神,他怎么也没想到,李玥就这样成了他的女朋友。

他真怕这也是一个梦,只要自己一松手,这个梦就醒了。

"我这样真幼稚,你会不会讨厌我了?"

他都没有意识到自己不小心把这种苦恼说出了口。

心口泛甜,李玥忍不住上前一步。

她踮起脚凑到他的脸侧,轻轻地落下一吻:"你真可爱,男朋友。"

他再次愣住了。

李玥轻松地抽出自己的手,轻巧地退后几步,笑盈盈地望着他说:"你还觉得这是梦吗?"

他拉住她的手臂,慢慢地低下了头,声音低沉地说:"这不是梦。"

他的梦里不只是这样,只是现在,他能够亲手抓住属于他的梦了。

那天的保龄球馆里有不少同学在场,他们可是亲眼目睹了修罗场!

大家私下讨论得热火朝天,最后有人按捺不住,干脆在学校的贴吧里发了帖,帖名就非常吸引人的眼球,直接点明主旨——"咱们学校的男神名花有主儿了。"

程牧昀是什么人?他有优越的家世,性格高冷孤傲,对人不假辞色。

对待异性,他不像其他家世显赫的人,从不拈花惹草、故意做些惹人心动的事。

他简直洁身自好到过分的地步。

入学以来,程牧昀几乎是绯闻的绝缘体。不是没人喜欢他,刚开学的时候有不少大着胆子往上扑的女生,她们写过情书、送过礼物、当面表白过,可往往不到一周就铩羽而归。

后来程牧昀透露过一个消息:他早就心有所属。

原来他早就有喜欢的人了。

刚开始大家信了这番说辞,但时间久了,程牧昀依旧形单影只。

那个人呢?这都过去多久了,那个人连影子都没有。

这也没什么,大家一致认为以程牧昀的好家世和自身的优秀,眼光高一点儿很正常。

但是突然,一则绯闻迅速地在同学之间扩散,不少人斩钉截铁地说:"程牧昀已经和别人在一起了!"

为了增加可信度,还有人在贴吧里发了一张照片。

这张照片的背景是保龄球馆,角度比较刁钻,看得出是别人从后面拍的,依稀只能看到一个身材高挑的女生正拉着程牧昀的手往前走。

这个女生腰肢纤细,身材高挑,肤色白皙,哪怕照片上只有背影,大家也依然可以感觉到这是一个美人。

重点是她牵住了程牧昀的手,程牧昀没有一丝不情愿的模样,因为有人放大了照片,程牧昀很主动地回握了过去。

这是实锤,实实在在的实锤。

贴吧里一片哀号。

"我不信、我不信、我不信!"

"不是说好男神是大家的吗?我那么大的一个男神,说没就没了?"

"为什么照片上只有背影啊?根本看不见长相。我想知道程男神喜欢的到底是什么样的女生。"

"三分钟,我要这个女生的全部资料,不要逼我跪下求你们!"

"别的不说,这女人有点儿东西。"

"我只想知道女方是怎么拿下程男神的。"

"话说,我好像见过这个女的。"

"楼上求八卦。"

"不敢保证啊,就是前几天程牧昀生病请假,在那之前的一天好像是跟一个女生在一起。当时他还挡着她不让人发现,但怎么能瞒得过我的火眼金睛呢?那时候我就觉得他的身后好像有人,还故意向他借卷子分散他的注意力,不过他没太理我,后来我也不敢多问了。重点来了,第二天他就请病假了,我不敢多说,大家细品。"

"难道说他们那么早就在一起了?"

"我不信程牧昀会这么快跟别人在一起,还是跟外校的人在一起,凭什么呀?"

"这女生说不定就是看上程牧昀的钱了。"

"我就想知道她是怎么把程牧昀追到手的!"

"……"

这个帖子用了一上午的时间迅速发酵,跟帖达到了一千多楼。

夏蔓把帖子分享给李玥的时候很直接地说:"你在我的学校里彻底火了。"

李玥咬了一下嘴唇,这种情形果然如预想中的一样腥风血雨。

她翻着帖子的内容,发现突然有人在帖子的最新一页曝光了她的身份和照片。

那是一个无头像的小号。小号发言:"女方叫李玥,是体育生,在追江崇的过程中认识了程牧昀,又去追程牧昀,在追人这方面确实有心机和手段。"

接下来这个小号发了李玥的照片,照片全是各种模糊的丑图。

李玥相信自己在网上为数不多的丑图都在这个帖子里了。

帖子的下面是各种回复。

"体育生,是不是学习挺差的?"

"也不见得呀,也有学习好的体育生,就是看个人的选择吧。"

"看这几张图也看不清脸哪,能不能发一张清晰的照片?"

"等等,她追了江崇又追程牧昀?这手段太牛了吧?姐,你缺徒弟吗?"

"求出书哇,姐妹!"

那个小号冒出来回复:"她见一个追一个。"

下面的一排回复很没节操。

"对不起,换我也选程牧昀。"

"对不起,换我也选程牧昀。"

"对不起,换我也选程牧昀。"

"程男神是永远的神!"

"喜欢谁就主动一点儿怎么了?又没确认关系,人家郎才女貌,双方乐意,要你这个妖怪反对?"

"她这样见一个追一个就说明她心怀不轨呀!"

"我看这个样子不太像是女方倒追的。"

"那我对这女生就更崇拜了!"

"大家,我终于找到正面照了,快来看,这女生好好看哪。"

"她长得好有辨识度,这种英气又美的长相好棒啊,我是女生也好喜欢。"

"这种官方图都比上面的人发的那些照片好看多了吧?为什么之前的那人只放丑图呢?这才是女方真正的颜值吧。"

"我去网上搜了一下,这个李玥竟然是专业的运动员,还是今年世锦赛的花滑冠军，属于在业界内很牛的那种大神，个人的成绩超棒的！"

"我突然觉得程男神高攀了是怎么回事？"

"我就想知道，这恋情到底是不是真的？"

李玥又刷新了一下，发现整个帖子被删了。

紧接着，夏蔓迅速地给她发来一个链接，还说："程男神太赞了，姐妹，这段恋情我支持你！"

李玥点进链接。

这是程牧昀发的帖，言简意赅。

程牧昀CC："是真的，人是我追的。"

所以，才不是女方倒追男方，是程牧昀追的李玥。

程牧昀发的这条帖子比所有捕风捉影的传言都更有冲击力，这可是本人哪！

这个帖子的下面迅速有了几百条回复。

"手里的瓜瓜瞬间落地，竟然炸出正主儿来了。"

"我先沾沾学神的运气。"

"这还是我的高冷男神吗？"

"死心了，看得出来他确实是很喜欢对方了……"

虽然程牧昀是绯闻的绝缘体，但是他在学校和贴吧里的讨论度一直居高不下，可基本上他从不会出面。这次他这么快就澄清事实，可见他的重视程度了。

贴吧里一片哀号声。

不过没多久，这个帖子就被歪了楼，因为有人扒了刚才爆料李玥信息的那个小号。

一个熟悉的名字出现在大家的眼前——冯盈盈。

众人简直震惊了。

冯盈盈因为跟江崇关系好，又是出了名的富家千金，有颜值、有身材，所以他们的学校里有不少人都认识她。

大家一直以来对她的印象是甜美可爱又娇弱，可他们翻了一下这个账号的发言，内容怎么这么恶臭？

"确定是冯盈盈吗？我简直不敢信。"

"我加过这个号，就是她。"

"我还是很难相信冯盈盈能说出这种话，她平时细声细气的，怎么会是这个样子？"

"她为什么要这么针对程男神的女朋友哇？"

"忌妒呗。"

"放点儿小料，根本不是女方倒追男方，是江崇在追人家，人家没同意。"

"原来是这样。冯盈盈好像是江崇的妹妹，是在报复吧。"

"什么妹妹？她跟江崇没有亲戚关系的。"

"哦，原来是这个妹妹呀，那换我也不选江崇，有这种妹妹成天在身边，还不够糟心吗？"

"她因为自己是那种人，所以看谁都是那种人吧。"

下面的人把冯盈盈这个小号的恶臭言论扒了一遍，再转发到了她学校的贴吧里，这下冯盈盈可算是被架在火堆上烤了。

她想找人帮忙删帖，可发现江崇已经把她拉黑了。不只江崇，余深和任加云他们也纷纷地把她删了。

冯盈盈这下急成了热锅上的蚂蚁。过了好久，她终于找到人，让对方帮忙删了贴吧里的帖子，可有关她的传言已经在熟人间扩散开来。从此，众人纷纷地远离了她。

与此同时，程牧昀和李玥收到了大量的祝福。

程牧昀大概是为了保护李玥，最后把贴吧里有关她的信息的帖子都删除了，包括他自己发的这条帖子，但是大家已经明白了他的态度。

李玥的嘴角轻轻地勾起。

程牧昀，真好呀。

这时，她的手机屏幕上弹出他的微信，这是他发来的第一条消息："出来约会吗？"

她用手指点点屏幕，甜滋滋地笑着回复："好呀。"

她迅速地起身换衣服，挑了好几条裙子。可惜平时买的衣服比较少，她选来选去，没有找到太合适的衣服。

她得再买点儿新衣服，嗯，将这件事列入计划中。

终于，她选好了一条嫩绿色的吊带长裙，露出纤长白皙的胳膊和肩背，用心地把头发编成了辫子，脚上搭配了一双银色的细带凉鞋，整个人清爽漂亮，很有回头率。

她兴冲冲地刚要出门，就被她妈堵在门口。

"李玥，"她妈喊她的大名，"你老实地说，是不是谈恋爱了？！"

面对亲妈的质问，李玥简直胆战心惊，不知道她妈到底是怎么看出来的。

不过李三金倒是直接给她解答了疑惑，她上下打量着李玥："瞧瞧，你这么用心，得捯饬半个多小时了吧？以前你出门可没这么精心地打扮过，快老实交代！"

李玥沉默了一下，说："我是要去见人。"

"谁？"

没办法，李玥扛不住她妈的追问，直接把程牧昀这个人交代出去了。

她也很诚实地说了，自己之前帮过程牧昀，所以他妈妈说要请她去家里做客。

"这样啊。"面色缓和了不少，李三金说，"那你再换一身衣服，我陪你一起去。"

"啊？"

"'啊'什么？快去。"

在李三金的指示下，李玥换了一身短袖和长裤。反正在李三金的眼里，李玥穿这套衣服见人没问题。

李玥跟程牧昀通了话，程牧昀也说正好他妈妈一直想谢谢李玥。

于是两家人约在餐厅里见了面。

李玥最先看到的是程牧昀，他身边坐着的是他的美人妈妈，旁边还有一个英俊健壮的成熟男人。看来他的父母都来了。

李玥不禁有些紧张，总觉得这种场面有点儿太隆重了，怎么会莫名其妙地有一种双方的父母见面的感觉？

不过她的紧张情绪很快就缓解了。和他们慢慢地接触下来，她发觉程父程母都是极好的人。

程父风趣幽默，程母温柔如水。

他们对李玥帮了程牧昀的事表示感谢，程父还买了电脑、平板、手机三件套送给她。

程父说："我也不知道现在的小孩子喜欢什么，反正我儿子都用惯这些东西了，我就给你也买了一套。"

李玥怎么会收？她连连地推拒。

李三金也说："程大哥，我家的孩子就是顺手帮忙，可不能收这么贵重的礼物。"

程父说："哎呀，这贵重什么？一点儿心意。能在外面帮助一个陌生人，现在这种品质很难得的。小李这孩子真好，这些东西就当是我给孩子的见面礼了。"

李三金赶紧拒绝，又说："不瞒你们哪，我今天过来就是因为之前看李玥在家里不对劲儿，还寻思着她谈恋爱了呢。"

程父听说有这种事，开心得不行，忙说："是吗？那得看小李能不能看上我家程程了。"

程父对李玥说："小李，要不你多看他几眼？我的这个儿子还是不错的。"

李玥害羞得耳尖泛红，飞快地看了对面的程牧昀一眼。

其实她不用看他，他们已经谈上恋爱了。

她轻咳一声，起身离开："伯父伯母，我出去一下。"

她离开后，程母拍了程父一下，小声说："别瞎逗孩子。"万一人家不乐意呢？

程牧昀这时候也站起来："我也出去一下。"

他在走廊的窗边找到了李玥，走过去站到她的身后，低声说："你别介意我爸的话。"

李玥回头看了他一眼，笑笑说："没事。"

她都要了他的人了,还怕被说吗?她只是看到程牧昀有这样温暖的家庭,微微地被打动了。

她突然开口:"我的家里只有我和我妈。我爸很早就跟我妈离婚了,和别人结了婚,又有了孩子。那天你看到我哭,是因为我意外地撞见了他和他儿子。"

李玥不明白自己为什么要说这些事,但把话说出口后,心情一下子变得舒畅了很多。

接着,她被程牧昀轻轻地抱住。

风很温柔,周围很安静。她不需要同情或安慰,有时候,一个拥抱已然足够。

没过多久,两个人一前一后地回了包间,可他们的座位发生了变化。

李三金坐到了原来程牧昀的椅子上,和程母聊得那叫一个开心,气氛火热极了,旁人都插不上嘴。

看到他们两个人回来,三个大人挺随意的,指着对面说:"你俩坐那边吧。"

于是李玥和程牧昀坐到了同一边。

李玥看着餐桌上其乐融融的场景,心情变得轻松。她突然想起之前看到的那个帖子,禁不住微笑起来。

手机微微地振动,是他发来了消息。

程牧昀:"你在笑什么?"

李玥偷偷地拿出手机:"之前我看到你们学校里的帖子了,他们好像把我说成了一个贪财又好色的人呢。"

两个人为了不被对面的父母发现,小心翼翼地聊天儿,偷偷地瞄着桌子下的手机,明明就紧挨着彼此坐着,却不言不语的,装作和对方不熟的模样。

这种感觉特别刺激,让人禁不住后背生汗、心跳加快。

很快,李玥的手机再一次振动。

程牧昀:"你不像。"

嗯?

就在这时,她的手心一热,后背紧绷了起来。

她感觉到程牧昀在桌下轻轻地捏住她的手,接着,她的掌心处传来温热的触感。

过了好一会儿,她意识到自己的掌心下是一片温热的肌肤。

他把他的手放在了她的手心里。

微信这时弹出消息。

程牧昀:"这样才像。"

李玥的心脏"扑通、扑通"地跳。对面的李三金招呼李玥说话,程牧昀笑得大方得体,除了他们两个人,谁也不知道他们正在桌下做什么。

李玥感到自己的指尖在微微地发颤,明明是自己在占便宜,可心里却烧得灼烫。

她第一次领略到程牧昀的手段……他真的很会撩拨呀。

他们吃的这顿饭,宾主尽欢。程父程母和李三金聊得特别畅快,还说过一段时间一定去李三金的米粉店里吃米粉。

回去的时候,李三金对李玥说:"程家的那个男孩挺不错的。"

李玥斜着眼看了她妈一眼。程父程母用一顿饭就把她妈收买了?

李三金还学程父揶揄李玥:"真的,你要不多看他几眼?小伙子多帅呀。"

李玥忍不住笑了:"好,我一定多看他。"

有了李三金的许可,李玥出门前再打扮自己就没人拦着了。

这天李玥顺顺利利地出了门,在约定的地点找到了程牧昀。

他们约好今天去滑冰场。

就是这么巧,在路上,她再一次看到了孙志强。

他牵着他儿子,一家三口人在街上走着。

李玥突然停下了脚步。程牧昀顺着她的目光看去,注意到孙志强他们,突然意识到了什么。

"他是你爸爸吗?"他问。

李玥有点儿吃惊他真的很聪明,点了点头。

"我们走吧。"她说。

"嗯。"程牧昀牵着她的手并紧紧地握住。

热度与力量在源源不断地传来,李玥忍不住抬头看他。

真奇怪,她这次再看到孙志强一家人,反应并没有想象中的那样剧烈。有些变化发生了,好像曾经扎在肉里的那根刺突然被拔除,她对孙志强的那些情感一下子就变淡了。

或许是因为这一次她不再是一个人。

李玥轻轻地笑了,明媚漂亮。

她不知道的是,在这条人来人往的街上,江崇意外地在拐角处看到了她。

江崇看到的不只是她,而是她和程牧昀。这两个人手牵着手走在街上,周遭有不少目光投到他们的身上,他们没有发觉,因为他们的眼里只有彼此。

这深深地刺痛了江崇的心。

他本该有机会站在李玥的身边的,如果自己没那么自大、没那么自负的话。

只不过这一切太迟了。从此,他和她再无交集。

他错过了她。他以后的生命里也许会出现各种各样的人,但唯独不会有她了。

李玥和程牧昀的交往很甜蜜,她每一天过得都很开心,只是总觉得好像少了点儿什么。

她把这件事说给程牧昀听的时候，他沉吟了几秒。

"我大概知道那是什么。"

"嗯？"

她抬眸看他，程牧昀今天穿的是宽大的蓝白色校服，衣服明明这么简单，可他穿起来仿若在发光。

他轻轻地笑了一下，眉眼温柔，仿佛雪融般那样美丽。

李玥忍不住再次想：他真的很好看。

他抬手温柔地将她的脸颊旁边的头发撩到白皙的耳后，低沉的声音在她的头顶响起："你抬一下头。"

她毫无防备地抬头。

温热的气息靠近，她闻到清冽的气息，接着唇上一热。

这是从未有过的触感。

他缓缓地起身，对她露出一个微笑："这下好了。"

不是吧！

她的初吻就这么……没了？！

她狠狠地瞪着他，用眼神深深地控诉着他。

程牧昀笑得依旧好看，用拇指摸了摸她的脸颊，低声问她："你怎么一副很生气的样子？"

"我第一次……就这么简简单单地……"她红着脸，说不下去了。

程牧昀却"哦"了一声。

"看来你是不满意了。"

他弯下腰来，用手臂揽住她的腰肢，再一次吻了下来。

她的呼吸全乱了，双腿开始发软。她紧紧地闭着眼睛，听到他低沉沙哑的嗓音响起。

他说："靠着我。"

她紧紧地抱住他，忘记了一切。

周围很静，偶有鸟啼，微风轻轻地吹拂，温暖的阳光照在他们的身上。

他们拥抱着彼此。

程牧昀，我能遇见你真好。

之后的日子里，她潜心地训练，备战比赛，他认真地念书，同时接手家里的事业。

分隔在两地没有让他们的感情变淡，他们抓住一切时间联系对方，分享身边的趣事和烦忧，直到下一次相见时，依旧会亲密地牵着手，相视而笑。

终于有了假期的时候，李玥在他的大学门口给他打了电话，想给他一个惊喜。
"猜猜我现在在哪儿？"她问，声音里带着压不住的喜悦之情。
程牧昀问她："你在哪儿？"
她故作神秘地说："你出来就知道了。"
程牧昀却说："你回头。"
啊？她诧异地回身，在不远处的树下看到了清俊出尘的程牧昀。
春光下，他笑得温柔，在不远处静静地看着她。
话筒里传来他的声音："你什么都不用做，站在那里就好，我来找你。"
我会找到你，遇见你，拥抱你，我的小月亮。
在明媚的春光里，他们紧紧地相拥。

番外二
情　书

李玥认为每个人都有属于自己的天赋。

她的技能点是在体能上，比如她可以连续数日不眠不休地在冰上舞蹈，在严苛的训练中，亦能够轻松地完成很多人无法完成的动作。

她有她的天赋，可同时，也非常明确自己的弱项在哪儿。

在面对一片狼藉的锅灶和忙碌了一下午才做完的菜肴时，她感到糟糕极了。

事实上，她只做了两个极其简单的菜：可乐鸡翅和龙井虾仁。

她绝望地看着这两盘菜。

鸡翅的边缘微焦发黑，中间却渗出了一些暗红色的血水，她实在搞不懂为什么会发生这种情况。

龙井虾仁的汤汁烧干了，空气中散发着一股怪异的茶味，虾仁已经干缩发白，仿佛在无声地控诉。

再一次尝试做菜之后，李玥非常确定，她的天赋绝对和厨艺毫无干系。

面对着两盘失败的"作品"，她深深地叹了一口气，接着打电话跟夏蔓说自己准备的惊喜晚餐再一次翻车了。

夏蔓在电话的那头忍不住"哈哈"地笑了起来，调侃道："你哪里是在做菜？分明是在制作'黑暗料理'，中华小当家都得自愧不如。过一会儿程男神回来，惊是肯定有的，你也算达到目标的一半儿了。"

李玥闷闷地"哼"了一声。

夏蔓安慰她说:"好啦,没关系的,你做不好饭,程男神会做呀。"

不是的,李玥没计划做什么满汉全席,只是想好好地做一顿家常菜给他吃,就像之前的无数次他等她训练完放假回家时,在桌子上摆好满满的菜一样。

菜香满屋,灯光温柔,他走过来拥住她。

她的身上的压力瞬间被卸去,柔情溢满心头。

她只是想要让程牧昀同样体验一次这种感觉。然而很可惜,她翻车翻得很彻底。

挂了电话之后,李玥打算把厨房收拾干净,不能让程牧昀看见这些画面。只可惜她把精力都用在了做菜上面,没留意现在已经到了程牧昀回来的时间。

当门口传来声响,她的身体瞬间紧绷,大脑跟着一热。她以从未有过的速度奔向门口,把刚打开门的程牧昀堵在外面。

她满脸写着心虚,仿佛屋子里藏着一个小情人,紧张又找不到借口,只得慌张地说:"你等一下再进来,十分钟,不,五分钟……三分钟!"

程牧昀微嗅了一下空气中怪异的气味,低声问:"你做东西了?"

完了,她瞒不过去了。

眼看着事情已经暴露,李玥也没了抵抗的心思。程牧昀进来,看到桌上那称得上"黑暗料理"的菜时,侧头看了李玥一眼。

李玥只觉得此刻自己仿佛回到了小学时老师提问的环节,在心底拼命地祈祷:他看不见我,看不见我。

她的下巴突然微微地一热。

他略粗糙的指腹摩挲过去,那低沉好听的嗓音在她的头顶响起:"蹭黑了。"

"啊,大概是不小心。"她胡乱地抹了抹下巴,觉得脸上热热的。

程牧昀垂下眼帘,盯着她问:"这是为我做的?"

不知道怎么回事,气氛变得有些不一样了,紧张化作了灼热,心跳有些加速,她胡乱地点了一下头。

"我尝尝。"他说。

没等李玥阻止,他已经夹了一筷子的虾仁。细细地品味之后,他扬起嘴角,夸道:"做得很好。"

她该说什么?程牧昀对她的美化滤镜已经深到这种程度了吗?

李玥一时感动,嘴角跟着一翘,心里的那种郁闷感和懊丧感全然消失。她低声说:"我从小就不太会做饭,不是吃我妈给我做的饭,就是在食堂里吃。小时候我也试着做过饭,但做出来的东西比现在做的还要糟糕,我妈吃过之后都让我以后不要进厨房了。"

程牧昀听着她讲小时候的事,眉眼柔和。他轻轻地握住她的手指,居然还在夸:"外表是有点儿不好看,但味道还是不错的。"

说着他拿起筷子,还想夹鸡翅,李玥赶紧拦了下来。看这种架势,他像是打算把饭菜吃完。

李玥可不能让这种事发生,赶紧端起盘子把菜倒了:"别吃了,你妈妈刚才发微信给我,让我们今晚去那边吃饭。"

她拽着程牧昀往外走,只不过他还有些依依不舍地回头,非常舍不得李玥精心地给他准备的菜肴。

李玥忍不住笑。他的这种行为,总是让她觉得可爱。

虽然这样形容程牧昀可能不太恰当,但这种被放在心上的感觉让她倍感温暖。

她挽住他的胳膊,承诺道:"放心,以后我再给你做饭。"

他低下头,清澈的眼眸亮了亮:"真的?"

"当然。"

虽然天赋极差,但她相信勤奋多练绝对能练好厨艺。

她会偷偷地努力,然后彻底地惊艳他!

"我们以后的时间还很多。"

她说完这句话的时候,他的目光渐深。他俯下身来,轻吻住她的唇角。

温热的气息拂过,他低声回应:"你说得对。"

他们以后的时间,还有很长,很长。

当天晚上,他们去了程牧昀父母的家。程父一如从前的热络,吃完饭就带着李玥再一次去他的花园里看他新种的菜。他一时兴起,还拉着李玥一起翻土。

她觉得很有意思,跟着程父干了几个小时的活儿。后来程父累得不行,她还干得兴致勃勃,晚上他们留在了程牧昀父母家,洗澡睡觉,一夜无梦。

第二天,程牧昀没舍得叫醒李玥,早早地离开家去了公司。

程父程母也不在,似乎是临时被亲戚叫出去了。

李玥难得有机会仔细地看看程牧昀的这个属于他青少年时期的房间。

屋子很大,过分整洁,东西的摆放很有条理,可以看得出来程牧昀的洁癖和轻微的强迫症大概是从小就养成了。占了不少空间的书籍,也被他按照作者和年份一一地排列。她抽出几本书,每本书上都是有阅读痕迹的,但她看得出它们全都被珍藏得很好。

她留意到角落里有一本书名叫《情书》,一时好奇,把它抽了出来。

程牧昀在青少年的时候也喜欢言情小说?

她翻了几页,作者有着出色的文笔,在书的开头便点明这是一个遗憾的暗恋故事⋯⋯

这时从书页里掉出一张纸,她捡起并展开它,里面熟悉的字迹是程牧昀的。

玥玥:
　　我不知道是否可以这样称呼你,但请允许我这样喊你一次。
　　玥玥,我不知道你还记不记得我——不是作为朋友的程牧昀,是你曾经在黑暗的巷子里遇到的程牧昀。
　　那时的我患有夜盲症,在黑暗中辨别不清方向。人生中第一次陷入这种境地,我既羞于承认又不得不坦诚地告诉你,当时我是害怕的。
　　是你的出现让我得到了安慰。
　　我清晰地记得你的声音,你温柔又小心,既维护着我的自尊,又坚定地向我伸出手。
　　我想,从那时候起自己就对你产生了好感。
　　这种好感在时间的流逝中渐渐地加深,成了一种对你的执念。
　　再见到你的时候,我既惊喜又难过。我以为我有机会,但还是太迟了。
　　写下这封信的时候,我想起刚刚在书上看到的一句话:"如果时光能够倒流,你想要做什么?"
　　以前,这种不切实际的妄想从不在我的考虑范围内。
　　这种想法往往是人对现阶段不满意而产生的无聊幻想,基于科学的角度是无法实现的。可在这一刻,我突然产生了奢望。
　　如果真的能够回到过去的话,我想要早点儿遇见你。
　　我们能够更早地相遇,也许在你还小的时候,我就可以带着你去游乐园,陪你去滑冰场。那时候的你一定很可爱。
　　我们在一个学校里读书,我成为你的同桌,把作业借给你,在你打瞌睡的时候给你披上外套。
　　我们在那个深巷里相遇的时候,我就告诉我我的名字,给你我的联系方式。我真切地希望能够有这个机会。
　　这是我的贪念,如果能有这个机会,我想告诉你,我喜欢你。
　　在写下这四个字的时候我知道,这封信永远都不会被送到你的手里。
　　你会为难,会烦忧,会害怕。你害怕会伤害到我,更无法接受我的这份沉重的感情。
　　没关系的,我会藏好这份感情,就像藏好这封信一样。
　　你永远都不会知道,但它会一直在。
　　爱你的,程。

李玥站立良久,心中翻涌着万千的想法。
过了很久,她找出纸笔,思索了很长时间,才开始写下第一个字。

她开始回复这封尘封了八年的情书。

也许她一时写不好,不过就像她之前说的那样——她还有很多时间来回复这封没有被寄出的情书。

写好后,她要把自己的情书和他的情书一起夹回书里,等待他再次找出它们。

到时候她再对他说:"我早就发现了。"

程牧昀会有什么反应呢?

李玥微笑着,已经开始期待了。

这时,她刚写下第一个字——程。